CRISE

Kathy Reichs

Crise

Traduit de l'anglais (États-Unis) par
Marie-France Girod et Emmanuel Pailler

roman

www.quebecloisirs.com

UNE ÉDITION DU CLUB QUÉBEC LOISIRS INC.
© Avec l'autorisation de Oh! Editions.
© 2011, Kathy Reichs
© Oh! Editions, 2011, pour la traduction française

Dépôt légal — Bibliothèque et Archives nationales du Québec, 2011
ISBN Q.L. : 978-2-89666-123-7
Publié précédemment sous ISBN 978-2-36107-011-3

Imprimé au Canada

Pour Hannah, Madelynn, Brendan, Brittney et Brianna, mes critiques du Texas.

Prologue

Au large de Gun Cay, Jamaïque, année 1720.

Des coups de canon résonnaient au loin.

Boum ! Boum !

Un baroud d'honneur avant la tombée de la nuit.

Dans les gémissements du vent, des éclairs zébraient le ciel violacé. Le tonnerre claquait. La pluie battait le gaillard d'avant, qui oscillait dangereusement.

Des cris énervés fusaient ici et là tandis que l'équipage tentait d'orienter la grand-voile. Ordres. Jurons. Prières.

Le *Revenge* chevaucha une vague gigantesque, puis donna de la gîte sous les coups de boutoir d'un violent coup de vent. Le bois craqua. Des hurlements paniqués s'élevèrent.

Le navire pirate, prêt à chavirer, vibra de façon anormale.

Quelques secondes passèrent. Une éternité.

Puis le *Revenge* plongea dans un creux profond. Une chance. Protégé du vent, il put se redresser lentement.

Le pont reprit une position horizontale.

Les cris se changèrent en rires excités, révélateurs du soulagement de ceux qui venaient d'échapper au pire. Les hommes se tapèrent dans le dos. Contagieux comme la peste, un sourire gagna toutes les lèvres.

À une exception près.

Une minuscule silhouette se tenait, solitaire, sur la plage arrière, les mains agrippées au liston de la poupe. La jeune femme était trempée jusqu'aux os. Le vent ébouriffait ses cheveux, cinglait son bandeau, sa chemise, son gilet de velours.

Elle n'avait pas à se plaindre. Grâce à ce terrible orage, le *Revenge* allait pouvoir se mettre à l'abri.

Elle scruta l'horizon d'un regard inquiet, redoutant d'apercevoir une voile ennemie.

Le *Revenge* se retrouva de nouveau au sommet d'une vague gigantesque.

Et elle les découvrit. Trois silhouettes noires qui se découpaient sur les nuages sombres.

Deux étaient des sloops similaires au *Revenge*. Rien de très inquiétant. Mais le troisième navire était d'un autre calibre.

Une frégate.

Anglaise.

Hérissée de trente canons.

Mille sabords !

Les hommes de Calico Jack savaient se battre, en bons pirates qu'ils étaient. Mais ils ne faisaient pas le poids face à cette machine de guerre.

Le *Revenge* n'avait pas le choix. Il prit la fuite.

La femme put voir les marins s'agiter sur le pont de ses poursuivants, prenant frénétiquement les ris.

Et puis, lentement, le trio recula, avant de virer de bord.

Au moment où elle faisait demi-tour, la massive frégate lâcha une dernière bordée. Qui n'atteignit pas sa cible. Trop éloignée.

La femme sourit enfin. L'arrivée de l'orage avait gâché la poursuite pour la flottille de la Couronne britannique.

Son soulagement fut bref. D'autres soucis s'amoncelaient à l'horizon.

Il y avait un prix à payer pour la fuite.

Le beaupré du *Revenge* était pointé sur le cœur de la tempête naissante.

Anne Bonny vit un énorme paquet de mer s'écraser sur la proue.

Les hommes de Jack avaient évité la potence, mais la mer aurait le dernier mot.

Ils n'avaient pu faire autrement que d'affronter les intempéries. Pas après être tombés sur la patrouille britannique. D'ailleurs, Anne Bonny n'en revenait pas que le *Revenge* ait encore échappé aux autorités coloniales.

C'est la troisième fois cette année. L'étau se resserre.

Quelques semaines plus tôt, la milice de Charles Town avait acculé le *Revenge* alors qu'il était ancré devant la côte des Bahamas. Les hommes de Jack s'étaient réveillés avec la gueule de bois. Ils s'étaient défendus de leur mieux, mais le *Revenge* avait failli être jeté contre les rochers. Le navire avait pu se dégager de justesse.

Et maintenant il devait prendre le risque de naviguer dans des eaux déchaînées.

Anne Bonny s'accroupit sur le pont, en veillant à ne pas lâcher le bastingage.

Fatiguée. Fatiguée de courir.

Ses paupières se fermèrent. L'image de Laughing Pete, le corps explosé par un boulet de canon britannique, lui apparut.

Elle ouvrit aussitôt les yeux.

Cette fois, une tempête avait sauvé le *Revenge*. Le climat leur avait porté bonheur. Mais combien de temps allait durer cette bonne fortune ?

L'ombre du gibet se profilait de plus en plus nettement.

Il reste si peu d'entre nous.

Elle revoyait des visages, se remémorait des noms.

Stede Bonnet avait été capturé sur la Cape Fear River, puis pendu à Charles Town, à White Point. Rich Whorley avait pris des bateaux de la milice pour des navires marchands et payé de sa vie sa méprise. Charles Vane avait été pendu à Gallows Point, à moins de dix lieues de l'endroit où Anne Bonny se tenait actuellement.

Barbe-Noire lui-même avait été tué au combat au large de la Caroline.

Pourtant, Jack refuse de voir la vérité en face.

Anne leva les yeux vers le mât de hune, où la bannière de Calico Jack battait au vent.

Fond noir, tête de mort blanche, deux coutelas croisés.

D'après Jack, ce pavillon était une façon de prévenir qu'il était toujours prêt à en découdre.

Il croit qu'on va pouvoir continuer à piller sans problème. Alors même qu'ils détruisent nos navires, l'un après l'autre.

Anne hocha la tête.

Les autres capitaines comprenaient, eux. Black Bart Roberts et Long Ben étaient déjà en fuite. Le reste n'allait pas tarder à suivre.

Le pouvoir colonial étendait sa mainmise sur les Caraïbes. Ce qui signifiait de plus en plus de soldats et de navires de guerre.

L'âge d'or de la piraterie touchait à sa fin. C'était évident. *Notre mode de vie est sur le point de disparaître. Mais je ne disparaîtrai pas avec !*

Bonny réfléchit. Prit sa décision.

Elle se dégagea du bastingage et gagna le milieu du navire. Après des années passées en mer, elle savait tenir debout malgré le roulis. Sous une pluie battante, elle s'engouffra dans les entrailles du bateau par une écoutille.

L'intérieur était humide et sombre.

Deux pirates montaient la garde devant les compartiments avant. Ils lui livrèrent passage sans hésiter. Pas question de contrarier Anne Bonny. Elle n'avait pas besoin de permission pour accéder au trésor.

Le tonnerre gronda, secouant le *Revenge* jusqu'à la quille. Sans s'en préoccuper, Anne ouvrit une porte en planches grossières, puis la referma derrière elle. Elle se retrouva seule. Un luxe rare sur un bateau en mer.

Elle jeta un coup d'œil autour de la pièce encombrée. Il y avait des sacs emplis de laine et de tabac empilés le long d'un mur, à côté de bidons d'huile et d'énormes tonneaux de rhum. Un coffre débordant de pièces d'argent et d'or était fixé côté bâbord.

Des objets divers occupaient le peu d'espace qui restait. Deux fauteuils en cuir. Une armure espagnole. Des coffrets à bijoux incrustés de rubis.

Des caisses de mousquets anglais. Une paire de putois ornementaux en cuivre.

Tout ce qui avait de la valeur, les pirates le raflaient.

Bonny eut un sourire nostalgique. Cet aspect du métier allait lui manquer.

Mais elle devait survivre avant tout.

Déterminée, elle déplaça un flacon de parfum et deux malles emplies de vêtements féminins, révélant un coffre en bois, fermé par un épais verrou de fer.

Inutile de l'ouvrir. Elle savait ce qu'il contenait.

Celui-ci est à moi, Jack. Le reste t'appartient.

Mais où le cacher ?

Bonny plissa le front.

Puis son visage s'éclaira.

Parfait.

Il lui faudrait de la patience, elle le savait. De la chance aussi. Mais elle ne manquait ni de l'une ni de l'autre. Et cela donnerait une leçon au reste de la bande.

Anne Bonny gloussa. Bon sang, elle adorait être une pirate.

Jack est un idiot. Il faut que je parle à Mary. Demain.

Amusée par l'audace de son plan, Anne regagna le pont principal par l'étroit passage.

Quand elle émergea de l'écoutille, la tempête faisait rage et elle faillit être repoussée au bas de l'échelle.

La nuit était tombée. Le *Revenge* voguait maintenant dans l'obscurité totale.

Anne Bonny s'approcha en titubant du bastingage et s'y accrocha. Autour d'elle, les marins bataillaient avec les voiles et les filins. Étrangement calme, elle contempla l'océan houleux. Elle avait pris sa décision. Et tout se passerait bien.

Deux phrases lui trottaient dans la tête.

Ce coffre m'appartient. Malheur à celui qui essaiera de me le voler.

Le *Revenge* filait sur un incessant défilé de vagues écumantes.

Emportant à toutes voiles Anne Bonny.

Vers le nord.

PREMIÈRE PARTIE
PAS D'ARGENT

1.

SNAP !

Un courant m'a parcourue, comme si j'avais mis la main sur une ligne à haute tension.

Mon pouls s'est accéléré. L'impression d'avoir du plomb en fusion dans les veines à la place du sang.

Douleur.

Désorientation.

Puis la puissance. Un pouvoir sans limites. Viscéral.

La sueur a jailli par chaque pore de ma peau.

Mes iris se sont embrasés, ont lancé des éclairs d'or. Deux disques jaunes encerclaient mes pupilles d'un noir d'encre. Je percevais maintenant le monde avec la précision d'un laser. Le regard perçant comme une épée.

Le bourdonnement dans mes oreilles a cédé la place à une ouïe d'une finesse supersonique. Un bruit blanc a envahi ma tête. Un battement. Puis tout s'est organisé en une symphonie de sons océaniques.

Mon odorat s'est réveillé, captant les arômes apportés par la brise d'été. Les senteurs de la côte. Sel, sable, mer. Mes narines ont passé au crible leurs nuances subtiles.

Mes bras et mes jambes frémissaient, animés d'une énergie incandescente qui ne demandait qu'à être libérée. Inconsciemment, j'ai montré les dents avec un plaisir animal.

C'était une sensation si forte, si incroyable, que j'en haletais de plaisir. J'avais envie que ce moment dure une éternité. Sans arrêt. Sans retour en arrière.

J'étais en train d'avoir une flambée.

À mon côté, Ben grimaçait, ses yeux sombres hermétiquement clos. Les muscles tendus, sa silhouette athlétique animée de tremblements, il essayait de provoquer une flambée par la seule force de sa volonté. Sans succès.

Ça ne fonctionne pas comme ça.

Je n'ai rien dit. Au nom de quoi aurais-je pu lui donner des conseils ? En fin de compte, je ne comprenais pas mieux nos pouvoirs que Ben. Je ne maîtrisais guère plus que lui la situation.

En tout cas, pas après avoir libéré le loup en moi.

*

* *

Je suppose que tu te demandes de quoi je parle. À moins que tu n'aies déjà décidé que j'étais complètement barrée et que tu sois en train de refermer ce bouquin. Je ne peux t'en vouloir. Il y a encore quelques mois, j'aurais fait pareil.

Mais c'était avant que j'aie changé. Avant qu'un envahisseur microscopique ne modifie mon logiciel biologique. Avant que j'aie évolué, que je sois devenue quelqu'un avec un plus. Une créature nouvelle. Primale.

Je résume.

Il y a quelques mois, un méchant supervirus nous a infectés, mes amis et moi. Ce n'était pas un organisme naturel. Il avait été créé de toutes pièces dans un labo secret, pendant une expérience illégale. Et cette saleté avait un faible pour les porteurs humains.

Qu'est-ce qui m'a valu cet honneur ?

Un scientifique dénué de scrupules, le Dr Marcus Karsten, a bricolé ce germe. Karsten était le boss de mon père au Loggerhead Island Research Institute, le LIRI. Attiré par l'argent, il a croisé deux types de parvovirus, créant accidentellement une nouvelle souche transmissible aux êtres humains. Et nous, bingo, on l'a attrapée auprès d'un chien-loup nommé Cooper, le sujet d'expérience de Karsten.

Je ne vais pas entrer dans les détails. Disons que j'ai été malade pendant des jours. On a tous été malades pendant des jours. Et puis les choses ont pris un tour bizarre.

Mon cerveau claquait comme un élastique. Mes sens s'affolaient.

18

À certains moments, je perdais tout contrôle. J'étais incapable de résister à de soudains instincts animaux. Comme l'envie d'avaler un steak haché tout cru, ou d'attaquer une pauvre petite gerbille en cage.

Idem pour mes amis.

Au bout du compte, nous nous sommes retrouvés profondément, définitivement modifiés. L'agent pathogène a chamboulé notre schéma cellulaire. Réécrit notre code génétique. De l'ADN canin a fait intrusion dans mes chromosomes humains et s'y est confortablement installé.

Pas facile de vivre avec des instincts de loup enfouis dans sa double hélice.

Pourtant, notre situation ne va pas sans certains… avantages.

Bon. Mes amis et moi, nous avons des pouvoirs particuliers. Des capacités surhumaines. Cachées, mais bien réelles. Oui, tu as bien lu.

Bref, on est une curiosité. Enfin, on le serait si on pouvait en parler. Mais il n'en est pas question. À moins qu'on ait envie de faire l'expérience de la dissection humaine.

Fermons la parenthèse.

Quand nous évoquons ce pouvoir, nous parlons de « flambée ». C'est ce qui décrit le mieux la sensation, à mon avis. Je ressens une brûlure interne, mon esprit se déforme, puis claque, et soudain, *boum* ! mes pouvoirs se libèrent.

J'apprends à maîtriser mes capacités. Du moins, je pense que je suis en train de l'apprendre.

D'accord, j'« espère » que je suis en train de l'apprendre.

Enfin, je sais ce qu'elles sont, on va dire.

La base, je la connais. Quand j'ai une flambée, mes sens se démultiplient. La vue, l'odorat, l'ouïe, le goût. Et même le toucher.

Je deviens plus rapide. Plus forte.

Plus vivante.

Virale.

C'est comme ça qu'on s'est baptisés : les Viraux. Il nous a semblé normal de nous donner un nom de groupe après être devenus une bande de mutants. Ça remonte le moral.

Au total, il y a cinq Viraux : moi, Ben, Hi, Shelton, et bien sûr Cooper, mon chien-loup. Après tout, il a été le premier patient.

Le résultat, c'est que nous, les Viraux, pouvons bénéficier des capacités physiques des loups. Mais pas toujours quand on en a envie. Et parfois sans qu'on l'ait demandé.

À vrai dire, on ignore ce qui s'est passé, exactement, et ce qu'on peut faire pour y remédier. Pas plus qu'on ne sait ce qui nous attend.

Une chose est certaine : nous sommes différents. Des phénomènes.

Et nous sommes seuls.

*

* *

Le temps passait et la frustration de Ben ne faisait que croître. D'un geste rageur, il a ôté son T-shirt noir et l'a jeté sur le sable, comme si ce bout de tissu le gênait dans ses efforts. Sa peau bronzée était couverte de sueur.

Je me suis détournée pour qu'il ne voie pas mes yeux, au regard déjà luisant.

Je ne tenais pas à accentuer son énervement. Quand Ben Blue est de mauvais poil, ce n'est pas drôle du tout.

Hi, un ado potelé aux cheveux bruns ondulés, était accroupi un peu plus loin, vêtu d'un bermuda vert et d'une chemise hawaïenne rouge.

Pas vraiment stylé, ni même assorti, mais c'est la tenue de base de Hiram Stolowitski, Hi pour les intimes.

Il y avait un bon bout de temps qu'il avait démarré sa flambée et il scrutait le rivage du regard. De tous les Viraux, c'est Hi qui avait le plus facilement accès à nos pouvoirs.

— Je te vois, Mister Rabbit. Tu ne peux échapper au regard acéré de Hi, l'homme-loup !

Il avait murmuré pour lui-même, mais, une fois mes pouvoirs libérés, j'entendais parfaitement son chuchotement.

— Narguer un malheureux lapin sans défense ! Vraiment, Hi, tu n'as rien trouvé de mieux pour utiliser ton temps de flambée ?

Hi ne lâchait pas sa cible du regard.

— C'est lui qui a commencé. Il est trop mignon, franchement. N'est-ce pas que tu es trognon, petit Panpan ?

— On est censés s'exercer ! ai-je rétorqué en levant les yeux au ciel.

Il a pointé l'index.

— Alors exerce ta vision, Miss Rabat-Joie. À cinquante mètres, troisième dune à partir des arbres, celle où poussent toutes ces quenouilles, les *Typha latifolia*. Pelage brun tacheté, moustaches noires. C'est un lapin de Floride, *Sylvilagus floridanus*.

Hi aimait faire étalage de ses connaissances en sciences naturelles, presque autant que de se livrer à des expériences scientifiques. Il avait hérité ces goûts de son père, l'ingénieur mécanicien chargé de l'équipement scientifique du LIRI.

Le visage animé, il a imité un couinement.

— Oh ! Il a un petit copain lapin, maintenant !

Nous étions près de l'extrémité nord de Turtle Beach, la plage située sur la côte est de notre île, Loggerhead Island. Sur ma droite s'étendait la forêt intérieure. Sur ma gauche, à l'infini, l'océan Atlantique.

J'ai concentré mon attention sur le point qu'avait désigné Hi, une zone en lisière de forêt où poussaient des quenouilles et du séneçon.

La scène m'a sauté aux yeux avec une netteté dépassant de très loin les capacités d'un être humain. Je distinguais la moindre feuille, la moindre brindille. Et, effectivement, il y avait deux lapins bien cachés dans le feuillage.

À une distance équivalant à la moitié d'un terrain de foot.

— En flambée, tu as une vision fantastique, ai-je dit. Bien meilleure que la mienne. D'ici, je n'arrive pas à voir leurs moustaches.

Hi a haussé les épaules.

— Au moins, parmi les cinq sens, il y en a un où je cartonne. Je n'ai pas ton pif ultrasensible, ni l'ouïe fine de Shelton.

Près de moi, Ben a grogné. Grondé. S'est énervé. Il n'arrivait toujours pas à déclencher une flambée. Il n'avait pas ouvert les yeux, et ses marmonnements étaient devenus des jurons.

Hi le regardait en se frottant le menton. Il m'a jeté un coup d'œil complice, puis il s'est glissé en douce derrière Ben.

Et là, sans autre forme de procès, il lui a balancé un coup de pied au cul.

Ben s'est retrouvé le nez dans le sable.

— T'es nase ou quoi ?

Il s'est relevé et s'est précipité sur Hi, les poings serrés. Mais, cette fois, une flamme jaune illuminait son regard.

Hi a fait machine arrière, les mains en l'air.

— Hé, descends du ring, champion ! J'essayais simplement de te mettre en colère pour que tu réussisses à démarrer. Fallait le faire.

Jusqu'à maintenant, Ben n'arrivait à libérer son pouvoir que lorsqu'il était fou furieux. Comme là, où il semblait sur le point d'arracher la tête de Hi.

Soucieuse d'éviter un meurtre, j'ai hurlé :

— Stop ! Tu es en flambée, Ben. Ça a marché.

Ben en a pris conscience. Il s'est arrêté dans son élan. Puis il a levé un pouce triomphant, un sourire fendu jusqu'aux oreilles.

— À l'avenir, vaudra mieux trouver un autre truc, sinon je risque d'étriper l'un de vous.

Il a marqué une pause, puis il a montré Hi du doigt.

— Mais je vais tout de même me faire ce maxiburger !

— Ne te gêne surtout pas, mec ! a répondu Hi en lui donnant une bourrade.

Vif comme l'éclair, Ben lui a sauté dessus et l'a ceinturé dans une prise de catch.

— Lâche-moi ! a hurlé Hi, au bord de l'étouffement.

Avec un grand rire, Ben l'a soulevé sans effort au-dessus de sa tête et l'a fait tournoyer comme l'hélice d'un hélicoptère. Hi a verdi.

— Je vais gerber ! a-t-il prévenu.

Ben a couru au bord de l'eau et, quelques instants plus tard, Hi volait dans les airs, telle une poupée de chiffon, avant de finir sa course dans les vagues.

— J'ai l'impression que je suis en flambée, effectivement, a lancé Ben d'un ton ironique.

Hi, trempé, toussait et crachotait.

— Ingrat ! Je reconnais malgré tout que c'est impressionnant. Tu deviens vraiment costaud.

Il a tenté de l'éclabousser, mais Ben l'a évité. Il a couru vers les dunes, où il a disparu.

— Costaud et rapide, ai-je commenté. Plus rapide que moi, même avec mes pouvoirs.

Hi m'a rejointe.

— Je l'ai laissé gagner. Il avait besoin de reprendre confiance.

— Tu es un saint.

C'était sympa de voir Ben rire de nouveau. Depuis l'affaire Heaton, on n'avait pas eu souvent l'occasion de se réjouir. La tempête médiatique s'était vite apaisée, mais pas nos parents respectifs, qui nous avaient privés de sorties pendant presque tout l'été.

De sorties et du reste. Ils avaient appuyé là où ça fait mal : pas de visites, pas de télé, pas de téléphone. Même pas d'accès à Internet. C'était aussi moche que de vivre dans une grotte.

Faute de pouvoir rencontrer les autres ou de parler avec eux de nos capacités, je gambergeais pas mal.

Le virus était une espèce de joker qui se déchaînait dans notre organisme. Tout était possible.

Risquait-on encore d'être malades comme des cochons ? Nos pouvoirs s'étaient-ils stabilisés ? Quelqu'un d'autre savait-il, pour l'expérience secrète de Karsten ? pour Coop ? pour nous ?

Pendant des semaines, j'avais tourné et retourné ces questions dans ma tête. Seule.

L'isolement n'était pas bon pour mes nerfs.

Ben avait été le premier à recouvrer la liberté. Chez les Blue, on n'est pas très strict sur la discipline.

Pour ma part, j'ai été libérée sur parole le 1er août, après pratiquement deux mois de pénitence.

Pour bonne conduite ? Pas vraiment. J'avais plutôt eu Kit à l'usure, à force de broyer du noir.

Hi a fini par avoir la permission de sortir la semaine dernière. À ma grande surprise. Connaissant sa mère, Ruth Stolowitski, j'aurais parié qu'il serait bon dernier. Mais non. Quant à Shelton, il était encore bouclé. Apparemment, les Devers ne plaisantaient pas avec une conduite délictueuse, même justifiée.

Mais attention, j'étais encore en liberté surveillée. Strictement surveillée. Kit avait l'œil sur moi. Du moins, c'est ce qu'il croyait.

Une fois Hi dehors, on a commencé à crapahuter tous les trois vers Loggerhead Island chaque semaine. On avait besoin de s'exercer à déclencher nos flambées loin des regards. L'endroit était idéalement isolé. Et sous le nez de mon père, je pouvais parcourir l'île sans éveiller les soupçons.

Loggerhead Island est administrée par l'université de Charleston et peu de gens ont la permission de la visiter. Par chance, mon cher papa y travaille, tout comme les parents des autres Viraux.

Kit Howard est biologiste marin. Il bosse pour le LIRI, la station scientifique de l'université construite sur le site. Les installations vétérinaires du LIRI sont parmi les plus modernes du monde. L'enceinte, fermée par des murs, occupe un peu plus d'un hectare au sud de l'île.

Ce n'est pas tout. Loggerhead est un centre de recherches sur les primates. Des bandes de singes rhésus se baladent en liberté dans les bois. En dehors du complexe principal, il n'y a aucun bâtiment permanent.

Un havre de tranquillité situé à quelques encablures du port de Charleston.

Idéal pour exercer nos pouvoirs.

C'était notre troisième session et nous avions commencé à trouver des différences dans nos capacités. Des points forts et des points faibles. Des variations dans le style, des nuances.

Mais les pouvoirs étaient complexes et nous étions loin de les comprendre dans leur totalité. Beaucoup de choses m'échappaient. Je soupçonnais que nous n'avions fait qu'effleurer notre potentiel.

Pour l'heure, mon attention était attirée par du sable qui volait.

Une forme se déplaçait à une vitesse supersonique. Inconsciemment, je me suis figée, prête à bondir.

Puis je l'ai reconnu.

Ben. Il volait littéralement sur le banc de sable, hors d'haleine.

Un instant plus tard, j'ai compris pourquoi.

Il était poursuivi.

2.

Cooper a jailli des dunes, le pelage trempé.

Le jeune chien-loup pourchassait Ben en jappant comme un fou.

— Hé, hé, pas assez rapide pour moi, Coop ! a crié Ben par-dessus son épaule en se précipitant vers l'océan.

Coop s'est arrêté net en le voyant plonger dans les vagues. Frustré, il s'est mis à aller et venir en aboyant au bord de l'eau.

— Coop, ici ! ai-je crié.

Il a poussé un dernier jappement avant d'obéir. Puis il s'est ébroué, éclaboussant tout autour de lui.

— C'est gentil de m'hydrater, petit bâtard, ai-je dit en essuyant les gouttes d'eau de mer sur mon visage.

Coop a eu l'air content. Enfin, je suppose. Difficile de savoir, avec un chien.

Hi a posé un genou à terre et frotté la tête de Coop.

— Alors, toutou, est-ce que le méchant Indien t'a mis à la flotte ?

Il faisait allusion aux liens que Ben revendiquait avec les Sewees, un clan indien nord-américain incorporé à la tribu des Catawbas il y a plusieurs siècles. Ben avait même baptisé son bateau *Sewee*.

— Ce n'est pas gentil pour les Indiens, ai-je dit. Tu risques d'envenimer les relations Juifs-Sewees.

— Tu as raison. Je retire.

Du coin de l'œil, j'ai perçu un mouvement. Quelque chose de gris qui traversait la forêt. Faisant appel à mon superodorat, j'ai repéré une odeur.

Celle du loup. Pelage tiède, haleine brûlante, musc.

— Coop, ta maman est ici !

Trois animaux sont sortis du bois. Whisper, la matriarche, était une louve grise. Une bête magnifique, à l'allure de reine avec son pelage argenté et son nez légèrement blanc.

Son compagnon, un berger allemand, se tenait à son côté. Je l'avais baptisé Polo. Derrière eux marchait le frère aîné de Coop, un autre chien-loup hybride, à qui j'avais donné le nom de Buster.

La horde a contemplé la scène sur la plage, puis Whisper a aboyé. Une fois. Cooper s'est précipité et a rejoint les siens. La famille réunie a disparu dans la forêt.

— Amusez-vous bien !

J'étais heureuse de laisser Coop leur rendre visite, mais il vivait avec moi désormais. Kit et Whitney n'avaient pas eu le choix. Et ça se passait bien.

Enfin, presque. Coop et Whitney n'étaient pas les meilleurs amis du monde.

Aucune importance. L'opinion de l'agaçante petite amie de mon père ne figurait pas sur la liste de mes priorités.

— Tu l'as repérée à l'odorat ? a demandé Hi.

J'ai fait signe que oui. J'avais capté son odeur à une trentaine de mètres, sous le vent.

Hi avait ôté sa chemise et l'essorait.

— Stupéfiant. Un point pour ton organe renifleur.

— Merci.

Du menton, j'ai désigné le ventre rond de Hi.

— Super abdos, dis donc.

— Ouais, je fais de la gym deux fois par mois. Quoi qu'il arrive. Mais arrête de fantasmer sur moi, ça me gêne.

Le soleil tapait. Rien d'étonnant pour la Caroline du Sud en plein mois d'août. J'ai épongé mon front ruisselant de sueur.

Hi plissait les yeux, dont l'iris avait repris sa teinte noisette.

— Mince, je ne suis plus en flambée. Imbécile de Ben !

— Tu peux recommencer ?

— Je vais tenter le coup.

Il s'est concentré, le regard vague. Au bout d'une minute, il a secoué la tête.

— Deux fois de suite, c'est impossible. Pas depuis…

Il n'a pas terminé sa phrase. Je n'ai pas insisté. Je savais à quoi il pensait.

La seule fois où j'avais eu deux flambées successives, c'était à Claybourne Manor. La nuit où, d'une certaine manière, j'avais forcé le processus pour les autres Viraux.

En m'introduisant dans leur esprit.

J'ignore comment j'y étais parvenue. Et, malgré mes efforts, je n'avais jamais réussi à répéter l'opération. Rien à faire, je n'arrivais pas à retrouver cette étrange sensation... d'unité. Cette liaison cosmique qui transmettait mes pensées et me permettait d'entendre les leurs.

Les liens puissants qui unissent une horde de loups.

— Tu veux réessayer ? a proposé Hi d'un ton hésitant.

Je savais que ce pouvoir particulier lui fichait la trouille. Idem pour Ben et Shelton.

— Réessayer quoi ? a demandé Ben qui nous avait rejoints, l'eau ruisselant de ses cheveux noirs mi-longs. Vous ne seriez pas encore en train de parler de télépathie, par hasard ?

— Ça a bien marché une fois, ai-je dit, sur la défensive.

— On n'en sait rien. C'est peut-être un symptôme de la maladie.

La première fois où nos pouvoirs s'étaient manifestés, on avait été malades pendant des jours, et littéralement vidés. Les symptômes les plus importants avaient fini par passer, mais on continuait à souffrir à tout moment de bizarreries.

Allaient-ils disparaître pour de bon ? Je l'ignorais.

— Cela ne venait pas de la maladie, ai-je dit.

C'était un vieux débat entre nous.

— Je me suis vraiment sentie connectée, même avec Coop. On est liés, désormais.

— Alors pourquoi tu ne peux pas recommencer ?

Ben était impatient, comme toujours quand il ne comprenait pas quelque chose.

— Je n'en sais rien. Bon, je m'y recolle.

Aussitôt dit, aussitôt fait. J'ai fermé les yeux, ralenti ma respiration. Tenté de pénétrer à l'intérieur de ma psyché.

En imagination, je me suis représenté les Viraux. Hi. Ben. Shelton. Et même Coop. Puis j'ai forcé les images à n'en faire qu'une. Une unité. Une horde.

Quelque chose a tressauté dans mon cerveau. Comme un disjoncteur qui saute. Pendant quelques instants, j'ai senti mon esprit qui rencontrait une résistance. Et qui poussait.

Un mur invisible séparait mes pensées des autres. Encouragée, j'ai donné de nouveau un coup de boutoir, d'une manière impossible à décrire. La barrière a légèrement cédé.

Un bourdonnement m'a rempli la tête avant de se fragmenter en murmures, comme des voix étouffées dans une pièce éloignée. La silhouette de Coop est apparue au centre de ma conscience. Encore vague et indistincte.

Et puis, aussi soudainement qu'il s'était formé, le lien s'est rompu. J'ai entendu un bruit sourd, comme un livre que l'on referme. L'image s'est échappée et s'est dissoute dans l'obscurité de mon cerveau.

SNUP.

J'ai cligné des paupières.

Ouvert les yeux.

J'étais affalée sur le sable, la flambée terminée.

La voix de Hi m'est parvenue :

— Reviens parmi nous, Tory ! Tu vas retomber dans les pommes.

Ben et lui m'ont remise sur mes pieds. Ils m'ont maintenue debout jusqu'à ce que je sois stable.

— Allons-y, a lancé Ben. Cette histoire de communication mentale était une illusion. Ça va te rendre dingue.

Avant que j'aie eu le temps de répondre, une voix a retenti sur la plage. On a tourné la tête avec un bel ensemble.

Nous n'étions plus seuls.

3.

— Hé, les rigolos, la prochaine fois, laissez un mot !

Shelton se dirigeait vers nous, les mains dans les poches. Petit et maigre, vêtu d'un T-shirt du Comic-Con bleu et d'un short de gym blanc surdimensionné, il portait des verres épais à monture d'écaille.

Et il affichait un sourire en coin. Il savait qu'il nous surprenait.

— Tiens, tiens, l'oiseau est sorti de sa cage ! a lancé Hi. Ça date de quand ?

— J'ai reçu l'absolution ce matin.

Shelton a essuyé son front trempé de sueur. Sa peau était couleur chocolat, un cadeau de son père afro-américain. Quant à ses pommettes saillantes et à ses yeux bridés, il les tenait de sa mère japonaise.

— Je pensais bien vous trouver ici. Et je devine ce que vous y faites.

— Tory essaie de rejouer à Mind Binder, a dit Hi. Résultat, elle s'est retrouvée le nez dans le sable.

Le sourire de Shelton a disparu.

— On ne pourrait pas faire comme si ce n'était jamais arrivé ? Ça m'empêche déjà de dormir !

Il tripotait nerveusement l'anneau contenant sa collection d'outils de crochetage. Un hobby qui se révélait souvent bien utile.

Je les ai dévisagés.

— Faire comme si ce n'était jamais arrivé ? Voyons, on doit absolument comprendre les modifications qu'on a subies ! Impossible de les ignorer. Qu'est-ce qui se passera si l'on a d'autres réactions ?

Shelton a levé les bras en l'air.

— Ça va, ça va. Je flippe, c'est tout. J'ai essayé de déclencher une flambée quand mes parents n'étaient pas là. Rien. Et puis j'ai chopé un rhume et, pendant deux jours, j'ai cru que le virus était en train d'avoir ma peau.

Ben opinait.

— Chez moi, même quand j'y parviens, les pouvoirs ne sont jamais pareils. Ni stables.

— On va y arriver. On a simplement besoin de pratique.

J'affichais une confiance que j'étais loin d'éprouver.

— Ou d'une lobotomie, a marmonné Hi.

— N'oublions pas que Loggerhead est le seul endroit où l'on peut s'exercer, est intervenu Ben en nous scrutant tour à tour, de Viral à Viral. Il faut faire gaffe, même si l'on ne craint rien ici. Ce serait trop risqué d'utiliser nos pouvoirs dans un endroit où l'on pourrait nous voir.

On a tous approuvé. Nous avions toujours peur de voir notre secret révélé. L'ampleur des conséquences qu'aurait une telle découverte dépassait l'imagination.

— On ne peut faire confiance à personne d'autre qu'à nous, a conclu Ben. Ne l'oubliez pas.

Hi a donné une tape dans le dos de Shelton.

— Bon, assez de catastrophisme. Dis-nous plutôt comment tu nous as trouvés. Tes talents de pisteur ?

Shelton s'est tourné vers moi.

— Je suis tombé sur Kit au LIRI. Ton père te cherche, Tory. Il m'a chargé de vous retrouver tous et de vous ramener illico presto. J'ai l'impression qu'il se passe quelque chose.

— Qu'est-ce qu'on a encore fait ?

Le ton de Ben était sarcastique.

— Ils ont dû apprendre comment tu nous as traités, moi et ce pauvre chien, a déclaré Hi. Tu vas morfler, mon pote. J'espère que ça valait le coup.

— Oui.

J'ai sifflé. Quelques instants plus tard, Coop émergeait des buissons et bondissait autour de nous.

— Ça ne sert à rien d'essayer de deviner, ai-je dit tandis que le chien-loup filait sur la plage. Allons voir.

Dix minutes plus tard, nous arrivions au portail du LIRI.

Nous sommes entrés, en vérifiant que tout était bien refermé derrière nous. Nous l'avions oublié une fois, et des singes fouineurs avaient passé la nuit à tripatouiller les loquets.

Autour de nous, alignés face à face, une dizaine de bâtiments modernes en verre et acier séparés par un espace vert étincelaient sous le soleil de midi. Une allée bétonnée conduisait à l'entrée principale, puis, plus loin, à l'embarcadère. Une clôture de deux mètres cinquante de haut entourait l'ensemble.

Nous nous sommes arrêtés devant le Bâtiment 1. Avec ses trois étages, c'était le plus vaste de l'île. Outre les bureaux de l'administration du LIRI, il hébergeait le laboratoire de biologie marine, le fief de mon père.

Une alarme a retenti dans un coin de mon cerveau. Quelque chose n'allait pas. Un calme inhabituel régnait sur les installations, qui semblaient curieusement désertes pour un jour de semaine.

Coop a aboyé, déchirant le silence.

J'ai posé la main sur sa tête et lui ai gratté les oreilles.

— Chut !

Kit est sorti du bâtiment. Immédiatement. Il devait m'attendre dans le vestibule. Il a jeté un coup d'œil impatient à sa montre.

— En retard. Je m'en doutais.

Têtes baissées et grognements pour toute réponse.

Il s'est dirigé vers moi à grandes enjambées. On s'est retrouvés à mi-chemin.

— Alors, ma fille, prête à rentrer à la maison ?

Ouh là ! Ce ton faussement enjoué cachait quelque chose.

— Bien sûr. Il y a un problème ?

— Un problème ? Non. Relax, Tory.

Sa réponse n'a fait qu'accentuer mon inquiétude. Mon père se défilait, mais je n'ai rien dit.

La traversée jusqu'à Morris Island s'est déroulée dans une atmosphère bizarre. Coop était assis près de moi dans le ferry de M. Blue, le père de Ben, sa grosse tête sur mes genoux. Kit bavardait de choses et d'autres sur un ton léger.

Alors pourquoi cette convocation ?

Quand nous avons débarqué sur l'île, j'étais tendue comme un élastique.

Un mot sur Christopher « Kit » Howard. C'est mon père biologique, mais je l'appelle par son surnom. Pas « papa ».

On se connaît depuis moins d'un an. Pour le moment, ça se passe bien entre nous.

Il y a neuf mois, je suis venue m'installer chez lui. Ma mère venait d'être tuée par un chauffeur ivre. Au choc de sa disparition s'est ajouté celui de la rencontre avec « papa ». J'avais à peine séché mes larmes que je me suis retrouvée à des centaines de kilomètres de l'endroit où je vivais, dans mon nouveau foyer.

Bonjour, la Caroline, *good bye*, le Massachusetts où j'avais passé ma vie. C'est comme ça.

Kit et moi, on en est encore à se découvrir. On a pas mal avancé, mais il reste un sacré bout de chemin à faire.

— *Home, sweet home !*

Kit a bondi sur l'appontement et filé droit vers la maison.

J'ai suivi, perplexe. Pour le « *sweet home* », on pouvait discuter.

L'essentiel des cadres du LIRI vit sur Morris Island, dans un petit groupe de maisons de ville qui appartiennent à l'université de Charleston. Ce minuscule quartier, construit sur les vestiges de Fort Wagner, une fortification datant de la guerre de Sécession, est la seule structure moderne à des kilomètres à la ronde. Le reste de l'île est une réserve naturelle gérée par l'université pour l'État de Caroline du Sud.

Morris Island est franchement hors des sentiers battus, même pour une ville comme Charleston. Un bled perdu au fin fond de nulle part. Je vis dans un isolement total, ou presque. Au début, c'était dur, mais j'ai fini par apprécier.

— Allez, viens, Coop, ai-je lancé. On va essayer de savoir ce qui se passe.

Kit était déjà assis dans la cuisine et il jouait nerveusement avec une serviette. Son regard a brièvement croisé le mien. J'ai fait asseoir Coop dans son panier, puis j'ai approché une chaise de la table.

— Bon, ai-je dit. Quelque chose te travaille. Crache.

Kit a ouvert la bouche. L'a refermée. A martyrisé la serviette. Mis sa tête dans ses mains. S'est frotté les yeux. M'a regardée. A souri.

— D'abord, Tory, je veux te dire que tout ira bien. On n'a aucune raison de se faire du souci. (Un coup du plat de la main sur la table.) Aucune.

Maintenant, je m'en faisais, du souci.

— Il y a un risque…, a-t-il poursuivi. Enfin, il n'est pas impossible que peut-être… je… je perde mon emploi.

— Quoi ! Pourquoi ?

Kit avait l'air affreusement malheureux.

— Réduction de budget. Il se peut que l'université de Charleston doive fermer les installations du LIRI. Dans ce cas, mon job saute.

Mauvais. Très mauvais.

— Fermer le LIRI ? Pour quelle raison ?

— Comment dire ? a-t-il soupiré. L'institut est sens dessus dessous. Nous sommes sans directeur depuis que le Dr Karsten… (un silence gêné) … est parti. La presse a été brutale. Il y a des rumeurs selon lesquelles Karsten se serait livré à des expérimentations illégales et aurait peut-être touché des pots-de-vin d'une compagnie.

J'ai sursauté. Dans le mille, ou pas loin.

— Des expérimentations illégales ?

— On a découvert un nouveau laboratoire dans le Bâtiment 6, a poursuivi Kit. Un site sécurisé, non enregistré. Doté d'un équipement considérable et très coûteux. Et aucun dossier. Franchement curieux. Nous n'avons aucune idée de ce que Karsten y faisait.

Les battements de mon cœur se sont accélérés. Le parvovirus. Cooper. Notre maladie.

Si quelqu'un a découvert ce qui est arrivé…

Mes mains tremblaient. Je les ai dissimulées sous la table.

Coop a perçu mon malaise. Il a sauté de son panier et est venu s'asseoir à côté de moi. Je lui ai caressé la tête d'un air absent.

Pris par ses propres soucis, Kit n'a pas remarqué mon agitation.

— Cette publicité récente a attiré l'attention de certains groupes d'écologistes qui nous accusent maintenant de maltraiter des singes sur Loggerhead Island.

— Mais c'est absurde !

J'en oubliais ma propre détresse.

— Les singes ne sont absolument pas maltraités, ai-je protesté. Ils ne sont même pas perturbés. C'est de la recherche par observation.

— Essaie de le leur expliquer ! On leur a proposé de visiter le LIRI pour apaiser leurs craintes. Rien à faire. Ils ne s'occupent pas des faits. Et ils se moquent que ces animaux n'aient nulle part ailleurs où aller. Ce qu'ils veulent, c'est vociférer que des singes sont en captivité et nous faire fermer.

Kit s'est appuyé contre le dossier de sa chaise, bras croisés.

— Mais c'est un détail, a-t-il repris. Le problème majeur, c'est que l'université manque de fonds pour que le LIRI poursuive ses activités. Les mauvaises conditions économiques ont asséché le budget.

— Combien manque-t-il ?

— Beaucoup d'argent. Les administrateurs ont pour mission de réduire les coûts, et la gestion et le personnel du LIRI coûtent très cher.

— Dis-leur de fermer un autre endroit !

C'était brutal, mais je m'en fichais. Un château de cartes s'effondrait dans ma tête. Et les inévitables conséquences me terrifiaient.

De nouveau, Kit a évité mon regard.

— Il y a autre chose. Si le LIRI est fermé, l'université ne continuera pas à gérer ces maisons. Nous devrons déménager.

Un frisson glacé m'a parcourue. J'avais peur d'entendre la suite.

— Je suis désolé, mais on ne pourra pas faire autrement, a-t-il poursuivi, les épaules crispées. Il n'y a aucun autre poste pour moi dans la région de Charleston. Je me suis déjà renseigné.

— Déménager ?

Ce n'était qu'un chuchotement. Tout cela me paraissait irréel.

Kit s'est levé. Il a gagné le séjour et a regardé par la fenêtre. Au-delà de la pelouse plantée de palmiers, les vagues léchaient le quai. La marée commençait à descendre.

— Je ne peux pas payer Bolton de ma poche, Tory. Pas sans la subvention du LIRI.

Les autres Viraux et moi suivions les cours de la Bolton Preparatory Academy, l'école privée la plus ancienne et la plus prestigieuse de Charleston. Très chic et très chère.

Pour encourager les collaborateurs du LIRI qui acceptaient de vivre et de travailler si loin de la ville, l'université prenait en charge la majeure partie du coût des études de leurs enfants.

Kit s'est tourné vers moi, l'air rassurant.

— Ne t'inquiète pas. J'ai vu des offres d'emploi intéressantes sur le Net. J'ai déjà contacté un labo en Nouvelle-Écosse qui cherche un biologiste marin.

— En Nouvelle-Écosse ? Au Canada ! On irait s'enterrer au Canada ?

Le tour que prenaient les événements me dépassait.

— Rien n'est décidé. Je me disais simplement...

Je me suis bouché les oreilles.

— Je t'en prie, arrête !

Assez.

Tout allait trop vite.

Plantant là Kit, je suis montée dans ma chambre.

J'ai claqué la porte et me suis jetée sur mon lit.

Une seconde plus tard, je fondais en larmes.

4.

La séance d'autoapitoiement n'a pas duré.

J'ai bondi sur mon Mac et je l'ai allumé. Quelques instants après, j'étais sur iFollow.

J'avais besoin des autres Viraux. Tout de suite.

iFollow permet à des groupes d'être en contact en ligne. Quand des utilisateurs se connectent à partir d'un smartphone, l'application suit les déplacements de chaque membre sur le plan d'une ville. Le programme permet aussi de partager des fichiers et fait fonction de réseau social. Génial.

On continue à l'utiliser envers et contre tout. On a besoin de pouvoir localiser instantanément les autres. Histoire de veiller sur eux.

J'ai vérifié la carte, posté un message, puis je suis passée en mode visioconférence.

Et j'ai attendu.

Shelton a été le premier à apparaître sur mon écran. Sa tête montait et descendait, ce qui m'a donné un peu mal au cœur. J'entendais un moteur vrombir derrière lui.

Un coup d'œil sur le GPS a confirmé mon impression. Un cercle rouge indiquait que Shelton était juste au large de Morris Island et se dirigeait vers le nord. Il avait activé la fonction d'appel vidéo sur son iPhone.

— T'es au courant ? a-t-il demandé d'une voix angoissée.

— Oui. T'es où ?

— Sur le ferry. Mon père vient de me dire que tout le monde est viré au LIRI !

— Je sais. Kit m'a dit la même chose.

Mon moral est descendu dans mes chaussettes. J'avais encore l'espoir que Kit ait mal compris. Qu'il ait extrapolé. Mais Shelton confirmait l'horrible vérité.

Shelton se triturait le lobe de l'oreille. Son habitude quand il était nerveux.

— Qu'est-ce qu'on va devenir ? On va tous devoir aller ailleurs.

Avant que je puisse répondre, l'écran s'est divisé en trois. Hi est apparu sur la gauche. Derrière lui, on apercevait le mur de sa chambre. Suant et soufflant, il venait à l'évidence de courir jusqu'à son ordinateur.

— Oh, merde ! Vous avez appris la nouvelle, vous aussi. C'est incroyable.

J'ai hoché la tête, complètement perdue. Je n'avais pas éprouvé un tel sentiment d'impuissance depuis longtemps. Depuis la mort de maman.

— Vous avez eu les détails ? a demandé Hi.

Une nouvelle vague d'inquiétude m'a submergée.

— Quels détails ?

— D'après mon père, le problème va bien au-delà d'une simple réduction de budget pour l'université de Charleston. Apparemment, c'est tout l'État de Caroline du Sud qui est complètement fauché. Les autorités essaient de liquider des actifs qui ne leur paraissent pas essentiels.

— En clair, ça veut dire quoi ? a interrogé Shelton.

— L'État peut saisir et vendre Loggerhead Island. Depuis des décennies, ces plages font saliver les promoteurs.

— Ils ne peuvent pas faire ça ! ai-je crié.

— Si. Mon père a appelé un ami à Columbia, qui lui a appris que des négociations étaient en cours.

— Est-ce qu'il ne faut pas un vote pour ce genre de choses ? a interrogé Shelton. Techniquement, Loggerhead est un bien public, non ?

Hi a secoué négativement la tête.

— L'université détient les droits de propriété et les autorités ont déjà l'autorisation de vendre les actifs de l'université. Ils peuvent effectuer la vente quand ils le veulent.

— Et l'État fait d'une pierre deux coups, compte tenu de la mauvaise publicité qu'il y a eu autour de l'affaire. Toutes les salades de la presse !

— Il y a pire. Morris Island peut faire partie du lot.

— Pas question.

Je n'arrivais pas à y croire.

— Réfléchis, a poursuivi Hi. Pour un promoteur, l'île est encore plus juteuse que Loggerhead. Elle est moins éloignée, trois fois plus grande et il y a une route.

— Et, dans la mesure où l'université a aussi les titres de propriété de Morris Island, l'affaire est pliée, a conclu Shelton. C'est habile. Les salauds !

— Ils vont construire des résidences sur notre bunker pour que de riches retraités puissent faire bronzer leur gros bide au bord de la piscine, a grogné Hi.

— Nom de Dieu !

D'accord, je blasphémais, mais à ce moment-là je m'en tapais. Mon univers s'effondrait, celui que j'avais eu tant de mal à créer et à faire fonctionner.

Mon écran d'ordinateur s'est divisé en quatre. Le visage renfrogné de Ben, installé sur le canapé dans la salle de jeux paternelle, est apparu à son tour.

— Tu connais la nouvelle ? a lancé Shelton.

Ben a hoché affirmativement la tête.

— Que vont devenir Whisper et la horde ? ai-je demandé. Et les tortues marines ? Et les cinq cents singes rhésus qui vivent sur Loggerhead ?

Personne n'a répondu.

Il valait mieux. Les réponses étaient terrifiantes.

Hi a rompu le silence.

— La loi protège les tortues, mais la famille de Whisper n'est pas censée se trouver là. Quant aux singes, ils valent pas mal d'argent. Ils peuvent être vendus à n'importe qui, y compris à des boîtes qui font de la recherche médicale.

Des larmes brûlantes me venaient aux yeux. Je les ai refoulées. Cela n'arrangerait rien si je m'effondrais.

— Mes parents disent qu'il faudra déménager, a annoncé Shelton sur un ton calme. Ils cherchent déjà un nouveau logement.

— Les miens aussi, a marmonné Hi. J'ai horreur du changement.

J'ai levé les yeux au ciel.

— Et Kit envisage de prendre un boulot en Nouvelle-Écosse !

Hi n'a pu retenir un gloussement.

— Au Canada ? Tu vas t'amuser comme une folle ! Ne t'approche pas trop des orignals. Orignaux. Enfin, qu'importe.

— Oh, la ferme.

Malgré les circonstances, j'ai souri. Au moins, j'avais mes amis.

Pour quelque temps encore.

— On ne peut pas les laisser nous séparer, a décrété Ben, qui n'avait pas ouvert la bouche jusque-là.

De derrière l'écran, il a pointé le doigt sur moi.

— Tu dis que nous sommes une famille. Une horde. Une horde n'abandonne jamais l'un des siens. Jamais.

Sacrée déclaration. Il me surprenait.

— Il a raison, a approuvé Hi. Je ne me vois pas me faire de nouveaux amis. Ce n'est pas mon point fort. Et d'ailleurs, où est-ce que je trouverais d'autres mutants dotés de super-pouvoirs pour me disputer avec eux ?

— N'oublions pas le plus dangereux, a ajouté Shelton. Nous ignorons ce qui cloche chez nous et ce qui va se passer. Vous, je ne sais pas, mais moi, je ne me vois pas gérer cette histoire de flambée tout seul.

Hochement de tête approbateur de Hi.

— Je ne vais pas me laisser disséquer comme un rat de laboratoire. Vous êtes censés veiller sur moi, vous autres.

Comme un seul homme, les garçons ont regardé l'écran. C'est-à-dire moi.

Pardon ? J'étais la plus jeune. Et la seule fille. Pourquoi se reposer sur moi ?

Mais bon, pas de problème. J'étais d'accord.

Si je devais prendre la direction des opérations, je ne me défilerais pas.

Il faut affronter cette crise.

— On a besoin d'un plan, ai-je annoncé. Et vite.

5.

J'avais oublié mon devoir de français.

La présentation de fin d'année, qui comptait pour un tiers. Elle était prévue pour aujourd'hui, mais je n'avais rien préparé. J'étais donc devant la classe, en pleine panique.

Impossible d'articuler le moindre mot. C'était comme si je n'avais jamais entendu parler cette langue. J'étais là à me tortiller, lamentable, cherchant désespérément quelque chose à dire. N'importe quoi !

— *Je m'appelle Tory. Parlez-vous français ?*

Comment avais-je pu manquer à ce point de sérieux ? Je n'aurais pas mon examen, maintenant. Mon cursus entier allait être gâché. Les années de fac, tout. Hop ! à la trappe.

Dans l'assistance, des gloussements. Des reniflements méprisants. Des rires étouffés. Désorientée, j'ai baissé les yeux.

Je portais le vieux maillot de bain de maman, un une-pièce à jupette élimé. Une tenue aussi démodée et déplacée que possible.

Mortifiée, le feu aux joues, j'ai tenté de le dissimuler. Avec mes mains, avec mon bouquin.

Où sont donc mes vêtements ?

Maintenant, mes camarades de classe poussaient des cris, tapaient sur les tables. Hiram. Shelton. Jason. Ben lui-même. Tout au fond, Chance Claybourne se tenait au côté du Dr Karsten et me fusillait du regard.

C'en était trop. La porte. Le couloir. Fuir. J'ai pris mes jambes à mon cou.

Je me suis retrouvée dans un corridor obscur. Une étrange odeur m'a arrêtée. Une senteur musquée, qui rappelait les copeaux de bois, la terre fraîchement retournée. Troublée, j'ai cherché à savoir d'où elle venait.

Les casiers alignés dans le couloir ont commencé à vibrer. Leurs portes étaient en train de céder. Et soudain ils ont livré passage à des centaines de poulets qui se sont accumulés à mes pieds en caquetant et en battant des ailes. Un vacarme épouvantable.

Où me réfugier ? Que faire ?

Les volatiles me pressaient de toutes parts, leurs yeux ronds braqués sur ma gorge.

J'ai senti une énorme montée d'adrénaline. Autre chose aussi.

Une traînée écarlate a traversé mon champ de vision. Mon cerveau s'est dilaté, puis contracté. Je tremblais comme une feuille.

Mes bras, mes jambes étaient en train de se couvrir de fourrure. Mes mains se transformaient en pattes.

Oh, non ! Non, non, non !

Des griffes ont jailli au bout de mes doigts. Un grondement sourd montait dans ma gorge.

Le loup était en train d'émerger.

Complètement, cette fois.

Une main s'est posée sur mon épaule. Terrifiée, j'ai fait volte-face.

Si brutalement que la silhouette a valdingué sur le sol.

Kit, à terre, me regardait, les yeux écarquillés. Le smoking qu'il portait était recouvert de graisse et de plumes.

— Tory, le petit déj' est prêt ! a-t-il crié.

J'ai secoué la tête, affolée, le souffle court.

Il me voit ! Kit voit ce que je suis vraiment !

J'ai hurlé à la mort.

— Tory ! Le petit déjeuner !

Je me suis assise d'un bond dans mon lit. La voix de Kit résonnait encore à mes oreilles. J'entendais le bacon qui grésillait dans la poêle. Une odeur de pain brûlé me chatouillait les narines.

Oh !

Un rêve. Un rêve épouvantable. Je ne fais même pas de français. *Hablo español !*

Je me suis frotté les yeux pour tenter de dissiper ce cauchemar. J'étais trempée de sueur, les reins douloureux. Plus fatiguée qu'au coucher.

— Tory ! Dépêche un peu !

Repoussant les couvertures, j'ai titubé jusqu'à la salle de bains. Brossage de dents et de cheveux. Ablutions. Puis je suis descendue.

En bas de l'escalier, une surprise m'attendait.

Kit avait mis la table. Sets, argenterie, serviettes. Verres d'eau fraîche et de jus d'orange. Œufs, bacon, saucisses, semoule de maïs. Il y avait même un pichet de lait posé sur de la glace.

Visiblement, il surcompensait.

— Waouh, Kit ! J'ai manqué un anniversaire ?

— Non, mais il est temps de nourrir ma fille correctement. Les toasts arrivent. La première fournée a fait de la résistance.

Cooper suivait tous ses mouvements du regard. Plein d'espoir. À mon arrivée dans la cuisine, il m'a jeté un coup d'œil, accompagné d'un jappement, mais n'a pas bougé d'un pouce. La perspective de participer à ce festin primait sur mon apparition.

— Quel vendu ! ai-je dit entre mes dents.

— Il sait reconnaître un grand cuisinier quand il en voit un.

Kit a lancé un bout de bacon sur le sol. Tout frétillant, Cooper n'a fait qu'une bouchée de l'offrande.

J'ai hoché la tête. Aucune chance que cette exception devienne la règle. Mais à cheval donné, on ne regarde pas les dents, n'est-ce pas ? J'ai profité de l'aubaine.

Une demi-heure plus tard, l'estomac plein, j'avais presque oublié mon cauchemar.

— Je bosse toute la journée, m'a dit Kit, mais tu peux m'appeler si tu as besoin de parler. Tout se passera bien, tu verras.

— Ne t'inquiète pas.

— Je parle sérieusement. J'ai reçu ce matin un mail à propos d'un autre poste. Aux États-Unis, celui-ci.

— Il y a du progrès.

— C'est un peu plus loin, mais le job est beaucoup plus intéressant. Conseiller scientifique dans une importante pêcherie. Le salaire est à la hauteur.

J'ai haussé un sourcil.

— Plus loin ? Où ça ?

— Dutch Harbor, en Alaska. Les photos qu'on voit sur Internet sont magnifiques. Un panorama superbe.

Je me suis tapé la tête contre la table.

Bang, bang, bang.

— Et il y a des loups là-bas, s'est hâté d'ajouter Kit.

Je me suis redressée.

— L'Alaska ! C'est l'Alaska, maintenant ?

— Imagine l'aventure !

Kit souriait, mais ses yeux exprimaient de l'inquiétude.

— Tu me fais marcher, j'espère.

— Rien n'est fait, en réalité. Tout ce que je sais, c'est que ma candidature les intéresse.

— Ça coûterait combien de continuer à faire fonctionner le LIRI ?

J'avais un peu réfléchi à la question. On devait pouvoir agir. Lever des fonds, trouver des donateurs.

Kit a plissé le front.

— Dix millions de dollars par an, au minimum.

Oups !

— On ne peut pas écrire à quelqu'un ? Essayer de persuader les administrateurs ?

— C'est trop d'argent. L'université peut résoudre ses problèmes financiers et mettre un terme au désastre médiatique d'un seul trait de plume. Le choix est vite fait.

Qu'ajouter à cela ?

Kit a pris ses clés et s'est dirigé vers la porte. La main sur le loquet, il s'est tourné vers moi.

— Il faut garder la tête haute. Tu vas voir, on va rebondir.

— La tête haute, mes fesses ! ai-je marmonné après son départ.

Coop s'est approché et a niché son museau dans ma main. Je lui ai gratté les oreilles, mais le petit chien-loup lui-même n'est pas arrivé à me remonter le moral.

Loggerhead abritait tant d'animaux ! Whisper, Polo et Buster. Les nombreux singes rhésus. Une colonie de tortues séculaires. Et des centaines d'autres espèces. Leur vie allait être bouleversée, voire anéantie. Tout ça pour que l'université fasse des économies.

Je pensais aussi aux scientifiques, au personnel du LIRI. Le couperet tomberait pour eux. Mes amis et moi allions être éparpillés aux quatre coins du pays. Notre horde serait détruite.

Ça suffit !

Nous devions préserver le LIRI. Sauver Loggerhead Island.

C'était la seule option possible.

Kit parlait de millions de dollars ?

Eh bien, on allait les trouver.

Où qu'ils soient.

6.

— « Vous aimeriez gagner des milliers de dollars, confortablement installé dans votre salon ? »

Hi nous lisait des fiches. Chemise blanche, cravate bleu marine, pantalon de toile beige. Très businessman décontracté. Un bref coup d'œil à son auditoire et il a repris sa présentation.

— « Argent liquide ? Belles maisons ? Vacances luxueuses ? »

Il a quêté notre approbation. Rien.

— Tu rigoles ou quoi ? a grommelé Shelton en se tournant de nouveau vers l'écran de son portable. J'étais sur le point de pirater le site de Ben & Jerry's quand tu nous a appelés. On pourrait être en train de se gaver de glaces gratos. Maintenant, je vais devoir tout reprendre à zéro.

Après avoir nettoyé la cuisine, je m'étais rendue au bunker avec Coop. Hi avait demandé que les Viraux se réunissent. Déprimée, je commençais à comprendre pourquoi.

Shelton et Ben étaient affalés sur le rebord de la fenêtre, le front plissé. Je m'étais installée sur la chaise bancale posée devant la table, Coop à mes pieds.

L'ameublement de notre repaire était plus que sommaire, mais la tranquillité compensait largement l'absence de confort.

Le bunker, situé à l'extrémité nord de Morris Island, a été construit pendant la guerre de Sécession dans le cadre de la défense navale de Charleston. Les deux salles de cet abri en bois, enfouies sous la dune qui domine la rade, sont pratiquement invisibles de l'extérieur.

Tout le monde a oublié son existence et nous gardons jalousement le secret.

Devant la réticence affichée des deux autres, Hi s'est tourné vers moi.

— Et vous, mademoiselle ? Cela vous dirait d'être votre propre patronne ? De gagner en un mois plus que ce que les gens se font en un an ?

J'ai reniflé avec mépris.

Il ne s'est pas découragé pour autant.

— « Rejoignez l'équipe de Confederate Goods International et vous aussi pourrez réaliser votre rêve : devenir... (pause théâtrale)... millionnaire ! »

D'un geste solennel, Hi a posé une chemise en carton sur la table. À l'intérieur se trouvaient des documents qu'il avait imprimés à partir du Net.

Je les ai feuilletés rapidement.

— Il n'y a rien là-dedans que du clipart, ai-je dit. Des images de yachts et de voitures de sport.

Shelton a fermé son ordinateur. Puis il a saisi une feuille au hasard.

— Ridicule ! Des mecs grisonnants qui posent devant des maisons dont ils ne sont pas propriétaires, en compagnie de mannequins qu'ils ne connaissent même pas !

Il a lancé le dossier à Ben, qui ne s'est même pas donné le mal de l'attraper. Son contenu s'est répandu sur le sol.

— Attendez !

Prenant une nouvelle fiche, Hi a poursuivi en hâte sa lecture.

— « L'idée de démarrer ce job de rêve vous enthousiasme ? Il vous suffit de signer notre "contrat de responsabilisation personnelle" et nous vous ouvrons la voie de la réussite financière ! »

Shelton a ramassé un feuillet.

— C'est une arnaque, mec. Il y a vingt pages et je ne sais toujours pas ce que font ces gens. En revanche, j'ai la photo d'une bague en diamants. Très utile, effectivement !

— Il s'agit de vendre leurs produits ou quelque chose dans ce genre, a répondu Hi. Je paye un modeste droit d'entrée et je trouve trois personnes qui vont travailler pour moi. À leur tour, les trois personnes – vous, mes potes – trouvent chacune trois personnes...

Ben a levé les yeux au ciel.

— C'est un système pyramidal, idiot ! Une escroquerie pure et simple.

Shelton hochait la tête, l'air navré.

— Un truc vieux comme le monde.

Hi a parcouru ses fiches et en a pris une en dessous de la pile.

— « Vous hésitez avant d'embarquer pour cette nouvelle aventure ? N'ayez pas peur de l'inconnu... » Hé !

Il s'est baissé au moment où la chemise en carton passait à quelques centimètres au-dessus de sa tête et allait s'écraser contre le mur derrière lui.

Coop, surpris, a bondi sur ses pattes en grondant. J'ai passé mon bras autour de son encolure pour le calmer.

Hi ramassait les feuilles éparses.

— Vous venez de réduire à néant nos services de marketing.

— Si on pouvait faire fortune en travaillant chez soi, ça se saurait, Hi, ai-je dit.

Les joues écarlates, il a ôté sa cravate et sorti les pans de sa chemise.

— Très bien. N'empêche qu'il faut gagner de l'argent.

— En gagner, pas perdre le nôtre par la même occasion, a corrigé Ben.

— Il va nous en falloir un paquet. Des millions, ai-je annoncé.

Et j'ai rapporté aux autres les paroles de Kit au petit déjeuner.

Hi se frottait le menton.

— Et si on attaquait une banque ? Je veux dire qu'on se débrouille pas mal pour s'introduire quelque part. Sans compter nos superpouvoirs.

— Il me semble que ce n'est pas tout à fait dans nos cordes, a répliqué Shelton. Je ne veux pas déménager, mais une cellule au fond d'une prison, non merci !

— On doit trouver quelque chose à tout prix. Pas question d'accepter d'être séparés. Je ne veux pas être une espèce de mutant tout seul dans mon coin. J'ai besoin d'avoir des amis.

Hi a baissé la voix avant d'ajouter :

— Et ce virus me fiche une trouille bleue.

Pendant quelques instants, je me suis sentie aussi désespérée que lui. Que pouvaient quatre ados dans ces circonstances ?

Ben s'est approché de Hi et lui a ébouriffé les cheveux.

— Allez, t'en fais pas ! On va trouver une solution. Mais pas de pétage de plombs dans le bunker, je ne supporte pas.

— Parce que c'est ta spécialité ?

Hi a repoussé sa main, mais il souriait. Parfois, Ben savait très bien ce qu'il fallait faire.

— Je peux contacter un émir et lui envoyer mes coordonnées bancaires, pour qu'il fasse un méga-dépôt sur mon compte.

Shelton s'efforçait de garder un air sérieux.

— On pourrait jouer au Loto ? a suggéré Ben.

— Ou au casino à Las Vegas ? J'ai quarante dollars et une fausse moustache, a renchéri Hi.

Je n'avais rien de mieux à proposer pour le moment.

— Je dois partir, maintenant, les garçons. Tenez-moi au courant.

— Mais tu viens à peine d'arriver ! s'est exclamé Shelton.

— Je vais à un truc de débutantes. Une vente de charité au yacht-club. Whitney y tient et Kit la soutient.

Trois sourires railleurs ont accueilli cette annonce.

— Oh, ça va !

7.

Une demi-heure plus tard, une surprise m'attendait sur le quai.

Ben. Devant le *Sewee*, moteur ronflant.

— Je t'emmène.

Ça alors ! Quand j'avais quitté le bunker, Ben n'avait pas paru s'intéresser à mon après-midi mondain. Mais il avait préparé le bateau pendant que je me changeais.

Au bout de la jetée, son père était installé sur une chaise de jardin à côté de l'embarcation. Comme Kit travaillait, Tom Blue avait accepté de m'emmener en ville avec le ferry.

Et maintenant, pour une raison inconnue, Ben était là.

Tom arborait un petit sourire.

— Pour ma part, je n'y vois aucun inconvénient. Mais tu n'es pas obligée d'embarquer avec mon fils s'il t'ennuie, Tory.

Ben a rougi. Il a grimacé sans rien dire.

— Pas de problème, Tom, ai-je répondu. Merci à tous les deux.

Ben a démarré sans attendre, sous le regard amusé de son père.

— Où va-t-on ? a-t-il demandé.

— Au Palmetto Yacht Club. East Bay.

— Je sais où c'est.

Bon.

On a contourné Morris Island avant de filer vers Charleston Harbor. Au passage, j'ai tenté de repérer notre bunker parmi les dunes à la pointe de l'île. Impossible, comme toujours. Impec.

Ben louvoyait entre les bancs de sable. Comme il passait sa vie sur son bateau, je lui faisais confiance pour le choix de l'itinéraire. Il semblait connaître son chemin entre tous les îlots de la région, et Dieu sait s'ils étaient nombreux. Des centaines.

Le soleil de la mi-journée tapait dur et la brise marine apportait une fraîcheur bienvenue. Je respirais l'odeur âcre de l'eau salée. Des mouettes tournoyaient au-dessus de notre tête en poussant des cris. Un couple de dauphins suivait le sillage du *Sewee*. C'est fou ce que j'aime la mer.

— Ça te va très bien, a lâché Ben, le regard obstinément braqué sur l'horizon.

— Merci, ai-je fait, un peu gênée.

Je portais une robe de créateur, blanche avec des motifs floraux dorés. Très fashion, très chère. Trop chère pour moi. Prêtée, donc.

La tradition du *cotillion* – les « rallyes » et autres manifestations mondaines – est bien implantée dans le sud des États-Unis. Destinée à transmettre les règles du savoir-vivre aux jeunes, elle est en réalité un cauchemar étouffant auquel prennent part des gosses de riche franchement élitistes. Du moins, c'est comme ça que je le vis.

Nous étions censés apprendre les bases de la courtoisie, du respect, de la communication, de l'étiquette et des danses de salon. Au lieu de quoi, les fils et filles à papa restaient affalés sur des canapés à se gaver de petits-fours en comparant le prix des tenues des uns et des autres.

La question vestimentaire était d'ailleurs un casse-tête pour moi. Je n'avais pas les moyens d'être à la hauteur. L'insupportable copine de mon père, Whitney Dubois, avait résolu le problème. Une de ses amies tenait une boutique de mode et elle lui empruntait des robes. Quant aux bijoux – cette fois un bracelet en argent avec des gris-gris et le collier Tiffany assorti –, ils appartenaient à la reine du bronzage artificiel elle-même.

J'ai horreur de m'habiller, mais là, il valait mieux se fondre dans la masse. Même s'il fallait pour cela accepter les tenues chic et chères de Whitney.

Beurk.

Ben a ralenti pour pouvoir prendre de la vitesse.

— Tu as combien de pince-fesses de ce genre, en fait ?

— Deux ou trois par mois.

Comble de l'horreur, je devais faire mes débuts dans le monde à l'automne. Grâce à cette chère Whitney, le sort en était jeté. J'étais condamnée à me frotter à l'élite de la jeunesse de la ville non seulement à l'école, mais encore le reste du temps.

Double beurk.

Tandis que nous traversions le port à vive allure, laissant Fort Sumter sur la droite, Ben veillait à éviter les bateaux de grande taille. Le *Sewee* est un solide runabout – un Boston Whaler de seize pieds –, mais il n'aurait pas eu sa chance contre un cargo.

Nous avons mis une demi-heure pour atteindre la péninsule.

— Voilà ton entrepôt snobinard, a dit Ben en pointant le doigt vers le yacht-club. Je vais te déposer au plus près que peut le faire un type sans portefeuille bien garni.

Si ça l'agaçait à ce point, pourquoi avoir proposé de m'accompagner ? Comme si moi-même j'avais envie d'être ici !

Ben tirait une tête pas possible. Pour un peu, on l'aurait cru en colère. Je n'arrivais pas à comprendre pourquoi. J'aurais pu penser que c'était par jalousie, mais Ben Blue n'avait vraiment aucune envie de se taper des mondanités. Alors, qu'est-ce que ça voulait dire ?

Mon iPhone a bipé, ce qui m'a épargné la corvée de répondre.

Un texto. Jason. Il m'attendait à l'embarcadère.

— C'est le bouffon blond ?

— Jason n'est pas un bouffon. C'est quoi ton problème avec lui ? Il nous a aidés, il y a quelque temps.

Haussement d'épaules.

— Je suis allergique aux crétins.

Nous sommes entrés en silence dans la marina.

J'observais Ben en douce. Assis à l'avant, ses longs cheveux noirs flottant au vent, il portait son inévitable T-shirt noir, un short kaki, et arborait son éternel air renfrogné. Avec ses yeux sombres, sa peau cuivrée et son corps mince et musclé, il avait quelque chose de félin.

Je me suis dit qu'il était très séduisant, même quand il faisait la gueule.

Et même, particulièrement quand il faisait la gueule.

— Tiens, voilà le taré.

Son ton sec m'a ramenée à la réalité.

Jason Taylor se tenait sur la jetée. Grand, athlétique, regard azur et cheveux blond pâle. Le type scandinave. Version dieu viking.

Jason était la star de l'équipe de lacrosse – un mélange de basket, de foot et de hockey – de Bolton. Et il était riche, très riche. Sa famille avait une propriété magnifique à Mount Pleasant. Il aurait pu être imbuvable, mais sa personnalité honnête et ouverte faisait de lui l'un des jeunes les plus populaires de l'école.

Bref, nous n'avions pas grand chose de commun.

On avait travaillé ensemble au labo au cours du dernier semestre et, inexplicablement, il s'intéressait à moi. Quoique flattée – et, pour tout dire, abasourdie –, je n'étais pas certaine d'apprécier.

Je précise : Jason est un type formidable. Il s'était interposé quand les élèves huppés avaient rigolé de moi ou des autres Viraux. N'empêche que je ne rêvais pas de lui la nuit.

Je devrais probablement me jeter dans ses bras. Si je sortais avec lui, cela me protégerait du Trio des Bimbos. Mais ça voudrait dire qu'elles seraient tout le temps dans les environs. Non, merci.

— Notre Thor nordique a une cravate d'enfer, a lancé Ben. Pas mal, dans le genre vendeur de téléphones portables.

S'il y avait bien une chose dont j'étais certaine, c'est que Ben et Jason ne pouvaient pas se blairer. Je n'avais jamais compris pourquoi, mais ces deux-là étaient comme chien et chat. Chaque fois que j'avais mis le sujet sur le tapis, Ben avait détourné la conversation.

Ben était-il jaloux de Jason ?

Le contraste entre les deux n'aurait pu être plus frappant. C'était le jour et la nuit.

Lequel préfères-tu ?

Drôle de question. Où est-ce que j'étais allée chercher ça ?

Jason se précipitait à grandes enjambées vers le bateau.

— Tory ! Ah, et Ben... (Sourire pincé.) Toujours content de te voir, mec.

— Idem pour moi. Tiens, rends-toi utile.

Ben a lancé une amarre à la tête de Jason, qui l'a esquivée et s'en est habilement saisi.

— Pourquoi attaches-tu le bateau ? Je suppose que tu ne restes pas ?

Ben s'est encore renfrogné un peu plus. D'habitude, Jason n'allait pas jusque-là.

Jason m'a tendu l'autre main. Dès que j'ai posé le pied sur le quai, il a jeté l'amarre sur le pont du *Sewee*.

— Ciao, Ben. Bon retour.

Il avait déjà tourné les talons quand Ben a relancé le moteur et éloigné le *Sewee* du quai.

— Merci, Ben ! ai-je crié. À plus tard !

Ben a agité la main sans se retourner.

Jason m'a pris le bras.

— On y va ?

Je n'ai pas bougé.

— Est-ce que vous ne pourriez pas essayer d'être un peu moins agressifs, tous les deux ? Cela devient ridicule.

Jason a grimacé, gêné de s'être montré aussi mal élevé.

— Désolé. Mais tu as vu de quelle façon il m'a lancé la corde ! Sans compter qu'on cuit littéralement, ici. Entrons, le buffet vient d'ouvrir.

Je me suis laissé conduire.

— Toi et la bouffe ! C'est pour cette raison que tu assistes à ces machins ? Le buffet gratuit ?

— L'une des raisons. (Un demi-sourire.) Allez, *go* !

*
* *

Le Palmetto Yacht Club était niché à l'extrémité est de la péninsule de Charleston, là où East Bay Street devenait The Battery. Quatre appontements abritaient une flottille de yachts qui coûtaient chacun une fortune. Le bâtiment principal du club, construit en fer à cheval, comportait deux étages en brique et stuc. Les ailes donnaient sur une longue pelouse soigneusement tondue, avec une vue magnifique sur le port.

La vente de charité du jour se déroulait à l'extérieur. Malgré la chaleur écrasante de la mi-août, les magnolias et la brise marine parvenaient à conférer une certaine fraîcheur au site.

Mais, bien entendu, je ruisselais. Tory Brennan, championne olympique de la transpiration.

Tout en foulant le gazon aux côtés de Jason, j'ai jeté un coup d'œil à l'intérieur des tentes de toile blanche dressées sur deux rangées. Tombola. Vente aux enchères d'œuvres d'art. Chacune avait son thème propre. D'après l'activité qui y régnait, il était évident que le montant des dons qu'allait récolter l'American Heart Association lui éviterait d'avoir des palpitations pendant un certain temps.

Des débutantes aux coiffures alambiquées se mêlaient à leurs petits amis de bonne famille, sous le regard approbateur des parents fortunés. Le tout puait les privilèges, l'extravagance et l'autosatisfaction.

Je n'étais vraiment pas à ma place.

Jason m'a plantée là pour se ruer sur l'une des tables à tréteaux, craignant sans doute que les canapés aux crevettes ne soient pris d'assaut.

Et je me suis retrouvée seule. Ben voyons.

J'ai sorti mes lunettes de soleil de mon sac et je les ai posées sur mon nez, dans l'espoir de donner le change. Puis, bien décidée à ne pas me laisser abattre, je me suis avancée lentement, en quête de visages amicaux.

Nada. En fait, c'était encore pire que d'habitude. J'ai reconnu des camarades de classe, mais ils ont tous fait comme s'ils ne me voyaient pas.

Je sentais des regards dans mon dos, accompagnés de chuchotements. Alors, j'ai hâté le pas, comme si cela pouvait améliorer la situation.

Perturbée, j'ai failli renverser une serveuse. Elle a vacillé, tandis que son plateau garni de croquettes au crabe penchait dangereusement. J'ai fait un bond en arrière. Mes lunettes de soleil sont tombées dans l'herbe.

— Excusez-moi !

J'ai ramassé les lunettes. Qui sait, avec un peu de chance, j'allais pouvoir me rendre invisible.

Échec sur toute la ligne.

Derrière moi, j'ai entendu des ricanements. J'ai risqué un œil.

Trois garçons de l'école, tous joueurs de lacrosse.

Le sang m'est monté à la tête. J'étais écarlate.

Un flash.

Bang.

SNAP.

Catastrophe !

8.

La flambée s'est déclenchée avec une force inouïe.

Mes sens sont passés en mode turbo. Ils ont tous explosé en même temps, comme une voiture qui démarre sur les chapeaux de roues avec la stéréo à fond. Surcharge du système.

Une douleur fugace m'a déchiré le front. J'ai retenu un gémissement. Ma peau luisait de sueur.

Mon rythme cardiaque a augmenté. Quadruplé.

Terrifiée à l'idée que cela puisse se voir, j'ai remis mes lunettes noires pour cacher mes iris qui devaient être dorés maintenant. Je m'attendais à ce qu'on me montre du doigt. À entendre des cris horrifiés.

Rien. Personne ne me jetait le moindre coup d'œil.

Un serveur est passé avec un plateau chargé de petits-fours végé. Deux tentes plus loin, les joueurs de lacrosse discutaient devant une roue de la Fortune, tandis que des dames aux cheveux bleutés comparaient leurs chapeaux tout en sirotant du champagne.

La fête continuait.

Les mains tremblantes, j'ai remis mes cheveux en place et j'ai repris mon circuit.

On ne peut voir ton regard. Personne ne sait rien.

Cela n'était jamais arrivé. Jamais je n'avais eu de flambée à l'extérieur. Purée, dans la foule ! C'était de la folie. Du suicide.

Comment était-ce possible, sans que rien l'ait déclenchée ? Quelques ricanements et un heurt auraient suffi ? Pourquoi ici et maintenant ?

C'était incroyablement dangereux. Désormais, j'emporterais toujours mes lunettes noires, même la nuit. Que serait-il arrivé si je ne les avais pas eues aujourd'hui ?

Mes pas m'ont conduite au bout de la pelouse, à l'entrée du club-house. À ma gauche, un banc de jardin était installé à l'ombre des cornouillers. Je me suis précipitée dessus, dans l'espoir de me reprendre.

Calme-toi. Respire.

J'étais bombardée d'informations. Je percevais le monde avec un luxe de détails inouï. Lentement, soigneusement, j'ai fait le tri parmi cette débauche sensorielle.

Je distinguais le moindre brin d'herbe, la moindre couture sur les vêtements de mes camarades de classe. Je respirais l'odeur des lauriers-roses, de la transpiration, des fruits de mer sur la glace et de la bruschetta. J'entendais les chuchotements, le cliquetis des couverts en argent, le crissement du gravier sous les pas. Je goûtais l'arôme salé du vent marin. Je percevais le poids léger du collier d'argent autour de mon cou.

C'était incroyable.

Pour la première fois de la journée, je me sentais sûre de moi. Cette bande de snobs était incapable de ressentir tout ça. Ils n'avaient même aucune idée de l'expérience que je vivais.

Mon assurance recouvrée, j'ai décidé de refaire le tour du jardin.

Mes oreilles captaient sans effort des bribes de conversation dans le brouhaha ambiant. Quelqu'un s'était-il aperçu de ma crise ? Observait-on mes mouvements ?

Oui et non. Personne n'avait remarqué ma flambée, mais ça n'empêchait pas mes camarades de classe de parler de moi. Et pas en termes sympathiques.

Ma bonne humeur s'est envolée.

C'est vrai, je l'avoue, je n'ai jamais fait partie des gens *in*. Comme aucun des Viraux, d'ailleurs. Les élèves de la Bolton Prep Academy passent leur temps à se moquer de nous. Ils nous traitent de ploucs, de réfugiés sur l'île. Ils savent que nous ne sommes pas riches et s'arrangent pour qu'on ne l'oublie pas.

Grâce à mon ouïe hyperfine, cet après-midi-là, j'ai découvert que les événements récents m'avaient rendue encore moins populaire, ce que je n'aurais pas cru possible.

Pour la plupart des élèves de Bolton, j'étais « cette fille ». Comme dans « cette fille qui s'est introduite dans Claybourne Manor ». Ou « cette fille qui a fait arrêter Chance ». Mais j'avais aussi droit à d'autres titres : « celle-là » ou « la môme », mon préféré étant « la zarbi des sciences ».

D'après ce que j'entendais, j'étais pratiquement une vaurienne. Ces aristos n'avaient pas digéré qu'une *boat people* de Morris Island, comme ils m'appelaient aussi, ait fait tomber des membres de leur milieu.

J'en avais les oreilles qui sifflaient. On racontait n'importe quoi. Des trucs incroyables. Chacun avait son opinion sur moi et aucune n'était flatteuse.

Le moral en berne, j'ai essayé de ne plus écouter.

Concentre-toi sur un autre sens. L'odorat, par exemple.

J'ai pris une profonde inspiration, en veillant à ne pas éternuer. Habituellement, j'arrivais à capter quelques odeurs dans la brise. Voyons : herbe fraîchement coupée, parfum entêtant – de chez Creed ? –, aisselles en sueur, beurre fondu.

Des arômes familiers, inoffensifs.

Puis de nouveaux effluves sont arrivés. De simples traces olfactives, au seuil de la perception. Faibles, indéfinissables, difficiles à déterminer. Et pourtant, il n'aurait pas fallu grand-chose pour que je les reconnaisse.

Mon cerveau a tenté de les disséquer. En vain. En clair, mon nez était déboussolé.

L'odeur acide qui émanait de cette débutante en train de bavarder avec son petit ami... n'était-ce pas de la nervosité ?

Et la senteur vinaigrée du bambin qui jetait des cailloux dans le petit bassin ? Si j'avais dû trouver une référence, j'aurais dit... l'ennui.

Je n'aurais pas su dire quoi, mais je sentais... quelque chose. Et mon cerveau tentait obstinément de trouver des associations. J'ai creusé.

Soudain, une porte s'est ouverte dans mon cerveau. Des milliers de traces olfactives en ont jailli.

Tombant à genoux, j'ai pris ma tête à deux mains. Ce torrent d'informations était plus que je ne pouvais en supporter. Il fallait à tout prix que je contrôle ma flambée. Que j'y mette un terme.

SNUP.

Le pouvoir s'est atténué. Mes sens revenaient à la normale. C'était fini.

J'ai ôté mes lunettes et je me suis frotté les yeux, tout étourdie. Quand je les ai ouverts, le Trio des Bimbos était à un mètre de moi.

Courtney Holt. Ashley Bodford. Madison Dunkel.

Trois filles à papa qui jouaient les princesses. Mon cauchemar perso.

Elles ne m'aimaient pas et, pour ma part, je les vomissais. C'étaient les dernières personnes que j'avais envie de voir.

— Qu'est-ce que tu fais ici ?

Courtney avait l'air authentiquement ahurie. Ce qui, compte tenu de son QI, était plutôt fréquent chez elle.

— Tu n'es pas en train de faire tes débuts, quand même ? a-t-elle continué. Pas après ce que tu as fait à Hannah ?

— Après ce que je lui ai fait, moi ? Tu plaisantes ou quoi ?

Courtney a secoué ses boucles blondes. Sa microscopique robe bleue n'arrivait pas à couvrir ses formes parfaites. Ses bijoux en saphir étincelaient dans le soleil.

— Tu es une criminelle, a-t-elle poursuivi, l'air terriblement sérieux. Tu rends les gens fous furieux !

Épaule contre épaule, le trio faisait front devant moi. Je me sentais piégée.

Ashley a repoussé la mèche de cheveux noirs lustrés qui lui tombait sur les yeux.

— J'ignore comment tu as fait pour rester dans le circuit. Mais ce qui m'échappe, c'est pourquoi. Personne ne veut de toi ici. Tu as dû t'en rendre compte.

Touché.

Madison a gloussé. Des trois, c'était la pire. Ongles, cheveux, maquillage impeccables. Elle sentait l'argent à plein nez.

En plus, elle en pinçait pour Jason. Et elle avait du mal à avaler qu'il s'intéresse à moi.

À propos, où était-il ? Sa présence m'aurait été bien utile, à ce moment-là.

Elle a enfoncé le clou.

— Tout le monde est au courant, Tory. On sait que tu es une marginale. Quelle maison as-tu l'intention de cambrioler, la prochaine fois ?

Assez !

Trois contre une. Et qui n'y allaient pas de main morte. Il était temps de changer de quartier.

À ma gauche, il y avait une porte du club-house. Je me suis dirigée vers elle et j'ai tenté de l'ouvrir d'un coup d'épaule. Elle n'a pas bougé.

Des éclats de rire ont retenti derrière moi.

— Essaie de tirer au lieu de pousser ! (Madison.)

— N'abîme pas ta tenue d'emprunt. (Ashley.)

— C'est vraiment une jolie robe, a commenté Courtney, inconsciente comme toujours. Je me demande où elle l'a eue. Vous croyez qu'il y a une espèce d'Emmaüs pour les débutantes ?

Des gens commençaient à se rassembler autour de nous. Horreur.

Madison, elle, était ravie d'avoir un auditoire. Elle s'est apprêtée à porter l'estocade.

— Tu pourrais trouver une autre activité, Tory. (Sourire glacial.) Quelque chose qui conviendrait mieux à une fille dans ton genre.

Hochements de tête approbateurs des deux autres.

Humiliée, j'ai pratiquement arraché la porte et je me suis précipitée à l'intérieur.

— *Bye !* a lancé Madison. On sera là pendant toute la saison !

Leurs petits rires venimeux m'ont accompagnée dans la pénombre rafraîchie par la climatisation.

9.

La porte s'est refermée brutalement dans mon dos.

J'ai foncé sur le tapis rouge d'un couloir, entre d'anciennes cartes marines et des vitrines où étaient exposés des modèles réduits de bateau et des coupes.

Mais je remarquais à peine le décor. J'étais toute chamboulée.

Tire-toi de là. Dans le calme.

Je me répétais la phrase en boucle.

Tire-toi de là. Dans le calme.

Le couloir débouchait sur une salle à manger magnifique. Une immense table en acajou occupait le centre de la pièce, entourée de chaises ornées de coussins brodés. Sur le mur du fond, le soleil entrait par de larges fenêtres qui donnaient sur le port. Une odeur de cire et de linge propre flottait dans l'air.

Impressionnée par la taille de la pièce, je me suis arrêtée net.

Mains sur les hanches, j'ai inspiré profondément en essayant de reprendre mes esprits. Petit à petit, mes jambes ont cessé de flageoler.

Que faire ? Retourner parmi les invités ? Pas question. J'avais ma dose de déambulations pénibles.

M'en aller ? Oui, mais comment ? On ne reviendrait pas me chercher avant une heure.

Tandis que j'hésitais, mon regard a été attiré par un tableau. Avec ses traits audacieux et ses couleurs vives, il était différent des autres peintures qui décoraient les murs.

Je me suis approchée.

Huile sur toile. Cadre en cèdre. L'œuvre était plus ancienne, moins bien conservée que les autres, et pourtant elle était éclatante, avec ses bleus, ses rouges et ses taches jaunes. Elle n'avait toutefois rien d'un chef-d'œuvre.

Elle représentait une femme, ce qui tranchait sur les portraits masculins qui me dévisageaient depuis leur cadre. Une aventurière déguisée en homme. Elle se tenait sur le pont d'un navire, ses cheveux auburn dans le vent, un pistolet dans une main, une épée dans l'autre.

Fascinée, j'ai tenté de lire le nom du bateau. Impossible. Je me suis penchée sur le cadre, en quête d'une information – titre, nom du peintre ou autre.

— Tu admires la jeune Anne Bonny, hein ?

La voix m'a fait sursauter. Je me suis retournée.

Un homme en tenue de maître d'hôtel se tenait derrière moi. Pantalon noir, chemise, veste et gilet blancs. Plus un ridicule nœud papillon, blanc lui aussi. Il était entré sans bruit. *Bizarre.*

— Tu as un bon œil.

Il s'est avancé, le doigt pointé sur le tableau. Avec ses cheveux blancs et ses gros sourcils broussailleux, je lui donnais largement plus de soixante-dix ans.

Gros-Sourcils a souri, sans quitter le portrait des yeux.

— Ce n'est pas l'œuvre qui a le plus de prix, mais elle a sans aucun doute le plus de « caractère ».

Je le dévisageais, muette de surprise. Il semblait avoir surgi de la moquette.

— Excuse-moi, je manque à tous mes devoirs.

Il m'a tendu la main.

— Je me présente : Rodney Brincefield. Traiteur, barman, historien amateur. Touche-à-tout, quoi.

J'ai serré sa main par réflexe, mais je me méfiais. Beaucoup.

— Je travaille à mi-temps pour le Palmetto. (Un clin d'œil.) J'aime bien venir ici en douce et dire bonjour à ma petite copine.

Pardon ?

J'ai légèrement reculé.

Brincefield a braqué un index crochu vers la peinture.

— Anne Bonny. Tu as entendu parler d'elle, bien entendu ?

Ah ! Le bonhomme était un amateur d'art. OK.

J'ai fait signe que non.

— Il y a à peine quelques mois que j'habite Charleston. C'est quelqu'un d'ici ?

— Certains disent que oui, d'autres que non. Personne n'en sait rien, en fait. Anne Bonny était une redoutable femme pirate. Une légende, ou presque. (Brincefield a plissé le front.) Ils devraient enseigner ce genre de choses à l'école.

— Une femme pirate ?

J'étais un peu sceptique.

— Je croyais que la piraterie était une activité masculine.

— En principe, mais Anne Bonny était quelqu'un de spécial. Une féministe de la première heure, si l'on peut dire. Avec plusieurs siècles d'avance. Mais je ne vais pas t'ennuyer avec les détails. Aujourd'hui, la jeunesse ne s'intéresse qu'aux jeux vidéo et à Internet, pas à l'histoire.

— Continuez, au contraire. Moi, ça m'intéresse beaucoup.

Et c'était vrai.

Brincefield m'a regardée d'un air appréciateur.

— Tu sais que tu as un petit quelque chose d'Anne ? a-t-il remarqué. Et pas seulement les cheveux roux.

Je n'ai pas répondu. L'intensité de son regard me mettait mal à l'aise.

Il s'est frotté le menton.

— Voyons, par où commencer ?

J'ai attendu, un peu gênée.

Bon, d'accord, je ressemblais un peu à la femme du tableau. Rousse, mince, grande et – merci beaucoup – jolie.

Ce que je préférais, c'étaient ses yeux. Vert émeraude, comme les miens. Le peintre leur avait donné une expression narquoise, comme si leur propriétaire défiait le monde entier. Comme si Anne Bonny connaissait une bonne blague que tout le monde ignorait.

Je comprenais pourquoi le vieux bonhomme admirait autant cette peinture.

— Anne a sillonné l'Atlantique au début du dix-huitième siècle, a-t-il commencé de manière abrupte. Parfois, elle s'habillait en homme, parfois, non. Sur ce tableau, elle est sur le pont du *Revenge*. Elle faisait partie de l'équipage sous les ordres de Calico Jack, un pirate.

Il s'est tapoté le nez avant de poursuivre :

— On raconte qu'ils ont eu une histoire ensemble. Et il n'était pas son mari.

J'ai hoché la tête, attendant la suite.

— Le *Revenge* a fait régner la terreur en mer, des Caraïbes jusqu'à la côte de la Caroline du Nord. L'équipage s'emparait des navires qui entraient ou sortaient du port de Charleston. Du gâteau… du moins, pendant un certain temps.

Nouvelle pause. Brincefield avait visiblement tendance à traîner en route.

Je l'ai relancé.

— Un certain temps ?

— Dans les années 1720, les autorités coloniales ont mis la pression sur les pirates. Les prédateurs sont devenus la proie. Calico Jack et sa bande ont été capturés et traduits en justice. Tous ont été pendus.

— Pendus ? ai-je balbutié. Anne Bonny a été pendue ?

J'ai jeté un coup d'œil au tableau. Cette femme à l'attitude désinvolte avait fini au bout d'une corde ?

Mon désarroi a amusé Brincefield.

— En fait, on n'en sait rien. Après le procès, Anne Bonny a disparu de la cellule où elle était emprisonnée.

— Disparu ? Donc on n'est pas sûr qu'elle ait été pendue ?

— Va savoir. On raconte qu'elle se serait échappée. Après avoir récupéré son trésor, elle aurait terminé ses jours dans le luxe. Peut-être même ici, à Charleston.

— Son trésor ?

Un sourire a retroussé les lèvres de Brincefield.

— J'étais certain que ça t'intéresserait. L'autre aspect de la légende d'Anne Bonny, c'est son trésor enfoui. Une fortune. Qu'on n'a jamais retrouvée.

— Vraiment ?

— Vraiment. Des centaines de gens l'ont cherché, ce trésor. Sans succès. Quelques-uns ne sont jamais revenus. (Son regard s'est voilé.) Mon frère Jonathan était l'un d'eux.

— Je suis désolée.

— C'était dans les années 1940. Jonathan avait presque vingt ans de plus que moi. On se voyait rarement.

Le vieil homme s'est approché de la fenêtre et a contemplé le port. Des bateaux passaient lentement. Des mouettes plongeaient en piqué dans l'eau. C'était un après-midi superbe.

Mais je pensais à autre chose.

Une idée prenait forme dans ma tête. Une idée dingue.

Je devais arracher à Brincefield tous les détails de la légende d'Anne Bonny.

Un trésor de pirate ! C'était ce qu'il me fallait.

Mais Brincefield ne semblait plus disposé à poursuivre. Désireuse de ne pas réveiller chez lui de douloureux souvenirs, je me suis tue. Tout en me jurant de faire des recherches par ailleurs.

Finalement, il a repris la parole.

— Jonathan était obsédé par le trésor d'Anne Bonny. Il n'arrêtait pas d'en parler. Les adultes croyaient que mon pauvre frère avec son pied bot était dérangé. Il a fini par ne plus se confier qu'à moi. Et puis un jour, il s'est évanoui dans la nature et je ne l'ai plus jamais revu.

Je comprenais ce que c'était que de perdre un membre de sa famille. L'absence, jour après jour. Le vide.

Le sourire est réapparu sur les lèvres de Brincefield.

— Bon, revenons au trésor. Il paraît qu'il vaut des millions. Et, d'après la rumeur, il serait caché quelque part à Charleston.

Non ? C'était énorme !

Un trésor enfoui. Qui valait une fortune. Peut-être ici, à Charleston.

J'étais gagnée par l'excitation.

— On a une idée de l'endroit ? ai-je demandé, d'un ton aussi neutre que possible.

Brincefield a éclaté de rire.

— Une ado qui s'intéresse à l'histoire !

— Quelqu'un doit retrouver ce trésor. Pourquoi pas moi ? S'il est par ici, il y a beaucoup d'argent à la clé. Et, sur le plan historique, c'est très important, me suis-je hâtée d'ajouter.

— Euh… oui, je suppose que quelqu'un doit le retrouver.

— On peut en savoir plus ? Il y a des ouvrages sur le sujet ? Des indices sur sa localisation ?

— Sans doute. Mais ça ne servira pas à grand-chose. Souviens-toi que personne n'a rien trouvé, depuis tout ce temps.

Il était un poil moins jovial, maintenant.

— Pourtant, vous avez parlé de rumeurs. De légendes. Où est-ce que je peux trouver d'autres informations ?

Brincefield a fourré ses mains dans ses poches.

— Oh, à droite, à gauche.

Bizarre. Son exaltation semblait complètement retombée.

Qu'importe. Je n'allais pas le pousser dans ses retranchements. S'il y a bien un truc où j'excelle, c'est l'exhumation. Il me tardait de démarrer.

Pour la première fois depuis que Kit m'avait annoncé la mauvaise nouvelle, j'apercevais une lueur d'espoir.

Une toute petite lueur, d'accord. Un trésor de pirate ? Moi-même je n'arrivais pas à prendre ça au sérieux. C'était ridicule. Comique. Un truc pour des mômes qui croient encore au Père Noël.

Mais au moins, désormais, j'avais un objectif. Et mieux valait avoir un plan, n'importe quel plan, que pas du tout.

Première étape : glaner tous les renseignements possibles sur Anne Bonny.

— Merci pour la leçon d'histoire, monsieur Brincefield. Je vais me jeter sur tous les livres concernant Miss Bonny. C'est sans aucun doute une femme passionnante.

Brincefield a eu l'air étonné.

— Vraiment ? Comment t'appelles-tu ? Excuse-moi, je n'ai pas saisi ton nom.

— Tory Brennan. Ravie d'avoir fait votre connaissance, monsieur Brincefield. Et merci encore.

— De rien.

Pressée de commencer mes recherches, j'ai pris une photo du tableau avec mon iPhone et j'ai filé.

10.

Rodney Brincefield resta un bon moment le regard dans le vague.

La fille avait disparu.

Il avait sans doute commis une grosse erreur.

Qu'est-ce qui m'a pris de lui parler du trésor de Jonathan ?

C'est toujours ainsi qu'il le désignait, même après tant d'années. Même si Jonathan n'avait jamais évoqué un quelconque partage.

Immobile, il repensa à sa jeunesse.

Pauvre Jonathan.

Aujourd'hui, on parlerait de handicap. Un pied bot. Ce n'était pas assez grave pour l'empêcher de marcher, mais à cause de cette déformation l'armée n'avait pas voulu de Jonathan.

Il l'avait très mal vécu. Il voulait se battre contre les nazis. Quand il était allé s'enrôler avec les hommes valides, il avait été rejeté. Brincefield se souvenait du désespoir de son frère à ce moment-là.

La décision de l'armée avait rongé Jonathan. Il s'était senti diminué. Honteux.

Pendant plusieurs semaines, il avait refusé de quitter la ferme. Il s'était mis à boire. Au point que Rodney avait craint pour la vie de son frère.

Jusqu'au jour où ils avaient entendu parler de la légende d'Anne Bonny. Ce jour-là, tout avait changé.

— C'était une obsession, murmura Brincefield.

Jonathan avait attrapé la fièvre des chercheurs de trésors de pirate. Il ne pensait plus qu'à ça. Et personne ne le comprenait.

Personne, sauf Rodney. Il savait que son frère était obsédé, qu'il voulait à tout prix découvrir le trésor d'Anne Bonny pour effacer sa disgrâce. Pour montrer à tous que l'armée avait eu tort.

Pendant des mois, Jonathan n'avait eu que le trésor à la bouche. Il avait couru partout à la recherche d'histoires, de rumeurs, de tout ce qui pouvait fournir un indice sur sa localisation.

Chacun se disait qu'il avait perdu l'esprit.

J'étais le seul à l'écouter, pensa Brincefield. *J'étais sa caisse de résonance, son confident. À huit ans, j'étais devenu aussi accro que lui. J'avais fini par ne plus penser qu'au trésor.*

Il revoyait tout comme si c'était hier. Le petit garçon qu'il était, en train de comploter avec son grand frère adoré. Leurs conversations animées dans la vieille grange derrière la ferme. Le trésor perdu d'Anne Bonny effaçait leur différence d'âge et les rapprochait plus étroitement que les liens du sang.

Cette période de son enfance avait été la plus heureuse.

Et puis, un jour, Jonathan avait disparu.

Il était parti sur une piste. Brûlante, avait-il dit. Il n'avait laissé aucun indice sur sa destination. Il avait juste laissé entendre qu'il pensait être tout près du but.

Rodney Brincefield n'avait jamais revu son frère.

Ni lui ni personne. Tout le monde pensait que le fêlé au pied bot avait fini par se décourager et par mettre fin à ses jours. Il y avait eu des condoléances, une messe, et chacun était retourné à ses occupations.

Rodney, lui, n'avait pas abandonné. Le trésor était trop important pour Jonathan. Son frère n'aurait jamais arrêté avant de l'avoir découvert.

Il sentit sa poitrine se soulever. La douleur était toujours là, aussi forte qu'un demi-siècle plus tôt. Il n'y avait rien de pire que de ne pas savoir. Il ferma les yeux.

— Le trésor de Jonathan, dit-il à mi-voix, s'adressant à la salle à manger déserte.

Le vieil homme s'écarta de la fenêtre.

— Le trésor de Jonathan, répéta-t-il, d'un ton ferme cette fois. *Mon* trésor !

Rajustant son nœud papillon, il quitta la pièce.

11.

— À Charleston, mon chien, c'était de la folie, ces histoires de pirates.

Coop a brièvement dressé l'oreille, puis il s'est remis à ronger son os.

— C'est vrai.

Cette fois, le jeune chien-loup n'a même pas daigné me jeter un regard. Il a roulé sur le côté, faisant basculer une pile d'ouvrages de référence posée sur mon bureau.

— Fais attention ! Je n'en ai pas encore fini avec ceux-là !

Depuis que j'avais attrapé le parvovirus modifié, je m'étais énormément documentée. Sur le comportement des loups. Sur l'anatomie et la physiologie canines. Sur l'épidémiologie des virus. J'avais besoin de réunir un max d'informations sur mon nouvel ADN.

La flambée soudaine que j'avais eue au yacht-club n'avait fait qu'accroître mon anxiété.

J'avais décidé de garder l'épisode secret pour le moment. Les autres Viraux avaient déjà assez de soucis comme ça. Mais je devais trouver des réponses. Et vite.

Le projet allait pourtant devoir rester en retrait.

— Écoute ça, Coop, c'est intéressant.

J'ai tapoté l'écran de mon ordinateur.

— « À l'époque où Charleston était encore Charles Town, elle attirait les pirates comme un aimant. La ville leur appartenait pratiquement. »

Coop s'est redressé et, sans vergogne, il a commencé à ronger le pied de ma chaise. J'ai essayé de lui donner une tape. Manqué. Il a poussé un jappement avant de sortir, l'allure nonchalante.

— Bâtard ingrat ! ai-je lancé dans son dos.

De retour chez moi, je m'étais mise à chercher des infos concernant Anne Bonny sur Internet. Du coup, je m'étais retrouvée avec une doc d'enfer sur les boucaniers locaux. Des centaines de liens.

Besoin de renfort.

J'ai ouvert iChat et vérifié qui était disponible. Puis j'ai cliqué sur l'icône de Hi.

Il avait récemment changé d'avatar et il était maintenant Green Lantern. J'étais toujours Loup Gris. Les classiques sont éternels.

Loup : **T'as une minute ? J'ai un plan. Enfin, une idée.**

Green Lantern : **Je dois prendre une assurance décès ?**

Loup : **Tordant. Amène-toi. Attrape Shelton au passage, si possible.**

Green Lantern : **Sérieux ? J'ai cru que tu rigolais.**

Loup : **Non, tu m'impressionnes trop.**

Green Lantern : **Ça se comprend.**

Loup : **Essaie aussi de choper Ben.**

Green Lantern : **D'ac.**

*
* *

Cinq minutes plus tard, Shelton et Hi entraient dans ma chambre. Hi portait un T-shirt orange criard Kool-Aid Man et un short kaki. Shelton arborait sa tenue favorite, un T-shirt marron imprimé n00b.

Hi s'est laissé tombé sur mon lit et a envoyé valser ses chaussures.

— Ah, tes oreillers, s'est-il exclamé, rien à voir avec mes sacs de cailloux !

Il a pris une profonde inspiration.

— Pourquoi est-ce que toutes les affaires des filles sentent aussi bon ?

— Parce que les filles attachent une certaine importance à l'hygiène. Et qu'elles nettoient régulièrement leur salle de bains.

— Étincelante démonstration. Il faudrait que je la note par écrit.

Shelton a hoché la tête, l'air navré.

— Moi, je ne le laisserais jamais se vautrer sur mon lit, Tory. J'ai aperçu le sien. Une horreur !

— Crois-moi, j'apprécie moyen. Vous avez vu le chien ?

— On l'a croisé, a répondu Shelton. Il filait le nez au vent.

— Génial.

Coop venait de s'échapper. Une fois de plus.

— Essaie de l'attraper quand il veut aller quelque part ! s'est écrié Hi. Moi, je ne me risquerais pas à m'interposer entre un loup et son but. Je suis prudent.

— Entendu.

À Charleston, on doit tenir les chiens en laisse hors de chez soi. Mais, sur Morris Island, cela n'aurait aucun sens. C'est l'avantage d'habiter ce coin perdu. Coop a un collier, une plaque et il est tatoué. Personne ne le prendrait pour un chien errant.

D'ailleurs, tous les voisins le connaissent et l'ont accepté. Plus ou moins.

Il reviendrait quand il aurait faim. Pas d'inquiétude à avoir là-dessus.

— Ben est sur le quai, en train de changer un filtre à huile.

Sur ce, Hi a eu la bonne idée d'abandonner mon lit pour aller s'installer sur mon petit canapé.

— Je viens de lui envoyer un texto, a-t-il ensuite indiqué.

— Alors, c'est quoi, ton idée ? s'est enquis Shelton, affalé sur ma chauffeuse, près de la fenêtre qui donnait sur le rivage. Hi m'a parlé de vendre des obligations pourries ?

— Hilarant !

J'ai eu un moment d'hésitation. Au fond, mon plan était peut-être tout aussi dingue.

Deux paires d'yeux attendaient ma réponse.

— L'un de vous a-t-il entendu parler d'Anne Bonny ?

— Bien sûr. (Shelton.)

— Hé, compagnons ! Sacrebleu, un peu que je connais ce forban en jupons ! (Hi.)

— Super. Moi, je viens de découvrir son existence. Son histoire a l'air fascinante.

— C'était quelqu'un d'étonnant, a approuvé Shelton. À l'époque, entre 1600 et 1750, il y avait beaucoup de pirates dans le coin.

— L'âge d'or de la piraterie ! s'est exclamé Hi en levant les bras. Aujourd'hui, il faut aller jusqu'en Somalie pour en trouver, et ils utilisent des lance-roquettes. Rien à voir.

Du menton, j'ai désigné l'ordinateur.

— J'ai récupéré des tonnes d'infos. Je me disais que vous pourriez m'aider à faire le tri.

— Bien sûr.

Shelton avait répondu automatiquement.

— Au fait, a-t-il repris, c'est pour quoi faire ? Tu as un devoir à...

Hi l'a interrompu.

— Savez-vous que Barbe-Noire en personne a été tué ici même, dans les Carolines, dans la baie d'Ocracoke ? Pris au piège, il s'est battu comme un lion. Il a reçu vingt coups d'épée et cinq coups de pistolet. Et quand il a rendu l'âme, la marine britannique lui a coupé la tête et l'a accrochée au sommet d'un mât pour prouver qu'il était bien mort.

— Là où j'habitais avant, dans le Massachusetts, on ne nous a rien appris de tout ça, ai-je dit.

Hi a poursuivi son exposé :

— Barbe-Noire était une espèce de bête de scène. Il avait les cheveux longs, une barbe formidable et il était armé de six pistolets, de plusieurs couteaux et d'un coutelas. Avant de livrer bataille, il entrait en transes afin de terrifier ses adversaires.

— Il était aussi très malin, a ajouté Shelton. J'ai lu qu'il faisait brûler une corde de chanvre sous son chapeau afin que de la fumée s'en dégage. Du coup, quand il attaquait, ses victimes le prenaient pour le diable. Certains marins se rendaient simplement à sa vue. Il a écumé toute la région.

— N'oublie pas le siège ! En 1718, avec un autre pirate nommé Stede Bonnet, il a attaqué tant de navires autour de Charleston que la ville a dû fermer le port. Pendant des mois, personne n'a pu y entrer ni en sortir.

— Eh bien ! me suis-je exclamée. Est-ce que Barbe-Noire tuait tout le monde ? Il coulait aussi les navires ?

— Non, mais il a fait beaucoup de prisonniers, a répondu Shelton. Les gros bonnets, il les prenait en otages pour obtenir une rançon. Et si celle-ci était payée, il les libérait généralement.

— Comment se fait-il qu'on en sache autant sur lui ?

— Il a obtenu le pardon royal pendant quelque temps, a précisé Hi. Il a alors repris son vrai nom : Edward Teach. Mais il n'a pas pu se faire à la vie ordinaire. Quand on a mis la mer à feu et à sang…

Je l'ai arrêté dans son élan.

— Que devient Anne Bonny dans tout cela ?

Shelton a plissé le front.

— Anne Bonny ? Elle était irlandaise d'origine, je crois. Elle a roulé sa bosse avec Calico Jack, le pirate qui s'est emparé du navire de Bonnet, le *Revenge*.

— C'était une virtuose de l'épée et du pistolet, a enchaîné Hi de son ton docte. Une redoutable combattante à qui il ne fallait pas marcher sur les pieds. Dans son adolescence, elle a poignardé sa servante. Et plus tard, devenue pirate, elle a déshabillé à la pointe de l'épée son maître d'armes !

— Oui, Anne Bonny était vraiment une dure à cuire. Elle rouait de coups tous ceux qui s'approchaient un peu trop d'elle sans son accord.

Ça me plaisait bien. Intérieurement, j'ai souri.

— Mais tout ça, c'est du pipi de chat, a poursuivi Shelton. Si elle est célèbre, vraiment célèbre, c'est à cause du…

Il s'est arrêté net.

— Tory, ne me dis pas que…

J'ai soutenu son regard. Il était temps d'abattre mes cartes.

Il a hoché la tête, incrédule.

— Tu n'es pas sérieuse ! C'est ça, ton plan ?

— Quel plan ? a demandé Hi.

J'ai croisé les bras. Avec un air de défi. Un peu de gêne aussi.

— Vous avez une meilleure idée ?

— Mais ce n'est même pas un plan, c'est une blague, s'est lamenté Shelton en se triturant l'oreille. Pourquoi ne pas essayer de décrocher la Lune, tant qu'on y est ?

— Il faut bien tenter quelque chose.

— Quel plan ? a répété Hi d'une voix aiguë.

Il était énervé, cette fois.

À ce moment-là, Ben est entré dans la chambre, son T-shirt noir taché de graisse. Il s'est dirigé vers Hi et lui a donné une tape sur la tête.

— Pourquoi tu cries ?

Hi s'est laissé tomber sur le sol.

— C'est un comble. On m'ignore, et ensuite on m'agresse. Il va me falloir de nouveaux amis. Et un avocat.

— Tu t'en remettras, a dit Ben en s'asseyant à sa place. Maintenant, réponds à la question.

Après un soupir théâtral, Hi s'est adressé au plafond :

— Tory a eu une de ses idées de compétition. Shelton trouve que c'est un truc de dingue, semble-t-il. Mais aucun des deux ne veut me dire de quoi il s'agit. Ensuite, tu arrives et tu me sautes dessus. Fin du rapport.

— Pour ton information, a repris Shelton, Tory Brennan, ici présente, pense qu'elle a trouvé un moyen pour résoudre notre problème de finances.

Il n'y allait pas avec le dos de la cuillère, et ce n'était pas fini :

— Fastoche ! Tout ce qu'on a à faire, c'est de découvrir le trésor caché de la flibustière Anne Bonny.

Ben a reniflé, l'air méprisant.

Le ricanement de Hi est monté du sol :

— Dément !

Le rouge aux joues, j'ai fait front.

— Je peux savoir pourquoi ? Personne n'a jamais trouvé ce trésor et nous, on a besoin de cash. De beaucoup de cash, et pas plus tard que maintenant. Si quelqu'un a une autre suggestion, je suis tout ouïe.

Ben fronçait les sourcils.

— Voyons, Tory, tu parles de retrouver un trésor enfoui. Tu te rends compte que c'est absurde ?

— Oui.

Shelton est intervenu.

— On ne sait même pas s'il existe. C'est peut-être une simple légende.

— Des centaines de gens se sont lancés à sa recherche, a dit Hi en se relevant. Des spécialistes. Des grosses pointures. Des types en tenue d'explorateur. Ils n'ont rien trouvé. C'est un mythe.

— Très bien. Prouvez-le. Aidez-moi dans mes recherches. Démontrez-moi que je suis à côté de la plaque.

Grommellements. Hochements de tête. Pas d'enthousiasme, visiblement.

— Vous avez mieux à faire ?

— Non, a reconnu Hi. Entendu, j'en suis.

Ben a levé les yeux au ciel.

— Oh, merde, Hi ! a soupiré Shelton. Maintenant, on est tous dedans.

— Franchement, les pirates, c'est pas mal du tout, a protesté Hi en haussant les épaules. Ça ne me dérange pas de lire des trucs dessus. J'ai soif de connaissances.

— Chez les Sewees, il existe une ancienne légende à propos du trésor d'Anne Bonny, a dit Ben.

Hi a gloussé.

— Les légendes de la tribu des Sewees sont toutes anciennes.

Ben l'a fusillé du regard avant de reprendre :

— On peut penser qu'Anne a caché son trésor à l'époque où mes ancêtres étaient forcés de s'intégrer à la tribu des Catawbas. Je n'ai entendu qu'une partie de l'histoire. Il était question du diable et d'un feu rouge. Je pourrais interroger mon grand-oncle là-dessus.

— Oui, fais-le, ai-je dit. Tout peut être utile.

— J'ai lu qu'il existait une carte, a ajouté Shelton.

— La carte d'un trésor ! s'est exclamé Hi en se frottant les mains. Voilà enfin quelque chose de sérieux.

— Où se trouve-t-elle ? ai-je demandé.

Deux clics sur Google plus tard, nous avions la réponse.

12.

Modifiant notre itinéraire habituel, Ben a fait remonter le *Sewee* le long de la côte est, de la péninsule jusqu'au quai, au niveau du South Carolina Aquarium. L'université de Charleston y réserve une cale de mise à l'eau qu'elle laisse à disposition du personnel du LIRI. La place était libre. On en a profité.

Non, on n'y était pas autorisés. Mais c'était la fin de l'après-midi, le soleil tapait dur et, en amarrant le bateau à cet endroit, on avait beaucoup moins à marcher. De toute façon, l'université n'avait pas une armada de bateaux. Le temps gagné justifiait qu'on prenne le risque.

Une fois à terre, on a traversé le quartier des jardins de Charleston, l'un des sites les plus pittoresques de la ville. Le parc était planté de camélias, d'azalées et de lilas des Indes. Des magnolias ombrageaient les trottoirs et atténuaient un peu la chaleur du jour.

Dans Charlotte Street, nous sommes passés devant la célèbre Joseph Aiken Mansion, une remise du dix-neuvième siècle convertie en hôtel haut de gamme. Nous avons tourné à droite dans Marion Square et, quelques centaines de mètres plus loin, nous étions arrivés à destination.

— Voilà la mocheté, ai-je dit.

Fondé en 1773, le Charleston Museum est le plus ancien des États-Unis. Il est situé dans Meeting Street, à la pointe nord de Museum Mile, un quartier historique où l'on trouve des parcs, des églises, des musées, des maisons de notables, l'ancien marché et l'hôtel de ville.

— Pas terrible, en effet, a commenté Ben devant l'entrée.

Il avait raison. L'édifice n'est pas la plus belle réussite architecturale de Charleston. Avec son mélange de brique et de peinture marronnasse, il tient plus du lycée que du monument historique.

— J'y suis venu avec ma mère, a déclaré Shelton. La visite est intéressante. Beaucoup de choses concernant l'histoire naturelle et celle de la région.

Hi a tendu le doigt.

— Hé, regardez ça !

Juste devant l'entrée, un énorme tube noir en fer luisait sous le soleil. Ce cylindre recouvert de rivets métalliques faisait une dizaine de mètres de long, et deux espèces d'écoutilles saillaient sur le dessus. L'une des deux extrémités se prolongeait par un conduit en bois, avec une balle de métal fixée au bout.

Un homme rougeaud vêtu d'une chemise hawaïenne était en train de photographier son épouse devant cette monstruosité. Quand il a eu terminé, nous nous sommes approchés.

— C'est quoi, ce machin ? ai-je demandé.

Bien entendu, Shelton connaissait la réponse :

— Une réplique du *H.L. Hunley,* un sous-marin des Confédérés pendant la guerre de Sécession.

— Des hommes sont montés là-dedans et sont allés sous l'eau ? Dans les années 1860 ? s'est écrié Hi en mimant un frisson. Sans moi, les potes !

— Tu ne crois pas si bien dire, a déclaré Ben. Le *Hunley* a eu un sort funeste. On a retrouvé l'épave en 1995. Au fond du port. Avec l'équipage encore à l'intérieur.

Shelton lisait le panneau placé près de la réplique.

— N'empêche qu'il n'avait pas manqué sa cible. C'est le premier sous-marin de l'histoire à avoir coulé un navire.

Un peu plus loin, un stand proposait des guides du musée. Hi a commencé à en feuilleter un.

— Oh, le musée possède la plus vaste collection d'argenterie de Charleston ! a-t-il couiné, faussement enthousiaste. Et il y a une section consacrée au vêtement féminin au dix-huitième siècle ! Je brûle littéralement d'impatience ! a-t-il ajouté en faisant mine de se précipiter à l'intérieur.

— Il y a aussi une collection sur la piraterie, crétin, ai-je lancé.

Dans le musée, la clim mise à fond m'a donné la chair de poule. J'avais l'impression d'être entrée dans une chambre froide.

Sur notre gauche, des ossements énormes étaient suspendus.

Shelton a consulté la notice.

— C'est le squelette d'une baleine franche. Elle est entrée dans le port de Charleston en 1880 et n'en est jamais ressortie.

— Et par là-bas on peut voir les restes d'un crocodile dont l'espèce s'est éteinte il y a plus de vingt-cinq millions d'années, nous a appris Hi qui a aussitôt levé le doigt : Je peux y aller, siou plaît, madame ?

En riant, je lui ai fait signe que oui.

Pendant qu'il allait voir cette curiosité, Ben, Shelton et moi nous sommes dirigés vers un bureau d'information brillamment éclairé.

La jeune femme qui nous a accueillis arborait un badge avec son identité : « Sallie Fletcher, conservatrice adjointe ».

— Que puis-je pour vous ?

Si elle portait une tenue stricte, correspondant à sa fonction – cardigan noir, pull blanc à col montant, jupe de tweed gris –, son physique, lui, n'avait rien d'austère. Elle était jolie, avec des traits délicats et des cheveux noirs coupés court, artistiquement froissés. Toute menue, elle ne devait pas peser plus de quarante-cinq kilos.

— Vous venez visiter l'exposition de tricots ? a-t-elle demandé, une étincelle d'humour dans ses yeux noisette.

J'ai dit jolie ? Elle était ravissante. Renversante, même.

Ben a rougi. Shelton s'est plongé dans la contemplation de ses chaussures.

Ah, les mecs ! J'ai pris les choses en main.

— Nous cherchons l'exposition sur Anne Bonny. Apparemment, le musée possède une collection sur les pirates ?

Je n'ai pas mentionné la carte. Inutile de montrer tout de suite qu'on avait une case en moins.

— Exact, mais en ce moment le secteur est en rénovation et on n'y a pas accès.

Allons, bon !

— Est-ce qu'on pourrait tout de même jeter un coup d'œil ? ai-je demandé. On vient de loin.

Sallie a tapoté sa lèvre inférieure avec un ongle soigneusement manucuré. Un diamant taille émeraude étincelait à son majeur.

— Cela ne devrait pas être impossible…

Son sourire éblouissant a eu un effet ravageur sur mes compagnons.

— Voyons, Franco est chargé de la sécurité aujourd'hui et il ne quitte pas son poste. Et je connais bien l'autre conservateur, puisque c'est mon mari.

Déception de Ben et de Shelton.

Manque de pot, les séducteurs. Si elle avait été célibataire, vous aviez votre chance, ça crève les yeux !

Pauvres taches.

Sallie a bondi de sa chaise.

— Suivez-moi. Comme il n'y a personne d'autre, je vais pouvoir vous laisser entrer quelques instants.

On s'est avancés dans le musée, en récupérant Hi au passage.

La jeune femme nous a précédés dans un escalier, puis le long d'un couloir. Elle s'est arrêtée devant une porte fermée par d'épais rideaux noirs.

— Je vais envoyer un texto à Chris, a-t-elle annoncé. Il regretterait d'avoir manqué l'occasion de pontifier sur Anne Bonny. Il s'est entiché de la dame.

J'avais une seule envie, accéder à cette fichue expo, mais j'ai dissimulé mon impatience.

— Il arrive.

Sallie a refermé son téléphone et s'est étirée.

— J'en ai vraiment assez d'être derrière ce bureau.

Du coin de l'œil, je voyais les trois comiques qui suivaient chacun de ses mouvements en s'envoyant des coups de coude dans les côtes.

Incroyable !

Les secondes, puis les minutes ont passé.

Sallie a rompu le silence.

— Qu'est-ce qui vous intéresse, chez notre femme pirate ?

— Eh bien, je viens juste d'entendre parler d'elle, ai-je répondu. Je ne suis pas d'ici. Visiblement, c'était une sacrée personnalité.

— Ça, on peut le dire ! a lancé une voix dans mon dos.

Un homme jeune et souriant se dirigeait vers nous à grands pas.

— Franco ? a-t-il demandé à Sallie.

— Il est dans sa guérite. Pour un bon moment : il regarde le match de base-ball.

Regard bleu, jean délavé, chemise, boucles rousses dépassant d'une vieille casquette des Mets, Chris n'était pas mal non plus, malgré un petit début de ventre. Il donnait l'impression d'être parfaitement bien dans sa peau.

Il est allé étreindre Sallie, puis il s'est présenté à nous en nous serrant la main.

— Je suis heureux d'accueillir des fans d'Anne Bonny. J'ai rarement l'occasion de rencontrer des gens de votre âge qui connaissent son existence.

— Nous sommes très avancés, a répliqué Hi, l'œil moqueur. J'arrive même à remonter tout seul la fermeture Éclair de mon pantalon. Enfin, la plupart du temps.

Je me suis hâtée d'intervenir :

— Merci beaucoup de nous permettre de jeter un coup d'œil sur la collection. Nous vous en sommes très reconnaissants.

— Tout le plaisir est pour moi.

Chris a repoussé les rideaux et nous a fait signe d'entrer.

— Je vous demande simplement d'éviter de signer le livre d'or en sortant, a-t-il lancé avec un clin d'œil.

Puis, l'index pointé sur Hi, il a ajouté :

— Bon boulot avec cette fermeture Éclair. Niveau avancé, c'est évident !

J'ai levé les yeux au ciel, puis je me suis glissée entre les rideaux dans l'obscurité.

13.

J'ai entendu Chris me dépasser par la droite.

En tâtonnant, il a allumé un lampadaire, puis deux, puis trois, avant de repousser du pied une rallonge vers le mur.

— Désolé pour la pénombre. Le courant est coupé dans cette zone. On bidouille l'installation.

La lumière jaune était faible, peut-être à la moitié de la puissance habituelle, et les angles de la pièce demeuraient dans la pénombre. Je me suis dit que si j'avais été en flambée, j'aurais pu mieux voir. Une idée stupide.

Nous étions dans une vaste salle aveugle, avec des vitrines d'exposition alignées contre les murs. Elles contenaient tout un bric-à-brac d'objets de piraterie. Des drapeaux en lambeaux. Des modèles réduits de navires. Des pièces d'or. Des épées.

À côté de chaque vitrine, un panneau décrivait le contenu dans une graphie d'époque.

J'étais fascinée.

Au centre de la pièce étaient rassemblés des mannequins revêtus d'authentiques habits de pirate. Il y avait notamment une femme portant une chemise de lin blanc, un gilet de velours rouge et violet, un pantalon d'homme et des bas de laine. Des créoles d'or, un pendentif en argent, un collier de perles, une large ceinture de cuir, des rubans, des boucles de cuivre et de grosses bottes noires complétaient l'ensemble.

La dame avait du style.

Elle avait aussi un redoutable coutelas de fer, trois couteaux dans leur fourreau de cuir et une paire de pistolets attachés sur la poitrine.

Chris a désigné la flibustière d'un geste de la main :

— Je vous présente Anne.

— Stupéfiant ! D'où venait-elle ? ai-je demandé en m'avançant vers le mannequin.

— On ne sait pas exactement. D'après la version la plus communément admise, elle serait née en Irlande, dans le comté de Cork, un peu avant 1700.

— Son père était un homme de loi de Kinsale, William Cormac, a enchaîné Sallie.

La jeune femme était si discrète, maintenant, que j'en avais presque oublié sa présence.

— C'était quelqu'un d'important, a-t-elle poursuivi, mais il a eu une liaison avec sa domestique, qui a été révélée au grand jour.

— Faut bien s'amuser un peu, a murmuré Hi entre ses dents.

Mon coude est entré en contact avec ses côtes.

Chris a repris le cours de l'exposé :

— Quand sa femme a révélé l'adultère, Cormac a vu sa réputation ruinée. Il a dû quitter l'Irlande pour le Nouveau Monde avec sa maîtresse et leur nouveau-né. La petite Anne.

— Où se sont-ils installés ? a interrogé Shelton.

À son ton neutre, je l'ai soupçonné de déjà connaître la réponse.

— Ici, à Charles Town. Cormac a repris son métier et il a très bien réussi. Lui et sa famille faisaient partie du gratin de la ville. Anne a grandi dans une plantation de la région.

— Comment est-elle devenue pirate ?

Cette fois, la curiosité de Shelton se semblait pas feinte.

— En tout état de cause, a répondu Sallie, c'était une enfant rebelle. Son père rouspétait toujours après ses manières de garçon manqué, mais elle était têtue. Et il était trop pris par son travail pour s'occuper d'elle.

— Anne a perdu sa mère quand elle n'était qu'une adolescente, a ajouté Chris. Comme elle n'avait pas de frères et sœurs, elle passait beaucoup de temps seule. Plus tard, elle a fini par avoir de mauvaises fréquentations, comme on dit.

Mon cœur s'est accéléré. J'ai senti les larmes me monter aux yeux.

Oh, non, Tory, tu ne vas pas craquer !

Cela m'arrivait parfois. Il suffisait d'un lien, même lointain, avec ma mère et, sans prévenir, je m'effondrais. Pourtant, j'essayais toujours de dissimuler ma tristesse. Avec succès, en général.

Moins d'un an s'était écoulé depuis l'accident. La douleur s'était un peu atténuée, mais parfois elle me transperçait encore comme un coup de poignard.

Anne a perdu sa mère. Tu as perdu la tienne. Point barre.

Je me suis concentrée de nouveau sur ce que disait Sallie.

— … elle lui a plongé son épée dans le corps ! M. Mains-Baladeuses s'est retrouvé à l'hôpital pendant des semaines. Ça a calmé toutes les ardeurs. Par la suite, personne n'a essayé de l'approcher de trop près. Et elle n'avait que quatorze ans à l'époque !

Chris a repris la parole. Un vrai jeu de ping-pong.

— À seize ans, elle est tombée amoureuse d'une espèce de vagabond, James Bonny. De l'avis général, il en voulait surtout à son héritage. Quand ils se sont mariés, son père a été furieux.

Ping. Au tour de Sallie :

— Cormac avait de grandes ambitions pour sa fille. Il envisageait de la marier à un fils de famille de Charles Town qu'il choisirait lui-même. Elle aurait un destin d'aristocrate. De femme de planteur.

Pong. Chris a pris le relais :

— Quand elle a refusé de renoncer à son capitaine sans fortune, papa Cormac l'a virée. Le couple est alors allé s'installer à New Providence, un nid de pirates des Bahamas.

Je n'en revenais pas.

— Elle s'est mariée, toute rebelle qu'elle était ? ai-je demandé.

— Cela n'a pas duré, a répondu Sallie. Elle a fait ami-ami avec les pirates du coin, puis s'est aperçue que James était devenu un informateur. Elle l'a quitté pour un aventurier flamboyant du nom de Calico Jack Rackham.

Shelton a mis son grain de sel :

— Cette partie-là, je la connais. Calico Jack a proposé à l'époux de lui acheter Anne, mais celui-ci a refusé. Du coup, tous les deux sont partis ensemble.

Je n'ai pas pu dissimuler mon irritation :

— De l'acheter ? Il a essayé d'acheter Anne comme une tête de bétail ?

Shelton a haussé les épaules en souriant.

— À cette époque-là, on ne s'embarrassait pas de principes.

— Et ça, c'était avant que la petite amie d'Anne n'entre dans la danse, est intervenu Hi avec une lueur lubrique dans l'œil. Tu savais qu'Anne Bonny marchait à la voile et à la vapeur, non ?

À mon air, il a compris que non.

— Il dit la vérité, a gloussé Shelton.

Je me suis tournée vers Chris, qui a confirmé d'un signe de tête. Il souriait jusqu'aux oreilles.

Pourquoi donc les garçons sont-ils aussi excités par ce sujet ?

Sallie a lancé un regard noir à Chris, qui a levé les mains pour plaider non coupable.

— Ces hommes des cavernes font référence à Mary Read, une autre femme pirate, a-t-elle expliqué. Mary a rejoint le navire de Calico Jack, le *Revenge*, elle aussi déguisée en homme. Anne a eu le béguin pour « le » nouveau venu, mais elle n'a pas tardé à découvrir la vérité sur Mary. Rien n'a changé. Dès lors, Mary Read et Anne Bonny ont eu une relation « particulière » – dont on ignore la nature.

— C'étaient des amies intimes, quoi, a raillé Hi en se maintenant à une distance respectable de mon coude.

— À bord du *Revenge*, a poursuivi Sallie, Anne et Mary comptaient parmi les marins les plus rudes. Tous les membres de l'équipage étaient au courant de leur secret, mais ils les acceptaient comme leurs égales.

— Sur les navires de pirates, la plus grande ouverture d'esprit régnait, a enchaîné Chris. C'était pratiquement des méritocraties. Anne Bonny et Mary Read pouvaient naviguer, se battre, se conduire comme des hommes. Personne ne venait les embêter.

— Racontez-nous leur capture, a demandé Shelton d'un ton pressant. Elles ont tiré sur leurs propres compagnons d'armes, n'est-ce pas ?

— Oui, mais c'est parce qu'ils se sont comportés comme des mauviettes ! a expliqué Sallie en glissant son bras sous le mien d'un geste complice. En 1720, le capitaine Jonathan Barnet, un pirate devenu chasseur de pirates, a attaqué le *Revenge* qui était au mouillage. Les membres de l'équipage étaient saouls, car ils avaient fêté la veille au soir la capture d'un navire de commerce espagnol.

« Barnet s'est approché du *Revenge* avec son navire et a tiré dessus au canon. Et Calico Jack et ses hommes, qui avaient une gueule de bois monumentale, ont refusé le combat. Anne et Mary ont résisté.

Sallie a jeté un regard éloquent à Chris. Je commençais à l'apprécier.

— D'après la légende, Anne se serait écriée : « S'il y a un homme parmi vous, qu'il s'avance et qu'il se batte ! » Les marins s'étaient tapis dans la cale comme des mendiants. Folles de rage, les deux femmes se sont mises à tirer sur eux, en tuant un et en blessant plusieurs autres, dont Calico Jack.

Chris a souri à sa femme et pris le relais :

— Finalement, elles se sont retrouvées seules face à Barnet et à ses hommes. Elles se sont battues comme des tigresses, mais tout le monde a été capturé. L'équipage du *Revenge* a été pendu.

Je me suis souvenue du récit de Rodney Brincefield.

— Pas Anne ! On dit qu'elle se serait échappée.

Chris a semblé impressionné :

— Tu connais donc un peu l'histoire. Il y a eu un procès à Port Royal. L'affaire a fait sensation, à cause de la présence de deux femmes parmi les accusés. Anne Bonny et Mary Read étaient mal considérées parce qu'elles rejetaient la société policée et qu'elles défiaient les conventions traditionnelles sur la condition des femmes.

— La société policée ! s'est exclamée Sallie. Parlons plutôt de poseurs coincés.

— Déclarées coupables de piraterie, a repris Chris, Anne et Mary ont sorti leur joker.

— C'est-à-dire ? ai-je demandé.

— Elles ont mis leur ventre en avant, si je puis dire.

Hi a ouvert de grands yeux.

— Pardon ?

Sallie a expliqué :

— Chacune a déclaré qu'elle attendait un enfant. La loi britannique interdisait de pendre une femme enceinte, ce qui empêchait de les exécuter. Elles ont donc été épargnées pendant que les autres se balançaient au bout d'une corde.

Shelton, lui, ne nous a pas épargné les horribles détails :

— Après avoir été pendu, Calico Jack a été étripé, a-t-il précisé. Le gouverneur a placé son cadavre dans une cage à l'entrée du port, là où il pouvait être vu depuis tous les navires. Plutôt méchant, non ?

Un silence. Rompu par Ben.

— Et ensuite ?

C'étaient ses premiers mots depuis qu'on était entrés au musée.

— Mary Read est morte d'une fièvre en prison, a dit Chris. Mais le mystère demeure pour Anne Bonny. On ignore son sort.

Sallie a haussé les épaules :

— Certains affirment qu'elle est morte dans sa geôle, d'autres, qu'elle a été pendue l'année suivante, après avoir mis un enfant au monde. D'autres encore pensent que son père a payé une rançon et qu'il l'a ramenée à Charles Town. Et il y a ceux qui sont persuadés qu'elle s'est évadée et a repris la piraterie.

— J'ai lu dans un bouquin qu'elle aurait pris le voile, a déclaré Shelton. Dans un autre, l'auteur affirmait qu'elle était revenue auprès de son mari. N'importe quoi.

J'ai jeté un coup d'œil à Anne Bonny. Beaux habits, bijoux, cheveux bien coiffés.

Que t'est-il arrivé, Anne ? Est-ce que cela s'est bien terminé pour toi ? Ou très mal ?

— Où est son butin ? a soudain demandé Hi. Anne Bonny était une pilleuse de bateaux. Qu'est devenu ce pactole ?

Sourire de Chris.

— Je me doutais qu'on en viendrait à cette question ! Il est enfoui quelque part. S'il existe… Pendant des années, on a cru qu'il était sur Seabrook Island. Fausse piste. Ensuite, on a parlé de Johns Island, parce que certains éléments de cette île correspondent à la carte.

— La carte ? ai-je demandé d'un air innocent.

— Oui, la carte.

Chris a consulté sa montre, puis s'est dirigé vers une armoire en bois sombre à l'extrémité de la pièce.

— La voici.

J'ai dû faire un effort pour ne pas me précipiter.

Chris a sorti un jeu de clés de sa poche.

— On n'a plus que quelques minutes, mais il faut que vous la voyiez. Ça en vaut la peine.

Derrière les portes se trouvaient des tiroirs. Chris a ouvert une seconde serrure, puis il a tiré le tiroir du bas.

Le jackpot !

14.

Le document avait l'air très ancien.

Une plaque de verre protégeait le dessus du tiroir, ce qui rendait la lecture des détails difficile. Mais ce que je voyais enflammait mon imagination.

La carte, punaisée sur un panneau de toile, était dessinée sur une feuille de papier brun craquelé. Au centre, des traits ondulés formaient une image qui ressemblait à une île.

Quelque chose était inscrit en haut de la page, mais je n'ai pu le déchiffrer dans la pénombre. En bas à gauche, il y avait une illustration bizarre. La partie droite inférieure était ornée d'un crâne et d'os en croix.

Pas de problème pour l'interpréter, celle-ci. Attention, danger. Pas touche.

— C'est du chanvre, nous a indiqué Shelton qui lisait le panneau de cuivre fixé à la vitrine. Autrement dit, de la dope !

Hi a saisi la perche. Évidemment.

— Vous stockez de la drogue ici ? a-t-il déclaré en hochant la tête d'un air faussement navré. Mon devoir de citoyen m'oblige à vous dénoncer.

— Exact. Mais dans ce cas-là, il faudra aussi appeler la Maison Blanche, parce que la Déclaration d'Indépendance est inscrite sur le même support.

— Est-ce qu'il y a moyen de la... euh... de la sortir ? ai-je demandé, ignorant la plaisanterie.

Même si nous avions la carte sous les yeux, elle restait indéchiffrable à cause du manque de lumière.

— Désolée.

Sallie montrait du doigt les ampoules placées à l'intérieur du coffrage.

— D'habitude, l'éclairage intérieur s'allume, et la pièce est éclairée. Mais, sans courant, impossible de faire mieux.

— Elle sera toujours là au printemps, a lancé Chris d'une voix enjouée. Cela vous donnera une raison de revenir.

— Mais je dois la voir maintenant !

J'ai aussitôt regretté mon ton tranchant.

Chris a haussé les sourcils.

— Maintenant ? Pourquoi donc ? Vous aviez l'intention de partir à la chasse au trésor ce week-end ?

— Ce n'est pas interdit, non ? a rétorqué Ben.

Chris a levé une main apaisante.

— Non, bien sûr. Mais cette histoire date de presque trois cents ans. Cela peut sans doute attendre encore un peu.

J'ai cru sentir une certaine condescendance dans sa voix. Ben aussi, à voir sa tête.

— Il n'y a pas urgence. (J'ai ajouté un petit gloussement pour appuyer mon effet.) C'est juste que je suis du genre impatient.

Shelton s'est placé devant Ben et a arboré un large sourire.

— On est des fans d'histoire, vous comprenez. On adore résoudre les énigmes. D'ailleurs, on s'en sort pas mal.

— Prévenez-moi quand vous l'aurez trouvé, a dit Sallie, très pince-sans-rire.

Chris a sorti un prospectus de sa poche.

— Si vous aimez l'histoire, Sallie et moi organisons des visites du Charleston mystérieux. Il y a de nombreux mystères sur l'itinéraire. Certains concernent les pirates.

J'ai pris le papier.

— Sympa. Il faudra qu'on vienne.

— C'est à dix-neuf heures en semaine, a précisé Sallie. Et à vingt et vingt-deux heures le samedi. À condition qu'il y ait un nombre de participants suffisant à chaque visite.

Le téléphone de Chris a sonné. Deux fois.

— C'est Cole, a annoncé Chris. Je dois y aller. Nous réorganisons le secteur des céramiques coloniales. Il doit penser que je me suis défilé. Eh bien, j'ai été content de vous rencontrer tous les quatre.

— Merci ! ai-je lancé.

Mais il avait déjà tourné les talons.

Sallie a refermé le tiroir, puis les portes de l'armoire.

— Quant à moi, a-t-elle dit, j'ai abandonné l'accueil depuis trop longtemps. Est-ce que les historiens en herbe ont encore besoin d'un renseignement ?

Goodbye, carte du trésor. Notre rencontre fut brève.

Je n'avais aucune envie de m'en aller, mais je ne trouvais aucune excuse pour m'incruster.

— Non, vous avez été formidable. On va débarrasser le plancher...

Elle a fait signe que non.

— Écoutez, il n'y a personne ici. Vous pouvez rester. Simplement, je vous demanderai de débrancher la rallonge électrique en partant.

— C'est vraiment très gentil. On ne sera pas longs.

— Pas de problème. Je sais ce que c'est que de vouloir regarder quelque chose avec ses amis et d'être mis dehors par un employé qui s'accroche au règlement.

Les garçons ont émis des petits bruits de protestation.

— J'y vais, a dit Sallie en repoussant les rideaux. Ne volez rien, quand même ! Et faites attention à ne pas mettre le feu.

— Merci encore, ai-je répondu.

Le bruit de ses talons hauts a bientôt décru dans le couloir.

— Et là-dessus, elle m'a quitté. Comme ça ! (Hi a claqué des doigts.) Je vais avoir du mal à m'en remettre.

— Je compatis, a dit Shelton, goguenard. Mais elle s'intéressait surtout à moi, en fait.

— Le type était un nul, a grommelé Ben.

— Elle n'a pas fermé à clé, ai-je chuchoté.

Ils se sont tournés vers moi comme un seul homme.

— Les portes de l'armoire. Le tiroir. Ils ne sont pas verrouillés. Chris est parti le premier et c'est lui qui a les clés.

Regards inexpressifs.

— On peut examiner la carte.

— On peut, a répété Hi sans bouger d'un pouce.

— L'« examiner », oui, a déclaré Shelton. Dans la vitrine.

Ben se taisait, l'air très dubitatif.

Leur manque d'enthousiasme m'a un peu refroidie.

— Je sais quelle idée tu as derrière la tête, a repris Hi.

— Et ça, il n'en est pas question, a martelé Ben.

— Pas question de quoi ? ai-je demandé.

— Pas question de voler cette carte ! a craché Shelton.

— Pas question, a répété Hi. *Niet. Nein. No.*

— Arrêtez votre cirque ! Je veux juste jeter un coup d'œil.

Sans tenir compte de leur désapprobation, j'ai ouvert l'armoire, puis le tiroir.

Je me suis penchée sur la carte.

Inutile. Il faisait trop sombre. J'aurais eu besoin de plus de lumière. Et de temps.

J'ai jeté un coup d'œil derrière moi. Hi, Ben et Shelton se tenaient épaule contre épaule, les sourcils froncés. Le mur du refus.

J'ai pris une profonde inspiration.

— Écoutez…

— J'ai dit non !

— Tu es complètement tapée !

— Je sors tout juste des problèmes !

D'accord. Ça commençait mal.

Hi s'est passé la main dans les cheveux.

— Bon, je suis aussi excité que possible par cette histoire de pirates entre elles…

— Oh, arrête avec ça !

— … et j'adorerais passer mon temps à la chasse au trésor, mais ton idée est ir-ré-a-liste !

Shelton a regardé furtivement en direction des rideaux.

— Enfin, Tory, tu parles de voler un objet du Charleston Museum, tout de même ! Il doit y avoir des alarmes, des caméras, des capteurs de mouvement. On ne fera pas deux mètres !

J'ai décidé de jouer franc-jeu.

— Regardez autour de nous ! Il n'y a pas de courant ici, juste des rallonges électriques. Pas d'électricité, pas de système de sécurité.

C'était exact. Les caméras murales étaient visiblement inactives et, à l'intérieur de la vitrine, les signaux lumineux des capteurs étaient éteints.

J'ai passé un doigt sur une autre vitrine, couverte de poussière.

— Personne n'est venu dans cette pièce depuis des mois. Vous avez entendu Chris. Cette section ne rouvrira pas avant le printemps ! On rendra la carte avant que quelqu'un se rende compte de sa disparition.

— Chris s'en apercevra quand il reviendra fermer l'armoire à clé, a dit Hi.

J'ai balayé son objection.

— Shelton pourra verrouiller le tiroir derrière nous avec l'un de ses outils de serrurier. On a juste besoin de la carte le temps de la photocopier, ou de comprendre de quoi il s'agit. Et si ça se trouve, Chris aura oublié.

Ben a fait un pas en avant.

— Non. C'est trop risqué. Et pourquoi ? Merde, on n'est pas dans un film de Walt Disney ! On ne va pas trouver un trésor enfoui. Grandis un peu, Tory !

— Dans ce cas, on peut se faire nos adieux tout de suite, parce que je suis à court d'idées.

Je sentais les larmes monter, mais je les ai repoussées.

J'allais devoir m'énerver un peu.

— Très bien.

J'ai planté mon regard dans le leur. L'un après l'autre.

— Nos parents n'ont pas d'argent, et les millions ne vont pas tomber du ciel. Alors, ou bien on tente le coup, ou bien on n'en parle plus. Et dans ce cas, on devra se débrouiller avec nos flambées, chacun dans son coin.

Silence de mort.

Des secondes. Des minutes. Des heures.

Shelton a passé la main sur son front.

— Fais chier.

Hi a poussé un long soupir.

— Victoria Brennan, tu es championne olympique de la mauvaise influence sur des amis de lycée. À combien de chefs d'accusation va-t-on devoir répondre, maintenant ? Trois ? Six ? Dix ?

Ben a soutenu mon regard, puis :

— On fait comment ?

— D'après toi ?

Avec un grand sourire, je l'ai giflé violemment.

Dans la pénombre, ses yeux ont lancé des éclairs.

— Hé, préviens-moi, la prochaine fois.

— Dans ce cas, ça ne marchera pas, a répliqué Hi dont les iris étaient en train de virer au jaune. Tu es moins doué que moi.

Son front couvert de sueur le contredisait. Il savait bien que nous avions du mal à maîtriser les pouvoirs. Que la situation pouvait toujours nous échapper.

Shelton était agité de tremblements tandis que la flambée s'emparait de lui.

— Ça marche encore avec la trouille, a-t-il expliqué. La preuve !

Je me suis concentrée. Oubliant les autres, j'ai tenté de faire appel à mon ADN canin.

Rien.

Puis soudain…

SNAP.

Une vague de chaleur a parcouru mon corps. Des milliers de piqûres d'abeilles torturaient ma peau. La sueur a jailli de mes pores. Dents serrées, j'ai grimacé tandis que le loup émergeait.

— Ça va ? a interrogé Hi.

— Oui, mais c'était encore plus dur cette fois.

— On ne devrait pas faire ça, a gémi Shelton. C'est jouer avec le feu.

Hi a haussé les épaules.

— Parlons plutôt de roulette russe. Bon, je vais surveiller la porte.

— Je t'accompagne, a dit Ben.

J'ai parcouru la pénombre d'un regard aussi précis qu'un laser. Les objets exposés semblaient maintenant éclairés comme sur une scène de théâtre.

— Aide-moi, ai-je demandé à Shelton.

Il a tapoté la paroi.

— C'est une serrure particulièrement simple. La clé devrait s'insérer ici. Ils doivent faire confiance à des capteurs high-tech.

— J'espère que j'ai raison pour l'électricité. Ouvre.

Ce qu'il a fait, à une vitesse incroyable.

On s'est immobilisés. Pas d'alarme.

J'ai soulevé la plaque de verre, ôté les punaises. Toujours rien. J'ai roulé la carte aussi serré que possible, et j'ai commencé à la glisser sous ma chemise.

Ben m'a arrêtée d'un geste. Il s'est dirigé vers moi, la main tendue.

— Donne.

— Pourquoi ?

Il m'a arraché la carte des mains.

— Si cette aventure se termine mal, ce n'est pas la peine que tu te fasses piquer, toi.

Puis il a pointé le doigt sur Shelton :

— Referme ce truc et filons.

— La route est libre, a prévenu Hi derrière les rideaux.

Il chuchotait, mais sa voix faisait un boucan épouvantable dans mes oreilles supersoniques.

— Dépêchons-nous, j'ai la tête qui tourne.

— C'est fait.

Shelton a rangé son outil dans sa poche et rejoint Hi. On a attendu tandis qu'il tendait l'oreille vers le couloir. De nous quatre, c'est lui qui avait l'ouïe la plus fine.

— Allez, on s'arrache !

On a filé dans le couloir, l'air faussement dégagé.

J'avais du mal à contenir ma flambée. On aurait dit que j'hébergeais un fauve en cage. Était-ce l'adrénaline ? Ou le virus qui faisait des ravages dans mon organisme ? J'ai encore accéléré le pas.

— Lunettes, ai-je ordonné, entre murmure et aboiement.

Tous les quatre, on a dissimulé notre regard derrière des lunettes noires. J'imaginais la tête de celui qui croiserait notre chemin.

La chance était avec nous. On n'a rencontré personne. Ni vigiles. Ni touristes. Ni Sallie. Elle n'était pas au bureau de l'accueil.

— On y est presque, ai-je soufflé.

Du pas tranquille de spectateurs quittant le théâtre après une représentation, on est sortis du musée. Et, jusqu'au coin de la rue, on a gardé cette allure décontractée. Cool, Raoul. À l'aise, Blaise.

Je ne sais lequel d'entre nous s'est mis à courir le premier, mais je miserais sur Shelton.

Petit trot d'abord, puis accélération fulgurante. Un sprint d'enfer. Je volais littéralement sur le trottoir. Toute l'énergie que j'avais accumulée se déchargeait dans mes muscles.

SNUP.

C'est seulement en arrivant au quai qu'on a ralenti, nos flambées éteintes. Avec un ensemble parfait, on s'est laissés tomber sur les planches en bois.

Hi était d'une inquiétante couleur pourpre.

— À une époque, j'ai eu un avenir, a-t-il déclaré quand il a un peu repris son souffle. La fac. Le doctorat. Le Nobel. Le prix du mec le plus sexy du monde. (Il a balayé l'air de la main.) Et maintenant, je ne suis plus qu'un voleur. Mais un bon. C'est déjà ça.

Shelton essuyait ses lunettes souillées de transpiration avec sa chemise.

— Et un garçon-chien, souviens-toi.

— Exact. Une curiosité génétique. Je ne risque pas de l'oublier.

Ben leur a tapoté la tête.

— Bouffons !

J'ai ignoré le trio. Je ne pensais plus qu'à une chose.

Nous avons la carte. Nous avons la carte. Nous avons la carte.

J'ignorais de quoi demain serait fait, mais il y avait un progrès.

À l'ouest, le soleil descendait vers les étendues boueuses des marécages. Autour de nous, quelques insectes entamaient leur symphonie du crépuscule.

Calme et sérénité.

Avançons à petits pas.

Demain, nous entamerions la phase suivante de mon plan audacieux.

Et il faudrait que ça marche.

Nous n'avions pas le choix.

DEUXIÈME PARTIE

FLIBUSTIÈRE

15.

Je n'ai pas déroulé la carte ce soir-là.

Trop crevée pour ça. Après cette journée épuisante, la chasse au trésor attendrait. Quelques minutes après avoir passé ma porte, je roupillais déjà.

Nous nous sommes retrouvés le lendemain matin, dans le garage de Shelton. Son père, Nelson Devers, directeur technique informatique du LIRI, avait transformé ce petit espace en une station de réparation d'ordinateurs. Sur les murs, des étagères métalliques étaient couvertes de boîtes en plastique remplies de vis, de boulons, de circuits imprimés et autres machins mécaniques. La pièce était éclairée par des tubes de néon accrochés au plafond. Une grande table à dessin en occupait le centre et servait d'espace de travail.

— Allez, au boulot !

J'ai pris une loupe et j'ai soigneusement étalé notre butin sur la table.

La carte du trésor était craquelée, patinée, mais bien conservée. Le papier, devenu jaune moutarde, dégageait une odeur de vieux et de moisi.

En haut et en bas du document, on distinguait une inscription à demi effacée. Au centre, des traits se recoupaient, formant une image indéfinissable.

— Hum, a marmonné Hi en se frottant le menton.

— Pu...rée !

Je m'attendais à des montagnes, à des vallées, voire à un rivage ou à des rochers. Bref, à quelque chose d'identifiable. Au lieu de quoi, j'avais sous les yeux un magma de lignes droites et sinueuses, délimité par une bordure noire.

— Quel artiste a dessiné ça ? a gémi Shelton. Monet, Picasso ?

J'ai plissé le front.

— Voyons, on a trois lignes verticales et sept ou huit lignes horizontales. Plus un trait épais qui court d'une extrémité à l'autre, en dessous de ce griffonnage.

Sur le plan géographique ou topographique, il n'y avait rien de reconnaissable. Et aucune mention d'un point cardinal. Le croquis ressemblait à un dessin d'enfant ou à des jeux de morpion superposés.

— C'est une carte, ça ? a grogné Ben. Plutôt un gribouillis !

— Décevant, ai-je reconnu.

— Concentrons-nous sur l'inscription, a suggéré Hi. Peut-être qu'elle explique le dessin.

En haut de la carte, une strophe de deux vers était joliment calligraphiée d'une main assurée. J'ai positionné la loupe et j'ai lu à haute voix.

— « Descends, descends du perchoir de dame Faucon. Et entame ton sinueux parcours vers la retenue de la salle obscure. »

— Une énigme ?

Je n'en revenais pas.

La strophe sibylline n'éclairait en rien le dessin.

— Lis ce qui est écrit en bas, a dit Hi. Peut-être que si on combine les deux, le poème aura un sens.

J'ai promené la loupe sur la seconde strophe. Même écriture décidée. Et message tout aussi énigmatique : « Fais tourner la Boucle du Sauveur dans la niche ouverte de l'abîme. Choisis ta fidèle servante pour que le pont correct se libère. »

— Avec ça, on est bien avancés ! a constaté Hi.

— C'est censé rimer ? a demandé Shelton, à personne en particulier.

J'ai continué à examiner la carte à la loupe, mais je n'ai pas trouvé d'autre inscription.

Maintenant, je comprenais pourquoi le musée ne forçait pas sur la sécurité. Sortie de son contexte, la carte était inutilisable.

— Ce pourrait être un diagramme de tunnels ou de grottes, ai-je dit en désignant le méli-mélo de lignes au centre.

— Un littoral ? a hasardé Hi. Mais ça ne nous dit pas quelle île.

— Rien ne dit non plus que ce soit une île, a marmonné Shelton.

— J'ai passé des heures sur le Net, a dit Hi en sortant des feuilles pliées de la poche de son short. Toutes les rumeurs parlent d'une île. Seabrook Island. Johns Island. Fripp Island. Pour certains pêcheurs, d'après les indications, il s'agirait plutôt de Kiawah. Mais tout le monde est d'accord sur le fait qu'Anne Bonny a enterré son trésor sur une île barrière.

— Pourtant, a répliqué Ben, ces hypothèses populaires doivent être fausses, puisqu'on ne l'a toujours pas retrouvé.

— Hé, je n'y suis pour rien ! s'est défendu Hi. À part ces théories et cette carte, on n'a que dalle.

Effectivement. J'ai poursuivi mon examen de la carte dans l'espoir de découvrir un indice.

Dans l'angle inférieur gauche, un symbole a attiré mon attention.

C'était une fine croix, vert et gris argent. La partie supérieure penchait vers la droite, ce qui lui donnait une forme bizarre. Un cercle entourait l'intersection des deux branches.

Je n'arrivais pas à détacher mes yeux de l'étrange petit emblème. Je n'avais jamais rien vu de semblable. La croix était belle, tracée avec soin. Malheureusement, elle ne m'apprenait rien.

— Réfléchissons ensemble, ai-je proposé. Voyons, que savons-nous sur Anne Bonny ?

— On peut dire qu'elle était couillue, a déclaré Shelton. Elle aimait se déguiser en homme et elle se baladait comme ça dans les rues de Charles Town. Même avec sa tête mise à prix.

— Les femmes font du shopping, a déclaré Hi d'un ton neutre. C'est comme ça.

J'ai préféré l'ignorer.

— Donc, Anne se promenait en ville sans se cacher ?

Shelton a hoché affirmativement la tête.

— Dans mon bouquin sur les pirates, on dit qu'elle possédait un petit bateau. Elle le gardait en dehors du port et elle s'en servait pour venir faire un tour en douce sur la terre ferme.

— Une copine skipper ! s'est exclamé Ben. Elle commence à me plaire. Comment s'appelait son bateau ?

— Attends. Je vais te le dire.

Shelton a disparu à l'intérieur de la maison. Quelques minutes plus tard, il était de retour, un bouquin sous le bras.

— Voilà. Elle avait baptisé son embarcation *Duck Hawk*.

— *Duck Hawk* ?

Shelton a acquiescé.

J'ai relu la première ligne de l'inscription sur la carte. *Descends, descends du perchoir de dame Faucon.*

— Je pense que cette phrase nous dit par où commencer, ai-je déclaré en tapotant la carte. Elle nous indique comment trouver l'entrée du tunnel, si c'est ce que représente le trait épais sur la carte. Il faut chercher où perchait dame Faucon.

— Rien de nouveau là-dedans, a grogné Hi. C'est pour cette raison que les gens sont allés voir du côté des îles dont je parlais. Au début du dix-huitième siècle, Seabrook et Kiawah abritaient des colonies de faucons pèlerins.

— Les chercheurs de trésor ont creusé sous tous les nids de faucon de la Caroline du Sud, a renchéri Ben. Ils n'ont rien trouvé. Zéro.

Sans me laisser décourager, j'ai continué à réfléchir.

— *Duck Hawk*, c'est bien un autre nom du faucon pèlerin ?

— Oui.

Shelton a marqué une pause, puis demandé :

— Tu crois que le poème fait allusion au bateau d'Anne Bonny ? Mais où pouvait-il bien « percher » ?

— Je crois que tu fais fausse route. Le vers parle de « dame Faucon ». Avec une majuscule. Il s'agit donc d'une personne, pas de l'oiseau.

— Je ne te suis pas.

— Anne Bonny a baptisé son bateau *Duck Hawk*, le faucon pèlerin. Donc elle, elle pouvait être la femelle du faucon. Dame Faucon, quoi !

— Alors on devrait chercher le perchoir d'Anne Bonny, a conclu Hi.

— Cela n'a aucun sens, a commenté Ben.

— Laissez-moi réfléchir un moment.

Ce qu'ils ont fait.

— Quand elle se glissait en ville, où laissait-elle le *Duck Hawk* ? ai-je repris. La milice de la ville devait sûrement patrouiller sur les quais, non ?

— Pas partout. Il y avait sans doute des embarcadères où elle pouvait être en sécurité. On devrait pouvoir trouver lesquels, a dit Shelton qui s'est mis à feuilleter son ouvrage.

— Quelle est ton opinion, Tory ? a interrogé Ben.

— Moi, je dis que, si notre flibustière aimait se promener sous le nez de tous, elle a peut-être enterré son butin dans un endroit qui n'a rien de secret.

Hi ouvrait de grands yeux.

— Tu crois qu'elle pourrait l'avoir dissimulé en pleine ville ? Quelque part dans le vieux Charles Town ? Ça, effectivement, c'est du neuf, je te l'accorde.

— Pour résumer, a dit lentement Ben, tu es en train de nous dire que le « perchoir de dame Faucon » ferait référence à l'endroit où Anne Bonny amarrait le *Duck Hawk* ?

— C'est une simple hypothèse.

— Ah, voilà ! s'est exclamé Shelton en pointant l'index sur une page de son ouvrage. D'après l'auteur, Bonny accostait aux docks d'East Bay Street, car l'endroit lui permettait de prendre rapidement la fuite le cas échéant.

— Hum, je me demande…

Hi se balançait sur ses talons en regardant le plafond.

— Quoi ?

J'avais horreur de devoir lui arracher les mots de la bouche.

— Eh bien… les grottes marines.

De plus en plus énervant.

— Tu peux développer, Hi ?

Il s'est tourné vers Shelton.

— Il y a le wifi dans ce garage ?

— Oui, pourquoi ?

— Je reviens tout de suite, a-t-il lancé en se précipitant vers sa maison.

Quelques minutes plus tard, il était de retour avec son ordinateur portable.

— Vous allez voir ce que vous allez voir. Le professeur Hiram Stolowitski va vous en boucher un coin.

— Accélère, a grommelé Shelton.

— East Bay Street longe la pointe est de la péninsule, n'est-ce pas ? a commencé Hi sur un ton de conférencier. Ce rivage est truffé de grottes marines, dont certaines mènent jusque sous les rues de la ville.

— Comment le sais-tu ? (Ben, plutôt sceptique.)

— Mon oncle est urbaniste, et moi, je suis fan de cartes.

Hi a tapé quelque chose sur son clavier, puis il a tourné vers nous l'ordinateur. Une carte géologique de Charleston apparaissait sur l'écran. La partie gauche de la péninsule montrait de minuscules indentations.

Nouveau clic dans ma tête.

— Bien sûr !

Trois paires d'yeux se sont tournées vers moi.

— Des faucons pèlerins nichent dans des grottes marines. Autrement dit, ils « perchent » là-dedans.

— Et alors ? a demandé Ben.

— Et alors Anne Bonny devait amarrer le *Duck Hawk* près des grottes marines d'East Bay.

— Ah ! a fait Shelton.

Ben semblait toujours largué.

— Le bateau d'Anne Bonny, qui porte le nom d'une espèce de faucon, devait « percher » – entre guillemets – du côté d'East Bay Street.

J'ai attendu que l'idée fasse son chemin avant de poursuivre :

— On va chercher du côté du centre historique.

— C'est pour ça que je suis allé chercher mon ordi, a expliqué Hi. Regardez.

Sortant son iPhone, il a pris une photo de la carte.

— Étape numéro un.

Il a téléchargé l'image sur son ordinateur.

— Étape numéro deux.

— Épargne-nous ton cinéma, a gémi Shelton.

— N'interromps pas le maître à l'œuvre, *please*. Étape numéro trois.

Ouvrant Firefox, il a fait apparaître une photo satellite de Charleston. Puis il a double-cliqué sur l'image de la carte du trésor et l'a placée à côté de l'autre.

— Je vois, a dit Shelton en ajustant ses lunettes sur son nez. Laisse-moi m'en occuper, ça ira plus vite.

Hi s'est effacé pour céder la place à Shelton.

— Je vous en prie, Hack Master.

Je les ai regardés alternativement.

— Eh bien, moi, je ne comprends toujours pas ce que vous êtes en train de faire.

— Hi a eu une bonne idée, a expliqué Shelton. Pour une fois ! Je vais nettoyer l'image de la carte en ne conservant que les traits. Ensuite, je vais la superposer à la photo satellite et voir si sa configuration correspond à quelque chose.

Re-clic sous mon crâne.

— Les lignes droites sur la carte. Il pourrait s'agir de rues ?

— Bien vu ! a lancé Shelton en ouvrant un nouveau navigateur. Juxtaposons-les à une carte du vieux Charles Town.

Un million de recherches plus tard, Shelton avait enfin localisé un plan de la ville datant de 1756.

— C'est à peu près l'époque, ça ira.

On a passé pas mal de temps à tenter de faire correspondre les schémas. C'était à peu près aussi facile que de chercher une aiguille dans une meule de foin.

Finalement, Hi a repéré une vague correspondance.

— Regardez ! Ces deux lignes droites suivent assez bien l'itinéraire d'East Bay Street et de Church Street.

Shelton lui a tapé dans la main.

— Ouais ! On se croirait dans *Les Experts* !

Ben n'avait pas l'air convaincu.

— Comment voulez-vous qu'il y ait un trésor de pirate enfoui sous ces foutues rues ? C'est en pleine ville. On l'aurait découvert depuis longtemps.

— Il y a peu d'infrastructures souterraines dans cette zone, a protesté Hi. À cause des grottes, justement. Même pas un réseau d'égouts.

— Et c'est là que se trouvaient les docks d'East Bay. Ceux qu'utilisait Anne Bonny ! (La voix de Shelton était soudain pleine d'énergie.)

Mon esprit galopait, additionnant les éléments.

— Si votre hypothèse est juste, l'entrée du tunnel doit se situer non loin de ces docks.

— On va devoir inspecter tout ce qui est souterrain, a conclu Hi, maintenant rouge d'excitation. Caves, sous-sols, cryptes et ainsi de suite.

— Est-ce qu'on ne pourrait pas le faire depuis le littoral ? ai-je demandé, un poil dubitative.

Hi a secoué la tête.

— Non, la digue de Battery bloque l'entrée des grottes. On ne voit rien sans un équipement de plongée.

J'ai claqué des doigts.

— Ça y est !

À mon tour de me précipiter chez moi. Une vingtaine de pas jusqu'à la porte, l'escalier quatre à quatre pour rejoindre ma chambre, une fouille frénétique dans mes poches, puis un sprint jusqu'au point de départ. Total : moins de deux minutes.

— Impressionnant, a commenté Hi. Mais moi, j'étais chargé.

— Je sais comment pénétrer dans certains de ces sous-sols.

J'ai extirpé de ma poche un prospectus froissé.

— Quelqu'un est partant pour une visite du Charleston mystérieux ?

16.

Les mystères devraient attendre.

Kit m'a refusé tout net la permission.

— Pas question, Tory. Tu es encore en liberté surveillée. Autrement dit, pas de sorties le soir en ville. Point final.

J'ai eu beau plaider ma cause, il est resté sur ses positions.

Échange de textos avec les Viraux. Les autres parents étaient sur la même longueur d'onde. Ce serait pour une autre fois.

J'ai évité de faire la tête. J'avais besoin de rentrer dans les bonnes grâces de Kit. Tory-la-fille-obéissante a donc passé l'après-midi à nettoyer sa chambre, avant de rejoindre Kit sur le canapé pour une soirée télé.

Nous voyant confortablement installés, Coop s'est effondré sur son coussin après en avoir fait trois fois le tour et il a entamé une sieste au long cours.

Je n'ai rien dit à Kit de mes activités récentes. Le yacht-club, le musée, les pirates de Charleston. Pas question qu'il sache quoi que ce soit. Ses tentatives pour bavarder un peu n'ont pas rencontré un franc succès et il a fini par se décourager.

Et, surtout, je n'ai pas parlé d'Anne Bonny. Tant qu'un certain document n'avait pas regagné son tiroir, je courais un risque. Les deux conservateurs pouvaient m'identifier. Moins il y aurait de gens au courant du trésor, mieux ce serait.

Sans compter que Kit se serait dit que j'étais complètement allumée. Ou pire, que je me comportais comme une gamine.

Pour être franche, je n'étais pas loin de penser la même chose. Difficile d'imaginer une solution à nos problèmes plus ridicule qu'un trésor enfoui. Nous n'en avions pourtant pas d'autre.

Kit a posé ses pieds sur la table basse.

— Ça va ?

— Ça va.

On a regardé l'émission côte à côte, en silence, en gloussant de temps à autre quand c'était drôle. Je me détendais petit à petit. Après tout, c'était plutôt agréable de passer du temps avec Kit. Je me suis juré de le faire plus souvent.

Malheureusement, au bout d'un moment, il a décidé d'avoir une conversation avec moi.

— J'ai eu un type du Minnesota au téléphone aujourd'hui, a-t-il déclaré.

— À quel sujet ?

— Un job au service des forêts. Près du lac Winnibigoshish. Ça pourrait être sympa.

— Le lac Winni-quoi ?

— C'est dans le parc national de Chippewa, m'a répondu Kit en se redressant. Un site magnifique. La forêt, des lacs partout. Et plein d'activités. Kayak, randonnée, traîneau, pêche dans la glace. Tu pourrais faire du ski tous les jours.

— Je ne sais pas skier, Kit.

— Tu prendrais des leçons. Ou tu ferais du ski de fond, si tu préfères. C'est plus populaire là-bas, d'ailleurs. On habiterait à Cohasset, ce qui n'est pas si…

— Assez !

Coop a levé la tête.

Kit a tressailli.

— C'est pas vrai, tu refuses de comprendre !

Je savais que j'avais tort, mais c'était plus fort que moi.

— Je ne veux aller nulle part ! Je veux rester ici !

— Je dois trouver du travail, Tory. Je n'ai pas plus envie que toi de voir l'institut fermer, mais ça ne dépend pas de moi. Et je dois m'occuper de toi.

— Excellent boulot jusqu'à présent.

C'était injuste. Je m'en fichais.

Les mots se bousculaient sur mes lèvres.

— Tu m'as fait venir dans ce coin perdu, j'ai fini par faire mon trou et d'un seul coup, pouf ! Terminé. Et je suis censée l'accepter tête baissée ?

— Je me donne du mal pour qu'on aille dans un endroit qui te plaise.

— Tu te fiches de moi ! Il y a trente secondes, tu tentais de me vendre les charmes du Grand Nord. La pêche sous la glace ! Tu rigoles ou quoi ?

— Et que veux-tu que je fasse ? a-t-il rétorqué. Dis-le-moi !

— Trouve un moyen. Arrange-toi pour qu'on reste.

Il a ouvert la bouche, prêt à m'incendier. Mais il s'est contenu. Il a fermé les yeux, respiré à fond, puis il s'est passé la main sur le visage. Quand il a repris la parole, sa colère s'était envolée.

— J'aimerais pouvoir, Tory, mais certaines choses ne sont pas de mon ressort.

— Ce n'est pas une raison !

— Crois-moi, je suis malade à l'idée de te déraciner de nouveau, si peu de temps après...

Sa voix s'est brisée. Neuf mois après, il avait toujours autant de mal à parler de ce qui était arrivé à ma mère.

— Que te dire d'autre, Tory ?

Coop est venu poser son museau sur mes genoux. Son regard bleu pâle a rencontré le mien, m'a lancé un appel.

— Je sais que tu n'y es pour rien, Kit, ai-je dit. C'est juste que...

Je me suis arrêtée là.

J'étais égoïste, immature. Je réagissais comme une enfant gâtée. Comment pouvais-je lui en vouloir ? Mais j'étais encore trop en colère pour m'excuser.

— Je sors Coop, ai-je annoncé.

J'ai traversé la pièce et je suis allée prendre la laisse, accrochée à un crochet. Kit n'a pas tenté de m'arrêter.

— Fais attention. Il est tard.

Coop a filé vers la porte, ravi à l'idée d'une promenade nocturne. Je l'ai laissé libre de courir.

Dans le ciel, la lune formait un disque brillant. Une petite brise a ébouriffé mes cheveux. L'air était tiède et humide, ce n'était pas désagréable.

Tout en marchant dans l'obscurité, j'ai été envahie par un sentiment de culpabilité. Une fois de plus, j'avais critiqué Kit violemment, et à tort. Kit, mon père. La personne qui voulait pour moi le meilleur et qui m'aimait plus que tout. Pourquoi le traitais-je comme un punching-ball ? À quoi est-ce que cela servait ?

Coop courait devant sur la plage, pourchassant les crabes et les oiseaux de nuit.

Dans ma poche, un bip et une vibration ont annoncé l'arrivée d'un texto.

J'ai failli l'ignorer, certaine que Kit me demandait de le pardonner. La dernière chose dont j'avais envie, c'était de me sentir un peu plus coupable.

Mais la curiosité a été plus forte.

Sortant mon iPhone, j'ai tapoté l'écran.

Jason Taylor.

Génial.

Jason s'excusait de m'avoir laissée tomber au yacht-club. Il venait d'apprendre ce qui s'était passé et il s'en voulait. Bla-bla-bla. Il attendait ma réponse.

Qu'il attende. J'ai effacé.

Pas question de m'occuper de ça maintenant. D'ailleurs, sans que je sache pourquoi, son message m'énervait. Où était-il au moment critique ? Cinq minutes après mon arrivée, il avait disparu. Merci pour la compagnie !

Et pourquoi ces excuses ? Il n'était pour rien dans l'attitude du Trio des Bimbos. Il ne me devait rien. Ce n'était pas son boulot de défendre mon honneur.

La barbe. J'étais tout à fait capable de me débrouiller seule.

— Pourquoi faut-il que tout arrive en même temps ? ai-je demandé à la Grande Ourse au-dessus de ma tête.

Coop, juché sur un amas de roseaux enchevêtrés, m'a jeté un coup d'œil, puis est venu me lécher la main.

Je lui ai caressé le dos.

— Merci, mon chien. Tu sais que tu es l'homme de ma vie, toi !

Soudain, Coop s'est raidi. Il a tourné la tête vers nos maisons.

— Qu'est-ce qui ne va pas ? ai-je chuchoté.

Il s'est avancé et s'est mis à gronder, planté sur ses pattes. Le poil hérissé, il fixait un point dans l'obscurité.

J'ai alors pris conscience que j'étais toute seule, dans la nuit, sur une plage au milieu de nulle part.

Je me suis immobilisée, l'oreille tendue.

Un crissement de sable. Du nylon qui claque au vent.

J'ai fouillé les ténèbres du regard.

Une ombre s'intercalait entre moi et la maison.

17.

— On se calme, Coop ! a lancé une voix.

Une voix que je connaissais. Je me suis détendue.

Shelton s'avançait avec précaution, pour permettre au chien-loup de le reconnaître. Coop était encore un chiot, mais il pouvait déjà faire de sérieux dégâts, avec ses trente kilos.

Je lui ai gratté les oreilles.

— Doucement, c'est l'un des nôtres, ai-je chuchoté.

Coop, sentant enfin l'odeur de Shelton, a jappé et agité joyeusement la queue.

— Il devient un vrai chien de garde ! s'est exclamé Shelton. Une chance qu'on soit amis !

Cette fois, Coop s'est précipité et a posé ses pattes antérieures sur le torse de Shelton, qui a manqué perdre l'équilibre.

Je l'ai rappelé d'un claquement de langue. Il a obéi, avant de repartir à la chasse au crabe.

— Que se passe-t-il ? (Moi.)

— Quelque chose ne va pas ? (Shelton, pas convaincu par mon ton faussement enjoué.)

— Je me suis disputée avec Kit. Et si tu veux savoir, oui, c'était ma faute.

— Chez moi aussi, je te dis pas l'ambiance. Mes parents sont tellement stressés que personne n'ouvre la bouche.

— C'est pour ça que tu es là ?

— Non, je suis venu te voir. Ton père m'a dit que tu promenais Coop.

Laissant le chien-loup nous précéder, on a rejoint le quai.

— Ta dispute avec Kit, c'était à quel propos ? a demandé Shelton.

— Le déménagement. Il s'obstine à me parler des postes qu'on lui propose ici ou là. On pourrait croire qu'il se fiche de ce que j'éprouve, alors que ce n'est pas vrai, je le sais. Mais du coup, j'ai explosé.

On a continué à marcher.

— Je me fais du souci pour Whisper et pour les autres animaux de Loggerhead Island, ai-je repris après quelques minutes de silence. Cette île est un endroit à part. Ce serait criminel de la vendre à des promoteurs.

Shelton a gloussé.

— Tu te souviens quand ce pauvre Hi s'est assis sur une fourmilière près de Dead Cat Beach ? Les marques rouges ont mis une semaine à disparaître !

— C'était presque aussi drôle que lorsque Ben a été poursuivi par les singes, ai-je dit en riant.

— C'était le bon temps. Oui, le bon temps.

L'évocation de Loggerhead commençait à m'attrister. Il valait mieux changer de sujet.

— Qu'est-ce que tu voulais me dire, en fait, Shelton ?

— Ah, oui ! J'ai trouvé quelque chose d'intéressant sur le Net à propos d'Anne Bonny.

— Super, ai-je répondu, sans enthousiasme.

Après ma dispute avec Kit, la chasse au trésor me paraissait soudain bien infantile.

Mais Shelton était excité pour deux.

— Comme je m'ennuyais, j'ai tapé des noms et des phrases sur Google. Genre « Anne Bonny, carte trésor », tu vois. Pendant une bonne heure, cela n'a servi à rien. Et soudain, la pépite !

Il a brandi ce que j'ai supposé être une feuille imprimée.

— Il fait trop sombre, ai-je dit. Je n'y vois rien. Qu'est-ce que c'est ?

— Une annonce. Un prêteur sur gages de North Charleston vend une caisse d'objets de piraterie.

— C'est tout ?

La naïveté de Shelton m'étonnait.

— Écoute la suite. Le vendeur prétend qu'il y a là-dedans des papiers ayant appartenu à Anne Bonny !

— Et tu le crois ?

Shelton a fait oui de la tête. Enfin, il m'a semblé.

— Il est où exactement, dans North Charleston ? ai-je demandé d'un ton soupçonneux.

— Myers. Pas le coin le plus sûr, je le reconnais.

Effectivement. Myers était l'un des quartiers les plus difficiles de la région. Peut-être même du pays.

— On peut y aller en plein jour, a marmonné Shelton.

Je me suis immobilisée.

— C'est sérieux ? Tu veux aller chez un prêteur sur gages de Myers à cause d'une annonce qui parle d'Anne Bonny ?

— Tu ne sais pas tout. Allons par là, il fait moins sombre.

Shelton m'a entraînée vers le quai et m'a fourré le papier dans la main.

— Tu ne remarques rien ?

J'ai parcouru la liste. Dans la pénombre, elle ressemblait à toutes les petites annonces. Collection authentique d'objets de piraterie. Papiers rares. Anne Bonny. Inestimable. Historique. Et bla-bla-bla, et bla-bla-bla.

J'étais sur le point d'abandonner lorsque je suis tombée dessus.

— Oh !

— Je ne te le fais pas dire. Maintenant, tu es d'accord qu'on ne peut pas laisser passer ça ?

— Je suis d'accord.

Une bordure rectangulaire entourait l'annonce, avec une illustration ringarde à chaque angle. Un crâne et des os en croix. Une épée. Un coffre au trésor. Rien que du banal.

Sauf l'image dans le coin inférieur droit.

Cet angle était décoré d'une croix. Longue, fine, avec un anneau central et la branche supérieure curieusement inclinée vers la droite.

— Et où avons-nous déjà vu cela ? a croassé Shelton.

On s'est tapé dans la main. Avec une telle vigueur que le bruit a dû s'entendre jusqu'au large.

18.

— Comment y va-t-on ?

Hi a essuyé les gouttes de sueur sur son front.

Nous étions assis sur le bitume derrière nos maisons. Le soleil matinal tapait déjà.

Shelton était en train d'entrer l'adresse du prêteur sur gages dans le GPS de son téléphone. Il portait un polo blanc et un short de toile beige. Ben, silencieux comme d'habitude, se tenait derrière lui en T-shirt noir et en jean. Il ne semblait jamais affecté par la chaleur.

— Ben va nous conduire en voiture, ai-je répondu.

— Première nouvelle ! s'est étonné Ben.

— On prendra la voiture de Kit. Il est à son travail.

Shelton semblait sceptique :

— Kit a dit qu'on pouvait emprunter son 4Runner ?

— Il n'a jamais dit le contraire.

— Tu vois ça comment, Tory ? a dit Hi.

— Si Kit se met en colère, je ferai profil bas et je m'excuserai. Il laissera passer, la première fois.

— Pas question que je fauche la voiture de ton père, a décidé Ben d'un ton ferme. Appelle-le.

J'ai consulté ma montre.

— Crois-moi, il ne le saura jamais. On a six heures devant nous. Le temps de faire au moins cinq allers-retours.

Un peu de titillage de l'ego de Ben s'imposait.

— Tu sais conduire, non ?

— Évidemment ! La question n'est pas là.

Le mois passé, tandis qu'on était tous coincés chez nous, Ben avait finalement décroché son permis.

— On n'a pas le choix, a déclaré Shelton. On ne peut se rendre à North Charleston en bateau.

Silence de Ben.

— Allez !

Des auréoles de sueur se formaient sous les manches de la chemise hawaïenne de Hi.

— On est en train de rôtir dans le coin le plus torride de la planète. Arrachons-nous d'ici.

— D'accord. Tout le monde met sa ceinture. Pas de radio. On ne distrait pas le conducteur, a prévenu Ben en jetant un coup d'œil sévère à Hi. Et plus un commentaire, SVP !

— C'est toi qui y perdras, vieux !

Cinq minutes plus tard, nous roulions sur la route qui relie Morris à Folly Island. Après Folly Beach, on a rejoint l'autoroute 171 et pris vers le nord, direction James Island.

J'avais mis la clim à fond pour faire plaisir à Hi, mais avec mon petit débardeur, mon short et mes sandales, j'avais la chair de poule.

Comme Ben nous l'avait demandé, nous nous taisions. Cela faisait bizarre d'être en voiture sans les adultes. Une grande première pour les Viraux. Au-dehors, les marécages s'étendaient des deux côtés de la route. De temps à autre, une aigrette ou une grue aux longues pattes s'envolait.

Après s'être engagé à droite sur la voie rapide de James Island, Ben a pris le chemin du centre-ville et continué jusqu'à Calhoun Street. À King Street, il a tourné à droite en direction du nord, laissant derrière nous les zones historiques et touristiques que nous fréquentions d'habitude.

On a passé le Cooper River Bridge, un pont qui marque la frontière entre le peuple et le gratin. Quelques kilomètres plus loin, nous pénétrions dans North Charleston.

Myers est un quartier défavorisé, avec des maisons délabrées, des barres d'immeubles, des magasins où l'on vend de l'alcool et des boutiques de prêteurs sur gages. C'est l'un des plus pauvres des États-Unis. Peu de jeunes y terminent leurs études secondaires et ils sont encore moins nombreux à aller à la fac. La criminalité y est importante.

Ceux qui ont la chance de trouver du travail sont ouvriers ou journaliers. À tous les coins de rue, chômeurs et sans-abri se shootent et picolent pour oublier la tristesse de leur existence.

Bref, Myers n'est pas un quartier où l'on va pour le plaisir.

Hi s'est penché et a actionné le verrouillage des portes.

— La prochaine à droite, a annoncé Shelton. Ensuite à gauche. La boutique s'appelle *Bates, Prêteur et Brocanteur.*

— On est sûr à cent pour cent qu'on peut laisser la voiture en toute sécurité ? a interrogé Hi d'une voix un peu plus aiguë que d'habitude. Qui sait si elle sera encore là à notre retour ?

— Je vais me garer devant.

Ben semblait tendu, lui aussi.

— On va juste entrer et sortir, ai-je dit. Tout ira bien.

— Si elle le dit ! a marmonné Hi en s'extirpant de son siège.

La boutique de Bates était la dernière d'une galerie commerciale miteuse composée d'une laverie automatique, d'une onglerie, d'une salle de billard et d'une église baptiste.

Une enseigne annonçait son négoce en lettres criardes. Derrière les vitrines, protégées par des barreaux, s'entassait un bric-à-brac d'objets poussiéreux. Des caméras neuf millimètres. Une batterie. Une collection tristounette de montres en or.

Et des armes à feu. Plein d'armes à feu.

Ben a tenté de pousser la porte en acier. Rien.

— Appuie sur la sonnette, a suggéré Shelton.

On a attendu en regardant d'un air dégagé la caméra de sécurité installée dans une cage métallique.

Un buzz a retenti, la serrure a été déverrouillée et nous sommes entrés.

À l'intérieur, des ampoules nues pendaient au plafond, éclairant à peine les étagères vitrées qui recouvraient les murs de béton. Même pour une boutique de prêteur sur gages, l'endroit était sinistre.

Un comptoir en bois courait le long du mur du fond. Assis derrière, un Noir gigantesque était en train de compter une liasse de billets. Il devait bien peser cent cinquante kilos. Trapu, presque chauve, il était vêtu d'un pantalon noir délavé, d'un polo et de grosses baskets rouge et blanc.

Un cigare éteint pendait au coin de ses lèvres. Le tabouret sur lequel était posé son énorme postérieur semblait sur le point de rendre l'âme.

— 'cherchez quelque chose ? a-t-il lancé sans lever les yeux.

— On regarde, merci.

Si on lui annonçait la couleur, il ferait tout de suite monter le prix.

— Ouais. Les pipes à eau sont là-bas, dans le coin.

Génial. Il nous prenait pour des consommateurs de cannabis.

— On se disperse, ai-je chuchoté. Si vous repérez la collection, grattez-vous la tête.

On est partis chacun dans une direction différente, ce qui a attiré l'attention de l'homme.

— Vous risquez pas à m'entourlouper, a-t-il averti.

Il a tambouriné sur sa poitrine avec son index.

— Je suis ici chez moi, Lonnie Bates.

— C'est pas notre intention, monsieur, a couiné Shelton.

— Vaut mieux. N'oubliez pas que vous ne pouvez sortir que si je vous ouvre la porte.

Il s'est remis à compter.

Du coin de l'œil, j'ai perçu un mouvement à ma droite. Hi était en train de se frotter le crâne à deux mains. Pas vraiment subtil.

On s'est tous rapprochés.

Hi a pointé le doigt vers une caisse posée sur une étagère fixée au mur. Elle contenait un bric-à-brac. Des papiers poussiéreux. Un bandeau noir et des bijoux de pacotille. Deux tricornes. Des imitations de pistolets à silex. Un pavillon noir « made in China ».

— De la camelote, a soufflé Ben. Ça ne vaut rien.

Bates est descendu de son tabouret et s'est dirigé vers nous d'un pas lourd.

— Je vois que vous avez repéré mes belles pièces anciennes. Des objets inestimables.

Shelton a reniflé d'un air méprisant.

— C'est le genre de trucs qu'on achète chez le marchand de déguisements du coin. Et en meilleur état, encore.

— Faux, a répliqué Bates en extrayant la caisse de l'étagère. Un peu de quincaillerie a été ajoutée, mais il y a plein de documents historiques dans cette caisse. Des trucs personnels de Barbe-Noire. Et aussi d'Anne Bonny.

Ses mains épaisses sont allées farfouiller dans le foutoir et en ont retiré une liasse de papiers.

Mon cœur n'a fait qu'un bond.

Lonnie Bates avait raison. Les documents étaient très anciens, ou alors ils étaient parfaitement imités. Et, dans la première hypothèse, ils avaient effectivement de la valeur.

— Il faudrait les faire authentifier, ai-je dit.

Bates a serré les documents sur sa poitrine.

— Désolé, mais il faut payer pour ça. Pas question de vous laisser risquer d'endommager des trésors historiques.

Ben voyons !

J'avais besoin de vérifier que le symbole était bien là. Et pour cela il fallait batailler avec cet escroc répugnant.

Une idée m'a traversé l'esprit. Absurde. Dangereuse. Irresponsable.

Ça a déjà marché. Ça vaut le coup d'essayer.

Je m'étais promis de ne pas le faire, mais, à situation désespérée, mesures désespérées. Je me suis lancée :

— Est-ce que je pourrais utiliser vos toilettes ?

— Tu prends ma boutique pour un Spa ? Va voir à la laverie.

— Toute seule ? S'il vous plaît, soyez gentil.

— Incroyable ! s'est-il exclamé en levant les yeux au ciel, puis il a pointé l'index : Derrière le rideau de perles.

— Merci.

— Ne touche à rien. Il y a des caméras là aussi.

J'ai écarquillé les yeux.

— Pas dans les chiottes, évidemment ! Mais tu gardes tes mains dans tes poches, compris ?

Une fois derrière le rideau, j'ai tendu l'oreille pour vérifier qu'il ne m'avait pas suivie. Aucun risque. Il continuait à bavasser sur la valeur inestimable de sa collection.

Je me suis enfermée dans les toilettes.

Prête ? Pas tout à fait.

J'ai remué mes membres. Pris plusieurs inspirations. Fermé les yeux. Puis je me suis concentrée.

SNAP.

La flambée s'est déclenchée sans difficulté, comme si le loup guettait juste sous la surface.

Sans difficulté, mais pas sans douleur.

Mes bras et mes jambes se sont mis à trembler quand le feu m'a parcourue. Des lumières violentes dansaient derrière mes globes oculaires. Je me suis retenue de gémir.

En silence, je me suis laissé porter par cette vague d'énergie primitive. J'ai subi la transformation.

Mon regard a pris une acuité fantastique. Mon corps brûlait d'une force viscérale. Mes oreilles vibraient comme un diapason.

Prête à foncer.

Mettant mes lunettes noires, j'ai tiré la chasse et j'ai rejoint les autres. L'allure décontractée, mais le cœur battant à tout rompre.

Bates était toujours en train de baratiner les garçons, qui semblaient dépassés.

Quand Shelton a vu mes lunettes, il a froncé les sourcils. Puis il a ouvert des yeux immenses. Il a donné un coup de coude à Hi, qui a donné un coup de coude à Ben.

Ils avaient compris.

— Il y a trop de lumière ici, ai-je expliqué.

Bates m'a regardée d'un drôle d'air. Sa boutique était à peu près aussi éclairée qu'une caverne.

Maintenant ! Avant que la situation ne t'échappe.

— Monsieur Bates, je ne crois pas que ces pièces soient authentiques. Intéressantes, oui, mais elles ne valent pas un clou.

— Voyons, ce sont des objets précieux. D'une grande valeur. Je les ai achetés à un collectionneur très sérieux.

— Qui ça ? Vous vous êtes fait avoir.

— C'est mes affaires, a rétorqué Bates en croisant des bras énormes. Cinq cents dollars. Pas un de moins.

Son visage était impénétrable.

Heureusement, j'avais d'autres atouts dans ma manche.

Aussi discrètement que possible, j'ai reniflé. Trié les odeurs. Quand j'ai trouvé la sienne, j'ai failli reculer de trois pas.

Ail. Oignon. Café. Sueur bloquée entre des bourrelets de chair. After-shave bon marché.

J'ai toussé, si fort que j'ai manqué en faire tomber mes lunettes.

— T'es malade, petite ?

Bates me regardait d'un drôle d'air.

Hi a fait diversion.

— Vous pouvez prouver que ces documents sont authentiques ? a-t-il demandé. Nous montrer une preuve ? Vous devez avoir de la documentation, non ?

— J'ai rien à « prouver », tiens-le-toi pour dit.

Bates était impatient, maintenant.

— Vous les achetez, ou vous les achetez pas ? Si c'est pas vous, ce sera quelqu'un d'autre.

Je me suis forcée à inhaler de nouveau. Cette fois, j'ai pu contrôler mon haut-le-cœur. Mon odorat a peu à peu fait le tri dans les odeurs.

Le bonhomme dégageait d'autres arômes. L'un d'eux éclipsait les autres. Une odeur âcre et saline, qui évoquait une serviette imprégnée de pipi de chat.

Je me demande comment, mais je l'ai identifiée.

La tromperie. Bates nous mentait.

— Vous croyez vraiment que cette caisse vaut quelque chose ? ai-je demandé.

— Je le SAIS, figurez-vous.

Le relent acide s'est accentué.

Le mensonge.

Maintenant, une autre odeur. Rance. Douceâtre. Écœurante.

L'inquiétude.

Bates craignait qu'on ne découvre qu'il bluffait.

J'ai confirmé ses craintes.

— Dans ce cas, on laisse tomber. On y va, les mecs ?

— Attendez ! On peut peut-être s'arranger, s'est écrié Bates en se frottant la mâchoire. Deux cent cinquante.

— Vingt, a lancé Hi au culot. Pour le tout.

— Vingt dollars, c'est du vol ! Cent cinquante.

Des bouffées d'odeur m'assaillaient.

— Eh bien, merci.

J'ai fait un signe de tête en direction de la porte.

— Allez, on se casse.

— D'accord. Cent. Mon dernier mot.

Une nouvelle odeur me chatouillait les narines. Brutale. Métallique. Comme des copeaux de fer.

La résolution. Bates ne descendrait plus son prix.

— Vendu, ai-je dit. Shelton, paie monsieur.

Shelton a compté cinq billets de vingt dollars, à peu près la moitié de notre pécule. Bates a gribouillé un reçu, puis il a tendu la caisse à Ben.

— Bonne chance avec vos « antiquités », a-t-il ricané. Il n'y a que de la saloperie là-dedans. J'ai eu le tout pour vingt dollars.

— Réfléchissez, a rétorqué Shelton. On sait déjà que les documents sont d'origine. C'était un peu débile de mettre le symbole de la carte sur votre annonce.

Ben lui a décoché une bourrade, mais le mal était fait.

— Qu'est-ce que t'as dit ? a demandé Bates.

— Euh… rien, a bégayé Shelton. Je plaisantais.

Bates a haussé le sourcil gauche.

— Le symbole de la carte ? La carte ? Qu'est-ce que tu veux dire ?

Félicitations du jury, Shelton !

Je me suis creusé la tête pour trouver une réponse crédible. Résultat nul. Ma tension est montée en flèche.

SNUP.

Le pouvoir s'éteignait. J'ai vacillé. Hi m'a prise par le bras.

— Terminé ? a-t-il chuchoté.

Signe de tête tremblotant, mais affirmatif.

— Tiens bon. Ne t'évanouis pas.

— Attends un peu.

Ma tête tournait comme un manège.

Bates semblait désarçonné.

— Comment vous êtes au courant de mon annonce ?

Puis il a compris, et la colère a succédé à l'étonnement.

— Vous vous êtes foutus de ma gueule ! a-t-il hurlé. Vous avez fait semblant de pas être au courant. Putain de merde ! Vous vouliez cette caisse depuis le début !

Il s'est rué sur Ben.

— On oublie ! C'est pas vendu.

— Trop tard, a répliqué Ben en posant une main sur la caisse. Un marché est un marché. Vous avez pris l'argent. On a un reçu. La caisse est à nous.

Bates avait les yeux qui lui sortaient de la tête.

— Dehors ! Et faites gaffe, le quartier n'est pas sûr. Je ne traînerais pas, si j'étais vous.

J'en avais assez. On s'est dirigés vers la porte.

Bates m'a désignée.

— Attends. Signe le reçu, sinon la vente n'est pas valable.

Je me suis précipitée vers le comptoir, ai gribouillé ma signature.

— À propos, qui vous a vendu cette caisse ? ai-je demandé.

— Foutez-moi le camp, tous !

— Hé, soyez poli ! s'est exclamé Ben en fonçant sur le comptoir.

Hi l'a attrapé par le bras, tandis que Shelton le retenait par l'épaule. Malgré sa fureur, Ben a accepté de se calmer.

J'ai rejoint les garçons.

— Partons. On a eu ce qu'on voulait.

Devant la porte close, Hi s'est forcé à sourire.

— Vous pouvez nous jouer un petit air de buzz, s'il vous plaît ?

Les mains de Shelton tremblaient. Il était temps de s'arracher de là.

Lonnie Bates nous a jeté un long regard. Puis il a enfin glissé sa main sous le comptoir.

Buzz !

— Que je ne vous revoie plus dans le coin !

Aucun risque.

19.

Lonnie Bates était furieux.

Pire, il était piqué au vif.

Il tenait cette boutique de brocante et de prêt sur gages depuis l'âge de dix-sept ans, d'abord pour le compte de son oncle, puis en son nom propre.

Le principe, c'était de vendre deux dollars ce qu'il achetait un dollar. Et ça marchait. On se payait rarement sa tête.

Sauf aujourd'hui.

Ces petits morveux des beaux quartiers l'avaient eu. Il le sentait. Les voyous avaient vu l'annonce et ils étaient venus chercher le bric-à-brac de piraterie. Ils avaient quitté les jupes de leur mère pour venir jusqu'ici et l'entourlouper.

Il ne décolérait pas. La rage lui brûlait les entrailles.

Le jeune Noir avait marmonné quelque chose à propos d'une carte. Il avait ensuite essayé de se rattraper, mais on ne la faisait pas à Lonnie Bates.

Pourquoi des mômes de riche seraient-ils venus dans ce coin pourri acheter une caisse de camelote ?

Il n'y avait aucune raison. Sauf s'ils savaient que ces trucs avaient de la valeur.

Bates repensait à la façon dont il avait obtenu le lot. Deux ans auparavant, il l'avait acheté à un vieil original. Un type bizarroïde, obsédé par les pirates. Qui l'avait assommé en lui parlant d'Anne Bonny.

Bates aurait dû se méfier. Un type en smoking blanc à Myers ! Il l'avait classé parmi les allumés.

Vingt dollars pour un tas de faux objets de piraterie. Ce n'était pas l'affaire du siècle.

Le mec avait rouspété, mais il avait fini par être d'accord sur le prix. Comme tous les autres. Aucun des fauchés qui venaient lui vendre quelque chose dans sa boutique ne repartait avec. Il payait cash, et ça, c'était imparable.

Cent dollars. Ces jeunes savaient que quelque chose valait plus que ça dans la caisse et c'est précisément ce qu'ils étaient venus chercher. Les papiers ? Aurait-il été assis sur une mine d'or sans le savoir ? L'idée qu'il l'ait laissée échapper le rendait malade.

Ne reste pas là à pleurnicher sur ton sort en te croisant les bras. Bouge-toi !

La carte. Les documents. Il fallait découvrir de quoi il s'agissait.

Bates se flattait de savoir renifler le bon filon. De savoir où il y avait de l'argent à se faire. Et en ce moment, ça le démangeait. Plein pot.

Il avait merdé, mais il n'avait pas dit son dernier mot.

Bates tendit la main vers son téléphone et composa un numéro de ses doigts boudinés.

Deux sonneries, puis une voix comateuse répondit.

— Debout, les branleurs ! C'est votre paternel. J'ai un boulot pour vous.

20.

Les sets de table étaient impeccablement repassés.

Serviettes en lin. Vaisselle de porcelaine. Couverts à gogo. Verres à pied en cristal.

La table était mise pour trois. Kit. Moi. Et la bimbo blonde.

Pique-nique improvisé. Impossible d'y échapper.

Whitney avait choisi la terrasse sur le toit pour son déjeuner-surprise. Le temps était de la partie. Le taux d'humidité était bas et des nuages maintenaient la température à un niveau supportable.

Whitney avait préparé de la salade de pommes de terre, du pain de maïs, et des tacos au poisson accompagnés de riz sauvage. Ses talents culinaires rattrapaient un peu le reste, il faut le reconnaître.

Coop était assis près de la table, les oreilles dressées, et suivait le moindre de nos mouvements, prêt à gober ce qui pourrait atterrir sur les dalles.

Tout au long du repas, Kit n'a pas arrêté de s'extasier sur les plats, du hors-d'œuvre au dessert.

Mourant d'ennui, je mangeais en silence en comptant les minutes.

Quand Coop est venu me donner un petit coup de museau sur le genou pour quémander une bouchée, je lui ai gratté les oreilles d'un air absent.

Whitney a agité sa serviette en direction du jeune chien-loup.

— Veux-tu ! Retourne à ta place !

Kit a mis son grain de sel.

— Tory, tu ne nourris pas Coop quand on est à table. Whitney s'est donné beaucoup de mal pour préparer ce déjeuner.

— Il n'embête personne.

J'ai repoussé doucement le mufle de Coop.

Coop a geint, puis il a légèrement reculé, sans me quitter des yeux.

— Est-ce qu'on pourrait faire rentrer cet animal à l'intérieur ?

Whitney n'appelait jamais Coop par son nom. C'était toujours « cette bête », « l'animal », ou « ce bâtard ». Ce qui me rendait dingue.

À croire qu'elle n'avait toujours pas compris que je ne supportais pas son attitude. Ou alors, elle s'en fichait.

Kit était mal à l'aise, coincé comme d'habitude entre sa fille et sa nunuche. Parfois, j'avais vraiment pitié de lui.

— Si on met Cooper à l'intérieur, ai-je dit en insistant bien sur le nom, il va gémir derrière la porte. C'est mieux comme ça.

Whitney a grimacé, mais elle n'a pas insisté.

— Comment s'est passée la réception au yacht-club ? m'a-t-elle demandé après quelques minutes de silence. Est-ce que tu t'es amusée ? Tu devais être *adorable* dans cette robe. D'après Celia, ce style est *très* fashion, cette saison.

Elle avait dit « adorable » et « très » en français et, avec son accent sudiste à couper au couteau, le résultat était assez discordant.

— Bien.

Cette potiche n'avait vraiment aucun tact. Comme si j'avais envie de vanter les mérites de ma robe d'emprunt !

Kit en a remis une couche.

— Y as-tu retrouvé cet ami... comment s'appelle-t-il déjà ? Jackson, Jason ?

Le visage de Whitney s'est illuminé.

— Jason Taylor ! Ce garçon est d'une *excellente* famille. Je connais très bien sa mère, d'ailleurs. Et séduisant, avec ça !

L'idée que Whitney connaissait mes amis me soulevait le cœur. Un mauvais point pour Jason, même s'il n'y était pour rien. Et je n'étais pas du tout d'humeur à parler de la vente de charité.

— On a bavardé un peu. Ce truc était d'un ennui mortel.

— Ce ne sera pas le cas du bal des débutantes, mon cœur. Pour les jeunes filles bien de Charleston, c'est le top du top.

— Je n'en doute pas.

Surprise, Whitney a souri. Généralement, les sarcasmes lui échappaient.

Ce n'était pas le cas de Kit.

— Tory, finis ton assiette, a-t-il lancé, les sourcils froncés. J'ai obéi.

Whitney s'est mise à rassembler la vaisselle sale dans un panier en osier chichiteux. Sentant qu'il pouvait tirer profit de la situation, Coop s'est rapproché. Du coup, elle a failli lui marcher sur la queue.

Coop a grondé.

Whitney a reculé précipitamment.

Kit a claqué dans ses mains.

— Cooper ! Non !

Coop a filé dans son coin, la queue entre les pattes.

— Il a essayé de me mordre ! a gémi Whitney.

— C'est faux ! ai-je protesté. Il a été surpris. Il n'y a pas de quoi en faire une histoire.

— Mets-le à l'intérieur, Tory, a décidé Kit. Il n'a plus droit à la terrasse, maintenant.

Mâchoires serrées, je me suis exécutée. Coop a disparu au bas des escaliers.

— Ce chien me hait, je le jure, a geint Whitney, la main sur le cœur.

— Il faudrait être plus gentille avec lui, ai-je répliqué. Les canidés sont très intuitifs.

Kit a changé de sujet.

— Whitney, tu n'avais pas parlé d'un dessert ?

— Si, bien sûr ! (Sourire éblouissant.)

Sa tarte aux myrtilles sortait juste du four. Un délice. Je finissais ma seconde part lorsque Kit a négligemment lâché sa bombe.

— Whitney, il faut que nous parlions.

Je percevais de l'appréhension dans sa voix.

— Oui, chéri ? (Battement de cils.)

— Tu as dû entendre parler des difficultés financières de l'université. Des problèmes de budget.

Triple battement.

— Il va y avoir des coupes drastiques. Le LIRI risque de passer à la trappe.

Yeux écarquillés.

— Et dans ce cas ? a-t-elle demandé.

— Dans ce cas, il va falloir que je trouve un nouveau poste. Tory et moi, on devra sans doute déménager.

Silence. Puis les vannes se sont ouvertes.

— Déménager ?

Des larmes sont venues mouiller son mascara Chanel, lequel a laissé des traces noires sur ses joues.

— Tu vas... tu vas me quitter ?

Kit lui a tendu sa serviette.

— Rien n'est encore décidé. Nous envisageons toutes les possibilités. Aujourd'hui, j'ai entendu parler d'un poste en Écosse qui a l'air très intéressant et...

À mon tour d'ouvrir de grands yeux.

— En Écosse ? Comment ça ?

— On en parlera plus tard. C'est un contrat de deux ans dans les Hébrides, un archipel au nord-ouest de l'Écosse.

Whitney était maintenant secouée par les sanglots. Son maquillage s'était transformé en tableau impressionniste.

— Voyons, on peut en discuter.

Kit était désemparé.

— Est-ce que... *sniff*... j'ai fait quelque... *sniff*... chose ?...

J'ai filé en toute hâte à l'intérieur de la maison.

21.

Nous étions réunis tous les quatre autour de l'unique table du bunker.

Il aurait été plus pratique d'inspecter le contenu de la caisse dans le garage de Shelton, mais on préférait être tranquilles. D'autant plus que j'étais en train de me faire passer un savon.

— Rends-toi compte, c'est dangereux de déclencher une flambée en public ! (Shelton, outré.) On ne sait pas ce qui peut arriver. Imagine que tu aies disjoncté devant Bates ? Ou que le virus ait eu un nouvel effet indésirable ?

Ben a agité son index sous mon nez.

— Tu nous as mis en péril, nous aussi, parce qu'on est sur la même galère. Tu as envie de finir enfermée dans une cage ? De devenir un rat de laboratoire, comme Coop l'a été ?

Hi, les bras croisés, le regard noir, préférait laisser les autres donner l'assaut.

Au retour, dans la voiture, je m'étais excusée, mais ils n'avaient rien voulu entendre. Et maintenant, c'était pareil. Ça commençait à suffire.

— Bon, la discussion est close. Je reconnais que j'ai agi de manière impulsive et inconsidérée. Et j'en suis désolée. Mais il fallait bien trouver un moyen de coincer Bates et ça a marché. Est-ce qu'on peut passer à autre chose ? Voyons un peu ce que nous avons acheté.

Je ne leur ai rien dit de mes capacités olfactives. Ce n'était pas le moment. S'ils découvraient que j'avais aussi eu une flambée au pince-fesse du yacht-club, ils sauteraient au plafond.

Ils n'ont pas protesté. Ils savaient que j'étais têtue comme une mule.

Shelton a sorti de la caisse le bandeau noir, les chapeaux et les pistolets en plastique et les a posés sur la table.

— Tout ça, c'est de la camelote.

On l'a aidé à débarrasser la suite, des articles de pacotille que Bates avait dû rajouter pour augmenter le prix.

Bientôt, il n'est resté au fond que des papiers enroulés et attachés par un lien de cuir élimé. Les documents, parcheminés et effilochés, avaient connu des jours meilleurs.

Hi a poussé une exclamation. La curieuse petite croix apparaissait sur la première page.

— Ne nous excitons pas trop quand même, a-t-il poursuivi tandis que Shelton défaisait le lien. Beaucoup de gens connaissent la carte du trésor d'Anne Bonny. Quelqu'un d'habile a pu imiter ce symbole pour duper des petits naïfs comme nous.

— Exact, ai-je dit. Essayons de ne pas perdre notre objectivité scientifique.

Avec un hochement de tête approbateur, Shelton s'est poussé pour laisser la place à Hi, que nous considérions comme le plus « technique » d'entre nous.

Hi a levé les avant-bras, doigts écartés, tel un chirurgien en salle d'op.

— Assistant, s'il vous plaît !

Ben a poussé vers lui une boîte de gants jetables. Correctement équipé, Hi a soulevé la première feuille de parchemin.

— C'est le début d'une lettre, a-t-il déclaré.

J'ai lu les premières lignes.

— Adressée à Anne Bonny ! Voyons de qui est la signature.

Hi a examiné la feuille suivante. J'ai constaté que l'étrange croix figurait sur les deux pages.

La signature se composait de deux initiales : M.R.

Je n'en croyais pas mes yeux.

— Mary Read ! me suis-je exclamée. C'est une lettre de Mary Read à Anne Bonny.

— *I kissed a girl, and I liked it !* (Hi, imitant Katy Perry.)

— Rien ne prouve qu'elles aient eu ce genre de relations, a gloussé Shelton, tandis que je ne pouvais m'empêcher de sourire.

Quoi qu'il en soit, si les documents étaient authentiques, on avait gagné le jackpot. Cette lettre seule devait déjà valoir des milliers de dollars.

Avec mille précautions, Hi a feuilleté les pages suivantes.

— Il y a trois lettres, a-t-il annoncé. Deux de Mary Read à Anne Bonny et une d'Anne à Mary. Toutes datées du début de l'année 1721.

— Comment ce Lonnie Bates a-t-il mis la main dessus ? a demandé Ben.

Évidemment, personne ne connaissait la réponse.

Je réfléchissais.

— Quand le *Revenge* a-t-il été pris ?

— Calico Jack a été pendu en 1720, a répondu Shelton. Donc ces lettres sont postérieures à leur capture.

— Elles ont été écrites en prison. Mais pourquoi s'écrire ? Les deux femmes n'étaient pas dans la même geôle ?

— Lisons-les. Ça nous l'apprendra sans doute.

Un bon point pour Hi.

Retour à la première page. On a étudié le document en silence.

L'encre avait pâli et le langage était désuet, ce qui ne nous facilitait pas la tâche. Mais on a fini par en venir à bout.

— Regardez ! me suis-je écriée, le doigt pointé sur la feuille. Mary Read dit qu'elle « se meurt d'ennui » maintenant qu'Anne est « partie si loin ».

Shelton a dressé l'oreille.

— Partie ? Où ça ?

Ben a poussé une exclamation agacée :

— Un moment ! Tout le monde ne lit pas aussi vite que vous !

On a patienté jusqu'à ce qu'il nous autorise à passer à la suite.

— Et personne ne gâche la lecture, hein ? a-t-il alors prévenu en me lançant un regard en coin.

Hi a extrait la page suivante. J'ai parcouru le texte archaïque d'un œil avide.

Et là, *waouh* !

Contenant mon impatience, j'ai attendu que les autres me rattrapent.

Ils ont enfin réagi.

— Alors, là ! (Hi.)

— Incroyable ! (Shelton.)

Ben ouvrait des yeux ronds.

— Félicitons-nous, ai-je dit. On vient de découvrir ce qui est vraiment arrivé à Anne Bonny. La vérité.

— « Remercions le ciel que ton louable père ait voulu ton retour à la maison », a lu Hi à haute voix.

Shelton a claqué des doigts.

— Le père d'Anne, William Cormac, a bien payé une rançon ! Anne Bonny est revenue à Charles Town.

Ben ne semblait pas très convaincu.

— Mais oui ! ai-je insisté avec un sourire. Elle n'a pas fini au bout d'une corde.

— Lettre numéro deux ! a annoncé Hi.

On s'est de nouveau penchés au-dessus de la table.

— Celle-ci est d'Anne Bonny à Mary. Elle est datée de février 1721, un mois plus tard.

— Donc elle n'était pas morte, effectivement, a fait remarquer Shelton.

Ben a approuvé de la tête.

L'écriture était plus soignée et la langue plus châtiée reflétait une meilleure instruction. La lettre comportait deux pages, la seconde couverte à moitié par une signature démesurée.

Anne Bonny, c'était évident.

Mieux, elle avait dessiné la croix penchée à l'angle de chacune des pages.

— Ce symbole doit avoir un sens, a déclaré Hi.

— C'est peut-être simplement pour décorer le papier à lettres, a suggéré Shelton.

J'ai fait une moue dubitative.

— Je penche plutôt pour une sorte de carte de visite.

— Un filigrane, a affirmé Ben.

Il semblait sûr de lui. Je lui ai lancé un regard interrogateur.

— Il s'agit d'un dispositif de sécurité, a-t-il expliqué en désignant l'image. La croix représentée a quelque chose de bizarre, ce qui permet à la personne qui reçoit la lettre de savoir exactement qui l'a tracée.

— C'est ça ! me suis-je exclamée. Toutes les deux ont dessiné la croix sur chaque page, afin de l'authentifier. Pour dire : *C'est bien moi qui l'ai écrite.*

Hi a poussé un soupir d'impatience.

— On peut la lire, cette fichue lettre ?

Il a placé les feuillets côte à côte, de façon à ce qu'on puisse déchiffrer l'ensemble.

— Oh ! ai-je fait, déçue, quand j'ai eu terminé.

Ben fronçait les sourcils.

— Je vois.

— Ah ! a fait Shelton en se triturant le lobe de l'oreille.

— Mince, alors ! s'est exclamé Hi en croisant ses bras potelés. Ils ne l'ont pas laissée partir ?

— Ben non, si l'on en croit ce qu'elle raconte ici. Anne Bonny écrit que les autorités coloniales l'ont simplement transférée à Charles Town où elle devra faire face à d'autres chefs d'accusation de piraterie.

— Qu'est-ce que la Half Moon Battery ? a interrogé Hi. D'après elle, c'est là qu'elle était détenue.

Aucun d'entre nous ne le savait.

Mon cœur s'est serré. L'ombre de la potence planait toujours sur Anne Bonny. Et, compte tenu de sa réputation dans les Carolines, le risque qu'elle soit exécutée était maximum.

Shelton n'était pas comme moi en empathie avec la flibustière :

— C'est drôlement excitant ! On va peut-être réécrire les livres d'histoire !

J'ai considéré les nouveaux éléments apportés par la lettre :

— Anne Bonny a été transférée à Charles Town, dans un endroit appelé Half Moon Battery. Par la suite, la demande de libération que son père a faite n'a pas été acceptée.

— Ils avaient vraiment l'intention de la pendre, a déclaré Shelton.

Hi est revenu aux lettres.

— Dernier courrier, de Mary Read à Anne Bonny. Daté de mars 1721.

Cette lettre était plus longue que les autres. Elle faisait cinq pages.

— Elle parle de la carte du trésor ! s'est écrié Shelton, une fois la lecture terminée.

Hi s'est mis à marcher de long en large.

— Une tentative d'évasion. Fabuleux !

— En tout cas, on avait raison, a dit Ben. Il est beaucoup question des docks.

J'ai levé les bras.

— Attendez ! Procédons méthodiquement. Quels sont les éléments dont nous disposons ?

Shelton a désigné la deuxième page :

— Mary écrit : « Le croquis est en lieu sûr, tout comme le sujet. » Elle doit parler de la carte du trésor. Et du trésor lui-même.

— Sans doute, ai-je reconnu. À moins qu'elle ne parle du portrait de quelqu'un.

Shelton m'a regardée comme si j'avais perdu la tête.

— Quoi ? Je pense plutôt comme toi, ai-je déclaré. Je dis simplement que ce n'est pas certain à cent pour cent.

— « Ne perds pas confiance, a lu Hi à haute voix. Même le pire cul-de-basse-fosse peut avoir une brèche, même les plus solides verrous peuvent céder. » Ne me dis pas qu'elle ne fait pas allusion à une évasion ! a-t-il commenté en se tapant sur la cuisse.

— Là aussi, je suis d'accord, mais on doit éviter d'affirmer sans preuve.

Ben a tapoté l'avant-dernière page.

— Mary Read mentionne un endroit qui s'appelle Merchant's Wharf et elle précise : « Ton débarcadère favori. »

— On sait qu'Anne utilisait les docks d'East Bay, ai-je dit. Merchant's Wharf doit être l'un d'entre eux.

— Je n'arrive toujours pas à croire qu'elle amarrait son bateau en plein centre de la ville, a lancé Shelton. C'est vraiment gonflé.

Ben s'est éclairci la gorge. On s'est tus pour l'écouter.

— Anne Bonny écrit qu'elle est détenue à Half Moon Battery. Dans sa dernière lettre, Mary Read dit que « par un heureux tour du destin », la geôle était « proche à la fois du quai préféré et de récents ouvrages de terre ».

— Et alors ? a demandé Shelton.

— De « récents ouvrages de terre » !

— Ce pourrait être une allusion à l'endroit où le trésor était enfoui, ai-je hasardé.

— Bien sûr ! a approuvé Hi, rouge d'excitation. Mary est en train de dire à Anne que sa cellule de prison est proche du tunnel conduisant au trésor !

Une idée :

— Peut-être que le tunnel a servi à faire échapper Anne Bonny.

Shelton m'a regardée, sidéré.

— Tory, tu es un génie !

Hi a entamé la Cabbage Patch Dance.

— Ces lettres confirment tout ! Le trésor d'Anne Bonny est enterré sous East Bay Street, quelque part près des anciens docks.

— Et il va falloir qu'on cherche des tunnels sous cette geôle qui s'appelle Half Moon Battery.

Shelton a rejoint Hi et s'est mis à imiter le rappeur Soulja Boy.

— On y est arrivés ! a chantonné Hi tout en ondulant des épaules. On a compris où la flibustière a enterré son trésor !

La voix de Ben a mis un terme à leur parade :

— Stop ! Tout ça, ce sont des extrapolations !

— Ben a raison, ai-je affirmé. On ne sait même pas ce qu'est cette Half Moon Battery. Une « batterie en demi-lune », ça ne nous dit pas grand-chose. Mais la première chose à faire, c'est d'authentifier cette correspondance.

— Comment ? a demandé Shelton. Tu as un expert en documents anciens sous la main ?

— Nous avons la carte du trésor, a déclaré Hi en déroulant notre butin. Comparons l'écriture des lettres à celle des strophes sur la carte.

— Bonne idée.

J'ai posé une page de chaque côté de la carte, la première de la main d'Anne Bonny, la seconde de la main de Mary Read.

L'écriture en majuscules de Mary ne correspondait pas à celle de la carte.

En revanche, celle d'Anne, franche, agressive, qui utilisait tout l'espace de la feuille avec ses pleins et ses déliés…

— On dirait bien que c'est la même, a constaté Shelton.

— Ouaip, a fait Hi.

Ben a approuvé de la tête.

— On est peut-être sur la bonne piste, mais il faut qu'on soit absolument sûrs, ai-je dit.

— Oui, mais comment ? a demandé Shelton.

Le visage de Hi s'est illuminé.

— Je m'en charge ! J'ai l'homme qu'il nous faut.

22.

— Quel endroit étonnant ! me suis-je exclamée.

Nous étions devant un bâtiment massif dont l'entrée gigantesque était flanquée de huit colonnes de pierre.

— Qui a construit ce mastodonte ? a interrogé Shelton, la tête renversée en arrière. C'est démesuresque !

— L'Église méthodique, l'a renseigné Hi après consultation de son iPhone. Avant la guerre de Sécession. D'après le site, le Karpeles Manuscript Library Museum occupe un imposant édifice de style néocorinthien, qui est une copie du temple de Jupiter à Rome.

— J'espère que le type avec qui tu as rendez-vous va nous aider, ai-je dit.

Hi a opiné.

— C'est un pro des recherches historiques. Ma mère lui avait demandé de constituer notre arbre généalogique.

— Je vous rappelle qu'il est hors de question de parler de la carte du trésor. On se contente de lui montrer les deux lignes qu'on a photocopiées.

L'entrée principale ouvrait sur un espace évoquant la salle d'audience d'un tribunal. Des colonnes blanches s'alignaient contre les murs décorés de frises. Les fenêtres d'angle allaient jusqu'au plafond. Des rangées de bancs couraient de l'entrée jusqu'au centre, où des vitrines en verre entouraient une longue table de bois. Plus loin, contre le mur du fond, une chaire de pierre se dressait derrière un meuble bas.

C'était un espace immense et majestueux, qui correspondait bien à son passé ecclésiastique. Je me sentais minuscule là-dedans.

— Vous êtes M. Stolowitski ? a lancé une voix guindée.

— Oui, monsieur Short, a répondu Hi. Et je vous remercie d'avoir accepté de me recevoir aussi rapidement.

Short était vêtu d'un pantalon de tweed et d'un pull-over de laine bleu. C'était un homme trapu, peu séduisant avec ses cheveux châtains clairsemés, ses petites lunettes rondes sur le nez et ses dents saillantes.

Les coins de sa bouche se sont relevés en un demi-sourire.

— Pour être franc, Hiram, vous m'avez un peu forcé la main... Mais vous êtes là, maintenant, n'est-ce pas ?

— Oui... euh... merci encore, a balbutié Hi. Je suis sûr que vous allez être intéressé.

— On va voir ça. Ce sont vos amis ?

Short a esquissé un petit salut de la tête avant de se présenter :

— Nigel Short, directeur adjoint, historien et expert auprès du musée.

— Tory Brennan.

— Shelton Devers.

— Ben.

— Allons-y, a coupé Short.

Puis il a désigné la table d'une main aux ongles impeccablement manucurés.

— Posez les documents ici, s'il vous plaît, et ne les touchez plus. Je reviens dans quelques instants.

Il a fait demi-tour et s'est dirigé à grands pas vers une porte à l'autre bout de la pièce.

— Il est un peu rugueux, mais il paraît que c'est le meilleur, a chuchoté Hi après son départ. Faites-moi confiance.

J'ai déposé sur la table les deux feuilles de la lettre d'Anne Bonny, ainsi que la photocopie de deux des phrases inscrites sur la carte : *Descends, descends du perchoir de dame Faucon. Et entame ton sinueux parcours vers la retenue de la salle obscure.*

— Quelqu'un a une idée de ce que peut être cette « retenue de la salle obscure » ? a demandé Hi.

— Une chose à la fois, ai-je dit. Ton expert revient.

Short avait enfilé des gants de lin blanc et il tenait à la main un petit sac de toile. En voyant la photocopie, il a froncé les sourcils.

— Qu'est-ce que c'est ? Une reproduction ? Vous m'avez dit que vous aviez des originaux.

— Nous ne possédons pas le second document, a menti Hi. Nous avons dû imprimer à partir du Net.

Short a jeté un coup d'œil par-dessus la monture de ses lunettes.

— Je ne travaille pas avec des copies. C'est une source d'erreurs. Je ne vais pas pouvoir l'authentifier.

— Nous vous demandons simplement d'établir l'authenticité de la lettre. Pas de la photocopie. Nous vous avons apporté celle-ci uniquement pour que vous puissiez comparer l'écriture.

Nous étions pratiquement certains que la carte n'était pas un faux. Après tout, nous l'avions fauchée au Charleston Museum.

Short a plissé les yeux. J'ai craint qu'il ne se méfie.

Prudence. Ce type est malin.

— Bien.

Il a sorti une loupe de joaillier du sac de toile.

— Je vais peut-être avoir à vous demander certains détails ; mais, pour le moment, allez vous asseoir dans la galerie. Je vous rejoins dès que je suis parvenu à une conclusion.

Nous avons gagné les bancs tandis que Short se penchait sur la lettre d'Anne Bonny, le nez collé au parchemin. Il est resté ainsi pendant une bonne vingtaine de minutes.

J'étais sur le point de somnoler quand sa voix m'a sortie de ma rêverie :

— Revenez auprès de la table, je vous prie.

Doigt pointé, Short nous a dévisagés tour à tour.

— Où avez-vous eu cette lettre ?

Sur ce point, pourquoi ne pas dire la vérité ?

— Chez un prêteur sur gages, ai-je répondu.

— Un « prêteur sur gages » ? Vous vous payez ma tête ?

Short avait l'air offensé.

— Non, monsieur. La lettre était dans une boutique de North Charleston, au fond d'une caisse contenant des objets de piraterie de pacotille.

Une lueur s'est allumée dans ses yeux.

— Cette correspondance est signée d'Anne Bonny. Vous savez qui c'était ?

Hochements de tête affirmatifs.

— À mon avis, il s'agit d'un document authentique. Et, si je ne me trompe pas, c'est une découverte extraordinaire ! Quand je pense à la façon dont vous êtes entrés en sa possession !

Mon cœur a bondi dans ma poitrine. Si les lettres étaient authentiques, les indices devaient l'être aussi !

— Anne Bonny écrit qu'elle est emprisonnée dans un cachot de Charles Town, a poursuivi Short. Or personne n'a pu le prouver jusqu'à ce jour. C'est remarquable.

— On le sait, a déclaré Ben.

— Pourquoi diable êtes-vous allés farfouiller dans de la camelote de pirates chez un...

Short s'est interrompu et a changé de sujet.

— Ces lignes que vous avez photocopiées, d'où viennent-elles ?

— Un truc qu'on a trouvé sur le Net. (Retour au rayon mensonges.) Son journal, je suppose.

— Vous êtes sûrs qu'Anne Bonny a écrit ceci ?

— Le... euh... site le disait.

— Parce que, si ces vers ont été écrits par Anne Bonny, alors la lettre est presque assurément authentique.

— Comment pouvez-vous en être certain ? ai-je demandé.

— La calligraphie, a répondu Short qui a pris un ton de conférencier : l'écriture d'une personne lui est propre, au même titre que ses empreintes digitales. Les experts comme moi comparent des éléments sur différents échantillons pour déterminer si quelqu'un en est ou non l'auteur, même s'il tente de déguiser son écriture.

— D'après vous, Anne Bonny aurait écrit les deux ? a interrogé Hi.

— Je vais être clair. Ces éléments sont de la même main. La lettre est signée « Anne Bonny ». Et vous m'avez assuré que les vers étaient également écrits par elle.

— La lettre n'est pas un faux ?

Ben ne cachait pas sa stupéfaction.

— Si c'est un faux, c'est un chef-d'œuvre du genre. Le papier, l'encre, le style correspondent parfaitement à l'époque. En l'absence de tests scientifiques, je ne peux être formel, mais pour moi il ne fait guère de doute que la lettre est authentique.

— Pourriez-vous nous expliquer comment vous avez déterminé la correspondance entre les deux écritures ? ai-je demandé.

— Eh bien…

Short a désigné la première page de la lettre :

— Ancienne cursive, typique du début du dix-huitième siècle. Pas de doute là-dessus. J'ai comparé les lettres, et aussi la façon dont elles sont groupées, à celles de la reproduction. Les similitudes sont flagrantes.

— Vous avez besoin pour ça que les mots soient les mêmes ? a demandé Hi.

— C'est mieux s'ils le sont, mais ce n'est pas une obligation. On se débrouille aussi bien en examinant les lettres seules, les lettres groupées, les majuscules. Tenez, regardez.

Nous nous sommes penchés sur les documents.

— Par exemple, a poursuivi Short, ici, j'ai observé la façon dont sont formées les voyelles comme les *o*, les *a* et les *e*. J'ai regardé si les boucles étaient ouvertes ou fermées. Il y a par exemple une espèce de petit tourbillon sur les *o* qui apparaît sur les deux échantillons.

— Oui, c'est très net, ai-je approuvé.

— Ensuite, j'ai comparé des lettres comme les *t*, les *l* et les *d*, qui ont un mouvement vers le haut, ce qu'on appelle une hampe. Et les *p*, qui ont au contraire un jambage, un mouvement vers le bas.

— Ça n'a pas l'air facile, a commenté Hi.

Short a hoché affirmativement la tête avec un petit sourire.

— Certaines caractéristiques sont plus parlantes, comme la manière dont la personne forme ses *s*, ses *n* ou ses *m*, anguleuse ou arrondie. Je me fie aussi à l'inclinaison de l'écriture.

— Et la lettre et le poème sont de la même main ?

Je tenais à en avoir l'assurance.

— Oui, il y a des ressemblances qui ne trompent pas, notamment au niveau des capitales et des lettres groupées. Cela dit, cette lettre est un trésor historique. Il va falloir la valider scientifiquement, puis envisager sa conservation.

— Nous le ferons, me suis-je hâtée de dire. Mais pour le moment, nous la gardons.

Short a pris un air menaçant.

— Jeune fille, ce document vous appartient et je n'ai pas l'intention de me mêler de ce qui ne me regarde pas. Vous pouvez le vendre comme vous voulez. Mais nous devons le mettre en sécurité en attendant que…

— Monsieur Short, vous m'avez mal comprise. Je n'ai pas l'intention de mettre cette lettre aux enchères sur eBay. Mais nous en avons besoin pour l'instant. Je suis désolée.

— Très bien. Attendez un peu, je vous prie.

Les lèvres pincées, Short a disparu par la même porte qu'au début.

— Pourquoi l'envoies-tu balader ? a chuchoté Hi.

— On doit conserver la lettre. Elle peut nous aider à localiser le trésor.

Quelques minutes plus tard, Short était de retour avec une petite mallette en métal.

— Au moins, utilisez ceci pour la transporter.

Sans nous demander la permission, il a mis la lettre dans la mallette.

— Prenez-en un soin extrême quand vous manipulez ces pages. Elles sont irremplaçables.

— Entendu. Merci.

— Vous pouvez me remercier en me rapportant la lettre en bon état.

— Nous le ferons, a promis Hi.

— Dans ce cas, filez. J'ai du travail.

Au moment où nous nous dirigions vers la sortie, j'ai pensé à quelque chose.

Freinant des quatre fers, je me suis retournée vers l'expert.

— Monsieur Short, ai-je demandé, avez-vous entendu parler d'un endroit qui s'appelle Half Moon Battery ?

Short a marqué une hésitation.

— Pourquoi ?

— Je m'intéresse aux anciennes geôles de Charles Town.

Nouvelle hésitation, puis Short s'est décidé à répondre :

— En 1771, on a édifié l'Exchange Building, la chambre de commerce, sur le site d'une ancienne fortification qui portait le nom de Half Moon Battery. Dix ans plus tard, pendant notre guerre d'Indépendance, alors que les Américains se révoltaient contre les Britanniques, ces derniers ont transformé les caves en geôles. C'est devenu le Provost

Dungeon. Apparemment, les pires geôles de Charleston se sont toujours trouvées à cet endroit.

— Je vous remercie.

Short nous a suivis du regard pendant que nous quittions la salle.

*
* *

— Vous avez entendu ?

C'est tout juste si je ne faisais pas de petits bonds.

— Le Provost Dungeon est construit sur les ruines de Half Moon Battery. La cellule où Anne Bonny a été enfermée existe peut-être encore !

— Le site correspond, a approuvé Shelton. L'Exchange Building est sur East Bay Street.

— Pourquoi s'occuper de ces cachots ? a interrogé Ben. Je croyais qu'on cherchait une espèce de tunnel.

Je lui ai rafraîchi la mémoire.

— C'est à cause de la lettre de Mary Read. Mary disait que les « récents ouvrages de terre » étaient proches de la cellule d'Anne. Le terme « ouvrages de terre » désigne sans doute les tunnels tracés sur la carte du trésor. Pour moi, les pirates sont passés par ces tunnels pour faire évader Anne Bonny de Half Moon Battery.

— S'ils l'ont vraiment fait évader, a corrigé Shelton. On n'a pas la certitude qu'elle a échappé à la potence.

— Elle s'est forcément évadée. Sinon, il y aurait quelque part un compte rendu de son exécution.

Des pièces du puzzle s'assemblaient dans mon esprit.

— On vient d'apprendre que Half Moon Battery, l'endroit où était détenue Anne Bonny, se trouvait près des docks d'East Bay. C'est la confirmation qu'on cherche dans la bonne direction !

— Arrêtons-nous et mettons tout cela au clair, a proposé Hi.

On s'est réunis en cercle à un coin de rue, comme cela nous arrivait souvent.

— Fait numéro un, ai-je commencé, Anne Bonny dessine une carte du trésor qui permet de penser qu'elle a enfoui sa fortune dans le centre de Charles Town, du côté des quais d'East Bay.

— Tu vas un peu vite, a commenté Ben. Mais bon, continuons.

— Fait numéro deux, a enchaîné Shelton. Nous avons un échange de lettres entre Anne Bonny et Mary Read qui nous dit qu'Anne a été transférée à Half Moon Battery, une geôle de Charles Town.

Hi a pris le relais.

— Fait numéro trois : la lettre de Mary évoque une possible tentative d'évasion. Fait numéro quatre : elle suggère aussi que les tunnels conduisant au trésor sont proches du cachot d'Anne à Half Moon Battery.

— Fait numéro cinq, a ajouté Shelton, le cachot était près des docks.

— Ce qui nous ramène à ma déduction, ai-je dit. Dans la mesure où les tunnels du trésor étaient proches de la cellule d'Anne Bonny, ils ont pu faciliter son évasion.

Nous nous sommes tus, le temps de digérer ces informations.

— Projetons-nous un demi-siècle plus tard, a soudain proposé Hi. On construit l'Exchange Building sur les vestiges de Half Moon Battery. Les caves deviennent par la suite le nouveau Provost Dungeon.

— Bon, admettons que les tunnels conduisant au trésor sont proches de l'endroit où s'élève aujourd'hui le Provost Dungeon. Et ensuite ?

— On s'introduit à l'intérieur et on fouille, ai-je avancé.

— Et comment on s'y prend ?

Nous avons hurlé la réponse avec un ensemble parfait :

— Les visites du Charleston mystérieux !

23.

J'ai renversé un sac-poubelle rempli à ras bord et en ai fait tomber le contenu.

Des vêtements usagés ont couvert les dalles. Mon cinquième tas.

Vendredi matin, sept heures. Église St. Michael, sur Broad Street.

Mon groupe de jeunes débutantes contribuait à une collecte de vêtements et j'avais pour tâche de trier et de mettre en piles ceux qu'on nous avait donnés. Des sacs en plastique noir s'amoncelaient à ma droite, preuve que les paroissiens avaient entendu l'appel.

Le bénévolat est essentiel dans l'organisation du système des débutantes. Il offre un alibi au luxe et camoufle le snobisme sous les œuvres charitables. Nous participions à une manifestation de ce genre au moins une fois par mois.

Je ne me plains pas, en fait. La charité redonne ses lettres de noblesse à une tradition par ailleurs insipide. En fait, l'aide aux plus démunis est le seul aspect du système que j'aime.

J'ai jeté une vieille chemise en flanelle sur une pile, en fronçant le nez à cause de son odeur de transpiration et de tabac froid.

Bon, je corrige. Remplaçons « j'aime » par « j'apprécie ».

Tandis que je travaillais en pilotage automatique, je pensais à la soirée qui m'attendait. Les Viraux allaient participer à la visite du Charleston mystérieux du jour. Dans la mesure où nous étions à la veille du week-end, Kit avait accepté de me donner une permission de sortie jusqu'à vingt-deux heures.

J'avais presque oublié de me pointer ici ce matin. La folle journée de la veille m'avait sorti de la tête cette histoire de bénévolat, mais Whitney s'était chargée de me le rappeler en m'envoyant un texto une demi-heure avant l'heure où j'étais attendue.

Ce qui expliquait ma tenue : vieux T-shirt, short de running, sandales, queue-de-cheval pas très nette et double couche de déodorant.

J'avais demandé à travailler dehors. Seule. Et personne n'y avait vu d'inconvénient.

L'église St. Michael était la plus ancienne de Charleston. Son clocher blanc couronné par une girouette de fer s'élevait à soixante mètres au-dessus de moi.

La cour était agréablement fraîche. Des bâtiments de brique blancs entouraient une pelouse bordée par une promenade. Au centre, quatre bancs étaient disposés sur un espace circulaire pavé. C'est sur chacun d'entre eux que je répartissais mes vêtements.

Je séparais les habits masculins des vêtements féminins, puis je les triais en « jeunes » et en « adultes ». Attrapant un pantalon pattes d'ef, je l'ai jeté sur la pile *ad hoc*. Une étudiante l'achèterait peut-être pour une soirée *seventies*. À moins que le style ne revienne à la mode.

Jason a déboulé, chargé de trois sacs supplémentaires.

— Ceux-là, on les a trouvés dans le sous-sol du presbytère, a-t-il déclaré en les laissant tomber avec un grognement. Amuse-toi bien.

— Je grimpe aux rideaux d'avance.

— Y a des trucs intéressants ? Tu devrais pouvoir te bricoler un look rétro.

— Rien de terrible.

— J'y pense, comment vas-tu rentrer chez toi ? Si tu veux, je te raccompagne en voiture.

— Merci, mais Ben va venir me chercher.

— Ben !

Jason a hoché la tête, l'air navré.

— Je crois que tu prends ton rôle charitable trop à cœur.

— Oh, ça va, Jason ! Ben est un très bon ami.

— Un vrai prince charmant. Dis-lui qu'il me manque.

Je n'ai pas relevé. Je ne pouvais obliger les gens à s'apprécier. Inutile d'essayer.

— Si tu changes d'avis, mon dix tonnes est devant la porte.

— Merci, Jason. Maintenant, retourne bosser. Dieu t'observe.

J'ai trié encore deux sacs-poubelle, puis je me suis attaquée au premier sac du sous-sol du presbytère. Il était vieux et crasseux, et le plastique, tout desséché, se fendillait. Si Jason ne m'avait pas expliqué d'où il provenait, j'aurais cru qu'il contenait vraiment des détritus.

Génial.

Celui-ci était plein de serviettes usées et tachées. Le suivant contenait un assortiment de chasubles mangées par les mites.

Quand j'ai défait le lien du troisième, une odeur pestilentielle m'a assaillie. On aurait pu croire qu'il y avait là-dedans des couches sales couvertes de pourriture, ou de la viande avariée restée trop longtemps au soleil.

Je suis tombée à genoux, certaine de me mettre à vomir.

Au lieu de quoi, c'est arrivé.

SNAP.

Un courant électrique m'a parcourue. Mon sang bouillait dans mes veines. La sueur ruisselait sur mon corps. Une étincelle a allumé mes sens, qui ont explosé. Les couleurs, les sons, les odeurs ont percuté mon cerveau.

La flambée parcourait mes veines et mes nerfs. Pour la seconde fois en une semaine, mes pouvoirs s'étaient déclenchés sans que je les aie suscités. Hyper hyper sensibles.

J'ai attrapé mes lunettes noires à tâtons et les ai posées sur mon nez.

Respire. Détends-toi. Respire. Détends-toi.

Petit à petit, le calme est revenu. Mon pouls a cessé de s'affoler.

J'ai regardé autour de moi, craignant d'avoir été vue. La cour était déserte. Je me suis effondrée sur un banc et j'ai répété un mantra apaisant.

Ça va. Ça va. Ça va.

À ce moment-là, mes oreilles ont détecté un problème.

Des voix. Toutes proches.

Ashley, Courtney et Madison. Le Trio des Bimbos venait dans ma direction.

Merde !

Une quatrième voix s'est jointe à leur bavardage. Masculine. Ténor.

— Vous êtes des amours d'avoir rempli toutes ces enveloppes. Nos mailings sont vitaux pour continuer à faire fonctionner nos soupes populaires.

— C'est nous qui vous remercions, pasteur Carroll, a roucoulé Madison. C'est un honneur de participer, alors que vous vous dépensez sans compter. Si seulement nous pouvions nous consacrer chaque jour à l'œuvre divine…

— Amen, a couiné Ashley. Que Son nom soit loué.

— La charité, c'est difficile. (Cette crétine de Courtney.)

— Que Dieu vous bénisse ! s'est exclamé le pasteur Carroll d'une voix débordante de fierté. Allez vous mettre à l'ombre dans la cour devant une tasse de thé.

Deux fois merde ! Elles se pointaient.

Des pas se sont éloignés. Ceux du pasteur. Restées seules, les trois bimbos ont cessé de jouer la comédie.

— J'ai cru qu'il ne s'en irait jamais ! a soupiré Madison. J'en ai marre de perdre mes matinées dans leurs églises à la con. Je devrais encore être sous la couette, à l'heure qu'il est.

— Mes mains ne sont pas faites pour le travail de bureau, a ronchonné Ashley. Regardez ça, ma manucure est fichue. Je devrais envoyer la facture au pasteur. En plus, il a un regard qui me donne la chair de poule.

Courtney a manqué s'étrangler.

— Beurk ! Ce thé est sucré avec du vrai sucre !

— Minable.

Le contenu de trois tasses a bruyamment atterri sur le sol.

— Pourquoi est-ce que mon chauffeur ne peut faire ces corvées de charité à ma place ? a gémi Ashley. Il pourrait me représenter, non ?

Une bouffée de parfum de luxe a émané de l'angle du bâtiment. Je me suis préparée à l'impact, mes hypersens en alerte.

Elles m'ont tout de suite repérée. Trois sourires ont révélé trois dentitions impeccables.

— La *boat girl* ! s'est écriée Madison.

Puis elle a remarqué les vêtements que j'avais soigneusement triés.

— Tu fais ton shopping ?

— Elle est en train de faucher des vêtements ? (Courtney, les yeux écarquillés.) On ne devrait pas la laisser travailler sans surveillance.

— Jolies lunettes, Ray Charles.

Une grimace de mépris tordait le ravissant visage d'Ashley.

— Tu sais que c'est malpoli de se moquer des pauvres en s'habillant comme eux, a-t-elle lancé. Honteux, même.

Impossible de parer à une triple attaque. J'étais sur le point de battre en retraite lorsque Jason a fait son apparition, l'air déterminé.

— Tout va bien ? a-t-il demandé en jetant un regard noir au Trio.

— Mais oui, nous ne faisions que bavarder, lui a répondu Madison avec un demi-sourire. Tory nous expliquait comment elle procède pour trier ces fripes.

Soudain, mon odorat a perçu une autre odeur derrière le parfum. Madison exhalait une senteur âcre et aigre, comme de la sueur rance.

L'anxiété. Elle était nerveuse. Très nerveuse.

J'ai cherché si cela se voyait sur son visage. Rien. Extérieurement, elle était toujours aussi condescendante. Suffisante. Comme pour se moquer de mon regard scrutateur, elle a bâillé ostensiblement.

Mais mon odorat ne me trompait pas. Son calme n'était qu'apparent. L'arrivée de Jason l'avait froissée.

Curieux. J'ai tenté de sentir l'odeur cachée de Jason. J'ai perçu quelque chose de mordant, comme des cendres mélangées à du ciment brûlant. *La colère.*

Petit à petit, l'appréhension me quittait. Pourquoi ces pouffes m'auraient-elles intimidée ? C'étaient des princesses trop gâtées, rien d'autre. J'avais des capacités qu'elles étaient loin de pouvoir imaginer. Si je le décidais, ça chaufferait pour leurs fesses.

C'est le moment de tester mes instincts.

— Jason ?

Je lui ai décoché un grand sourire.

— Ton offre tient toujours ?

— Hein ?

Air ahuri de Jason.

— Tu es toujours prêt à me raccompagner chez moi ? ai-je ajouté en toute hâte.

Si sa réponse était non, j'allais avoir l'air d'une courge.

J'aurais eu tort de m'inquiéter.

Son visage s'est illuminé.

— Évidemment ! On pourrait même manger un petit quelque chose en route ?

— Avec plaisir.

J'ai battu des cils. En pure perte, derrière les lunettes noires.

L'odeur énervée de Madison m'a sauté aux narines, mêlée aux accents aigres de la colère. Puis un nouvel arôme est venu s'ajouter au mix. Piquant. Avec une touche de vase. Comme du sumac vénéneux mélangé à de la boue.

L'envie. Madison puait la jalousie.

Mais sa façade ne s'est pas fissurée. Elle a mis la main devant sa bouche et murmuré quelque chose à Ashley en riant de son propre humour.

Est-ce que j'imagine tout ça ? Qui te dit que tu n'es pas en train de disjoncter, en croyant que tu peux sentir l'odeur des émotions des gens ?

J'étais toujours en pleine flambée. Dissimulée derrière mes verres sombres, j'ai testé rapidement mes autres hypersens.

Je distinguais un défaut sur le point de croix qui ornait la minijupe de Courtney. J'entendais le tic-tac de la montre au poignet de Jason. Je sentais des grains de sable dans mes tennis. J'avais dans la bouche le goût des molécules de crasse qui flottaient dans l'air.

Stupéfiant. Un superbug vicieux m'avait peut-être déglingué les chromosomes, mais les effets secondaires me sidéraient toujours.

Et les pouvoirs n'avaient jamais menti.

J'ai donc fait confiance à mes instincts et continué ma petite comédie.

— Jason, je dois aller porter ces tas de vêtements au nettoyage, mais c'est beaucoup trop lourd pour moi. Un coup de main serait le bienvenu.

Jason a bombé le torse.

— Pas de problème. Je m'en occupe.

Il a attrapé une pile de pantalons.

— Ne vous gênez pas pour participer, les filles, a-t-il lancé à l'intention du Trio.

Lequel Trio semblait tétanisé. J'ai inspiré très fort, pour repérer de nouveaux éléments olfactifs. Neige. Orchidées sortant du frigo. Feuilles mortes.

Même si je n'étais pas sûre d'être juste dans mes comparaisons, la nature des émotions ne faisait aucun doute.

Consternation. Déception.

Les filles n'appréciaient vraiment pas que Jason m'aide. Pire, qu'il les ignore.

Pas de bol, hein ?

Prenant une pile de sweat-shirts, je me suis dirigée vers l'église sans jeter un regard en arrière. Le Trio ne disait rien, mais je respirais le parfum de la déception qui leur collait à la peau.

Jason m'attendait contre le mur, pliant sous le poids d'un énorme tas de vêtements.

— Après toi, a-t-il murmuré, le souffle un peu court.

SNUP.

Le sang m'est monté à la tête et j'ai manqué m'évanouir. J'avais les jambes en coton. D'un seul coup, j'ai de nouveau perçu le monde avec des sens normaux. J'étais épuisée. Diminuée.

Refusant de gâcher l'un de mes rares moments de triomphe, j'ai fait semblant de vaciller sous le poids de mon fardeau. Jason a remarqué mon malaise.

— Ça va ? Laisse cette pile, je la porterai après.

— Ne t'inquiète pas. C'est juste que j'ai le ventre vide.

— On va arranger ça. (Sourire jusqu'aux oreilles.) Je m'en charge.

Sans prendre la peine de nous dire au revoir, le Trio s'est dirigé vers la chapelle.

— Au revoir, mesdemoiselles, ai-je lancé d'un ton moqueur. À bientôt !

24.

Ben n'a pas répondu à mon appel.

J'ai laissé un message. J'étais mal à l'aise et authentiquement désolée. Ben pouvait très bien m'en vouloir. Et pour un bon moment.

Je lui avais envoyé un texto avant de quitter l'église. Malheureusement, il était déjà en route avec son bateau pour venir me chercher. Une fois informé que Jason me raccompagnait en voiture, il avait cessé de répondre.

Mauvais signe. Il prenait visiblement cela comme un affront.

Mais qu'est-ce qu'ils ont, ces deux-là ?

Jason avait tenu à m'emmener déjeuner dans un petit restaurant de poisson surplombant Shem Creek. Mount Pleasant était à l'opposé de Morris Island, mais il n'avait pas voulu en démordre.

Et il avait eu raison. L'endroit était dans le genre déglingue-récup, mais on y mangeait très bien. On avait fait une orgie de crevettes et de coquilles Saint-Jacques. Jason m'avait laissée devant chez moi deux heures plus tard.

Comme je n'avais rien prévu pour l'après-midi, j'ai décidé de faire des recherches. La découverte de mes nouvelles capacités olfactives m'intriguait.

Pouvais-je réellement percevoir l'odeur des émotions ? des motivations ? J'en avais l'impression, mais pas la certitude. Était-ce une chose possible, ou bien le premier symptôme d'une tumeur cérébrale ? de la démence ?

Au début, je n'ai pas trouvé grand-chose d'intéressant sur Google. Des dizaines d'articles portaient sur le lien entre l'odorat et les émotions, mais aucun ne décrivait quoi que ce soit de semblable à mon expérience.

Frustrée, j'ai eu besoin d'un peu de soutien. Si Ben faisait la tête, il me restait Hi et Shelton.

Hi est arrivé tout de suite, avec son ordinateur.

Je lui ai expliqué ce qui s'était passé à St. Michael. Et puis, après un moment d'hésitation, je lui ai aussi parlé de l'épisode du yacht-club, quelques jours plus tôt.

— Arrête de provoquer des flambées en public ! a-t-il déclaré sèchement. Tu joues avec notre vie à tous. Je te l'ai dit, je n'ai pas envie de passer mes plus belles années sur une roue de hamster pour le projet Dharma ou je ne sais quoi.

— Je ne le fais pas exprès, Hi. C'est bien là le problème. Ces temps-ci, mes flambées se déclenchent beaucoup trop facilement, je ne sais pour quelle raison.

— Il faut l'empêcher. Imagine que quelqu'un voie tes yeux à ces moments-là ! Tu seras cuite. On en sait trop peu sur le virus pour prendre ce genre de risques.

— Dans ce cas, aide-moi à trouver des réponses !

Hi a plissé les yeux.

— Dans la boutique de Bates, tu étais en train de renifler le bonhomme, non ? Ou bien est-ce que cette flambée était elle aussi, entre guillemets, « accidentelle » ?

— Heu... non. Tu sais bien qu'il fallait trouver un moyen de le coincer.

Énorme soupir.

— CQFD.

Je l'ai ignoré.

— Bon, occupons-nous de ce truc émotivo-sensoriel. Ça me fout les boules, sérieux.

On a continué les recherches sur Google chacun de son côté. Au début, rien. Puis, en ajoutant de nouveaux termes, on a fini par tomber sur des pistes.

— Écoute ça !

J'ai tapoté mon écran.

— Une étude de l'université Rice montre que chez certains couples, les partenaires peuvent correctement identifier les émotions de l'autre par l'odorat.

— Nul.

Hi était avachi sur mon lit. Évidemment.

— Voilà ce que j'ai, moi. Un toubib de San Diego prétend que les odeurs corporelles peuvent traduire des états émotionnels. Même pour des étrangers.

— Tu vois ! Peut-être que je ne suis pas zinzin, après tout.

— Le mec travaille dans un parc d'attractions, Sea World.

— Oh !

Une demi-heure plus tard, on en était toujours au même point.

— J'ajoute « instinct » et « canin » à mes recherches, ai-je annoncé.

— Pourquoi pas ? Moi, j'ajoute « cinglé ».

Soudain, bingo ! Une étude d'un scientifique de l'Alaska. Pile sur le sujet.

— On y est, Hi ! Ramène-toi.

Il a roulé en bas du lit et s'est laissé tomber sur une chaise à côté de moi.

— Ce type affirme que les loups de l'Arctique sont capables de détecter les modifications dans les émotions humaines rien qu'en utilisant leur odorat.

J'ai failli m'étrangler tellement j'étais excitée.

— Ce doit être ça !

— Comment peut-il le prouver ? Les loups ne sont pas précisément doués pour remplir des questionnaires.

J'ai haussé les épaules.

— La publication parle de preuves « convaincantes ».

— Ton bonhomme a l'air d'un illuminé.

Avec un jappement, Coop a passé le museau par la porte, puis il est venu s'asseoir près de nous.

— Tranquille, Coop.

J'ai parcouru l'article.

— Les récepteurs olfactifs – c'est-à-dire ton nez – sont en relation avec le système limbique, la partie primitive du cerveau humain. C'est là que nos émotions ont leur source.

Hi a gloussé.

— Donc, quand ça cocote, ça va d'abord à ton cerveau primitif ?

— Eh oui ! Les odeurs n'atteignent le cortex cérébral – le centre des fonctions cognitives – qu'après avoir circulé dans les zones les plus profondes du cerveau.

Coop a gémi et a tourné en rond, mais je ne me suis pas occupée de lui.

— Au moment où tu es capable d'identifier une odeur, ai-je poursuivi, cette odeur a déjà activé le système limbique et libéré tes instincts archaïques.

Le chien-loup a poussé un dernier aboiement, puis il a disparu dans les escaliers.

— Coop ?

— Le système limbique…, a répété Hi. Attends une minute ! Tu te souviens de ce que le Dr Karsten avait dit sur le virus ?

J'ai fait marcher ma mémoire. Karsten avait la conviction que son parvovirus mutant avait réécrit notre ADN en introduisant des éléments canins dans notre empreinte génétique.

— Pour Karsten, les changements étaient sans doute inscrits dans l'hypothalamus, ai-je dit.

Hi a hoché affirmativement la tête.

— L'hypothalamus, qu'on appelle le « chef d'orchestre » du système limbique.

J'ai essayé de trier les informations.

— Karsten pensait qu'une flambée se déclenchait chez nous au moment d'un pic de production hormonale, car notre système nerveux et notre système limbique avaient incorporé des éléments génétiques canins.

— Nos sens deviennent semblables à ceux d'un loup, a approuvé Hi. Peut-être même en plus affûtés, qui sait ?

— Le fait est que nos pouvoirs se manifestent quand quelque chose vient stimuler notre aire limbique. Le stress. Une émotion. Une stimulation sensorielle puissante.

— Si le système limbique est le siège des émotions dans notre cerveau et si notre nez est en relation directe avec lui…

— Dans ce cas, on peut comprendre pourquoi j'ai cette capacité. Il est tout à fait concevable qu'un nez ultrasensible détecte des émotions.

— Et ton pif est top, a conclu Hi avec un petit rire.

— Merci.

J'ai terminé la lecture de l'article. Un mot a attiré mon attention vers la fin.

— Les phéromones, ça te dit quelque chose ?

— Attends, je tape le mot. Ah, voilà ! C'est intéressant. Les phéromones sont les substances chimiques que le corps sécrète pour déclencher une réaction sociale chez les membres de la même espèce.

— Tu peux expliquer ?

— Ce sont des odeurs. Elles agissent à l'extérieur de l'individu sécréteur en influant sur le comportement de l'individu récepteur.

Hi s'est tu un instant, puis :

— Des instructions olfactives. Bizarre.

— Et comment cela fonctionne ?

— Il y a des phéromones d'alarme, des phéromones sexuelles et quantité d'autres. Les insectes s'en servent.

— Vraiment ?

— Voici un exemple.

Hi a cliqué avec sa souris.

— Quand une fourmi détecte de la nourriture, elle sécrète une trace odoriférante qui va permettre à ses petites copines de suivre la piste jusqu'à la source du repas. Certains animaux font pareil en période de reproduction, pour trouver leur partenaire.

— Les humains aussi ?

— Pas que l'on sache. À moins qu'on croie à la pub Axe.

— Ce n'est pas mon cas.

Il a consulté sa montre.

— J'ai un petit creux. On grignote quelque chose ?

— Beuh… J'ai encore le ventre plein. Mais on va trouver de quoi nourrir le fauve.

On s'est dirigés vers la cuisine. Hi a repéré une paire de Hot Pockets jambon-fromage.

— Génial ! s'est-il exclamé en les fourrant dans le micro-ondes. Chez nous, il n'y a jamais rien de bon à manger.

— Ta mère me tuerait si elle savait que je te fais faire une entorse à ton régime. Considère que c'est un pot-de-vin pour que tu la fermes à propos de mon nez.

Hi a haussé les sourcils.

— Même vis-à-vis de Ben et de Shelton ?

— Pour le moment, du moins.

Sans savoir pourquoi, je préférais attendre avant d'en parler aux autres.

— Est-ce que tu te demandes parfois pourquoi nos pouvoirs sont différents ? a-t-il brusquement lancé pendant que son snack réchauffait.

— Qu'est-ce que tu veux dire ?

— Hier, Shelton et moi, on a comparé nos sensations quand on a une flambée. Eh bien, ce n'est pas la même chose. Et nos points forts ne sont pas non plus les mêmes. Lui entend mieux et moi, j'ai une bien meilleure vue. Pourtant, on a tous chopé le même virus.

— C'est peut-être parce que, dans la mesure où nous avons tous un code génétique distinct, l'ADN canin nous affecte chacun différemment.

Le micro-ondes a bipé et Hi a prestement récupéré son festin dans une serviette en papier.

— Tu crois que nos pouvoirs vont finir par disparaître ?

— Pardon ?

— Cette capacité à provoquer une flambée ? Elle est permanente, d'après toi ?

— Je… je n'en sais rien.

Je n'y avais pas réfléchi.

À ma grande surprise, je n'étais pas sûre de savoir ce que je préférais. Mes pouvoirs feraient toujours de moi une paria, mais ils me distinguaient aussi des autres.

Coop est revenu et s'est jeté entre mes jambes. Tête dressée, il a poussé un jappement qui s'est changé en grognement.

— Qu'est-ce que tu as, aujourd'hui ?

J'ai tendu la main pour le caresser, mais il a reculé. Puis il a aboyé. Deux fois.

— Comme tu veux.

Je me suis tournée vers Hi.

— Tu peux le surveiller ? Je vais chercher le courrier.

Prenant mes clés au passage, j'ai dévalé l'escalier et je suis sortie par le garage. La boîte aux lettres était tout près. Que de la pub, mis à part une lettre pour Kit, avec un en-tête de Buffalo sur l'enveloppe. J'ai hésité à la mettre à la poubelle avec le reste.

Soudain, j'ai eu la sensation d'être observée. Les petits cheveux qui se dressent sur la nuque. Le dos qui se tend. Le truc habituel, quoi.

J'ai attendu, mais ça continuait.

Je me suis brusquement retournée. Rien.

Coop était à la fenêtre de la cuisine et il aboyait frénétiquement.

Flippant.

Demi-tour en sens inverse. Toujours rien.

Laisse tomber, Tory Brennan.

Je suis rentrée à toute vitesse dans la maison. C'était peut-être idiot, mais que faire d'autre ?

Je déteste cette impression d'être un insecte dans un bocal.

De sentir des yeux fixés sur mon dos.

D'être une cible.

25.

Nous sommes arrivés dans Market Street avec un quart d'heure d'avance.

La visite débutait à vingt heures, mais nous ne pouvions pas prendre le risque d'être en retard. Sur le prospectus, il était précisé qu'elle pouvait être annulée si le nombre de participants était trop faible.

J'ai tendu le doigt.

— Ils sont là-bas !

Sallie et Chris Fletcher se tenaient à l'angle d'une rue, face à l'entrée du marché, un panneau en bois posé entre eux. Sur le fond noir, leur publicité se détachait en lettres d'un rouge criard.

VISITE DU CHARLESTON MYSTÉRIEUX
Venez frissonner à la rencontre des fantômes de la ville.
Accès exclusif au Provost Dungeon.
Âmes sensibles s'abstenir ! Tarif : $ 10.

— Qu'est-ce que ça signifie ?

Shelton tirait sur le lobe de son oreille.

— Je croyais que ces visites étaient instructives. Je n'aime pas qu'on s'amuse à me faire peur.

— Arrête de faire ta chochotte, a répliqué Hi. Pour nous, c'est la meilleure manière de s'introduire dans les cachots.

— C'est une visite mystérieuse, a ajouté Ben. Ça veut bien dire ce que ça veut dire.

— Exactement.

J'ai lancé à Ben un regard complice.

Il s'est détourné.

D'accord. Il m'en voulait encore. J'attendrais, donc. Rome ne s'est pas construite en un jour.

— La bombe nous a repérés, elle nous fait signe, a murmuré Hi.

Quand on a rejoint les Fletcher, ils nous ont accueillis avec un chaleureux sourire.

— Salut, vous venez pour la visite ? a lancé Sallie.

J'ai hoché vigoureusement la tête.

— Bien sûr. On n'allait pas manquer ça.

Les yeux de Sallie brillaient à la lumière du réverbère.

— Fantastique ! Je vous promets que vous ne serez pas déçus.

— Il nous manque un client, a déclaré Chris. Je vais voir si je peux en ramener un.

— On fera la visite avec vous de toute manière, nous a confié Sallie. Mais attendons quelques minutes. On ne sait jamais, on peut rassembler tout un groupe.

— Bien sûr, prenez votre temps.

On est restés à l'angle pendant que Chris essayait d'accrocher des passants dans la foule. Quelques seniors riaient à ses plaisanteries, mais poursuivaient leur chemin. Les aiguilles de l'horloge étaient maintenant proches de vingt heures.

Je bavardais avec Sallie. Les garçons, l'air de rien, la dévoraient des yeux.

— Qu'est-ce qui vous a poussés à organiser ces visites ? ai-je demandé.

— L'argent ! a répondu Sallie, qui a éclaté de rire. Chris et moi sommes doctorants en archéologie. Le travail au Charleston Museum est passionnant, mais ça ne paie pas beaucoup. Alors, on arrondit nos fins de mois comme ça.

— Et ça rapporte ? a demandé Shelton en regardant autour de lui. Parce que, là, on est les seuls présents.

— Hé, on a encore le temps !

On a souri poliment.

— Sérieusement, l'été, on fait souvent un carton, a poursuivi Sallie. Le reste de l'année, ça va, ça vient, mais dans l'ensemble on se débrouille pas mal. Les touristes adorent les fantômes et les mystères.

Comme pour appuyer ses paroles, un couple imposant vêtu de T-shirts de base-ball identiques s'est approché, un cornet de glace à la main. Le bagout de Chris avait payé.

Après avoir acheté leurs billets, ils ont pénétré à l'intérieur du marché.

— C'est une bonne idée, ai-je commenté. Mais comment avez-vous eu la permission de visiter le Provost Dungeon ?

— C'est notre botte secrète. Le directeur est un ancien élève de l'université. Chris l'a baratiné et a obtenu cette faveur en échange de petits services au musée.

Deux autres couples approchaient. Les hommes étaient vêtus de polos et de shorts en lin, les femmes de robes d'été et de fines sandalettes. Chris rayonnait en leur tendant quatre tickets.

Sallie nous a adressé un clin d'œil.

— Vous voyez ? L'argent rentre !

— Vous allez bientôt pouvoir vous acheter des montres en platine, a plaisanté Hi.

— C'est peu probable. Nous économisons dollar après dollar pour l'expédition.

Devant mon regard interrogateur, elle a précisé :

— L'Égypte. L'été prochain. Chris et moi avons le projet de nous joindre à de nouvelles fouilles archéologiques à Deir el-Bahari, là où un temple a été édifié par la reine-pharaon Hatchepsout au quinzième siècle avant notre ère.

— C'est formidable ! me suis-je exclamée, un poil admirative.

— On est super excités. Le temple est construit sur des falaises à l'entrée de la Vallée des Rois, sur la rive occidentale du Nil. Il n'y a pas de plus bel endroit au monde.

— Je suis jalouse.

C'était vrai.

— Avant ça, il faut faire des économies. On partirait deux ans, ce qui veut dire qu'il faut vendre beaucoup de billets pour la visite du Charleston mystérieux.

Par-dessus l'épaule de Sallie, j'ai aperçu deux jeunes Afro-Américains qui se dirigeaient vers Chris.

Le premier devait avoir dix-huit ans. Crâne rasé, yeux enfoncés dans les orbites, et une cicatrice en zigzag sur la joue. Son T-shirt blanc XL et son jean baggy délavé flottaient sur sa silhouette frêle.

Le second était plus âgé. Vingt-cinq ans, peut-être. Beaucoup plus costaud que son compagnon, il était aussi très grand. Ses muscles saillaient sous son authentique maillot des Lakers à l'effigie de Kobe Bryant.

Shelton a sifflé entre ses dents.

— Vous avez vu le balèze !

Jean Baggy a tendu un billet à Chris. Chris a dit quelque chose et Jean Baggy a secoué négativement la tête. Chris a alors appelé Sallie.

Elle est revenue auprès de nous quelques instants plus tard.

— Est-ce que vous pourriez payer maintenant ? a-t-elle demandé. Ce jeune homme n'a qu'un billet de cent dollars et Chris n'a pas la monnaie.

— Bien sûr.

Hi lui a tendu deux billets de vingt.

— Merci.

Sallie les a apportés à Chris. La transaction effectuée, les nouveaux venus sont allés s'appuyer contre un mur et ont attendu.

En voyant arriver le visiteur suivant, j'ai eu un choc.

Rodney Brincefield.

Sans sa tenue de maître d'hôtel du yacht-club.

Aujourd'hui, il était vêtu d'un short kaki et d'une chemise assortie. Plus un chapeau de brousse, des socquettes beiges et des sandales marron. La totale.

Il a fait passer son verre de limonade dans sa main gauche pour serrer la main de Chris et a acheté un ticket. Sous ses sourcils blancs broussailleux, son regard vif a parcouru notre petite troupe. Avant de s'arrêter sur moi.

— Mademoiselle Brennan ! Quel plaisir ! s'est-il exclamé en chargeant dans ma direction comme un rhinocéros.

— C'est qui, celui-là ? m'a glissé Shelton. Il a l'air tapé.

— Ne t'inquiète pas, il est inoffensif, ai-je murmuré.

Pourtant, la présence de Brincefield m'ennuyait. Le vieux bonhomme était charmant, mais c'était un moulin à paroles. Or, une fois à l'intérieur du Provost Dungeon, nous avions bien l'intention de nous esquiver. De nous retrouver seuls pour localiser les endroits où Anne Bonny avait pu être emprisonnée autrefois. La présence de Brincefield pouvait tout compliquer.

— Ravie de vous voir, monsieur.

J'ai fait un geste en direction des autres Viraux.

— Je vous présente mes amis, Ben, Hiram et Shelton.

— Enchanté.

Vigoureux échange de poignées de main.

— Alors, on est tous à la recherche des esprits ? a-t-il ensuite demandé sur un ton blagueur.

J'ai fait oui de la tête.

— Ça a l'air amusant.

— C'est un programme extraordinaire ! s'est-il exclamé. Je viens pour la deuxième fois, figurez-vous.

— Puis-je avoir votre attention ?

Sallie était montée sur un cageot en plastique, ce qui lui permettait d'être à la hauteur de tout le monde.

— Bonsoir à tous ! a-t-elle enchaîné. Les organisateurs des mondialement célèbres visites du Charleston mystérieux sont heureux de vous accueillir.

Applaudissements.

Chris a pris le relais.

— Nous allons commencer la visite, mais auparavant, il serait bon que chacun se présente. Nous allons passer ensemble les quatre-vingt-dix prochaines minutes, en compagnie d'âmes errantes et de spectres dangereux. Alors, n'oubliez pas (trémolos dans la voix), l'union fait la force !

Son petit discours a été accueilli par des rires. Chris était un vrai showman.

Brincefield a commencé à faire le tour du groupe en se présentant avec force poignées de main. Je me suis hâtée de lui fausser compagnie.

Et j'ai carrément buté sur Jean Baggy.

Visiblement furieux, le jeune homme m'a fusillée du regard. Son pote taillé comme un baobab m'a considérée avec un sourire supérieur. Gênée, je me suis présentée.

— Tory.

J'ai tendu la main. Aucun des deux ne l'a prise.

— Marlo, a articulé le plus petit.

Baobab n'ouvrait toujours pas la bouche.

Là-dessus, les deux aimables ont tourné les talons.

— Tu es en train de te faire des copains ? a demandé Hi.

— Boucle-la.

— C'est fou le nombre de gens à qui tu peux déplaire instantanément, a-t-il poursuivi. Tu as un don, tu sais.

— C'est fou le…

L'appel de Sallie a coupé net ma réplique percutante :

— Tout le monde est prêt ? Oui ? Alors, on y va !

26.

La première heure a été fantastique.

Chris et Sallie nous ont guidés le long des rues sombres tout en nous fournissant des détails et des anecdotes savoureuses sur les traditions de la ville. De temps en temps, le groupe faisait halte tandis que le duo nous racontait des histoires de fantômes célèbres, d'esprits frappeurs et d'événements inexplicables.

On a appris pas mal de choses sur les esprits, qui sont une tradition dans notre Lowcountry, le « bas pays » de Caroline du Sud. Les *haints*, ces âmes des morts qui prennent la forme de fantômes ou de personnes. Les *boo-hags*, des créatures qui se débarrassent de leur peau et hantent les marécages au clair de lune. Les *plat-eyes*, des fantômes à un œil qui s'introduisent dans les maisons par les chaudes soirées d'été.

Sallie nous a parlé des pouvoirs protecteurs des *boo-daddies*, de minuscules figurines faites de boue, de mousse espagnole, d'herbe et d'eau salée, qu'on laisse incuber à l'intérieur de grosses huîtres.

— Si vous avez peur des mauvais esprits du coin, gardez un boo-daddy dans votre poche, nous a-t-elle conseillé.

Elle a agité le sien au-dessus de sa tête.

— Un bon boo-daddy protège des créatures de la nuit. Et plus on en possède, mieux c'est.

Notre itinéraire passait par plusieurs sites hantés bien connus : South End Brewery, Rutledge Victorian Guest House, Circular Congregational Church.

En passant devant le Dock Street Theatre, on a ainsi tendu le cou pour apercevoir Junius Brutus Booth, le père de l'assassin du président Abraham Lincoln. Sans succès.

Puis on a flâné du côté de la *Battery Carriage House Inn*, l'auberge dont l'on raconte qu'une présence masculine se glisse dans le lit des clientes.

Notre parcours comportait la traversée d'un ancien cimetière où le fantôme d'une femme, Sue Howard Hardy, a été photographié en train de se lamenter sur la tombe de son enfant. On s'est arrêtés pour manger quelque chose au *Poogan's Porch*. Dans l'immeuble où est installé ce restaurant, on peut apercevoir de temps en temps une ancienne habitante, Zoe St. Amand, en train d'agiter la main d'une fenêtre du premier étage.

Finalement, nous sommes arrivés devant l'Exchange Building, à l'intersection d'East Bay et de Broad Street.

La façade de ce bâtiment ancien, à laquelle une rénovation avait rendu son lustre de l'époque coloniale, était en pierre gris et blanc. Des marches conduisaient à un porche sur lequel donnaient trois portes-fenêtres blanches ornées de portiques. Au-dessus, des fenêtres imposantes étaient flanquées de croisées.

Le groupe s'est rassemblé au bas des marches.

— En 1771, a expliqué Chris, devant le développement des échanges commerciaux, l'élite de Charles Town a décidé de construire un bâtiment moderne qui abriterait un poste de douane et une chambre de commerce modernes. Ces nouvelles installations, reflets de la prospérité économique de la ville, symboliseraient la croyance en un avenir glorieux.

« Les édiles ont donc choisi un site en front de mer, sur Broad Street, à la jonction des rues principales et des quais. Deux ans de travaux plus tard, l'Exchange Building constituait l'un des édifices les plus remarquables de l'Amérique coloniale.

« Mais ce n'est pas la raison de notre présence ici, n'est-ce pas ?

Avec un sourire malicieux, Chris a désigné la volée de marches qui descendait sur le côté du bâtiment :

— Nous sommes venus voir… les cachots.

Sallie nous a distribué des bougies après les avoir allumées, puis, en file indienne, nous avons descendu l'escalier. En bas, une porte ouvrait sur un sous-sol sinistre dont le plafond bas était construit en brique. Des voûtes divisaient l'espace en alcôves obscures.

Les dames en robe d'été ont frissonné tandis que leurs époux échangeaient des plaisanteries. Le couple aux T-shirts identiques mitraillait l'endroit avec ses Nikon. Brincefield a fait le tour de la pièce, aussi excité qu'un bambin à Disneyland. Marlo et Baobab restaient à l'arrière du groupe, immobiles et silencieux.

Sallie s'est mise à parler à voix basse, tandis que la bougie faisait danser des ombres sur son visage.

— Ces cachots jouèrent un rôle sinistre durant la guerre d'Indépendance. Derrière la magnifique façade de l'Exchange Building se cachait cet endroit cauchemardesque.

Sallie a balayé les cachots d'un geste circulaire. Nous nous sommes rapprochés d'elle pour mieux saisir ses paroles.

— Des hommes cruels ont transformé ces caves en une geôle abominable. Humide et sombre. Sans lumière. Sans chauffage. Ceux qui croupissaient derrière ces murs n'avaient pour horizon que la maladie, le désespoir, la mort, même. Les Britanniques ont emprisonné ici des patriotes américains.

La lumière vacillante de la bougie déformait maintenant son visage.

— De courageux Charlestoniens ont été mis aux fers et enfermés dans ces sous-sols, où on les a oubliés.

La voix de Chris s'est alors élevée, comme étouffée par la pénombre :

— Des déserteurs, des femmes, des esclaves, des fils de bonne famille... Tous ceux que l'on soupçonnait d'aider les patriotes rebelles se retrouvaient à l'intérieur d'une cage et abandonnés à leur sort.

Chris nous a ensuite raconté l'histoire d'Isaac Hayne, un héros de la guerre d'Indépendance qui fut capturé et pendu par les Britanniques.

— Hayne a refusé de se rendre, a-t-il chuchoté. Et maintenant, son fantôme hante ces cachots, à la recherche des *redcoats*, ses ennemis. Même dans la mort, il est incapable de baisser les bras.

Chris a souri.

— On continue la visite ?

Serrés les uns contre les autres, nous avons traversé la cave avant de descendre un nouvel escalier, encore plus raide que le précédent.

En bas, il y avait une salle vaste et sombre, plus ancienne que celle du dessus. Le sol de terre battue était humide, le plafond bas, l'air rare et fétide.

Shelton se tripotait le lobe de l'oreille. À la lueur de la bougie, son visage paraissait tendu. Connaissant ses tendances claustrophobes, j'ai posé une main rassurante sur son épaule.

— Nous avons encore reculé dans le temps, a expliqué Sallie. Nous sommes maintenant à une époque antérieure à la construction de l'Exchange Building.

Mon cœur s'est mis à battre plus fort. C'était ce que nous attendions.

— Car, voyez-vous, a-t-elle poursuivi, la chambre de commerce a été édifiée sur des fortifications encore plus anciennes, dont l'une datait de la fondation de la ville.

Elle s'est tue un instant pour ménager son effet.

— Ce bastion, lui aussi, possédait une geôle.

— Half Moon Battery, a enchaîné Chris. La « Demi-Lune ».

Hi et moi nous sommes donné de petits coups de coude.

— Vous vous trouvez exactement à la charnière du système défensif originel de Charles Town. Half Moon Battery a été baptisée ainsi parce que ce caveau avançait sur le port en arc de cercle. On l'a découverte en 1965, lors d'une rénovation. Le bruit court qu'à une plus grande profondeur, il existerait des vestiges encore plus anciens.

« Chaque ville a besoin d'une prison. Bien avant l'édification du Provost Dungeon, de dangereux criminels hantaient le vieux Charles Town et les eaux alentour.

— Des pirates, a chuchoté Sallie.

— Effectivement, a précisé Chris. Dès la fondation de la ville, les pirates ont été un vrai fléau. Barbe-Noire. Stede Bonnet. Des maraudeurs impitoyables se sont emparés de dizaines de navires de Charles Town et ont exigé une rançon pour laisser la vie sauve aux occupants.

« Les marchands, terrifiés, ont obtenu du gouverneur colonial qu'il charge des corsaires de mettre un terme au règne de la terreur. Et, en octobre 1718, Stede Bonnet était capturé.

— On l'a conduit ici, a enchaîné Sallie en promenant autour d'elle sa bougie crachotante. Le capitaine Stede Bonnet a été enfermé dans les cachots de Half Moon Battery.

Il n'était pas le seul.

— Bonnet et son équipage ont été jugés et condamnés à mort, a-t-elle poursuivi. Le 10 décembre 1718, ils ont été pendus à White Point, sur la Demi-Lune.

Après une pause théâtrale, les Fletcher ont reconduit notre petit groupe vers l'escalier. Je suis restée derrière et j'ai essayé de me fondre dans l'ombre, imitée par les autres Viraux.

Tandis que le groupe montait les marches, j'ai couvert d'une main la flamme de ma bougie. La salle s'est encore assombrie. Bientôt, nous nous sommes retrouvés seuls dans le noir.

C'est maintenant ou jamais. Si Anne Bonny a été enfermée ici, nous devons retrouver des preuves.

Nous étions d'accord. Pour fouiller les cachots, il fallait libérer nos pouvoirs. C'était le moment de les tester.

— On flambe ! ai-je murmuré.

Dans l'obscurité, deux paires d'yeux au regard incandescent sont soudain apparues.

Hi. C'était toujours le plus rapide.

Puis Shelton, conjurant sa peur du noir.

SNAP.

La flambée m'a parcourue presque instantanément, changeant mes entrailles en feu et en glace.

Du plus profond de mon corps, mes pouvoirs ont émergé. Je les ai sentis s'éveiller.

À côté de moi, Ben a poussé un juron. Puis :

— Rien à faire. Je vais surveiller l'escalier.

J'ai entendu ses semelles en caoutchouc se diriger vers la porte sur le sol de terre battue.

— Allons-y, ai-je soufflé. On a peu de temps.

Hi et Shelton ont approuvé de la tête. Grâce à mon hypervision, je voyais la pièce éclairée par la bougie comme par un feu de joie et je distinguais parfaitement leurs visages.

Apercevant un mur à une dizaine de mètres, j'ai foncé dans cette direction, tous mes sens aux aguets.

La voix de Shelton m'a arrêtée net :

— Vous avez entendu ?

Le groupe était parti. Malgré mes pouvoirs, je ne percevais rien d'autre que notre souffle et nos mouvements.

— Là-bas.

Shelton s'est approché du mur. Puis, accroupi, il a tapoté les pierres.

— Il y a un petit bruit.

Je l'ai rejoint. Oui ! Mon ouïe de loup captait un faible sifflement et un léger murmure.

— Incroyable !

— On dirait de l'air qui s'échappe, a dit Shelton.

Il a fermé les yeux, puis :

— Ou de l'eau qui coule.

— Laissez-moi jeter un coup d'œil, a déclaré Hi.

Le mur était constitué de pierres irrégulières scellées par un mortier qui s'effritait. Très ancien, apparemment, mais solide.

Hi a tendu le doigt.

— À vos pieds. La rangée d'en bas. Le mortier n'est pas le même.

Je me suis baissée pour examiner la base du mur.

— Hi a raison. Sur cette pierre, le mortier est plus sombre et plus craquelé. Comme si la pierre avait été scellée à une période différente.

Le murmure de Ben a traversé l'obscurité :

— Grouillez-vous !

À ce moment précis, quelque chose de velouté m'a effleuré la joue.

Je me suis figée.

Mes iris incandescents ont repéré une volute argentée qui oscillait devant mon visage.

Un fantôme ? Mon cœur a bondi dans ma poitrine. J'étais sur le point de crier lorsque mon esprit rationnel a repris le dessus.

Le fil d'une toile d'araignée. Je l'ai regardé se balancer devant le mur, puis revenir en place.

Un courant d'air ! De l'air circulait quelque part derrière le mur. Sans mes pouvoirs, je n'aurais rien remarqué.

— Ici ! ai-je dit. Il doit y avoir un espace derrière ces pierres.

Ben a soudain poussé une exclamation :

— Quelqu'un vient !

Détournant les yeux, j'ai tenté d'apaiser ma flambée. Pendant quelques instants de panique, j'ai cru que je n'y arriverais pas. Puis mes sens sont redevenus normaux.

SNUP.

J'ai failli buter dans Shelton. Il avait un peu de bave au coin de la bouche, mais ses pupilles étaient de nouveau celles d'un humain. Un bref coup d'œil à Hi m'a permis de constater qu'il n'était plus en flambée lui non plus.

Marlo, sa bougie à la main, fronçait les sourcils.

— Qu'est-ce qui se passe ici ? Vous êtes en train de vous shooter ou quoi ?

L'accusation était tellement absurde que j'ai éclaté de rire.

— Dé... désolé, a balbutié Hi. On avait laissé tomber nos bougies et on n'y voyait plus rien.

— Quoi, tous ensemble ?

— Euh... on est tous très maladroits.

— Pourquoi est-ce que celle-ci est allumée, alors ?

La voix de Brincefield a retenti.

— Ah, vous voilà !

Un halo jaune le précédait dans l'escalier.

— Tout le monde vous attend dehors. Je crois que la visite est terminée – à mon grand regret, je dois dire.

— On arrive !

Passant devant Marlo et Brincefield, nous avons remonté à toute allure les deux volées de marches. Baobab nous a regardés émerger. Chris nous montrait la sortie.

— Par ici, les jeunes.

— On a été un peu longs. Il est temps d'aller se coucher.

— La visite était fantastique, lui ai-je lancé par-dessus mon épaule. Merci beaucoup.

Une fois dehors, j'ai respiré l'air frais à pleins poumons.

Les autres arrivaient. On s'est hâtés de traverser East Bay.

— Revenez vite nous voir ! s'est écriée Sallie.

Je lui ai fait au revoir de la main. Chris était en train de verrouiller un portail coulissant tout en bavardant avec

Brincefield. Un peu plus loin, Marlo et Baobab s'éloignaient d'un pas traînant sur le trottoir.

— Bon sang, je hais les sous-sols, a gémi Shelton tandis que nous filions le long du pâté de maisons. J'ai l'impression d'être dans un tombeau puant.

J'ai consulté ma montre. Vingt-deux heures cinq. Cinq minutes après le couvre-feu paternel.

— Merde ! Je suis en retard.

— Moi aussi, a renchéri Hi. Ma mère va encore m'arracher la tête.

— J'ai trouvé quelque chose tout à l'heure…, ai-je commencé.

Ben m'a coupée.

— On en parlera sur le bateau. Pour le moment, on fonce.

Tout en galopant vers la marina, j'ai fait défiler dans ma tête les excuses que j'allais bien pouvoir fournir à Kit.

27.

Punie.

Kit n'a gobé aucune de mes explications.

— J'avais dit vingt-deux heures, a-t-il déclaré, l'index pointé sur l'horloge de la cheminée. Et qu'est-ce qui est marqué sur ce cadran ?

— Vingt-deux heures quarante. Mais la visite a débordé !

— Tu m'as appelé ?

— Je ne pouvais pas interrompre les guides.

— Et les textos, alors ?

— Le téléphone n'était pas autorisé et en plus nous étions en sous-sol.

— Ce n'est pas une excuse. Deux semaines d'interdiction de sortie. Point final.

J'ai rouspété dans ma barbe, mais l'expression de Kit m'a dissuadée de continuer. Vaincue, je suis montée d'un pas lourd dans ma chambre, Coop sur les talons.

— Tu ne m'as pas laissé le choix, a crié Kit dans mon dos.

— On en reparlera, ai-je marmonné.

*
* *

— Changement de plan, ai-je annoncé. C'est pour ce soir.

— Avec toi, les expéditions se font toujours à minuit !

Hi, mécontent, tirait sur ses cheveux.

— Comme chez les narcotrafiquants.

J'avais convoqué une visioconférence sur iFollow. Et, le moins qu'on puisse dire, c'est que les Viraux se montraient peu coopératifs.

Sur le chemin du retour, je leur avais parlé de l'espace qui, d'après moi, existait derrière le mur. C'était une idée très excitante, mais nous avions malgré tout décidé d'agir avec prudence.

Cependant, moins d'une demi-heure plus tard, j'étais en train de proposer un plan d'attaque beaucoup plus risqué.

— Pourquoi ne pas revisiter les cachots avec les guides et essayer de s'esquiver, comme ce soir ? a demandé Shelton.

— C'était pourtant ça le plan, a renchéri Hi qui tapotait nerveusement la paume de sa main. Le plan que tu as accepté, Tory.

— Il ne marche plus. Je suis bouclée à la maison.

— Combien de temps ? a demandé Ben.

— Deux semaines. Trop long.

— Le trésor d'Anne Bonny a disparu depuis trois siècles, a rétorqué Hi. Il peut attendre quinze jours de plus.

— Très bien.

J'avais dit ça l'air totalement détachée.

Hi s'est approché de son écran.

— Quoi, « très bien » ?

— Je me passerai de vous.

Concert de protestations.

— Ne fais pas ta diva ! (Hi.)

— Tu ne peux pas y aller seule, voyons ! (Ben.)

— Il faut que quelqu'un veille sur toi. (Shelton.)

Idée folle ou pas, je n'avais pas envie de discuter. Le trésor d'Anne Bonny était tout près, je le sentais. Pas question d'attendre encore.

— Il n'y a qu'un moyen de franchir ce mur, ai-je déclaré. C'est de déplacer les pierres. Et on ne va pas s'attaquer à la maçonnerie au cours d'une visite guidée.

Expressions accablées, mais aucune protestation.

— Ou bien on termine le boulot, ou bien on abandonne, ai-je poursuivi en croisant les bras. Moi, j'ai fait mon choix. À vous de décider, maintenant.

*
* *

— J'y vais le premier.

Ben pointait sa pince coupante.

— Shelton suit à dix secondes. Vous deux, vous comptez ensuite jusqu'à trente et vous foncez.

— Et on dégage tous de la rue le plus vite possible, ai-je ajouté.

Nous étions regroupés à l'angle d'une bijouterie, à une centaine de mètres de l'Exchange Building. Vêtus de noir. Il était un peu plus de trois heures du matin.

J'avais emporté simplement mon sac à dos, qui contenait un stylo, quatre lampes torches, de l'eau, une lanterne électrique et la carte du trésor.

— Si Shelton n'arrive pas à fracturer le portail rapidement, on se tire.

Ben m'a regardée dans les yeux.

— Tout de suite.

— D'accord.

— Moi, si j'aperçois une voiture, a prévenu Hi, je m'éjecte façon Usain Bolt. Et, s'il le faut, je rentre chez moi à la nage.

— Je m'occupe de la serrure, a promis Shelton, mais s'il y a une alarme dans le bâtiment...

Compris. Il ne nous restait plus qu'à espérer que l'endroit n'était pas protégé par un système high-tech.

— Point de ralliement : Washington Park, a spécifié Ben. Et si ça coince, on se retrouve au bateau.

Hi a soupiré.

— On n'a encore jamais rien fait d'aussi dément. Je tiens à ce que ce soit noté dans le compte rendu.

Ben a fermé les yeux et pris une profonde inspiration. Puis il a piqué un sprint.

— Un, deux, trois...

À dix, Shelton est parti à son tour comme un boulet de canon.

J'ai compté jusqu'à trente, pendant que Hi sautillait sur place à mon côté.

— *Go !*

On a parcouru en un temps record la distance qui nous séparait de l'Exchange Building.

Génial ! Le portail était ouvert.

Avant de le refermer sur nous, j'ai jeté un coup d'œil dans la rue. Rien ne bougeait. Aucun signe de vie.

— Ne t'arrête pas ! a chuchoté Hi sur un ton pressant.

On a dévalé l'escalier. La porte du bas s'est ouverte à la volée. Ben nous a fait signe d'entrer et l'a refermée.

— Bon boulot ! ai-je dit à Shelton en lui tapant dans le dos.

— C'était cool.

Il a essuyé son front couvert de sueur.

— Mais ça donne chaud, quand même.

On a allumé nos lampes torches.

— À trois heures du mat', cet endroit est encore plus sinistre, a murmuré Hi.

— Ça oui, a approuvé Shelton d'une voix chevrotante.

Je ne les ai pas contredits.

On a traversé le sous-sol avant de descendre la seconde volée de marches et de se regrouper au bas de l'escalier.

— Allez, hop, en flambée !

Comme d'habitude, cela s'est fait sans problème pour trois d'entre nous.

SNAP.

Mais Ben n'y arrivait pas.

— Merde, merde, merde !

— Essaie de te détendre, lui a conseillé Hi. Laisse-la monter doucement.

— Me détendre ? a craché Ben. Quelle idiotie ! Tu sais bien que ça ne marche jamais !

— Par ici !

J'avais déjà repéré l'endroit du mur où le mortier avait une apparence curieuse.

Shelton et Hi m'ont rejointe, laissant Ben à son problème.

— On dirait que l'air vient de derrière, ai-je dit. Aidez-moi à pousser.

Shelton s'est agenouillé à côté de moi et nous avons joint nos efforts. Mais, malgré nos pouvoirs, la roche n'a pas bougé d'un millimètre.

Mon cœur s'est serré.

Hi nous a prêté main-forte. Sans résultat.

Je commençais à paniquer.

— Fichons le camp ! a supplié Hi. On essaiera autre chose.

— Non, ai-je dit. Il nous faut sans doute l'aide de Ben.

— Ben ne nous sert à rien maintenant, et on n'a pas le temps d'attendre, a décrété Shelton.

J'ai pris Hi par l'épaule.

— Vas-y, fais-lui ton truc.

— Tu m'envoies au casse-pipe, Tory !

— Vas-y !

Il s'est relevé en grognant, puis, après un moment d'hésitation, il s'est dirigé vers Ben.

— Ça ne marche toujours pas ? lui a-t-il demandé, d'un ton neutre.

— J'y étais presque arrivé ! a aboyé Ben.

— C'est peut-être ton sang indien ? a hasardé Hi. Si ça se trouve, les peuples conquis sont incapables d'avoir des superpouvoirs.

Ben s'est figé.

— Qu'est-ce que tu as dit ?

— Oui, ce serait une faiblesse des races inférieures, on va dire. Leurs gènes ne leur permettraient pas d'avoir des flambées.

Ben a empoigné Hi par le col de sa chemise et a approché son visage du sien.

— Je vais te montrer ce qu'est une race inférieure, espèce de...

Un frisson l'a parcouru. La flambée.

Hi a reculé, par précaution.

— Hé, tu démarres au quart de tour ! a-t-il gloussé.

Les yeux de Ben avaient déjà pris une couleur ambrée.

— Je trouve que tu deviens un peu trop bon à ce petit jeu, Stolowitski.

Hi s'est incliné.

— C'est en forgeant qu'on devient forgeron, vieux.

— Ben ! ai-je crié. Ramène-toi ! On a besoin de toi pour faire bouger cette foutue pierre.

Ben a laissé tomber la discussion. Sans un mot, il m'a rejointe et s'est allongé sur le dos. Puis, positionnant ses deux pieds sur la pierre, il a poussé de toutes ses forces.

Un craquement sinistre a retenti. Des fragments de mortier sont tombés sur le sol. La pierre avait reculé.

Ben a repris son souffle avant de recommencer. Au bout de deux fois, la pierre a cédé.

— Tu y es arrivé ! s'est exclamé Hi.

L'espace qu'il avait dégagé était tout juste assez grand pour que l'on s'y faufile. Têtes rapprochées, on a jeté un coup d'œil. Mais on n'a vu que l'obscurité, tandis qu'un petit vent glacé nous caressait le visage.

J'ai pointé ma lampe torche. Un tunnel est apparu dans son faisceau. Étroit. À peine un mètre de diamètre.

Shelton a réagi le premier.

— Pas question que je m'enfile là-dedans.

— C'est sans doute par là qu'Anne Bonny s'est échappée, ai-je avancé. Le trésor est peut-être…

— Mais enfin, regarde ce boyau ! a coupé Shelton.

Il semblait au bord de la crise de nerfs.

— Qui sait où il mène ? On peut y rester coincés à jamais !

Ben l'a pris par les épaules.

— Je ne te lâcherai pas, a-t-il promis en le regardant dans le blanc des yeux. Au moindre problème, on revient en arrière.

Shelton a poussé un cri étranglé. Essuyé ses verres de lunettes. Hoché affirmativement la tête.

— Tout le monde est prêt ? ai-je interrogé.

— Tout le monde, a répondu Ben.

Je me suis mise à quatre pattes. Puis je me suis glissée dans le trou.

28.

Le silence retomba sur les cachots de Half Moon Battery.

Un silence de mauvais augure.

Des grains de poussière voletaient dans l'air qui passait par l'ouverture fraîchement pratiquée dans le mur du fond.

La salle était plongée dans le noir.

Soudain, un bruit.

Du bois craquait au-dessus.

Une faible lueur apparut en haut de l'escalier et progressa lentement vers le bas.

Des ombres mouvantes dansèrent sur les murs.

La lueur atteignit la dernière marche.

Le gravier crissa.

La lueur vacillante gagna le fond de la salle. S'immobilisa.

Les secondes passèrent.

Puis la lueur fit demi-tour et remonta les escaliers.

L'obscurité régna de nouveau.

Quelques minutes plus tard, un bruit de pas rompit de nouveau le silence. Des pas qui descendaient maintenant avec détermination.

La lumière, cette fois, était blanche et plus forte.

Sans la moindre hésitation, elle se dirigea vers le trou dans le mur et disparut.

29.

J'étais au bord de la claustrophobie.

Le tunnel, au plafond bas et aux parois pleines d'aspérités, semblait interminable. Le faisceau de ma torche se perdait dans l'obscurité au bout de deux mètres.

Au fur et à mesure que j'avançais, les murs semblaient se refermer sur moi. Très vite, j'ai été incapable de poursuivre à quatre pattes et j'ai dû progresser à plat ventre en plantant mes coudes dans le sol.

Je sentais sous moi du gravier, des gros cailloux et des choses que je préférais ne pas imaginer. C'était éprouvant et affreusement lent. Nous étions comme des fourmis se suivant en file indienne dans une paille.

Aux gémissements de Shelton, j'en déduisais qu'il avait du mal à ne pas paniquer. Si Ben ne l'avait pas titillé, je ne suis pas certaine qu'il aurait continué.

À un moment, je me suis retournée. Les yeux luisants de Hi étaient juste derrière moi. Et Hi n'avait pas l'air rassuré.

— Ça va ?

Il a levé un pouce tremblotant.

— Avance. Et si tu vois un panneau marqué « Sortie », tu cries. J'ai l'impression de crapahuter dans la gorge d'un monstre.

J'ai dégluti, puis j'ai rampé sur quelques mètres supplémentaires. Je commençais à avoir les coudes à vif.

Hi avait raison. C'était pire si l'on s'arrêtait. On étouffait. On se mettait à penser au poids menaçant du bâtiment au-dessus de notre tête.

— Tu vois quelque chose ? a hurlé Shelton. Dis-moi au moins que cela mène quelque part ! Je flippe à mort !

J'ai orienté ma lampe droit devant moi. Son faisceau se perdait dans l'obscurité. Même en flambée, je n'y voyais pas à plus de deux mètres.

— Rien pour l'instant, ai-je répondu. Mais on sent toujours un courant d'air. Il faut bien qu'il vienne de quelque part.

— Je t'en prie, ne t'arrête pas ! a supplié Shelton. Ce n'est pas comme si l'on pouvait rebrousser chemin.

Il avait raison. Le passage n'était pas assez large pour nous permettre de faire demi-tour. Si nous tombions sur un cul-de-sac, il ne nous resterait plus qu'à revenir à reculons.

Mon esprit se refusait à envisager cette possibilité.

Ho, hisse !

Ho, hisse !

Les minutes passaient aussi lentement que des heures. Si mes pouvoirs ne m'avaient pas donné une force surhumaine, je me serais effondrée.

Les questions tournaient en rond dans ma tête. Où pouvait bien mener ce boyau, s'il menait quelque part ? Est-ce qu'il s'inclinait vers le bas ? À combien de mètres sous la surface étions-nous ? Étais-je en train d'aller droit vers l'enfer ?

À ce moment-là, ma lampe torche s'est éteinte.

Cauchemar.

Le cœur battant à tout rompre, j'ai rampé avec encore plus d'acharnement. Les aspérités du sol m'arrachaient la peau. J'avais les coudes et les genoux en sang.

L'adrénaline circulait dans mon corps. J'inspirais et j'expirais avec force.

— Tory, c'est ta lampe ? a lancé Hi.

Je n'ai pas répondu. Pas ralenti non plus. J'ai continué de plus belle, avec une seule idée en tête : arriver au bout de cet effrayant, de cet étouffant tunnel.

Les larmes coulaient sur mon visage couvert de poussière.

J'ai eu tort ! me criait mon cerveau. *Je nous ai conduits à la mort !*

— Qui est-ce qui saigne ? a demandé Ben. Tout le monde va bien ?

— Du sang ! Où ça ? a hurlé Shelton.

Soudain, j'ai touché quelque chose de dur devant moi. Un mur. J'ai promené une main tremblante sur la surface, cherchant une ouverture.

Rien.

J'ai réprimé un hurlement. Nous étions dans un cul-de-sac. Pris au piège.

— Pourquoi est-ce qu'on s'arrête ? a interrogé Hi.

Il semblait aussi terrifié que Shelton.

Après quelques instants d'affolement, j'ai repris mes esprits.

On sent toujours la brise !

J'ai tâté à droite, à gauche. La roche, toujours la roche.

Luttant contre la panique, j'ai roulé sur le dos, bras en l'air. Au-dessus de moi, mes mains n'ont rencontré que le vide.

J'ai réussi à me mettre à genoux et, une main tendue au-dessus de ma tête, je me suis relevée avec précaution.

— Je peux tenir debout !

— Tu... tu parles sérieusement ?

Shelton en avait des sanglots dans la voix.

— Tiens bon, Tory ! s'est écrié Hi. Est-ce qu'il y a de la place pour nous aussi ?

Bras écartés, j'ai avancé, reculé. L'ouverture faisait au moins deux mètres de large.

— Oui, on va tous tenir !

Hi m'a rejointe en rampant, sa lampe torche dansant dans l'obscurité. Je l'ai attrapé par les épaules et l'ai aidé à se mettre debout. Ensemble, nous avons donné un coup de main à Shelton et à Ben.

Serrés les uns contre les autres, on a repris notre souffle. Puis les garçons ont braqué leur lampe sur l'obscurité.

J'ai poussé une exclamation.

Nous dépassions de la tête le plancher d'une caverne. Au-dessus, des poutres en bois étayaient le plafond à environ quatre mètres de haut. Et, droit devant nous, dans la direction d'où nous venions, un passage bas était creusé dans la roche.

On s'est hissés hors de notre trou comme des prisonniers s'échappant de leur prison.

Embrassades. Accolades. Si on en avait eu, on aurait allumé des cigares. À cet instant précis, un espace à l'air libre, n'importe lequel, était la chose la plus merveilleuse au monde.

— Dieu soit loué, a soupiré Shelton. Je n'aurais pas pu tenir longtemps encore.

Nous non plus, à vrai dire.

— Fais voir tes coudes, m'a dit Ben. Tu as laissé une traînée sanglante dans le tunnel.

Je l'ai laissé inspecter mes blessures, trop heureuse qu'il oublie de me faire la tête.

— Bon, ce n'est pas bien grave. La prochaine fois, mets des manches longues.

Shelton était tout excité.

— Cette salle n'est pas naturelle. On l'a creusée !

— Qu'est-ce qui t'a mis sur la voie, Sherlock ? a demandé Hi. Le plafond, ou le tunnel ?

J'ai extrait la lanterne de mon sac à dos et je l'ai allumée. Sa lumière était largement suffisante pour des yeux de canidés.

— Regardez !

Hi pointait le doigt en direction d'une succession verticale d'entailles creusées dans une paroi, qui aboutissaient à un orifice dans le plafond.

— Des marches, a avancé Ben. C'est sans doute par là que ceux qui ont construit cette salle allaient et venaient.

— À nous la liberté ! s'est écrié Shelton. Tout le monde derrière moi !

— Une minute !

Je l'ai saisi par le coude.

— On doit être dans le tunnel qui conduit au trésor d'Anne Bonny. On l'a trouvé, mince ! C'est par là qu'il faut aller ! ai-je dit en désignant l'ouverture à l'autre bout de la salle.

Shelton me regardait comme si je lui avais proposé de plonger dans un réservoir rempli de requins affamés.

— Rien ne dit qu'il s'agit de ce tunnel, Tory. Et on ne sait pas non plus où il va.

— C'est bien l'endroit, a affirmé Ben. Cette caverne est certainement située juste en dessous d'East Bay Street.

— Vous voyez comme ces parois sont friables ? a dit Hi. C'est l'eau qui les a rendues comme ça. Cette salle a dû être complètement submergée à un moment donné.

— Une grotte sous-marine ? ai-je demandé.

Hi a approuvé de la tête.

— C'est ce que je pense. Le coffre plein de diamants est peut-être au bout de ce passage. Rendez-vous compte, on va pouvoir s'offrir chacun une île privée !

Shelton a cédé.

— D'accord, on continue. Un peu, tout au moins.

— Qu'est-ce que c'est ?

Ben projetait le faisceau de sa lampe sur un point à mi-chemin de l'échelle rudimentaire.

Une poutre était posée en travers de l'échelle, une extrémité attachée à une charnière de fer rouillée. Un peu plus bas, sur la gauche, il y avait un volumineux gond de fer, au-dessus duquel pendait une corde effilochée.

Ben s'est aventuré sur l'échelle et il a tiré avec précaution sur la poutre. Le gond a grincé tandis que la poutre pivotait.

— Dieu du ciel !

Ben ouvrait des yeux comme des soucoupes.

Une longue lame de métal était placée sur la face interne de la poutre.

— Elle est piégée, ai-je murmuré.

— Pas étonnant, a dit Shelton en essuyant quelques gouttes de sueur sur son front. Les pirates ne lâchent pas comme ça leur trésor.

Hi a sifflé entre ses dents.

— On est dans un trip à la *Goonies*, dites donc ! Si tu déclenches le ressort, la lame te coupe en deux. Sale temps !

— Ben, s'il te plaît, descends ! ai-je lancé.

Il a obéi.

— Le mécanisme a été déclenché, mais jamais réamorcé, a-t-il déclaré en touchant le sol. Peut-être que les autres pièges sont désamorcés, eux aussi.

— Les « autres » pièges ? a demandé Hi.

— Parce que tu crois que c'est le seul ! a répliqué Shelton qui avait recouvré ses esprits. Ce tunnel n'est sans doute qu'un piège mortel.

— Quoi qu'il arrive, on reste en flambée, a ordonné Ben.

— On va progresser lentement, mais sûrement, comme une tortue.

J'avais l'impression d'être un éducateur sportif s'adressant à ses troupes.

— Nos sens détecteront les pièges avant qu'ils ne se déclenchent.

En fait, je n'en étais pas sûre du tout. Mais pour rien au monde, je n'aurais abandonné. Pas question que les pirates gagnent la partie.

— Parce que tu veux toujours aller là-dedans ? (Shelton, incrédule.)

— Évidemment. S'il y a quelque chose de caché dans ce tunnel, j'ai bien l'intention de le trouver.

— Un trésor, a claironné Hi. *Mucho dinero, amigos !* J'en suis.

— Dans ce cas, on a intérêt à accélérer, a dit Ben. Dans quelques heures, il fera jour.

Un souffle d'air frais m'a accueillie à l'entrée du passage. J'ai reniflé, à la recherche d'indices sur ce qui nous attendait.

Pierre, moisissure, eau salée. Rien d'intéressant.

Les autres m'ont rejointe.

J'ai respiré un bon coup et je me suis enfoncée dans l'obscurité.

30.

Le second tunnel était assez large pour qu'on puisse avancer à deux de front.

Avec son sol égal et ses parois relativement lisses, on sentait qu'il avait été creusé avec soin. D'épais chevrons de chêne soutenaient le plafond à intervalles réguliers.

C'était toutefois un ouvrage ancien. Malgré le courant d'air, il y régnait une odeur de moisi et de renfermé. Le sol était recouvert d'une boue visqueuse.

Nous progressions lentement, groupés, nos sens exacerbés en alerte.

Hi marchait à côté de moi, la lanterne à la main. L'ampoule halogène éclairait à trois mètres, ce qui me permettait de tout enregistrer dans le moindre détail.

L'image de la poutre piégée était encore fraîche dans ma tête.

Je repensais aux vers inscrits sur la carte du trésor. Pas la première ligne. J'étais certaine que nous avions contourné l'entrée du tunnel, ce qui rendait caduque l'histoire du « perchoir de dame Faucon ». Ce qui m'intéressait, c'était la ligne suivante.

« *Et entame ton sinueux parcours vers la retenue de la salle obscure.* »

La retenue de la salle obscure ? Qu'est-ce que cela pouvait bien être ?

J'avais beau réfléchir, je ne trouvais pas. J'étais bien obligée d'admettre qu'en l'absence d'éléments supplémentaires, le vers était trop vague pour qu'on puisse s'en servir.

Et l'autre strophe ? Que signifiait-elle ?

J'ai senti la main de Hi sur mon bras. Je me suis tournée vers lui. Il regardait le sol.

— Ne. Bouge. Plus.

Avec mille précautions, il s'est agenouillé, avant de se mettre à plat ventre, les yeux fixés sur un point à mes pieds.

— Qu'est-ce qui se passe ?

La voix de Shelton résonnait à mon oreille.

Hi a regardé le plafond. Puis, toujours aussi délicatement, il s'est remis sur ses pieds.

— Personne ne remue un cil. Il y a un fil de détente plus loin, et ce n'est peut-être pas le seul.

— Un fil de détente ? a demandé Shelton d'une voix chevrotante. Pour quoi faire ?

— Pour déclencher ce qui est au-dessus de nos têtes. On marche sur le fil et on reçoit un sale truc sur le coin de la figure.

J'ai levé les yeux à mon tour. Hi avait raison. Trois fentes verticales étaient taillées dans le plafond, à un mètre les unes des autres.

Ben a dirigé sa lampe vers celle de gauche.

— Des grilles métalliques, suspendues par des cordes.

Il a orienté le faisceau lumineux vers la droite.

— Avec des pointes sur le fond.

Gloups.

— Surtout, restez immobiles, a ordonné Hi. Je vais voir s'il y a d'autres fils.

— Doucement, ai-je dit. Sois prudent.

Promenant la lanterne en arc de cercle, Hi a examiné le sol, puis il a commencé à avancer.

Un pas. Pause. Un autre. Pause. Une grande enjambée.

Accentuant au maximum mon hypervision, j'ai regardé l'endroit où Hi avait évité de marcher.

Et je l'ai vu.

Un fil pas plus épais qu'une ligne de pêche. Pratiquement invisible, il était placé en travers du passage, au niveau de nos genoux.

Sans le regard perçant de Hi, nous l'aurions percuté. J'en ai eu des frissons.

Ce n'est pas passé loin.

— Il n'y a qu'un fil.

Hi retenait sa respiration.

— Je reste à cheval au-dessus de cette saloperie, pour vous montrer où il est.

Des gouttes de sueur coulaient du menton de Ben.

— Ne déconne pas !

Jambes écartées, Hi nous a fait signe d'avancer.

La scène était presque comique. On se serait cru devant un spectacle de mime. Hi était accroupi au-dessus de quelque chose d'invisible, dans la position d'un basketteur en défense.

— Secouez-vous, a-t-il lancé. Je ne vais pas rester comme ça toute la nuit.

J'y suis allée la première, le regard rivé sur le filament. Une fois en sécurité, je me suis écartée en toute hâte de la zone dangereuse.

Shelton m'a suivie, plus lentement, l'air concentré. Ben a franchi l'obstacle avec agilité, puis il a tendu la main à Hi.

Refusant son aide, Hi a entrepris de ramener sa jambe restée derrière le fil dans le style aérien d'un danseur de l'opéra. Il était en train de pirouetter, sourire aux lèvres, lorsque son pied d'appui a dérapé sur le sol glissant.

Il est tombé, tandis que sa jambe tirait le fil de détente.

Au-dessus de nos têtes, un grondement a retenti. Quelque chose bougeait. Des cailloux ont plu des fentes pratiquées au plafond.

Ben a réagi à la vitesse de l'éclair.

Empoignant Hi à deux mains, il l'a tiré vers nous avec une force inouïe. Shelton et moi, percutés comme des boules de pétanque, avons suivi le même chemin. Tout le monde s'est retrouvé par terre.

Un horrible grincement a retenti et des objets sont tombés du plafond dans un nuage de poussière.

Puis tout est redevenu calme.

Toussant et crachotant, nous nous sommes relevés.

— Quelqu'un est blessé ? ai-je demandé, de la poussière plein les yeux.

— Non.

— Ça va, on va dire.

— Quelle connerie !

Derrière nous, trois épaisses plaques de fer gisaient en tas sur le sol. Exactement à l'endroit où nous nous trouvions quelques secondes auparavant.

Shelton peinait à reprendre son souffle.

— Hi, je t'adore, mec, a-t-il sifflé.

— C'est réciproque.

Hi a craché de la terre.

— Et maintenant, au cas où certains d'entre vous ne voudraient pas voir ce spectacle, je vous préviens que je vais embrasser Ben.

— Merci, sans façon, a déclaré Ben en lui ébouriffant les cheveux. La prochaine fois, n'oublie pas que la coordination, ça existe.

— Fichues Nike. Je vais acheter des Adidas.

— Tout le monde est encore en flambée ? ai-je demandé.

Triple hochement de tête affirmatif.

— Alors on y va.

Disparition des sourires.

Qui sait quels autres pièges nous attendaient ?

*
* *

— Attendez !

Shelton a levé les mains.

— Chut !

On s'est immobilisés.

Shelton regardait autour de lui.

— Quelque chose a changé. On n'entend plus le vent de la même manière.

Nous avons retenu notre souffle. En matière d'ouïe, Shelton était le champion indiscuté.

Hi a soudain pointé l'index.

— Des trous dans la paroi ! Des deux côtés.

J'ai aperçu à trois mètres devant nous quatre cercles, deux à droite et deux à gauche. À hauteur d'épaule, ils mesuraient chacun une quinzaine de centimètres de diamètre.

— Le bruit vient de là ! s'est exclamé Shelton. L'air pénètre par ces ouvertures. Vous entendez ce gémissement ?

J'ai secoué la tête.

— Je suis contente que tu l'aies entendu, toi.

— Attention, a prévenu Ben. Le sol du passage s'arrondit légèrement.

— Il a raison, ai-je affirmé. On dirait qu'il y a un autre piège. Oui, mais lequel ?

Ben a pris une bouteille d'eau dans mon sac à dos.

— Regardez ! a-t-il crié en la projetant sur la bosse.

Clic.

Des lances ont jailli de part et d'autre du passage. Elles se sont croisées avant de se planter dans la paroi opposée, tandis que des flèches en bois allaient se ficher dans le sol comme des baguettes de Mikado.

— Ouh là ! s'est exclamé Hi.

Tout à fait d'accord.

On s'est avancés parmi les débris en évitant la bosse. Qui sait si le piège n'allait pas se déclencher de nouveau ?

On n'avait pas fait cinquante mètres que j'apercevais quelque chose qui brillait au loin.

J'ai levé ma lampe aussi haut que possible.

— Stop ! Il y a un reflet métallique.

— Merveilleux, a marmonné Shelton. Cette fois, ce doit être des mitraillettes.

On a progressé à petits pas, tous nos sens en alerte. J'avais les mains moites, le front ruisselant de sueur, et ma chemise était trempée.

Dix mètres. Quinze. Vingt.

Une explosion de lumière autour de nous.

— Seigneur !

Hi, affolé, avait lâché la lanterne. Le rayon lumineux était maintenant oblique et projetait des ombres terrifiantes le long du tunnel.

Devant nous se trouvait un nouveau piège, déjà déclenché.

Deux piques métalliques avaient jailli du plafond, leurs pointes mortelles formant une tenaille monstrueuse.

Et quelque chose était pris entre elles.

Shelton a hurlé.

Ben a poussé un juron.

Hi a gerbé sur ses Nike.

Je suis restée muette.

Le regard rivé sur un cadavre empalé.

31.

Le mort, bras ouverts, mâchoire pendante, semblait figé par l'horreur de son sort.

Devant et derrière, son torse était transpercé par des serres de fer. Il n'avait eu aucune chance de s'en sortir.

N'oublie pas. Les pirates sont des êtres impitoyables.

— Pauvre type, a dit Hi. Il a déjoué les trois premiers pièges, mais pas cette épouvante.

— Ne touche à rien, a prévenu Ben. Ce peut être dangereux.

— Ça date de quand ?

Je ne connaissais pas la réponse à la question de Shelton. Le corps était momifié, mais on devinait quand même que la mort n'était pas récente.

— Il n'est pas là depuis des siècles, en tout cas, ai-je dit. Les vêtements sont modernes et ils ne sont pas complètement pourris. La peau est tannée. Il n'y a pas d'animaux, pas d'insectes ici et la fraîcheur de la température permet une meilleure conservation.

— On regarde s'il a un portefeuille ? a suggéré Hi.

Personne n'a bougé.

Bon.

Je me suis approchée de l'homme et j'ai délicatement fouillé dans ses poches. Dans sa veste, sa chemise, son pantalon.

— Rien. Il n'a aucun objet personnel sur lui.

— Et qu'est-ce qu'il a en dessous ? a demandé Ben.

Un sac de toile crasseux se trouvait sous le cadavre. Je l'ai renversé pour en faire tomber le contenu. Une gamelle. Une vieille BD *Archie* en lambeaux. Du papier paraffiné enveloppant ce qui avait dû autrefois être de la nourriture. Et un disque en pierre polie de la taille d'un hamburger.

Le disque mesurait environ deux centimètres d'épaisseur. Il comportait quatre trous percés dans le sens de la hauteur et trois dans le sens de la largeur. Un minuscule triangle ressortait au centre.

— C'est quoi, ce truc ?

Shelton était perplexe.

— Aucune idée, ai-je répondu en fourrant l'objet dans mon sac à dos. Rien sur le corps qui permette de connaître son identité, non plus.

En me redressant, j'ai frôlé accidentellement une jambe desséchée avec mon coude. Le corps s'est légèrement déplacé, et une bottine noire est tombée à terre.

J'ai fait un bond en arrière, le cœur battant à tout rompre.

Rien ne s'est passé et, peu à peu, j'ai recouvré mon calme.

La bottine me rappelait pourtant quelque chose. Curieuse, je me suis penchée pour examiner le pied desséché. De plus en plus intéressée, j'ai ôté la chaussette.

Les trois garçons ont manifesté bruyamment leur dégoût, mais je les ai ignorés. J'ai appuyé sur la peau dure et tannée, suivi du doigt la forme de la cheville.

— Je sais qui c'est.

— Tu rigoles, s'est esclaffé Ben.

— Regardez cette espèce de cassure du pied. Il y a une divergence astragalo-calcanéenne, une adduction de l'avant-pied et un équin du pied et de la cheville.

Regards effarés des Viraux.

— Tu peux traduire ? a suggéré Hi.

— En clair, c'est un pied bot. Une anomalie congénitale courante que l'on peut corriger. Mais cet homme n'a jamais eu de traitement ni d'opération.

J'ai lancé la bottine à Hi.

— Tu vois la semelle ? Elle a été faite sur mesure pour réduire la pression sur la cheville.

— Il a un pied bot, d'accord, a concédé Shelton. Mais comment sais-tu qui est ce type ?

— Parce qu'on m'a parlé de quelqu'un dans ce cas, qui a disparu et qui était obsédé par Anne Bonny : Jonathan Brincefield.

— Qui ? (Trois questions simultanées.)

— Vous vous souvenez du vieux bonhomme qui m'a parlé pendant la visite du Charleston mystérieux ?

Je leur ai alors raconté ma petite conversation avec Rodney Brincefield au yacht-club.

— Il m'a dit que son frère Jonathan avait disparu alors qu'il recherchait le trésor de la flibustière. C'était dans les années quarante.

— Alors ce macchabée serait le frère de Brincefield ? a demandé Hi. Foutue coïncidence !

— Et, comme par hasard, ce Rodney participait à la visite guidée en même temps que nous, a constaté Shelton.

— Peut-être qu'il m'a suivie.

À vrai dire, je n'en étais pas persuadée.

— C'est dément ! s'est exclamé Hi en s'appuyant à la paroi. Tu attires les cinglés comme…

Clic !

Ben l'a violemment poussé sur le côté au moment où des piques surgissaient, transperçant les côtes de Jonathan Brincefield.

Hi haletait comme un lévrier. Une fois de plus, il devait la vie aux réflexes de Ben.

— Arrête de faire ce genre de choses, par pitié ! a gémi Ben.

— Continue à faire ce genre de choses, par pitié ! a plaisanté Hi.

Des segments écrasés du torse du cadavre jonchaient le tunnel. Ses jambes et son bas-ventre étaient demeurés intacts, désormais maintenus en place par deux paires de tenailles.

— Avançons, ai-je dit. On n'a plus beaucoup de temps.

— Vous entendez ? a soudain chuchoté Shelton.

Tout le monde s'est figé. J'ai fermé les yeux et j'ai écouté avec mon ouïe hypersonique, cherchant à capter le son. En vain.

Shelton a rompu le silence.

— J'ai cru que j'entendais quelque chose comme un frottement, ou un crissement. Un mouvement, en tout cas.

— Le piège a sans doute déplacé de la terre, a avancé Ben. Il doit être vieux de plusieurs siècles.

— Possible, a fait Shelton, jetant un coup d'œil dans la direction d'où nous venions.

— Avançons, ai-je répété en m'emparant de la lanterne. On doit être près du but.

— Faites bien attention, a ajouté Ben. Je ne tiens pas à ce qu'un abruti quelconque découvre nos cadavres dans soixante ans.

Je ne pouvais qu'approuver.

On a donc continué à progresser, avec plus de précautions que jamais.

32.

Un bruit a résonné au loin.

Un gargouillis. Un bruissement. Mon ouïe a identifié le chuintement d'un liquide.

— Il y a de l'eau là-bas, ai-je chuchoté.

Au même moment, au-dessus de nos têtes, le plafond du tunnel a brusquement remonté, disparaissant dans les ténèbres.

Tenant la lanterne devant moi, j'ai pénétré dans une petite caverne, suivie par les trois garçons. De l'eau ruisselait sur les parois éclairées par la lune. Sur le sol, un amas de pierres et de gros rochers témoignait d'un éboulement ancien.

Le passage que nous avions suivi reprenait à l'autre bout de la salle. Il tournait brutalement avant de disparaître à ma vue.

— Regardez !

Hi tendait le doigt vers le ciel.

Malgré ma vision supérieure, j'étais incapable de voir ce qu'il nous montrait dans l'obscurité.

— Il y a une fissure ! À une dizaine de mètres de hauteur. C'est par là que la lumière passe !

— Une issue ! s'est exclamé Shelton. On pourrait grimper là-haut.

Exact. La paroi rocheuse était escarpée, mais on devait pouvoir y arriver.

— Le tunnel continue, ai-je fait remarquer. Nous ne sommes pas au bout.

Hi s'est frotté le menton.

Ben et Shelton m'ont regardée fixement.

— On a failli y laisser deux fois notre peau, a déclaré Shelton.

— Mais on est toujours en vie.

— Et tu crois que ça va être plus facile maintenant qu'on approche du but ? a demandé Hi.

Ben s'est avancé vers l'amoncellement de rochers pour l'examiner.

— Mettez-vous sur le côté. On ne sait jamais, ça peut s'ébouler de nouveau.

Prenant appui sur la pile, il a entrepris de l'escalader petit à petit. Quelques instants plus tard, il avait disparu, englouti par l'obscurité.

Silence. Hi et Shelton évitaient mon regard. Je n'étais pas du tout certaine qu'ils continueraient si Ben trouvait une issue.

La voix de Ben a retenti dans les hauteurs :

— L'ouverture est recouverte par une grille.

Un grand vacarme métallique, puis :

— Elle est maintenue en place. Je pense qu'elle donne sur un égout.

Shelton a donné un petit coup de coude à Hi.

— Ah ! Il y a donc des égouts sous East Bay Street.

Hi l'a ignoré.

— Quelle taille a la brèche ? On pourrait s'y glisser ?

— Sans doute, mais elle est verrouillée. Il me faudrait ma pince coupante. Malheureusement, je l'ai laissée dans les cachots.

— Tu vois quelque chose d'autre ? a interrogé Shelton qui s'est mis à marcher de long en large. Accouche !

— La salle au-dessus de celle-ci est encore souterraine. Malgré tout, j'aperçois quelque chose à travers ce qui me paraît être une grille d'égout.

— Quoi donc ? a interrogé Hi.

— Des échelles de suspension jaunes.

Shelton s'est arrêté net.

— Des échelles de suspension ? Ces trucs qu'on trouve sur les parcours de santé ? Tu en es sûr ?

Hi a claqué des doigts.

— Le terrain de jeux d'East Bay ! Il est un peu plus bas que l'Exchange Building, à quelques centaines de mètres.

— Fais du bruit ! Attire l'attention ! s'est écrié Shelton. C'est notre chance de nous en tirer !

J'ai consulté ma montre. Quatre heures du matin. Moins deux minutes. Avions-nous réellement passé une seule heure sous terre ?

Je me souviens à peine de ce que j'ai vécu avant ces foutus tunnels.

— Il est trop tôt, il n'y a personne dans les rues, a déclaré Hi.

— Dans ce cas, on attend, a riposté Shelton. Quelqu'un finira bien par venir à notre secours.

Un courant d'air provenait du tunnel en face de nous. Curieuse, je suis allée voir. L'air arrivait avec force, puis se calmait petit à petit. L'eau qui ruisselait sur les parois de la grotte formait un ruisseau qui coulait sur un côté du passage.

Je mourais d'envie d'explorer tout ça.

— Si on laisse tomber maintenant, on va être séparés.

Cette fois, je m'adressais aux garçons d'une voix douce.

— On déménagera tous, sans doute loin d'ici. De façon permanente.

Silence.

— Bien sûr, on se téléphonera, ai-je poursuivi. On s'enverra des textos. On chattera peut-être même tous les jours. Mais on n'habitera plus à côté les uns des autres. On ne se retrouvera plus au bunker, et on ne prendra plus le *Sewee* pour aller glander sur Loggerhead Island.

Toujours aucune réponse.

— Si l'on abandonne, on ne pourra plus se protéger. Veiller les uns sur les autres. On ne saura jamais ce qui est arrivé à notre corps. Et on sera seuls avec les flambées, chacun dans son coin.

Ils avaient déjà entendu ce discours, mais je devais tenter ma chance une dernière fois.

— Ou bien on va au bout, ou bien notre meute disparaît. Fini les Viraux, terminé.

J'ai posé ma main sur l'épaule de Shelton, qui ne l'a pas repoussée.

— Je vais devant. Vous n'êtes pas obligés de me suivre, mais j'aimerais bien que vous le fassiez.

Ben est descendu de son perchoir.

— J'en suis, a-t-il annoncé.

Hi a rejeté la tête en arrière, révélant un cou maculé de terre. Puis, avec un grognement, il a articulé :

— Moi aussi.

Shelton s'est contenté de faire oui de la tête.

J'allais leur dire combien j'étais touchée lorsqu'un son léger, provenant du tunnel derrière nous, nous a fait tourner la tête. Notre ouïe extrafine l'identifiait parfaitement.

Des bruits de pas.

Quelqu'un venait, par le même chemin que nous.

Qu'est-ce qu'on fait ? ai-je articulé en silence.

Hi et Shelton semblaient désemparés. Pas Ben. Se précipitant vers l'entrée du tunnel, il a dirigé le faisceau de sa lampe à l'intérieur.

— Qui est là ? Montrez-vous !

Immédiatement, le bruit a cessé.

Enfin, pas tout à fait. Je percevais encore... quelque chose. Une respiration. Juste en dehors du champ de la lampe de Ben.

Ben a reculé. Il a fait demi-tour, les mains levées dans une question muette.

Bang, bang !

Des balles ont sifflé à l'endroit où il se tenait quelques instants plus tôt.

— Courez ! a-t-il hurlé.

On s'est engouffrés comme un seul homme dans le tunnel d'en face.

Sauve qui peut !

33.

J'ai couru à perdre haleine. Puis je me suis arrêtée net.

Les Viraux m'ont percutée par l'arrière.

— Stop ! ai-je ordonné. On ne peut s'enfuir comme ça, sans savoir où l'on va !

— Bon sang, on nous a tiré dessus ! a aboyé Shelton.

Hi a poussé un gémissement :

— Pourquoi faut-il qu'on essaie toujours de nous descendre ? C'est pas de veine, vraiment !

— Chut !

Ben était le seul à garder son calme.

— Éteignez les lampes. L'obscurité nous donne l'avantage.

On a obéi. Accroupis dans le noir, le souffle court, on a tendu l'oreille.

— Ne bougez pas.

Ben est retourné sur ses pas dans le passage, puis est revenu en hâte.

— Il y a quelqu'un dans la caverne.

— Tu as vu qui c'était ? ai-je chuchoté.

— Il fait trop sombre. Il a éteint sa lampe.

— Bon, on continue. Tout le monde est encore en flambée ?

— Oui.

— Ouaip.

— Oui.

— Alors, on s'arrache, ai-je lancé. Hi, viens devant avec moi, puisque tu as la meilleure vue. On n'utilise qu'une lampe.

— Génial.

— Shelton, tu restes en arrière et tu écoutes si quelqu'un nous suit. Ben, tu le colles. Si quelqu'un nous rattrape, tu sais quoi faire.

— *No problemo.*

On a avancé aussi vite que possible dans les ténèbres, en guettant le moindre signe de danger. Je transpirais et mon cœur battait à tout rompre.

Pourvu qu'on ne rencontre pas d'autres pièges !

Vingt mètres. Trente. Cinquante.

La tension augmentait à chaque pas. J'entendais le ruisseau murmurer à côté de moi, ce qui accentuait encore ma nervosité. Je priais tous les dieux du ciel pour que le tunnel nous conduise en lieu sûr.

— Attention, mur devant, a chuchoté Hi.

Le murmure de l'eau s'est changé en un bruit de cascade tandis que le passage tournait abruptement sur la gauche et se rétrécissait considérablement.

À la queue leu leu, nous nous sommes engagés dans la fissure.

De l'autre côté, l'obscurité était encore plus épaisse, l'air plus vif. Une brise a caressé ma peau moite.

— Lumière ! ai-je ordonné.

Shelton a allumé la lanterne.

— Ouh là !

Les jambes soudain flageolantes, j'ai reculé jusqu'à pouvoir m'appuyer sur la paroi.

Nous étions sur une corniche d'environ un mètre cinquante de largeur surplombant un abîme. Le ruisseau y tombait, formant une cascade. Notre saillie rocheuse courait sur une dizaine de mètres avant de s'arrêter contre la paroi de la caverne.

De l'autre côté du gouffre, une autre saillie s'avançait, similaire à celle sur laquelle nous nous tenions. Derrière elle, un passage s'ouvrait dans la paroi. Un espace d'au moins six mètres séparait les deux corniches. Une immensité.

Un cul-de-sac. Nous étions pris au piège. Impossible de franchir ce vide.

— Comment on fait pour passer ? a gémi Shelton.

— On saute ? a suggéré Ben, sans enthousiasme.

Hi a secoué énergiquement la tête.

— N'y pense pas, même avec nos pouvoirs. Trouve autre chose.

— Bon, regardons autour de nous, ai-je dit. Que voit-on ?

Les faisceaux de nos lampes ont troué l'obscurité. J'ai examiné l'autre saillie, sans trouver le moyen de l'atteindre.

Hi a poussé un cri :

— Là-haut ! Une énorme plate-forme !

J'ai levé les yeux.

Il ne plaisantait pas.

À environ quatre mètres de hauteur, une dalle de pierre était suspendue à des chaînes de fer rouillées. Une extrémité était au-dessus de nos têtes, l'autre, à l'aplomb de la saillie opposée.

— Qu'est-ce que cet énorme machin peut bien fiche là ? a demandé Shelton. Et comment l'atteindre ?

Shelton examinait la paroi dans notre dos.

— Rien à faire. Regardez, elle forme une avancée. Il faudrait un équipement d'alpiniste.

— Alors, il faut faire descendre ce monstre, a déclaré Hi.

À ce moment-là, ça a fait tilt dans mon cerveau.

Pont. Abîme. Pont.

— La carte du trésor ! ai-je crié. La seconde strophe !

J'ai ouvert mon sac à dos avec des doigts fiévreux.

Saisissant le parchemin, je l'ai déroulé et j'ai braqué dessus le faisceau de ma lampe. Les Viraux se sont rapprochés de moi tandis que je lisais à haute voix :

— « Descends, descends du perchoir de dame Faucon. Et entame ton sinueux parcours vers la retenue de la salle obscure. »

— Pour la première ligne, c'est fait. Quant au parcours, il a effectivement été sinueux. Mais que peut bien être cette « retenue de la salle obscure » ?

— Continue, a dit Hi d'un ton pressant.

— « Fais tourner la Boucle du Sauveur dans la niche ouverte de l'abîme. Choisis ta fidèle servante pour que le pont correct se libère. »

Un frisson m'a parcourue.

— Cette énigme contient forcément la réponse !

— Mais ça n'a aucun sens ! a dit Hi.

Ben fronçait les sourcils.

— Le pont « correct »… Ça ne me plaît pas.

— Si ces vers nous donnent effectivement des indications, ai-je repris, il va falloir qu'on identifie la Boucle du Sauveur et qu'on localise la « niche ouverte de l'abîme ».

Pendant quelques instants, personne n'a ouvert la bouche.

Puis Shelton a poussé un petit cri.

— Est-ce que ce pourrait être ce trou ?

Il tendait un doigt tremblant vers un renfoncement moussu, ménagé dans la paroi derrière nous. De la taille d'une boîte à pain, il était à peine visible.

J'ai gratté la mousse avec mes ongles pour jeter un coup d'œil à l'intérieur. Un unique objet était dissimulé dans ce recoin. Une pierre plate, circulaire, de la taille d'une petite pizza, avec sept nodules formant un T sur la surface et une encoche au centre.

Visiblement, c'était un objet de fabrication humaine.

— Shelton a raison ! me suis-je écriée. Ce doit être la niche !

— Bon, maintenant, il nous faut la Boucle du Sauveur, a déclaré Hi.

Mentalement, j'ai répété la formule.

Fais tourner la Boucle du Sauveur. Fais tourner la boucle. La Boucle du Sauveur.

— Anne Bonny était chrétienne, ai-je dit. Et Jésus était son « Sauveur », n'est-ce pas ?

Shelton réfléchissait à haute voix :

— Donc, il faudrait faire tourner la boucle de… Jésus ? Comme un cercle ? Faire tourner Jésus en cercle ?

Re-tilt dans mon cerveau.

— Répète-nous ça !

— Quoi ? Faire tourner Jésus en cercle ? On y arrive comment, d'après toi ?

— Qu'est-ce qui représente Jésus ?

Ma voix montait dans les aigus.

— Une croix ! Et regardez ce que je vois !

J'ai désigné la niche.

— Les petites bosses forment une croix ! s'est exclamé Hi. On la tourne !

— Vas-y, Tory. (Shelton, enthousiaste maintenant.)

J'ai plongé la main dans le renfoncement et j'ai essayé de faire tourner la pierre dans le sens des aiguilles d'une montre. Rien. J'ai tenté ma chance en sens inverse. Toujours rien.

— Laisse.

Ben a pris le relais, muscles bandés. Sans plus de résultat.

— C'est trop large. Je n'ai pas une bonne prise.

Shelton se frappait le front.

— On passe à côté d'un élément, c'est certain. Mais lequel ?

J'ai pensé à quelque chose.

— Anne a écrit Boucle du Sauveur avec des majuscules, comme si c'était un nom propre.

— Donc il nous faut un objet réel ?

Hi parcourait du regard la paroi rocheuse.

— Je ne vois rien, pourtant.

D'un seul coup, j'ai trouvé la réponse.

— Je sais !

Fouillant dans mon sac à dos, j'en ai extrait l'objet que j'avais trouvé sur le corps du pauvre Jonathan Brincefield. Un disque de pierre. Avec sept trous.

Qui formaient un T. Une croix, en quelque sorte.

La Boucle du Sauveur.

— C'est cela ! Les trous doivent correspondre aux bosses.

J'ai posé le disque sur la pierre sculptée et l'ai appuyé fermement.

Tchac.

Bosses et trous étaient alignés. La saillie du disque s'emboîtait sans heurt dans l'entaille de la pierre.

J'ai imprimé un mouvement vers la droite. Le cercle de pierre a tourné sans peine.

Crash !

Une portion de mur s'est détachée, a basculé vers l'avant, puis est tombée dans l'abîme. On l'a entendue s'écraser à une profondeur impressionnante.

Dans la paroi derrière notre corniche, une nouvelle niche était apparue. À l'intérieur se trouvaient plusieurs manettes poussiéreuses. Sept, très exactement.

— Et maintenant ? a demandé Hi, visiblement à bout. Il faut encore faire un choix à la con ?

J'ai hoché la tête.

— Oh, non !

Ben, à plat ventre, regardait au fond du gouffre.

— Qu'est-ce qu'il y a ? a demandé Hi.

Ben a hésité avant de répondre.

— Je sais pourquoi le poème précise qu'il faut libérer le pont correct.

— Oui ?

J'avais soudain la gorge sèche.

— Nous sommes sur le pont « incorrect ».

34.

— Le promontoire sur lequel nous sommes est arrimé à la paroi par des poutres en bois, a déclaré Ben.

— Et alors ? a fait Shelton, en testant le sol de la pointe du pied. Ça paraît solide.

— Il y a aussi des cordes le long des madriers. À mon avis, si nous nous trompons dans le choix de la « fidèle servante » d'Anne Bonny, c'est ce pont-ci qui va se libérer.

J'ai entendu Hi déglutir. Shelton a ouvert la bouche, mais aucun son n'en est sorti.

J'étais sur le point de répondre à Ben quand des bruits ont retenti derrière nous. Surpris, nous nous sommes tous retournés.

C'est Ben qui a réagi le premier. Bondissant vers le passage, il s'est prudemment placé de côté et a jeté un coup d'œil à l'intérieur.

Deux balles ont sifflé. Elles sont allées se ficher dans la paroi du fond. Ben a fait un bond en arrière.

— Il faut passer par ici ! a-t-il crié. J'attends !

Il m'a lancé un regard appuyé. J'ai compris le message : *Faites vite !*

— Hi ! Shelton ! Aidez-moi à décider !

Terrifiés, on a examiné les leviers.

— « Choisis ta fidèle servante pour que le pont correct se libère », ai-je répété.

— Oui, mais laquelle ? a interrogé Hi, plongé dans un abîme de perplexité.

— Cinq des poignées sont en forme de croix ! s'est exclamé Shelton.

— « Ta fidèle servante » doit être une autre référence chrétienne.

J'ai examiné les cinq candidates, espérant que le bon choix allait s'imposer.

Mais non.

— Vérifions les proportions, a dit Hi. Sur ce levier, par exemple, la barre horizontale est trop basse pour la croix traditionnelle.

Je me suis interrogée. Pourquoi cela semblait-il important ?

— Pareil pour ces deux-là ! s'est exclamé Shelton. Et sur celle-là, elle est trop haute.

— Celle-ci !

Hi désignait la poignée centrale. Même à la faible lumière de notre lanterne, il était évident qu'elle avait été taillée avec un soin particulier. Elle formait une croix aux proportions agréables à l'œil.

Et pourtant, j'hésitais. Mon instinct cherchait à me dire quelque chose.

Hi insistait :

— Tory, ce doit être celle du centre !

— Tire dessus, a dit Shelton d'un ton pressant.

— J'entends des pas ! a lancé Ben.

Je me suis concentrée. Quelque chose n'allait pas. Mais quoi ?

Shelton a tendu la main vers la poignée :

— Bon, je m'en occupe !

— NON !

J'ai brutalement repoussé sa main. Surpris par ce geste soudain, il a fait un saut de carpe.

— Anne Bonny parle de « ta fidèle servante » !

Les mots se bousculaient sur mes lèvres.

— « Ta » ! C'est-à-dire la sienne. On doit chercher sa croix à elle.

— Le symbole de la carte !

Hi était visiblement sur la même longueur d'onde que moi.

J'ai pris la carte et je l'ai tenue devant les leviers.

Au début, je n'ai rien remarqué de particulier.

Et puis j'ai vu.

Le levier situé le plus à droite avait une traverse haut placée, ce qui lui donnait une allure longue et fine, exactement comme sur les étranges petites illustrations. Je me suis approchée. Les détails me sont apparus avec une incroyable netteté.

Là.

La branche supérieure s'incurvait imperceptiblement vers la droite. Il fallait avoir le nez dessus, comme moi, pour le voir.

La croix oblique d'Anne Bonny. Sa carte de visite. Sa « fidèle servante ».

J'ai pointé le doigt.

— Ensemble ?

Avec un hochement de tête enthousiaste, Hi et Shelton ont tendu la main vers la poignée poussiéreuse.

J'ai fait signe à Ben.

— Un, deux, trois !

La croix est descendue lentement, en gémissant après des siècles d'immobilité, avant de se bloquer.

On a reculé craintivement contre la paroi de la caverne.

Boum ! Boum ! Boum !

Claquements de cordes. Grincements de poulies. Vacarme de chaînes de fer libérant leur charge séculaire.

Au-dessus de nos têtes, la massive dalle de pierre a commencé à descendre.

Clinc, clinc, clinc.

Et puis, brusquement, elle s'est arrêtée. Un grondement a retenti derrière la paroi à laquelle nous étions adossés.

Je me suis crispée. Quelque chose n'allait pas.

Crac, boum !

Pendant quelques instants, la dalle a frémi, avant de s'abattre dans une avalanche de terre, de cailloux et de gravillons. L'impact était aussi violent que si deux trains étaient entrés en collision.

Le vacarme était insupportable pour mon ouïe de canidé. J'ai mis mes mains sur mes oreilles en gémissant.

SNUP.

C'était le chaos. Je n'y voyais rien. Mon cerveau ne réagissait plus. Je suffoquais. Toussant et crachotant, j'essayais de respirer à travers le tissu de ma chemise.

Et puis, après ce qui m'a semblé une éternité, le tourbillon de poussière est retombé.

J'ai regardé autour de moi.

— Oh, non !

Ben pointait le doigt vers l'abîme. Ses yeux avaient repris leur couleur marron foncé habituelle.

Au moment de l'impact, la dalle s'était déplacée sur le côté et elle n'avait plus qu'un angle posé sur la corniche d'en face. Elle oscillait, menaçant de tomber dans le gouffre à tout moment.

— Il faut y aller tout de suite ! ai-je ordonné en fourrant la lanterne et la carte dans mon sac à dos. Avant qu'elle ne s'écrase !

— Je suis incapable de passer sur ce truc, a gémi Shelton, au bord des larmes. Je n'ai plus mes pouvoirs !

J'ai pris sa tête entre mes mains.

— Il le faut, Shelton. N'oublie pas que tu es un Viral. Tu es capable de tout faire.

Son visage a soudain exprimé une détermination farouche. Prenant son élan, il a franchi le pont comme un boulet de canon.

Quand il a touché la paroi d'en face, Hi et moi avons poussé un soupir de soulagement. Shelton s'est laissé glisser au sol, encore tremblant, mais il a levé un pouce vainqueur.

— Et voilà, c'est un jeu d'enfant ! a croassé Hi.

Puis il s'est élancé à son tour, en criant pour se donner du courage. Parvenu de l'autre côté, il s'est effondré à côté de Shelton. Tous deux se sont tapés dans les mains.

— À toi ! ai-je dit à Ben.

— Non, à toi, Tory. Je suis plus lourd.

Je l'ai remercié d'une pression sur le bras et j'ai foncé.

Au moment où je posais le pied de l'autre côté, la dalle a vacillé. Un crissement sourd a rempli la caverne.

J'ai hurlé :

— Vas-y, Ben ! Dépêche-toi !

Au moment où il s'élançait, une ombre est apparue dans le tunnel derrière lui. Je ne m'en suis pas occupée. J'avais les yeux rivés sur Ben, qui semblait se mouvoir au ralenti.

Le crissement s'est accru.

Croooooooooouic !

À chaque pas de Ben, la dalle vacillait de plus belle. Et soudain, son extrémité a glissé de la corniche et elle a basculé dans le vide.

— BEN !

Horrifiée, j'ai vu le pont se dérober sous ses pieds.

Ben s'est jeté en avant, bras tendus.

Le temps s'est arrêté. Mon cœur aussi.

Ben a réussi à agripper le rebord de la falaise. Mais son corps, emporté par son élan, a percuté la paroi rocheuse, et il a commencé à lâcher prise.

Trois paires de mains l'ont attrapé. Par les bras, les cheveux, le cou, sa chemise.

— Ouf, c'était moins deux ! a-t-il dit tandis que nous le hissions sur notre promontoire. Merci.

— De rien. (Shelton, avec une courbette.)

— Tu as un point d'avance sur moi, mais la nuit n'est pas finie. (Hi, encore un peu haletant.)

Bang, bang !

Des balles ont fracassé les rochers au-dessus de nos têtes.

— Filons ! ai-je hurlé.

On s'est enfoncés dans l'obscurité du tunnel.

35.

On s'est retrouvés en train de dégringoler une pente, cul par-dessus tête.

Et puis on est restés immobiles, les uns sur les autres, trop secoués pour remuer un cil.

Des bribes de pensées tournaient dans ma tête.

On est en vie. Indemnes. Et le tireur ne peut pas nous suivre.

Petit à petit, j'ai repris mon souffle. Mon rythme cardiaque est redevenu normal. Repoussant un bras ici, une jambe là, j'ai réussi à me dégager et à me relever.

J'ai regardé autour de moi.

Nous nous trouvions dans un espace circulaire, de la taille d'une salle de classe. Une chute d'eau tombait d'un trou dans le plafond rocheux. Elle formait au centre de la salle une mare dont j'estimais le diamètre et la profondeur à environ trois mètres. L'eau tourbillonnait avant de s'évacuer par en dessous.

L'ensemble était très joli, comme une fontaine dans un jardin. Le reste de la salle était vide.

— Ce doit être la « retenue de la salle obscure » ! Une retenue, c'est un réservoir d'eau. On l'a trouvée !

Sur la paroi, une plate-forme d'environ un mètre carré formait une saillie. Mais il n'y avait rien dessus. De profondes entailles marquaient sa surface, par ailleurs lisse.

Quelque chose de lourd avait séjourné sur ce rebord.

Quelque chose comme un coffre.

Oh, non !

Déception.

— C'est quoi, ce charabia ?

Shelton montrait du doigt des lettres noires gravées dans la paroi, juste au-dessus de la plate-forme.

— Une autre énigme, peut-être, ai-je avancé. Mais ce n'est pas écrit en anglais.

Les caractères étaient reconnaissables, pourtant je n'arrivais pas à savoir de quelle langue il s'agissait. À côté de l'inscription se trouvait le symbole désormais familier. La croix inclinée d'Anne Bonny.

J'ai eu un coup de blues.

Elle l'a pris. Le trésor n'est pas ici.

Hi s'est frappé le front.

— Ne me dis pas que c'est à cet endroit que devait se trouver le trésor !

Je n'ai pas eu le courage de le regarder en face.

— Il a... disparu ? a gémi Shelton. Ce n'est pas possible ! Personne n'est venu ici avant nous : ça aurait fait la une des journaux. Et le pont suspendu ? Il n'était jamais descendu auparavant.

J'ai secoué la tête, navrée. Que dire ?

Et puis, brusquement, le puzzle s'est reconstitué. Quelle idiote j'étais !

Hi a dû voir mon expression.

— Quoi ?

— Ils l'ont emporté.

— Qui ça, ils ?

— Anne Bonny et ses hommes.

Furieuse, j'ai donné un coup de poing dans le vide.

— Pourquoi je n'y ai pas pensé plus tôt ?

Shelton fronçait les sourcils.

— Explique ! a-t-il dit d'un ton impatient.

— L'équipage d'Anne l'a fait évader de son cachot, d'accord ?

— Ouais. On s'est nous-mêmes tapé cet horrible boyau.

— Eh bien, elle a dû craindre que les Anglais ne découvrent par où elle était passée.

Hi est intervenu.

— Mais ça n'a pas été le cas. Sinon, tout le monde aurait été au courant de l'existence de ces tunnels. Son équipage a dû sceller le cachot derrière eux, comme on l'a trouvé.

— Oui, mais Anne Bonny ne pouvait pas être certaine que ça marcherait, ai-je répondu. Elle devait obligatoirement se dire que les tunnels pourraient être découverts.

Hi et Shelton ont marmonné une vague approbation.

— Donc elle a elle-même déplacé le trésor avec ses hommes, a déclaré Hi. Ils ont réamorcé les pièges et ont filé. Ah, les...

La voix de Ben a soudain résonné dans le petit espace :

— C'est pas vrai ! Est-ce qu'on pourrait avoir de la chance, au moins une fois ?

Surprise, j'ai haussé les sourcils.

— Qu'y a-t-il ?

Il a montré la salle d'un geste circulaire.

— Ce qu'il y a, Victoria ? Regarde autour de toi. Cet endroit est sans issue.

J'ai fait un tour sur moi-même.

Ben avait raison.

Pas de porte, ni de tunnel, ni de crevasse, ni de fissure. Nous étions coincés sous terre.

Hi s'est assis et a pris sa tête dans ses mains. Shelton s'est laissé tomber près de lui. Il s'est mis à tirer sur le lobe de son oreille.

Ben a entrepris de faire le tour de la salle en donnant des coups dans le mur, dans l'espoir de détecter une issue invisible. En attendant, j'ai pris mon stylo et j'ai recopié au dos de la carte du trésor les mots étrangers inscrits sur la paroi.

Ben et moi avons terminé en même temps.

— Rien, a-t-il conclu. On ne peut sortir que par là où nous sommes arrivés.

— Et c'est impossible.

— La chute d'eau, peut-être ?

Ben s'est hissé sur la plate-forme vide et s'est dirigé vers la paroi.

Clic.

Il s'est immobilisé, a ramené son pied, examiné le sol, et poussé un juron.

Un grondement a retenti, suivi de deux *pop*.

Shelton et Hi se sont relevés d'un bond.

— C'est un interrupteur à pression ! s'est écrié Ben. J'ai marché dessus !

Tout près de nous, on a entendu de l'eau gargouiller, comme si une chasse d'eau gigantesque se remplissait.

La salle a tremblé, puis le calme est revenu. Un calme menaçant.

— Je crois qu'on devrait…

— Regardez !

Hi, affolé, montrait du doigt la pente que nous avions dévalée un peu plus tôt.

Un énorme rocher en bloquait maintenant l'ouverture.

— Oh, non ! s'est exclamé Ben en désignant le plafond.

Une porte d'écluse s'ouvrait au-dessus de nous.

L'eau a déferlé.

D'ici peu, la salle serait inondée.

36.

Le bassin commençait à déborder.

Cherchant désespérément une issue du regard, je n'ai rencontré que des parois rocheuses sans la moindre ouverture.

— Qu'est-ce qu'on fait ? a hurlé Shelton.

— On reste ensemble. Il faudra peut-être sortir à la nage.

— Ah oui ? s'est écrié Hi. Par où ? Comment ?

J'ai tenté de me concentrer. Il y avait forcément un moyen d'échapper à ce piège.

Ben a sauté de la plate-forme et, mains tendues en avant, il a attrapé le bord de la cascade et a tenté de se hisser.

Mais la partie était perdue d'avance. Le déluge lui a fait lâcher prise et l'a projeté à terre. Il s'est relevé d'un bond, furieux et frustré.

Impossible de s'échapper par là.

— Je ne veux pas mourir noyé ! a gémi Shelton.

J'ai baissé les yeux. L'eau tourbillonnait dans la mare. Puisqu'on ne pouvait sortir par le haut, restait le bas.

Il faut voir.

J'ai plongé dans le bassin et gagné le fond. L'eau s'évacuait par une ouverture pas plus grande qu'un cerceau de hula hoop. Trop lentement.

On peut s'y glisser, mais pas moyen de revenir en arrière.

Je suis remontée à la surface. Au moment où je suis sortie de la mare, un hurlement de Shelton m'a accueillie :

— Bon sang, qu'est-ce que tu fabriques ?

— J'ai un plan, ai-je annoncé. Calme, enfin presque.

Les garçons se sont approchés, avides d'avoir une information. N'importe laquelle.

— On sort par le fond du bassin. À la nage.

— Quoi ?

Shelton était au bord de la panique.

Hi m'a regardée comme si je leur avais proposé de se laisser pousser des ailes et de s'envoler.

Ben, trempé, n'a rien dit. Une veine battait sur son cou.

— C'est notre seule chance. La canalisation doit bien aboutir quelque part.

— Et s'il n'y a pas d'air ? a gémi Hi. On risque de se noyer !

— La mare peut se déverser dans le gouffre, a fait remarquer Ben. Directement.

J'ai refoulé les larmes qui me montaient aux yeux.

— Je n'ai pas d'autre idée.

Le groupe est resté immobile, ne sachant que décider. Nous avions de l'eau presque jusqu'aux genoux.

— On ne peut pas rester ici à attendre la mort, ai-je déclaré.

— Alors, allons-y, a dit Ben.

— Au fond, c'est comme un toboggan aquatique ! (Hi, pas rassuré.)

— Ne me faites pas partir en dernier ! (La voix de Shelton s'est brisée.) Je serais incapable de me lancer.

Ben nous a désignés tour à tour :

— D'abord Tory. Puis Shelton. Ensuite Hi, et enfin moi.

— J'ai pris des leçons de plongée sous-marine, a annoncé Hi. Enfin, une. Pour optimiser l'absorption d'oxygène, il faut respirer deux fois profondément. À la troisième inspiration, on garde l'air et on y va.

Ben a approuvé de la tête.

— N'expirez pas avant d'y être obligés et faites-le lentement. Et, surtout, ne paniquez pas. Quoi qu'il arrive, continuez à nager.

J'avais emporté un sac hermétique en plastique dans mon sac à dos. J'ai placé à l'intérieur la carte du trésor pliée, puis j'ai fourré le sac dans ma poche après l'avoir soigneusement refermé.

— Nos lampes sont censées être étanches, ai-je dit.

Je n'ai rien ajouté. À quoi bon ?

— Je prends la lanterne, a décidé Ben.

Nous étions au pied du mur. Aucun d'entre nous n'avait envie d'y aller, mais nous n'avions plus le choix. L'eau nous arrivait maintenant à la taille.

J'ai donné une accolade aux trois autres.

— Allez, à tout de suite.

Visages graves.

Pas question pour moi d'hésiter plus longtemps, ce serait fatal pour le moral des troupes. Sinon pour les troupes elles-mêmes.

Je me suis approchée du bord du bassin et j'ai murmuré une prière.

Inspiration. Expiration.

Inspiration. Expiration.

Longue inspiration.

Plouf.

J'ai plongé et, battant violemment des pieds, je me suis propulsée vers le fond. Puis je me suis glissée dans l'orifice.

Il donnait sur un tunnel sous-marin. Pas le choix : il fallait progresser avec les mouvements de nage du dauphin, en ondulant. Ma lampe me ralentissait, mais il n'était pas question de m'en débarrasser. Sans elle, j'aurais été dans le noir absolu.

Les secondes s'égrenaient dans ma tête.

Huit…

Neuf…

Dix…

Le tunnel tournait à gauche, puis s'inclinait. Les bras douloureux, j'ai continué à nager dans une obscurité si épaisse que ma lampe la perçait à peine.

Pour constater, horrifiée, qu'un nouveau boyau inondé m'attendait.

Quinze…

Seize…

Dix-sept…

Je sentais monter la panique, mais j'ai réussi à la contrôler. Plus loin, le tunnel descendait encore.

Vingt-deux…

Vingt-trois…

Vingt-quatre…

Je battais désespérément des pieds, la lampe brandie devant moi. À trois mètres, il y avait encore un tournant.

J'avais les poumons en feu.

Je n'étais pas dans les temps. Des peurs primitives hurlaient à la mort dans mon cerveau.

SNAP.

La flambée a littéralement explosé en moi.

J'ai toussé, expulsant ma dernière réserve d'oxygène et avalant un peu d'eau de mer.

J'étais fichue.

Et puis j'ai vu.

Juste après le tournant, le tunnel remontait dans un bouillonnement.

Du coup, j'ai lâché ma lampe pour pouvoir me servir de mes deux bras. Quand j'ai enfin crevé la surface, ma tête a failli cogner le plafond bas.

Une poche d'air !

Dieu soit loué !

Avidement, j'ai pris plusieurs inspirations.

J'ai senti mes pouvoirs se déchaîner. Dans ma tête, des images fulgurantes surgissaient de je ne sais où. Des pensées se pressaient sous mon crâne.

J'étais sûre que, quelque part, Coop était en train de hurler.

D'autres images m'arrivaient : Shelton, Hi, Ben.

Sous l'eau, en proie à la panique, perdant courage.

Pendant que mon corps crachait de l'eau et avalait goulûment de l'air, mon cerveau leur a envoyé un message.

Poche d'air au troisième tournant… Accrochez-vous…

J'ai senti qu'ils me recevaient cinq sur cinq. Qu'ils accéléraient le rythme.

Une tête a émergé. Shelton. Je l'ai attrapé avec une main et je l'ai tiré vers moi. Puis Hi est apparu, haletant et crachotant. Enfin, Ben a crevé la surface.

— Tout le monde est entier ? ai-je demandé.

Pas de réponse. Ils étaient encore trop secoués pour parler. Des trois, Hi était le seul à avoir pu conserver sa lampe.

Battant des pieds sur place, on est restés accrochés aux aspérités de la paroi.

Et je me suis aperçue que j'étais la seule à avoir une flambée.

— Qu'est-ce que tu as fait ? m'a demandé Hi en s'essuyant les yeux. Je t'ai entendue dans ma tête !

— Tu m'as sauvé ! a renchéri Shelton. Ça m'a redonné du courage.

— On en parlera plus tard. (Ben avait encore du mal à reprendre son souffle.) Il faut d'abord sortir d'ici.

— Suivez-moi, ai-je dit.

Nous avons repris notre progression à la nage, en nous accrochant à un affleurement rocheux. Dieu merci, il nous restait une lampe. J'ai prié pour qu'elle ne nous lâche pas.

Un nouveau cul-de-sac nous attendait.

Shelton a poussé un gémissement.

— Chut !

Mon ouïe superfine captait un son familier.

Le bruit des vagues.

Je sentais aussi une odeur que je connaissais bien. Celle du sable.

— Nous sommes près d'une plage ! J'entends la mer !

— C'est vrai ? a demandé Shelton en reniflant.

— Vrai de vrai. Attendez-moi.

Retenant ma respiration, j'ai plongé au fond du tunnel. Dans l'obscurité, mes yeux luisants ont repéré une lueur diffuse à quelques mètres devant nous. Une ouverture. Je suis remontée à la surface.

— Il va falloir replonger, ai-je annoncé. Suivez la lumière de ma lampe. Je ne vais pas vous laisser tomber.

Hi était prêt à craquer :

— Sors-nous de là, Tory ! Et tout de suite, si possible.

— Entendu. Vous êtes prêts ?

Trois « oui ».

Inspiration. Expiration.

Inspiration. Expiration.

Longue inspiration.

Plouf.

Je me suis propulsée dans le tunnel, puis à travers l'ouverture. J'ai abouti dans une grotte marine obscure. Les autres étaient juste derrière moi.

La surface était à cinq ou six mètres au-dessus de nous. Au-delà, on apercevait le clair de lune.

Faisant du surplace, j'ai poussé Hi et Shelton vers le haut. Ben arrivait derrière. On est remontés tous les deux comme des boulets de canon.

Ma tête a heurté quelque chose de dur. Des éclairs ont fusé derrière mes paupières. Assommée, j'ai coulé, tandis que la lampe m'échappait des mains.

SNUP.

Fin de la flambée.

Tout est devenu flou dans ma tête et autour de moi.

J'ai senti qu'on me saisissait fermement par le bras et qu'on me tirait vers le haut. Étourdie, je me suis laissé emporter.

Une fois à la surface, j'ai inspiré goulûment.

— Tory, ça va ?

Le visage de Ben était à quelques centimètres du mien.

— Ça gaze. Je me suis cogné la tête.

Ben m'a jeté un regard en coin.

— Viens, on va sur le rivage.

— Le rivage ?

Pour la première fois depuis longtemps, il a souri.

— Regarde où on est !

J'ai tout de suite reconnu l'endroit.

Nous nous trouvions juste en face de The Battery, à l'extrémité de la péninsule de Charleston. Au cours de notre périple, nous avions donc parcouru plusieurs centaines de mètres sous terre.

Hi et Shelton nous ont fait signe depuis un escalier taillé dans la digue.

— Pour une fois, c'était facile ! a lancé Shelton sur un ton joyeux.

Ben et moi les avons rejoints sur les marches. Parvenus au niveau de la rue, on a traversé et, ruisselants, on est tous allés s'effondrer sur un banc dans les jardins de White Point.

J'avais perdu ma montre dans l'aventure. Je n'avais aucune idée de l'heure.

Mais je pouvais voir l'aube rosir le ciel à l'est.

À côté de moi, Hi a soudain éclaté de rire. Il se tenait littéralement les côtes.

— Qu'est-ce qu'il y a ? ai-je demandé en souriant.

Son rire était communicatif.

Il a pointé le doigt par-dessus son épaule :

— Dis bonjour à nos potes !

Je me suis retournée. Derrière nous s'élevait un monument dédié à Stede Bonnet et à ses amis pirates. Je suis restée pliée en deux.

Secoué de hoquets, Shelton est allé donner un coup de pied dans le bloc de granit. Une fois. Deux fois.

— Merci pour le trésor, connards ! Dites à votre petite copine Anne qu'on n'accepte pas les reconnaissances de dette.

À son tour, Ben a pouffé, ce qui a déclenché de nouvelles salves de fou rire. On n'a pas cherché à les contrôler. C'était un bon moyen d'évacuer la tension accumulée.

— Rendez-vous compte du merdier dans lequel je suis, a déclaré Hi quand on s'est enfin calmés. Ma mère se lève dans dix minutes !

Shelton a hoché la tête.

— C'est pas mieux pour moi.

— On ne va pas se prendre la tête avec ça maintenant, a déclaré Ben. On a survécu, c'est l'essentiel.

Effectivement. J'allais me faire allumer par Kit, mais sur le moment cela paraissait trivial.

— Profitons un moment de l'air frais, ai-je dit.

Et on restés comme ça, côte à côte, à regarder le soleil se lever.

TROISIÈME PARTIE

BULL ISLAND

37.

— Tout arrive, même les miracles, ai-je plaisanté. Il suffit d'y croire !

Midi, au bunker. On traînait dans notre club-house, encore épuisés de la folle nuit d'hier.

Les garçons étaient vautrés dans la pièce, se jetant machinalement une balle de tennis. J'étais sur le banc. Coop mâchouillait un Frisbee à mes pieds.

C'était incroyable, mais personne ne s'était fait prendre.

Cinq heures plus tôt, j'étais entrée sur la pointe des pieds, prête au pire. Déjà punie, je n'avais aucune idée de comment Kit régirait à ma sortie en douce jusqu'à l'aube. Je m'attendais presque à trouver un flic dans le salon.

Je m'étais donc glissée à l'intérieur, craignant que Coop ne me trahisse. Eh bien, non. À mon grand étonnement, j'avais trouvé une note collée à la rampe :

Parti tôt au LIRI. Je reviens pour dîner. Ne sors pas de la maison. Kit.

Il n'avait rien su.

Après avoir exécuté quelques-uns des meilleurs pas de danse de Hi, je m'étais écroulée sur le canapé. J'étais épuisée, vidée nerveusement, et je sentais l'égout et l'eau de mer sale.

Coop m'est tombé dessus comme un missile Patriot, tambourinant de la queue sur le sol, me léchant la figure de sa langue rose râpeuse.

— C'est bon, mon chien, maman va bien. J'ai juste eu un peu peur, c'est tout.

Coop continuait à me laver la figure. À partir de cet instant, il ne m'a plus lâchée une seconde.

Une corne de brume a résonné dans le port, éparpillant les mouettes perchées devant la meurtrière du bunker. Un bateau de croisière. Il se dirigeait vers la péninsule.

Le soleil luisait sur l'océan serein. Dehors, il faisait bien trente-cinq degrés.

— Ma mère m'a attrapé en bas de l'escalier, mais elle a cru que je sortais ! dit Hi en riant. Comme si je me levais à des heures pareilles, le samedi. Dieu merci, avant ses trois premières tasses de café, elle n'a pas les yeux en face des trous.

— Mes parents étaient encore au lit, a dit Shelton en lançant la balle de tennis à Ben. Et d'habitude, ils ne se lèvent jamais après six heures. Je devais avoir un ange gardien.

— Et ton père, il va te faire des histoires ? ai-je demandé à Ben.

Tom Blue commençait sa journée bien avant l'aube, même le week-end. À l'heure où on avait accosté avec le *Sewee* ce matin, son ferry avait déjà pris la mer.

— Je dirai que je suis parti à la pêche, a répondu Ben en renvoyant la balle à Hi. Il me posera pas beaucoup de questions.

La balle a traversé la pièce. Hi l'a attrapée.

Et soudain, il a posé tout haut la question qu'on se posait tout bas :

— Alors... une idée de qui a tenté de nous tuer ?

— Franchement, aucune, ai-je répondu. Mais alors aucune.

— Ça n'a aucun sens ! s'est emporté Shelton. Qui aurait pu savoir qu'on avait prévu d'entrer en douce dans le Provost Dungeon hier soir ?

— Quelques heures avant, on ne le savait même pas nous-mêmes, a dit Hi. Et quelle personne saine d'esprit nous aurait suivis dans ce trou à rat qu'on a découvert ?

— Et iFollow ? a demandé Ben. Peut-être que quelqu'un a espionné notre visioconférence.

— C'est possible ?

Cette idée m'inquiétait.

— Non, a dit Shelton. Nous avons formé un nouveau groupe[1], avec un nouveau mot de passe. C'est un pro-

---

1. Voir les (més)aventures de Tory et de ses amis dans *Viral* (Oh ! Éditions, 2010).

gramme avec un fort niveau de chiffrement. Croyez-moi, j'ai vérifié. C'est très peu probable.

— Et pourquoi en prendre la peine, d'ailleurs ? Qui voudrait nous espionner ?

— Nous tuer, a corrigé Hi. Celui qui nous a suivis dans les souterrains était prêt à empiler les cadavres. Réfléchissez bien à ça.

— En tout cas, on attire les psychopathes, a marmonné Shelton.

— Il y a un lien avec le trésor d'Anne Bonny, a dit Ben. C'est la seule explication logique.

— Il y a une autre possibilité, a répondu Hi, l'air inquiet. Et si quelqu'un d'autre savait, pour nos flambées ?

— Hein ? a dit Shelton. Et comment il saurait ?

— Je ne sais pas, mais on ne peut pas écarter cette possibilité, a répliqué Hi en évitant mon regard. On n'a pas toujours été discrets.

J'ai ouvert la bouche, mais Shelton m'a devancée, nerveux.

— Tu as remis ça avec ce truc mental, Tory. Dans les tunnels, sous l'eau... J'ai entendu ta voix dans ma tête.

— Moi aussi, a dit Hi.

Ben a hésité, puis acquiescé :

— Tu as flambé une seconde fois, aussi. Comment ?

— Je ne sais pas.

J'y ai repensé et, soudain, j'ai frissonné.

— Je paniquais. Je n'arrivais plus à respirer. Puis quelque chose a bougé dans mon esprit et la flambée a explosé en moi. C'était plus inconscient qu'autre chose.

— Comment ça se fait que tu sois la seule à déclencher un contact mental ? a demandé Shelton.

J'ai haussé les épaules : je n'en avais aucune idée, bien sûr.

Le silence est retombé.

— En tout cas, tu nous as sauvé la vie, a dit enfin Ben. C'est tout ce qui compte.

— Tout à fait, a opiné Hi. Il m'a pris la main et y a déposé un baiser baveux. Je suis votre obligé, gente dame.

— Arrête de faire l'andouille, a dit Shelton en me regardant dans les yeux. Merci, Tor. Continue comme ça.

— Pas de problème. (Sourire.) Ça ne devrait pas être dur, vu que je n'ai aucune idée de ce que j'ai fait.

La tension a un peu diminué, mais les ondes positives se sont vite dissipées.

— Qu'est-ce qu'on fait, maintenant ? On appelle les flics ? a demandé Shelton, peu convaincu.

— Avec notre dossier ? a ricané Ben. On peut pas leur signaler encore un vieux squelette avec encore un tireur mystérieux. Après le fiasco des os de singe sur Loggerhead en mai dernier, on a zéro crédibilité chez les flics.

— Bonjour, monsieur l'agent-qui-nous-déteste, a dit Hi. Vous vous souvenez de nous ? Hier soir, on a utilisé un artefact volé pour entrer illégalement dans un monument historique. Quelle cellule pouvez-vous me proposer ?

— Hi et Ben ont raison, ai-je ajouté. On se ferait arrêter et inculper.

— Quelqu'un va trouver la faille dans le mur du cachot, a dit Shelton. C'est une question d'heures.

— Alors, pas besoin de se presser, ai-je conclu. L'Exchange est fermé le week-end, donc ça nous donne du temps.

Les garçons ont échangé un regard, mais sans se tourner vers moi.

— Qu'est-ce qu'il y a ?

— Tory, c'est terminé, a dit Ben d'un ton ferme.

— Terminé ?

Je n'en revenais pas.

— Bien sûr que c'est pas terminé ! On a l'indice suivant.

— Shelton a raison, a dit Ben. Lundi, quelqu'un remarquera que la pierre a été déplacée. Et, à midi, toute l'Amérique connaîtra les tunnels secrets de Charleston.

— Merde ! s'est écrié Shelton. On a toujours la carte au trésor !

Le dessin d'Anne Bonny était étalé à l'envers sur la table. Un peu usé, mais rien de grave. Chance incroyable, le sac plastique l'avait gardé au sec pendant notre sortie aquatique. Les mots étrangers que j'avais recopiés dessus étaient toujours visibles, tracés à l'encre bleu clair.

Hi s'est frotté les tempes.

— Il faut qu'on le rende, vite fait. Tout le monde va en parler, et il ne faudra pas cinq secondes aux Fletcher pour comprendre qui l'a volé.

— On est baisés dans tous les cas, a maugréé Shelton. Tory a écrit dessus.

— Je n'avais pas trop le choix.

— Quand la nouvelle se répandra, a dit Ben, des chasseurs de trésor vont envahir Charleston des quatre coins du monde. Et il y en aura forcément un qui trouvera la cachette.

— Non ! ai-je lancé. Réfléchissez ! La salle du réservoir est sous les eaux. Personne d'autre ne lira le dernier poème d'Anne Bonny.

— Qu'on ne sait pas lire non plus, a marmonné Hi.

— J'y travaille !

Leur résistance permanente commençait à m'agacer.

— Impossible de laisser tomber. Vous ne comprenez pas qu'on est les seuls à avoir le dernier indice qui mène au trésor ? On peut trouver où Anne Bonny l'a mis !

— Qu'est-ce qui te fait croire qu'il est encore là ? a demandé Ben. Peut-être que les pirates se sont partagé le butin et qu'ils ont quitté la ville.

— Alors, pourquoi avoir laissé un indice ?

En un éclair, j'ai pris ma décision : j'allais leur parler de ma théorie fétiche.

— Je pense qu'Anne Bonny a laissé ce poème pour Mary Read.

— Mais Mary Read était déjà décédée, a dit Shelton. Elle est morte d'une fièvre dans une prison jamaïcaine.

— Peut-être qu'Anne l'ignorait. Ou que Mary a survécu.

— Ça fait beaucoup de peut-être, a dit Hi.

— Anne a signé de sa croix à côté du poème, pour faire savoir à Mary que l'indice était exact, je pense, comme elle l'a fait dans sa lettre.

Les garçons sont restés muets, mais je sentais qu'ils se détendaient un peu. Je grattais le ventre de Coop, le temps qu'ils assimilent mes arguments.

Puis j'ai insisté :

— Le trésor n'a pas été découvert, les gars, il a été déplacé. Et c'est nous qui avons le seul indice sur son nouvel emplacement.

Rien.

— On peut toujours gagner. On peut toujours sauver Loggerhead.

Shelton s'est frotté le menton. Ben semblait sceptique, Hi, méditatif.

— Il est là, ai-je martelé. Il nous attend. Tout ce qu'il nous faut, c'est le cran pour le prendre.

Shelton et Hi ont fini par acquiescer ; le premier en hésitant, le second avec un enthousiasme soudain.

— Très bien, a dit Ben en me lançant la balle de tennis. Par où on commence ?

J'ai rattrapé la balle sans même la regarder.

— On trouve tout ce qu'il y a à savoir sur Anne Bonny.

38.

J'ai jeté un œil au prospectus et composé le numéro qui y figurait.

Une voix féminine a répondu au bout de deux sonneries.

— Visite du Charleston mystérieux, bonjour.

— Sallie ? Tory Brennan à l'appareil. Mes amis et moi, nous avons suivi la visite hier soir.

— Bonjour, Tory, en quoi est-ce que je peux t'être utile ? Tu as perdu quelque chose ?

— Non, pas du tout. (Ton vif, désinvolte.) En fait, j'aurais une question, si vous avez une minute.

— Vas-y.

Attention. Il ne faut pas qu'elle repense à la carte au trésor.

— C'était à propos de notre conversation au musée de Charleston.

— En fait, je suis à l'accueil en ce moment, a dit Sallie. C'est mon numéro de portable que tu as.

— Oh, désolée ! Je vais aller vite alors. Je me demandais juste où je pourrais trouver plus d'infos sur Anne Bonny.

— Euh... (Sallie a réfléchi un instant.) Il y en a quelques-unes sur Internet, et quelques livres acceptables que je pourrais recommander, mais en vérité on en sait tellement peu sur Anne Bonny que la plupart des sources sont répétitives, même lorsqu'elles se contredisent.

— C'est bien le problème.

— Qu'est-ce que tu recherches, exactement ?

— C'est un projet pour l'école, ai-je menti. On est censés retrouver le passé d'une figure historique de la région littorale, et je me suis dit qu'Anne Bonny, ça pourrait être bien.

— Vous avez essayé la bibliothèque du Karpeles Museum ? Elle possède des généalogies qui remontent aux premiers colons. Leur documentaliste est un peu prétentieux, mais il connaît vraiment son affaire. Désolé, son nom m'échappe.

— Merci, Sallie. Je crois savoir à qui vous pensez.

*
* *

— Nous vous sommes reconnaissants de votre aide, monsieur Short, ai-je déclaré avec mon sourire le plus charmeur. En particulier un samedi.

— Et moi, j'attends de vous que vous respectiez notre marché, mademoiselle Brennan.

Short est sorti du grand hall de la bibliothèque, nous emmenant dans un long couloir.

— La lettre d'Anne Bonny intégrera la collection Karpeles après avoir été examinée et enregistrée dans les formes. Nous sommes bien d'accord ?

— Oui.

Short s'était montré dur en affaires, mais nous n'avions pas trop le choix. La pendule tournait. Short s'est fendu d'un sourire.

— Alors, je suis heureux de vous être utile. Je vous ai installés dans la salle de projection A. J'ai pu trouver plusieurs documents susceptibles de présenter un intérêt.

Il nous a fait entrer dans une pièce vivement éclairée, avec quatre sièges et une longue table de bois. Trois chariots étaient alignés contre le mur du fond, surmontés chacun d'un grand casier métallique.

— Cette zone est à température et humidité contrôlées, a expliqué Short en nous tendant des gants de tissu. Merci de ne toucher aucun document à mains nues. Le suint de votre peau peut abîmer le parchemin.

Il nous a jeté un regard inquisiteur.

— Vous ne mâchez pas de chewing-gum, n'est-ce pas ? Je sais que les enfants aiment ça.

Tout le monde a fait signe que non.

Short a repris, mains jointes sur la poitrine :

— Notre premier chariot porte sur la généalogie de la famille Cormac, de son arrivée à Charles Town – à la fin du dix-septième siècle – jusqu'à nos jours.

J'ai hoché la tête, pour la simple raison qu'il semblait l'attendre.

Short a continué, désignant le chariot du milieu :

— Voici les documents relatifs à William Cormac en personne. Lettres, titres immobiliers, testaments, tout ce que nous avons pu rassembler.

Excellent. Exactement ce que je voulais.

— Et enfin, nous avons les documents relatifs à Anne Bonny, a conclu Short en désignant le troisième chariot. C'est peu, je dois le reconnaître, mais il y a quelques éléments intéressants.

— Merci, ai-je dit. Nous vous sommes extrêmement reconnaissants de ce travail minutieux.

— Je reviendrai dans une heure. Si vous avez besoin de quoi que ce soit d'ici là, ou si vous avez d'autres demandes, appuyez sur le bouton d'appel. Et je vous préviens...

Short a montré une sphère d'un noir brillant au milieu du plafond :

— Ceci est une caméra de sécurité.

Il s'est dirigé vers la porte.

— Une petite question avant que vous ne partiez...

J'ai tendu un morceau de papier à Short.

— Pouvez-vous identifier cette langue ?

L'archiviste a jeté un œil au papier, qui contenait quelques mots du poème d'Anne Bonny.

— C'est du gaélique. Le dialecte original, pas l'idiome écossais dérivé. Cette langue est souvent désignée sous le nom d'« irlandais », tout simplement. Autre chose ?

— Pas tout de suite, merci.

Short est sorti en fermant la porte derrière lui.

— Bien sûr qu'il nous aide avec plaisir, a grogné Shelton. On a passé le pire marché de l'histoire.

— C'était le seul moyen d'avoir accès à l'info, a dit Hi. Il avait tout pouvoir.

— Allons-y, un chariot à la fois. Comme ça, on ne ratera rien.

J'ai examiné rapidement la boîte avec les garçons. Après l'époque d'Anne Bonny, l'histoire de la famille Cormac n'avait pas beaucoup d'intérêt.

Au tour des papiers de William Cormac, sur le chariot du milieu. La plupart étaient des documents juridiques, ou des rapports sur la productivité de sa plantation. Je commençais à m'inquiéter : est-ce qu'on allait trouver quelque chose d'utile ?

— Pas mal ! s'est exclamé Shelton en posant une poignée de feuilles sur la table. Regardez ça !

Je me suis assise à côté de lui.

— Qu'est-ce que t'as trouvé ?

— Une lettre à Cormac, écrite par le père de sa femme.

— Sa femme ? a demandé Hi. La mère d'Anne Bonny, tu veux dire ?

— Non, sa vraie femme. Celle que Cormac avait trompée en Irlande.

— Oh, là ! s'est exclamé Hi en se penchant par-dessus l'épaule de Shelton. Qu'est-ce qu'il a écrit, son père ? C'est un défi en duel ?

— Le langage est assez vieux jeu, a dit Shelton, mais ce ne sont certainement pas des compliments. Il reproche à Cormac son « comportement lascif » et des trucs du genre. Il le traite de « lèche-bottes ventru à tête de cancrelat ».

— Qui garderait une lettre pareille ? a ricané Hi. Cormac devait aimer qu'on lui fasse mal...

— Tiens, tiens, a dit Shelton en lisant la fin de la lettre. Voyez-moi ça !

— Quoi ?

— On sait que le père d'Anne s'appelait William Cormac. Et, quand elle s'est mariée, Anne a pris le nom de famille de son minable de mari, James Bonny.

— Ouais. Et alors ?

— Devinez quel était le nom de sa mère ? La domestique avec laquelle Cormac s'est enfui.

Shelton a fait une pause, heureux d'être le centre de l'attention.

— Allez, quoi ! a dit Hi. Tu ne t'imagines pas qu'on va deviner son nom, enfin !

— C'est trop bon ! a chantonné Shelton.

— Allez, crache le morceau, ai-je ordonné, impatientée.

— La mère d'Anne Bonny s'appelait... (Shelton a tambouriné sur la table)... Mary Brennan !

Je l'ai regardé bien en face.

— Sérieux ?

— Regarde toi-même.

228

Shelton m'a tendu la page.

— Le papa est furieux parce que Mary Brennan était la domestique attachée à sa fille. Il a écrit deux fois son nom en toutes lettres.

— Shelton a raison, a dit Ben en posant un autre document sur la table. Voici un rapport comptable du domaine Cormac dans le comté de Cork, en Irlande. Il date de 1697. Il note qu'une domestique nommée Mary Brennan a donné naissance à une fille, Anne.

— Qu'est-ce que t'en penses, Tory ? a gloussé Hi. Anne Bonny pourrait être ta super-arrière-grand-mère. Ça doit venir de là, ton charme.

— Très drôle.

Un frisson m'a parcourue, pourtant. La peinture au yacht-club. Cette même bizarrerie dans l'écriture. Et ça, à présent. Ce serait donc possible ? Il y aurait un lien entre Anne Bonny et moi ?

Ridicule.

— Il doit y avoir un millier de Brennan en Amérique du Nord, ai-je riposté.

— Et combien dans le Massachusetts ? a répondu Hi en parcourant les derniers papiers dans la boîte de William Cormac. Voilà une lettre écrite par Mary Brennan en personne, datée de 1707. Jamais postée, mais adressée à un cousin « dans la colonie de Massachusetts Bay ».

Nouveau frisson. L'affaire devenait vraiment étrange.

— Fini pour Cormac père, a conclu Hi en remettant la feuille dans la boîte.

— Allez, on va dire bonjour à Anne Bonny, a dit Shelton en tirant une petite collection de papiers moisis du troisième chariot. Il les a tendus à Ben.

— Amuse-toi bien !

— On ne voit pas grand-chose, a commenté Ben en posant les feuilles sur la table. On va les examiner un par un.

— Tory ? a demandé Shelton en regardant la tranche de la dernière boîte. Tu ne crois pas aux coïncidences, pas vrai ?

— Non. Mais avoir le même nom, ça ne prouve pas vraiment…

— Non, pas ça. Devine quelle est la dernière personne qui a étudié ces trucs avant nous ?

— J'en ai assez des devinettes, a grogné Ben. Accouche.

— Regardez la signature, a dit Shelton en me passant une fiche de bibliothèque usée. Nul autre que ton copain, Rodney Brincefield.

— Encore le vieux crabe ? a demandé Hi, perplexe. Comment ça ?

J'ai haussé les épaules.

— Il aime vraiment Anne Bonny. C'est tout.

Je me posais tout de même des questions. Brincefield n'arrêtait pas de sortir comme un diable de sa boîte. Il avait l'air inoffensif, mais j'avais appris une leçon douloureuse : ne pas sous-estimer les gens.

Brincefield était-il impliqué dans l'agression qui nous visait ?

Shelton m'a tirée de mes pensées.

— Vous parliez du Massachusetts il y a une minute, non ?

— Oui...

— Je n'en ai jamais parlé avant, mais, d'après une rumeur dans mon livre sur les pirates, Anne Bonny s'est enfuie vers le nord.

— Quand ça ? a demandé Ben.

— Après son procès à la Jamaïque. Selon certains, Anne Bonny a fait voile jusqu'à la colonie de Massachusetts Bay et s'est installée en Nouvelle-Angleterre. Rien de plus précis.

Cette fois, un frisson m'a parcourue des pieds à la tête. L'affaire devenait de plus en plus bizarre. J'avais l'impression qu'on me faisait une sale blague.

Douleur soudaine. Maman aurait adoré toute cette intrigue.

J'ai chassé cette pensée pénible.

— Mais c'est faux, a répliqué Hi. Anne Bonny a été transférée à Charles Town.

— Peut-être qu'elle a fui vers le nord après s'être évadée de Half Moon Battery, a suggéré Shelton. Je vous dis seulement ce que j'ai lu dans le livre.

— Bon, on regarde ce qu'il y a dans le dernier recueil, vous voulez bien ? a demandé Ben. Je perds mon énergie, là.

Les autres papiers ne nous ont rien révélé de plus. La plupart étaient contemporains d'Anne Bonny, et décrivaient ses conquêtes maritimes. Quelques autres documents parlaient de son procès. Intéressant, mais pas utile.

J'ai reposé la dernière feuille avec un soupir.

— On a fini ?

— Complètement, a dit Hi en bâillant. Je suis encore cassé d'hier soir.

J'ai appuyé sur le bouton. Short est arrivé ; je l'ai remercié et me suis dirigée vers la porte avec les autres.

— J'attends la lettre d'Anne Bonny sous peu, a dit Short.

— Oui, monsieur.

Le disque blanc du soleil brillait dans le ciel. Difficile de croire qu'à peine quelques heures plus tôt j'avais nagé d'une grotte sous-marine jusqu'au port de Charleston.

On était crevés, mais on n'avait pas encore fini.

— Alors, qu'est-ce qu'on a appris ? a demandé Ben.

— Pas grand-chose. D'après Short, le poème est écrit en gaélique. Il nous faut une traduction.

— On a appris que Tory descendait d'une femme pirate crado, une tueuse à sang chaud.

— Ferme-la, Hiram.

On a emprunté l'escalier pour se diriger vers la marina.

Stop.

Marlo et Baobab étaient là, appuyés sur une barrière pas très loin.

Marlo portait encore un long T-shirt blanc sur un jean noir. Son iPod blanc était attaché à sa ceinture, et le fil de ses écouteurs remontait comme un serpent jusqu'à ses oreilles. Baobab arborait un autre maillot de basket, un des Sixers de Charles Barkley, cette fois.

Impossible de les éviter sans faire demi-tour. Hi a demandé :

— Une idée ?

— On passe devant eux, c'est tout. Ils ne nous intimident pas.

— Parle pour toi, a marmonné Shelton.

En approchant des deux types, j'ai souri et les ai salués. Marlo est resté de marbre, mais il nous a suivis des yeux, en se frottant sa cicatrice à la Zorro sur la joue. Baobab ne nous a prêté aucune attention.

Le commentaire de Shelton m'est revenu en mémoire. Les coïncidences.

Encore quelques pas, et on a tourné au coin.

— Ouaaaah ! Ces types me les mettent à zéro !

— C'est quoi leur problème ?

Shelton a jeté un œil par-dessus son épaule, mais les deux ne nous suivaient pas.

— Tu crois que c'est eux qui nous ont attaqués dans les tunnels ?

— Regarde mes bras. J'ai la chair de poule partout.

— Oublie-les. Concentrons-nous sur le poème en gaélique, a dit Ben.

— Comment on va le faire traduire ?

— C'est notre jour de chance. Je connais un as des langues. Il est temps d'intervenir avec du lourd.

Hiram m'a regardée, inquiet.

— C'est qui ?

— Ma grand-tante Tempe.

39.

Marlo Bates regarda les petits intellos tourner le coin.

Il ne fit pas un geste pour les suivre. Pas un seul.

Il s'appuya de plus belle à la barrière, secouant la tête au rythme du rap de Lil Wayne, à fond dans ses écouteurs.

L'instant d'après, une main énorme lui tapa sur l'épaule.

Son frère Duncan le regardait d'un air interrogateur.

Poussant un soupir, Marlo mit son iPod sur pause et ôta les écouteurs de ses oreilles.

— Ouais, quoi, là ?

Marlo dut lever les yeux pour voir ceux de son frère.

Duncan ne dit rien. Pas étonnant. Marlo comprit quand même.

— J'sais pas, moi.

Agacé :

— J'y suis jamais allé non plus.

Duncan fronça les sourcils – ce qui, chez ce colosse, équivalait presque à un hurlement.

— C'est quoi ce truc, d'abord ?

Marlo se tourna vers la grande bâtisse de pierre dans son dos.

— Une espèce d'église pour Blancs ?

Duncan croisa les bras, exprimant clairement son impatience. Marlo lâcha, écœuré :

— T'as entendu le vieux. L'idée, c'est pas moi qui l'ai eue.

Marlo toucha la cicatrice en forme de Z sur sa joue, geste machinal trahissant une intense réflexion.

Il se décida enfin :

— Allez, on va voir deux secondes ce qu'y a à l'intérieur.

Marlo releva son pantalon et ôta du pollen de son T-shirt blanc.

— Je vais pas passer l'après-midi à ces conneries.

Sans mot dire, Duncan suivit son frère qui montait les marches.

— Ces gamins me les cassent, je te le dis, grogna Marlo. J'ai un business à gérer, moi. Je perds mon temps avec ces touristes à la con.

Duncan ne fit aucun commentaire, statue vivante en marche.

Marlo ouvrit la porte d'entrée. S'arrêta et jeta un œil dans le hall.

— J'espère que le vieux sait de quoi il cause.

Marlo avait horreur de ce genre de grand bâtiment. Imposant. Officiel. Il lui rappelait les écoles où il avait été, avant d'arrêter ses études. Ses espoirs déçus, l'humiliation d'avoir besoin d'aide mais d'être trop fier pour en demander.

— Ouais, j'espère vraiment, marmonna Marlo avant d'entrer, l'ombre géante de son frère sur ses talons.

40.

Une fois à la maison, j'ai passé mon deuxième appel de la journée.

Une voix familière a répondu :

— Temperance Brennan.

— Tante Tempe ? Salut, c'est Tory... Euh... la fille de Kit.

— Je m'en serais doutée, vu que j'ai une seule petite-nièce. Comment vas-tu, ma chérie ?

— Ça va bien. Et toi ?

— Débordée. J'ai trois affaires au labo, et une quatrième qui arrive. Le prix à payer pour ma vie glamour... J'ai su, pour le LIRI. Je suis vraiment désolée, Tory. Dis à Kit que, si je peux faire quoi que ce soit pour l'aider, ce sera avec plaisir.

— Merci. Je suis sûre qu'il t'en sera reconnaissant.

J'étais un peu gênée.

Ma tante, qui sentait mon embarras, a changé de sujet.

— Qu'est-ce qui me vaut le plaisir de ton appel ? Pas que je m'en plaigne, vu la rareté de ces occasions...

Sur un ton de fausse sévérité, elle a ajouté :

— Tu dois appeler plus souvent.

— Promis. Mais j'ai bien une question particulière, si tu as un moment.

— Vas-y. C'est le moment idéal, il est tard et j'allais déjeuner.

— Tu es sûre ? Je sais que tu es très occupée.

J'avais du mal à poser ma question. Tante Tempe est mon héroïne. C'est la dernière personne devant qui je voudrais avoir l'air bête.

— Jamais trop occupée pour toi. Je t'écoute.

— Tu m'as dit une fois que ta famille venait d'Irlande.

— Notre famille. De Kinsale, dans le comté de Cork. Mon grand-père est né là-bas.

— Tu ne parlerais pas gaélique, par hasard ?

— *Nil agam ach beagainin Gaeilge.* Ça veut dire : « Je ne parle qu'un peu irlandais. » En tout cas, je crois.

— Donc, tu connais cette langue ?

Tempe a répété en riant :

— *Nil agam ach beagainin Gaeilge.* Je maîtrise le français, je me débrouille en espagnol, et même un peu en allemand. Mais le gaélique, c'est dur.

— Il n'y a pas de traducteur de gaélique sur Internet. Que des forums.

— Je ne suis pas surprise. C'est une belle langue, qui a été parlée pendant des siècles, mais elle a fortement décliné sous l'occupation britannique. Ensuite, la grande famine de 1845 a dévasté l'Irlande rurale, où le gaélique prévalait. La langue ne s'en est jamais vraiment remise.

— Plus personne ne la parle, alors ?

— Moins de quinze pour cent de la population irlandaise, mais le gouvernement actuel fait de gros efforts pour la préserver. Les locuteurs gaéliques sont assez rares aux États-Unis.

— Ah !

Mon moral baissait.

— Je peux essayer. (Quelques grésillements. Tempe prenait sans doute un stylo.) Quand j'étais gosse, une cousine éloignée est venue vivre chez nous un petit moment. Elle parlait gaélique couramment, donc j'ai appris la langue pour lui tenir compagnie.

— Et tu t'en souviens encore ?

— On verra. Tu as besoin d'une traduction ?

— J'ai... euh... un poème.

— D'un livre ?

— Non. Un bout de poterie trouvé sur la plage près de chez moi. Il reste quelques lignes lisibles à l'intérieur.

J'avais horreur de mentir comme ça à mon idole, mais que faire d'autre ?

— Un mystère ! Fabuleux ! Envoie-moi le poème par mail, j'y jetterai un œil.

— Ça serait génial ! Merci !

— Pas de quoi. Après ce que j'ai galéré aujourd'hui, la poésie sera un changement appréciable.

J'hésitais à poser une autre question. Un silence gêné s'est installé.

— Il y a autre chose, Tory ?

Décision éclair :

— Tu sais quelque chose sur Anne Bonny, la femme pirate ?

— J'ai entendu parler d'elle, bien sûr. Mais je ne connais pas trop les détails. Pourquoi ?

J'ai renoncé à toute prudence et parlé à Tempe de mes soupçons.

Mary Brennan, le tableau, les rumeurs sur Anne Bonny au Massachusetts, notre bizarrerie d'écriture commune.

J'avais terminé. Long silence au bout du fil.

Génial, elle me prend pour une débile.

— Waouh ! Ça pourrait être vrai, qui sait ?

J'ai poussé un long soupir.

— C'est un peu dingue, je sais, mais j'ai quand même l'impression qu'il y a un lien.

— Je comprends. Je suis une Brennan, moi aussi, tu t'en souviens ? Même si je n'ai aucun lien, moi, avec Anne Bonny. Mes grands-parents n'ont pas quitté l'Irlande avant les années vingt.

— C'est dingue qu'on ait ce nom de Brennan en commun, alors que j'ai grandi dans une autre famille. Mais ça me fait plaisir.

— Ça veut dire qu'on devait se rencontrer. J'aurais juste aimé que ça se fasse dans des circonstances plus gaies.

Tempe ne disait plus rien. Elle regrettait peut-être cette allusion à la mort de ma mère.

— Je vais t'envoyer le poème par mail. C'était super de te parler.

— Ne laisse pas tomber cette histoire de pirates. J'attends un rapport complet, moussaillon.

— À vos ordres, capitaine. Et merci encore.

— *Slan agus beannacht leat.*

— Qu'est-ce que ça veut dire ?

Tempe s'est mise à rire.

— « Au revoir, et que ma bénédiction t'accompagne. » Enfin, j'espère.

41.

En raccrochant, je me sentais mieux.

Ma discussion avec tante Tempe avait rechargé mes batteries. J'ai jeté un œil à ma montre. Seize heures. Kit ne rentrerait pas avant encore quelques heures.

Après avoir envoyé le poème à ma tante, j'ai expédié des textos aux Viraux. Dix minutes plus tard, on était rassemblés dans mon salon.

Les garçons étaient presque à plat.

Shelton et Hi étaient vautrés sur le canapé, tandis que Ben tripotait la télécommande, cherchant un match de base-ball. Recroquevillé dans son panier, pattes étendues, Coop se contentait d'observer.

— J'ai envoyé le texte en gaélique à ma tante. Elle va tenter de le traduire.

Je n'ai pas ajouté que j'avais parlé d'Anne Bonny à Tempe. On s'était assez moqué de moi pour la journée.

— Combien de temps ça prendra ? a demandé Shelton.

— Aucune idée.

— Sept à un ?

Ben avait enfin trouvé son match.

— Eh ben, ils sont vraiment nases, les Cubs.

— Ouais. (Hi bâillait.) Oh ! j'ai failli oublier : ma mère a dit un truc bizarre.

Shelton lui a mis la main sur l'épaule.

— Je suis désolé, mais c'est vrai. Tu n'es pas, en effet, le plus beau gosse du lycée. Cassé !

— C'que t'es drôle ! Non, ma mère a dit qu'elle avait vu une voiture bizarre passer devant chez nous, cet après-midi.

— Impossible de passer par là. C'est le bout du monde.

— Bien d'accord. Mais, d'après ma chère maman, ce véhicule a remonté l'allée au ralenti, est resté là quelques minutes, puis est parti. Elle a failli appeler les flics.

Ben luttait contre l'hilarité.

— Pourquoi ?

Hi a soupiré.

— Tu connais Ruth. Elle croit sans doute que la voiture était pleine d'agents d'Al-Qaida envoyés pour exterminer les voisins vigilants.

Ça ne me plaisait pas beaucoup.

— Vous vous rappelez avoir déjà vu une voiture arriver ici par erreur, les gars ?

Non, ils n'en avaient jamais vu. Shelton était d'accord.

— On ne peut pas se perdre à ce point-là. Nos maisons sont à un quart d'heure de la dernière grande route.

— La plupart des gens ne savent même pas que ce complexe existe. Un automobiliste perdu ferait demi-tour bien avant de franchir le pont de Morris Island.

— Un livreur ? Ou un invité ? Il a peut-être appelé, personne n'a répondu, alors il est parti.

— Peut-être les gosses du coin qui pensaient qu'ils pourraient aller en voiture jusqu'à la plage de Morris.

J'ai demandé :

— Quel genre de voiture c'était ?

— C'est ça le plus dingue, a expliqué Hi. Ma mère est totalement sûre que c'était un break Studebaker Lark de 1960. Rouge cerise. Ça faisait des décennies qu'elle n'en avait pas vu un comme ça. Apparemment, mon grand-père avait le même.

— Ce n'est pas un véhicule de livraison…

J'ai réfléchi un instant.

— Et le conducteur ?

— Elle ne l'a pas bien vu, mais en tout cas il portait un feutre.

Shelton a rigolé.

— La classe…

Ça ne me plaisait toujours pas. Après avoir échappé aux balles la nuit dernière, j'étais aussi parano que Ruth. Une voiture bizarre dans le secteur, c'était clairement inquiétant. Shelton réfléchissait.

— Voiture de vieux, feutre sur la tête... On dirait Brince-field, le pote de Tory.

— J'avoue que j'y ai pensé. Mais pourquoi est-ce qu'il viendrait se perdre par ici ?

— Qui sait ? Pourquoi est-ce qu'il est venu à la visite de Charleston ? Peut-être qu'il est sénile. Ou que c'est un per-vers.

— Ce Marlo et son pote l'ogre, là, ils sont largement aussi glauques... En plus, ils nous ont suivis aujourd'hui.

— On n'en sait rien. Peut-être que c'était une coïncidence s'ils étaient dans le centre.

Des coïncidences qui s'accumulaient vraiment.

Shelton s'est tourné vers nous.

— Et Lonnie Bates ?

— Le prêteur sur gages ? Hum... Il avait bien les boules qu'on l'ait rusé.

Ben a coupé le match de base-ball à la télé.

— Puisqu'on en est à partager, j'ai des nouvelles, moi aussi.

Tout le monde a pris l'air intéressé.

— J'ai parlé à mon oncle Bill de la légende sewee sur Anne Bonny.

J'avais complètement oublié.

— Génial. T'as appris des trucs utiles ?

— Ça dépend de ce que tu entends par « utiles ».

Ben s'agitait, comme s'il était mal à l'aise tout à coup.

— Oncle Bill ne se rappelait pas les paroles exactes, mais c'était l'idée générale. Une sorte d'hymne.

Hi a pris l'air innocent.

— Un hymne ?

Je lui ai décoché un regard d'avertissement. Pas de bla-gues à deux balles.

Visiblement gêné, Ben a récité :

— « Quand le ciel de la nuit brûlait comme le jour, une torche ardente au-dessus du champ d'ossements était plan-tée dans la main du Diable. »

— Hum.

— Euh, d'accord.

Ben était sur la défensive.

— Je vous l'avais dit. C'est une légende sewee sur Anne Bonny. Et non, je n'ai pas la moindre idée de ce que ça veut dire.

Hi grommelait.

— J'en peux plus de ces casse-tête. J'en ai plein le dos des énigmes.

— Alors, laisse tomber. J'ai rien dit.

Ben s'énervait. Je suis intervenue diplomatiquement :

— Merci de nous l'avoir récité. Peut-être que ce sera utile pour plus tard, quand on en saura davantage.

Ben est revenu à la charge :

— Moi, j'ai une théorie, si ça intéresse quelqu'un.

J'ai caché mon scepticisme.

— Je t'en prie.

— J'ai entendu l'expression « quand le ciel de la nuit brûlait comme le jour » dans d'autres légendes sewees. C'est la pleine lune, en fait.

— Et le reste ?

— Aucune idée, mais je pense que la pleine lune joue un rôle important. Sinon, pourquoi en parler ?

— T'as de la chance. (Hi pianotait sur son iPhone.) La prochaine pleine lune est dans… trois jours. Demande des instructions plus précises à ton guide fantôme d'ici mardi.

— Je vais t'en donner…

Shelton est intervenu :

— Alors, qu'est-ce qu'on fait ?

— On devrait peut-être chercher le symbole préféré d'Anne Bonny. Pour l'instant, on ne comprend rien au poème. Pourquoi ne pas tenter la croix ?

— On pourrait tenter une comparaison d'images sur Internet.

— Ça vaut la peine d'essayer.

J'ai déroulé la carte au trésor sur la table basse, j'en ai pris une photo et j'ai transféré l'image sur mon ordinateur portable.

— À toi de jouer.

Je me suis écartée pour laisser l'ordi à Shelton.

— Je connais un site où tu peux envoyer des images et chercher des équivalents.

Les doigts de Shelton volaient déjà sur le clavier.

Quelques instants plus tard, une grille pleine de croix a rempli l'écran. Shelton a cliqué sur l'une d'elles, un lien vers une encyclopédie en ligne.

— Ça s'appelle une croix celtique. Comme l'indique son anneau central.

— À mon tour.

— Quand tu veux...

Shelton m'a laissé la place.

— D'après cette entrée, la croix celtique a été introduite par saint Patrick, alors qu'il convertissait les païens irlandais. Elle combine la croix chrétienne traditionnelle à un emblème circulaire représentant le soleil. Selon certains, elle vient de la coutume ancienne de tresser une croix après une victoire.

Je suis revenue à la grille d'images.

— Certaines de ces croix sont très allongées, comme celle qu'Anne Bonny a dessinée.

J'ai choisi un modèle qui y ressemblait beaucoup.

— Ça s'appelle une haute croix.

J'ai cliqué sur la légende.

— Une des préférées de l'Église irlandaise. Elle figurait sur les monuments dès le huitième siècle. Surtout sur les pierres tombales.

— Beuh...

C'était Hi, qui faisait sa recherche sur son iPhone.

— Et maintenant, la croix celtique est un des symboles préférés des groupes blancs racistes. Il a d'ailleurs été interdit en Allemagne.

— Bien joué, les Allemands. Encore un symbole religieux ancien ruiné à jamais. À ranger à côté du svastika.

C'était Shelton, avec son humour à froid.

— Sur les dessins d'Anne Bonny, la branche du haut est toujours inclinée vers la droite. Ça doit vouloir dire quelque chose, vous ne croyez pas ?

— C'est sûr que c'est particulier... Puis-je reprendre mon travail, madame ?

— Oui, vas-y.

— Je vais continuer à regarder.

Shelton pianotait frénétiquement sur l'ordinateur.

— Mais, aussi bien, c'est juste un truc d'Anne Bonny.

Quinze minutes se sont écoulées. Shelton passait d'un écran à l'autre, trop vite pour moi.

Tout à coup :

— Oh, non !

Shelton a refermé sèchement mon ordinateur.

— Qu'est-ce qu'il y a ? Tu as trouvé quelque chose ?

— Non !

Shelton se tiraillait le lobe de l'oreille.

— Hé, quelqu'un a eu le score des Mets ? Mon père est un super fan.

— Les Mets ?

Qu'est-ce qu'il voulait dire ?

— Il se passe quoi, Shelton ?

Mais Shelton évitait mon regard.

— Ton ordinateur vient de planter.

— Ce n'est pas vrai. C'est toi qui l'as fermé.

— C'était un programme espion, ou malveillant. Tu dois avoir un virus.

— C'est un Mac.

Shelton a marmonné :

— La batterie est morte.

— Shelton !

J'en avais assez.

— Tu mens. Et tu te tripotes l'oreille.

— Euh, mais non…

Il a lâché son oreille.

Ça suffisait.

— Pousse-toi, Devers.

— Non !

Shelton a posé les deux mains sur l'ordinateur.

— Tu vas prendre une mauvaise décision.

— Mais qu'est-ce que t'as ? Sors-toi de là !

Ben était furieux, lui aussi.

Shelton voulait protester encore, puis toute son agressivité l'a abandonné, et il s'est lourdement assis dans le canapé.

— Vous faites une erreur. Vous auriez dû me faire confiance.

J'ai rouvert l'ordinateur et rechargé la dernière page.

J'ai aussitôt compris.

— Eh bien ? Pourquoi est-ce que Shelton a pété les plombs ?

— Il a retrouvé la croix penchée d'Anne Bonny. Elle existe bel et bien.

— C'est génial ! s'est exclamé Hi.

— Nooon…, a gémi Shelton.

— Explique-nous.

— Une croix celtique identique à celle qu'Anne Bonny aimait dessiner a été vendue aux enchères il y a quinze ans.

Je ne pouvais m'empêcher de sourire.

— Ici même, à Charleston.

— De mieux en mieux, alors. Je ne vois pas le problème.

— Attends un peu.

— Oh, oh…

Ben s'inquiétait.

— Je t'en prie, dis-moi que je ne peux pas deviner à qui.

— Oh, si ! tu peux. Mais c'est trop tard, maintenant.

— Allez, crachez le morceau.

J'ai tourné l'écran vers Ben.

— Le gagnant des enchères s'appelait Hollis Claybourne.

— Oh, merde.

— Je vous l'avais dit…

Shelton secouait tristement la tête.

— Vous auriez dû me laisser effacer toute cette saleté de disque dur.

Les garçons me regardaient tous, sachant bien ce qui allait arriver.

Je ne les ai pas déçus.

— Il est temps de rendre visite à Chance.

42.

Le texto de Kit a conclu l'affaire :

En retard sur mon programme. Dîne seule.

— On y va aujourd'hui. Sans discussion.

Les autres Viraux ont gémi, mais obéi sans plus de protestations. Peut-être qu'ils étaient trop fatigués pour ça.

— Je te l'ai dit. Si elle découvre qu'Hollis a acheté la croix, on est bons.

Shelton grognait.

Hi s'est sorti du canapé en s'étirant.

— On va encore piquer le 4 × 4 de Kit ?

J'ai corrigé aussitôt :

— Non, on l'emprunte. Si on se dépêche, on sera de retour avant sept heures.

Je savais où trouver Chance. Tout le monde le savait. Son adresse actuelle était un secret connu de tous.

Ce n'est pas tous les jours que l'élève le plus illustre de la Bolton Preparatory Academy est envoyé dans un asile.

Enfin, dans un centre psychiatrique, devrais-je dire. Depuis la fusillade du Claybourne Manor, trois mois plus tôt[1], Chance était patient à l'hôpital de Marsh Point.

— Est-ce qu'il acceptera de nous voir ?

— Laissez-moi faire.

*
* *

Nichée dans un labyrinthe de criques, de mares et de marais sinueux, l'île de Wadmalaw est l'un des endroits les

---

1. Voir *Viral*, Oh ! Éditions, 2010.

plus bucoliques de Charleston. Calme, vierge et intensément rurale, elle fait partie des zones les moins construites du littoral.

Des routes de campagne, bordées d'exploitations familiales et d'échoppes proposant des produits locaux, serpentent et quadrillent le paysage. L'endroit est peu peuplé ; la plupart des résidents sont agriculteurs, pêcheurs ou employés de la seule plantation de thé encore active d'Amérique.

Un seul pont relie Wadmalaw au monde extérieur ; les conditions sont donc parfaites pour l'habitant le plus discret de l'île.

On a roulé vers le nord jusqu'à la voie rapide de Maybank, avant de se diriger vers le sud-est, en passant par Johns Island. Quelques minutes plus tard, on traversait Wadmalaw, en suivant les panneaux vers Rockville. Quelques kilomètres avant le petit village, Ben a tourné à droite dans une allée privée.

— Attention, guérite droit devant.

Trois agents étaient assis à l'intérieur, en train de suivre une émission sur une petite télé. Ils étaient tous armés. Ben s'est arrêté à la grille.

Finalement, l'un des agents a décollé son regard de l'écran, est sorti de la guérite et s'est approché du côté conducteur. Chauve, bedonnant et largement quadragénaire, il avait une plaque indiquant qu'il s'appelait « Mike Broadhag ».

— Nom ? a-t-il demandé, d'un ton ennuyé et légèrement agacé.

— Tory Brennan.

J'étais sur le siège passager.

— Papiers ?

Je lui ai tendu ma carte de bibliothèque de Bolton.

Broadhag a posé son regard sur Hi et Shelton, assis à l'arrière, avant de revenir sur moi. Tout le monde portait un uniforme de Bolton.

— Motif de votre visite ?

— Nous représentons le conseil des élèves de Bolton. Nous sommes ici pour remettre à Chance Claybourne le prix de l'Intellect de l'année.

Broadhag n'avait pas l'air impressionné.

— Vous avez rendez-vous avec un membre du personnel médical ?

— J'ai parlé à un certain... (bref coup d'œil à mes notes)... Dr Javier Guzman. Il nous attend.

Broadhag est retourné dans la guérite pour téléphoner.

— Le prix de l'Intellect ? C'est le truc le plus bête que j'aie entendu. Et pourquoi on le donnerait à un fou ?

— Chut. (Je ne quittais pas Broadhag des yeux.) Je me suis dit qu'on aurait plus de chances d'entrer si on avait un prétexte officiel.

Broadhag a reposé le combiné et est revenu vers nous avec un passe jaune d'invité, avant de débiter d'un ton monocorde :

— Avancez vers le bâtiment et garez-vous sur un emplacement visiteurs. Ne vous arrêtez pas en chemin. Ce passe doit rester en évidence dans votre véhicule.

On a traversé des marais denses. D'énormes fougères et des saules pleureurs débordaient sur la voie, créant un tunnel naturel. L'odeur de l'eau stagnante et le bourdonnement des insectes emplissaient l'air.

Vingt mètres plus loin, le bas-côté a disparu ; la route est devenue un pont enjambant un lac à marée basse. Des roseaux et des ajoncs pointaient hors de l'eau. Perchés sur leurs longues pattes d'araignée, des hérons tricolores cherchaient leur nourriture.

— Le paradis des alligators. Regardez-moi ces bancs de sable.

Quelques centaines de mètres plus loin, on revenait sur la terre ferme. En haut d'une petite colline s'étirait un bâtiment massif qui ressemblait à un cauchemar médiéval.

— C'est une île dans une île. Brrrr...

— Idéalement conçu pour la sécurité. Cette route doit être la seule voie de communication.

Cinq cents mètres plus loin, nous arrivions à l'hôpital proprement dit. Haut de deux étages et construit entièrement en pierre. Il manquait juste un pont-levis et un fossé à cette monstruosité sinistre pour devenir un château médiéval.

Ben s'est arrêté sur le parking gravillonné près de l'entrée principale. Un homme brun souriant se tenait devant la porte. Il devait avoir dans les trente-cinq ans.

— Laissez-moi lui parler.

— Pas de problème, a grogné Hi. Moi, je n'arriverais pas à fourguer cette histoire de prix de l'Intellect, même en me forçant.

Le Dr Javier Guzman était un homme trapu à la peau bronzée, avec un bouc noir bien taillé. Ses yeux noisette au regard intelligent brillaient derrière des lunettes démodées, posées sur l'arête de son nez mince.

— Mademoiselle Brennan ?

Il s'exprimait avec un léger accent espagnol.

— C'est un plaisir de vous rencontrer, docteur Guzman.

Guzman m'a fait un sourire éblouissant.

— Tout le plaisir est pour moi. Bienvenue à l'hôpital psychiatrique de Marsh Point. Je ne peux vous dire à quel point je vous remercie de votre venue.

— Je vous en prie.

Je n'avais aucune idée de quoi il parlait, mais cela n'allait pas m'arrêter.

— C'est avec enthousiasme que le conseil des élèves décerne ce prix à un lauréat aussi méritant.

Guzman acquiesçait avec grand sérieux.

— Pendant un temps, j'étais inquiet que la Bolton Prep n'escamote M. Claybourne sous le tapis, pour ainsi dire. Je suis content d'apprendre que je me trompais.

Totalement larguée. Mais j'ai aussitôt rendu son sourire à Guzman.

— Nous envisageons de lui autoriser bientôt des visites régulières. Je pense qu'une délégation scolaire telle que la vôtre constitue un excellent point de départ. Entrez, je vous prie.

— Chance n'a pas encore eu de visiteurs ?

On venait d'entrer dans le grand hall.

— Non. Son père est en prison et, franchement, c'est l'une des causes principales des troubles psychologiques de M. Claybourne. Il n'a pas d'autre famille.

Malgré tout ce que Chance avait fait, j'ai éprouvé de la sympathie pour lui. Je sais ce que c'est, d'être complètement seul.

Guzman a repris :

— La route sera encore longue. Bien sûr, la déontologie professionnelle m'interdit de discuter en détail de l'état de

M. Claybourne, mais je me suis convaincu qu'il n'est ni suicidaire ni dangereux pour les autres. Son principal problème semble être lié à la confiance.

— C'est bon à entendre.

— M. Claybourne a été en grande partie isolé depuis sa crise.

On a suivi Guzman dans un escalier en marbre.

— La catatonie a disparu il y a quelque temps, mais il ne s'est remis à parler que récemment. J'espère bien que la vue de visages amicaux le poussera à rechercher davantage les rapports humains.

Des visages amicaux ? Je n'avais aucune idée de la réaction de Chance à notre visite. J'avais été la cause directe de son humiliation et de son enfermement. Il pouvait tout à fait péter un câble.

Mon pouls s'accélérait. Trop tard pour hésiter.

On est entrés dans une grande pièce claire et aérée, aux murs pastel. Du matériel artistique s'entassait dans un coin. Canevas, peinture, piles de toiles vierges. Des tables circulaires çà et là, sous une rangée de grandes baies vitrées. Un endroit à l'atmosphère heureuse, optimiste.

— Voici notre retraite d'artiste, a expliqué Guzman. M. Claybourne passe beaucoup de temps ici, donc je me suis dit que cet endroit ferait un agréable lieu de réunion.

— Cela m'a l'air parfait.

Je commençais à transpirer. Fantastique.

Guzman a ajouté, l'air peiné :

— Je ne peux laisser que deux d'entre vous avec le patient. Je suis terriblement désolé, mais il n'est pas encore prêt à rencontrer un groupe plus important. Les autres pourront l'attendre dans le couloir ; il y a un banc.

— Nous comprenons tout à fait. (Shelton.)

— Il ne me viendrait même pas à l'idée de mettre en danger la convalescence d'un patient. (Hi.)

Les deux garçons se sont esquivés par le fond.

J'ai jeté un regard à Ben, qui a acquiescé.

— Nous nous chargeons de la remise du prix, Ben et moi.

— Merveilleux. Je vous en prie, asseyez-vous. M. Claybourne sera là dans un instant.

— Vous ne restez pas ?

J'étais surprise, mais c'était un coup de chance : je n'avais pas réfléchi à la manière dont je pourrais interroger Chance en présence d'un médecin.

— Il vaut mieux que vous vous parliez en dehors de la présence du personnel médical.

Guzman a repris, d'un ton sérieux :

— M. Claybourne est très soupçonneux. J'espère que cela lui sera bénéfique d'être seul avec des amis.

Des « amis ». Encore ce mot. J'ai avalé ma salive. Péniblement.

— J'espère aussi.

— Je serai de retour dans cinq minutes.

Guzman est sorti de la pièce, faisant sonner ses talons sur le sol.

Quelques secondes plus tard, Chance est entré d'un bon pas par la porte de derrière. Il portait un jogging et un T-shirt gris de Bolton. Des cernes sombres s'étalaient sous ses yeux marron au regard profond et perçant. Il avait une ombre de barbe sur le menton.

Aucune importance. Même attifé comme chez les fous, ce type était à tomber.

Chance souriait comme s'il pensait à une blague et luttait contre l'envie de rire. Il a fait encore deux pas avant de me voir.

Il s'est arrêté net et m'a regardée dans les yeux. Puis il a lentement tourné la tête.

Il a posé le regard sur Ben, un bref instant. Puis sur moi. Il s'est assis à la table et s'est mis à l'aise, sans cesser de m'observer.

Silence gêné.

Finalement, j'ai dû le rompre :

— Au nom de tous les élèves de la Bolton Academy, nous sommes honorés de vous remettre le prix…

— Arrête.

Sans me quitter des yeux, Chance a montré Ben du doigt.

— Sors.

— Va mourir, Claybourne, a grogné Ben.

Chance a serré les mâchoires.

— Sors. Tout de suite.

— Vas-y, Ben, ai-je chuchoté. On n'a pas beaucoup de temps.

Hésitant, Ben a fini par se lever et partir. Chance ne lui a même pas accordé un regard.

J'ai repris :

— Au nom des élèves…

— Laisse tomber, a dit Chance. Le prix de l'Intellect ? Je me suis prêté à cette farce seulement parce que je voulais voir qui se payait la tête de Guzman. Vous m'avez surpris, je dois l'avouer.

— J'avais besoin de te parler. Ça a marché.

— Elle te plaît, ma nouvelle maison ? J'ai toujours voulu habiter un château. Mais ça compte, si je suis prisonnier ?

— Tu n'es pas prisonnier, tu es un patient.

— Je ne peux pas partir, alors où est la différence ?

Chance m'a fait un clin d'œil.

— Mais au moins, j'ai évité la prison.

— Ne t'en fais pas, tu seras inculpé lorsque tu seras considéré comme guéri.

— Tu crois ? Ça m'étonnerait que le procureur prenne la peine de me poursuivre pour quelques menues infractions. Il a déjà attrapé le gros poisson.

Chance a ricané :

— Au pire, je risquerai six mois entiers de mise à l'épreuve. Je ne sais pas si je le supporterais.

— Alors, tout ça, c'est de la comédie ? Tu les as tous embobinés ?

— Évidemment. Je ne suis pas dingue. J'ai été sous le choc un moment, je dois l'avouer, mais ça va beaucoup mieux à présent.

Malgré ses bravades, Chance semblait nerveux. Ses mains bougeaient sans cesse, et il tapait du pied comme si celui-ci était animé d'une vie propre. J'ai opté pour la diplomatie.

— Profite de ce repos. Je me rappelle cette nuit-là, après ce que Hannah…

Chance a frappé la table des deux poings.

— Ne prononce JAMAIS ce nom !

J'ai sursauté, stupéfaite de cette explosion. Ben est revenu au pas de charge.

— C'est bon, Ben ! Retourne surveiller le couloir.

Ben a jeté un sale regard à Chance avant de repartir.

— Pourquoi est-ce que vous êtes là, d'ailleurs ?

Chance examinait ses ongles. J'ai remarqué ses cuticules à vif.

— Il y a quinze ans, Hollis Claybourne a acheté un objet lors d'une vente aux enchères.

Il me fallait bien choisir mes mots.

— Je me suis dit que tu pourrais savoir quelque chose.

— Mon père achète plein d'objets. Je ne peux pas me souvenir de tous.

— C'est une croix celtique rare. Bien particulière. La partie supérieure s'incurve vers la droite.

Chance a réfléchi à sa réponse.

— Pourquoi est-ce que vous la voulez ?

— Tu te souviens de cette croix, alors ?

Chance a croisé les bras.

— Pourquoi est-ce que je vous aiderais ? Si je suis ici, c'est à cause de vous.

— Ce n'est pas vrai, Chance, ai-je répondu calmement mais fermement. Tu peux penser ce que tu veux de moi, mais tu sais bien que je ne suis pas responsable de… ça.

Chance a ouvert la bouche, puis il s'est ravisé.

— Cette croix… Tu en as besoin pour une raison particulière ?

— Oui.

Inutile de tourner autour du pot.

— Je m'en souviens. Mieux encore, je sais où elle est.

— Tu veux bien me le dire ?

— Pour que tu la voles ? (Il s'est mis à rire.) Non, Tory, j'ai bien vu comment tu respectais les biens de la famille Claybourne.

Il s'est penché vers moi.

— Mais je ferai mieux. Je vais t'y conduire !

— M'y conduire ?

Je n'aimais pas la tournure que ça prenait.

— Et comment ?

— Parce que je vais partir.

Une lueur malicieuse brillait dans ses yeux.

— Tes copains et toi, vous allez m'aider à m'évader.

43.

Le débat faisait rage sur le chemin du retour.

— Pas question, a dit Ben en passant devant les gardes, avant de prendre la grand-route. Chance est un bouffon fini. Pourquoi est-ce qu'on devrait l'aider ?

— Parce qu'il peut nous donner la croix d'Anne Bonny. Il peut nous y conduire.

— Chance, c'est pas comme si c'était une carte qu'on pourrait fourrer dans une poche, a dit Shelton à l'arrière. Comment on va l'évacuer ? C'est une forteresse, cet hosto.

— Au milieu d'un lac, a renchéri Ben.

— Le personnel se rendra immédiatement compte de sa disparition, a ajouté Hi. Alors, Guzman additionnera deux et deux et appellera Bolton. Et la police.

— On n'est pas au conseil des élèves. Et tu as donné ton vrai nom, Tory.

Inutile de me le rappeler. Si on aidait Chance, j'étais presque sûre de me faire prendre. C'était une décision désespérée.

— Et pourquoi est-ce que Chance ne s'enfuit pas, tout simplement ? a demandé Shelton.

— La seule route passe devant les gardes. Aucune importance, de toute façon : Chance n'a pas de voiture.

— Et il serait bel et bien dingue de traverser les marais à pied. Ça doit grouiller d'alligators. On serait de la viande sur pattes.

— Une vraie forteresse, a répété Shelton. Et impossible de passer en voiture devant la guérite des gardes.

— En plus, comment on peut lui faire confiance, Tory ? C'est un taré.

— On sort juste d'un asile de fous, là, a ajouté Hi. Pour ce qu'on en sait, Chance passe ses nuits à danser nu avec des chaussettes marionnettes au bout des doigts, en train de monter un plan pour envahir le Canada.

— Je ne crois pas. Chance est fragile, il a certainement des problèmes, mais il n'est pas dingue. Juste… perturbé. Et peut-être un peu apeuré, aussi. Vous avez entendu Guzman : il ne représente une menace pour personne.

Shelton a changé de tactique.

— Alors, Chance nous fait marcher. Il n'a sans doute jamais vu la croix d'Anne Bonny. Tu lui as demandé de la décrire ?

— Je n'en ai pas eu le temps.

Et m…

— Guzman a dit qu'on était ses premiers visiteurs, a insisté Shelton. Chance aurait raconté n'importe quoi pour qu'on l'aide.

On a roulé plusieurs kilomètres en silence, avant d'arriver à James Island. Ben a pris Folly Road vers le sud. Il restait vingt-cinq minutes avant d'arriver.

J'ai pris ma décision.

— Tant qu'on n'aura pas traduit le poème d'Anne Bonny, cette croix est notre seule piste. C'est Chance qui a toutes les cartes en main. Je suis prête à prendre le risque.

Aucune réaction au début.

— Suppose qu'on décide d'aider Chance, a dit Ben en hésitant. Comment on s'y prendrait ?

C'était l'ouverture qu'il me fallait.

— On le fera à notre façon. Pas de guérite, pas de 4 × 4 voyant.

— Merde ! a lancé Hi en regardant derrière nous. Merde, merde et merde !

— Qu'est-ce qu'il y a ? Un accident ?

La grosse tête de Hi me bouchait la vue.

— Une Studebaker rouge ! Trois voitures derrière nous.

— Tu en es sûr ?

Ben a appuyé sur l'accélérateur.

— Il nous suit ?

Je me suis retournée. Derrière nous, un break rouge venait de doubler deux véhicules à toute allure, avant de se rabattre précipitamment : un camion arrivait en face, dans un mugissement de klaxon furieux.

— Il nous suit ! Pas bon, ça !

— Il est là depuis longtemps ? a demandé Ben, un œil sur le rétro. Depuis l'hôpital ?

— Aucune idée, a répondu Hi. Je viens de le voir.

On a traversé le canal, pris Folly Beach, puis tourné à gauche dans Ashley. Ben a ralenti ; on traversait une zone résidentielle dense.

— Le break nous suit ! s'est exclamé Shelton.

La circulation se réduisait au nord de la ville. Devant, il n'y avait plus qu'une longue rangée de maisons de bord de plage et le pont de Morris Island.

— Il est toujours là, a glapi Hi. Il a des vitres teintées, je ne vois rien à l'intérieur.

— Il n'y a aucune chance que ce soit une coïncidence, a dit Shelton. Aucune.

La route étroite était à présent bordée d'eau des deux côtés. Il restait à peine une dizaine de maisons devant nous, et, au-delà, il n'y avait plus qu'une voie sans signalisation menant à notre petite enclave.

— Summer Place Lane, c'est la dernière intersection, a dit Ben.

On l'a traversée. Je retenais mon souffle.

La Studebaker ne nous a pas lâchés.

Tout le monde a poussé un gémissement.

Ben s'est arrêté dans le cul-de-sac, tout au bout de la route. La voie goudronnée menant à Morris Island commençait juste après. Un panneau jaune indiquait : « Propriété privée. Voie sans issue ».

Si la Studebaker nous suivait, elle ne pouvait avoir qu'une seule destination.

Ben a pris l'allée privée de Morris Island et s'est arrêté dix mètres plus loin.

— Je veux que le conducteur sache qu'on le voit.

Quatre paires d'yeux ont observé la Studebaker qui arrivait dans l'impasse. Elle s'est arrêtée... et a fait marche arrière.

Les secondes passaient. Nous osions à peine respirer.

La Studebaker a fait demi-tour.

Tout le monde a poussé un soupir de soulagement.

— Quelqu'un a pu voir le conducteur ?

Non. Les vitres étaient trop sombres.

On a fait le dernier kilomètre en silence, mal à l'aise. Est-ce que le break nous suivait ? J'avais le cerveau trop épuisé pour me concentrer.

À l'aube, je m'étais extirpée du port de Charleston. Puis j'avais visité le bunker, marchandé avec l'archiviste Short, parlé à tante Tempe et affronté Chance dans un hôpital psychiatrique. Et tout ça, avec moins de deux heures de sommeil. J'ai poussé un bâillement.

— Les gars, je crois qu'il est temps d'aller au lit.

*
* *

Coop m'a accueillie à la porte.

La chance ne m'avait pas abandonnée : Kit n'était pas à la maison. Merci, mon Dieu, pour cette petite faveur.

Je me suis écroulée sur mon lit en gémissant presque de plaisir. Je voulais dormir éternellement.

Tout à coup, mon téléphone portable a explosé. J'ai laissé passer les trois premières sonneries, comme si elles n'existaient pas.

— Aaaaaaaarrrrhhh…

J'ai tendu la main à l'aveuglette vers l'appareil. Trop tard. L'appel passait sur messagerie. Peu après, l'icône est apparue sur l'écran : tante Tempe.

« Désolée de t'avoir ratée, Tory. *Ta suil agam go bhfuil tu i mbarr na slainte.* Ça veut dire : "J'espère que tu es en parfaite santé !" En fait, ta mission m'a bien plu. Après un début difficile, le vocabulaire a commencé à revenir. Je t'envoie ma traduction par mail tout de suite. Fais-moi savoir si tu as besoin de quoi que ce soit d'autre, et appelle-moi plus souvent. *Oiche mhaith.* "Bonne nuit !" »

À la fin du message, un mail est apparu dans ma boîte de réception.

J'avais vraiment, mais vraiment l'intention de l'ouvrir.

C'étaient juste mes yeux qui avaient besoin d'un court repos.

44.

Les coups à la porte ont fini par me réveiller.

— Je serai au travail toute la journée, disait Kit derrière la porte. Je sais que tu es en colère d'être punie et de devoir rester à la maison, mais il va falloir te bouger. Trop de sommeil, c'est aussi mauvais que pas assez.

— Gné… ?

C'était tout ce que j'arrivais à dire.

J'ai entendu Kit s'éloigner. J'ai jeté un œil au réveil. Dimanche. Onze heures moins le quart.

— Oh, m…isère !

J'avais eu une panne d'oreiller. Pour que mon idée marche, il fallait y aller aujourd'hui.

J'ai foncé à mon ordinateur, retrouvé les Viraux et distribué les rôles. Les garçons ont un peu protesté, puis accepté. Je le savais, d'ailleurs. On n'avait pas d'autre choix.

Je me suis déconnectée. J'avais l'impression d'avoir oublié quelque chose, mais quoi ?

J'ai repassé le plan dans ma tête. Il y avait des trous, bien sûr, et quelques hypothèses risquées, mais l'ensemble tenait. Pourtant, j'avais toujours cette impression agaçante.

Mais quoi ?

Coop est entré dans la pièce, la queue frétillant comme un essuie-glace.

— Viens, mon chien.

Je suis descendue lourdement pour voir si Kit avait laissé du café.

Encore une journée mortelle en perspective.

— Gardez les yeux ouverts, a prévenu Ben. Il ne faut pas s'échouer.

C'était le milieu de l'après-midi. À bord du *Sewee*, on avançait prudemment entre les masses de végétation marécageuse qui entouraient l'île de Wadmalaw.

Il avait fallu plusieurs heures, mais Shelton avait enfin trouvé les renseignements dont on avait besoin.

On avait couru au bateau.

Ben avait passé Folly et Kiawah, direction l'embouchure de l'Edisto River, vers l'intérieur des terres jusqu'à la barre de marais et de mangroves entourant le détroit de Wadmalaw.

Le canal rétrécissait à mesure que le bateau s'avançait dans les grands ajoncs et les tiges épaisses des spartines. Des merles tournaient dans le ciel, se repaissant d'insectes engourdis par la chaleur de l'après-midi. Des aigrettes étaient perchées sur des bancs de boue séchée, à l'affût du moindre mouvement dans l'eau calme et croupie.

Mon plan était simple.

L'évasion par la route était impossible. Marsh Point n'avait qu'un seul accès, bloqué par un poste de garde bien surveillé. Impossible de le contourner en voiture.

S'enfuir à pied était tout aussi irréaliste. L'hôpital se trouvait sur un minuscule îlot entouré de boue et d'eau. La seule piste longeait la route, et elle était bien visible.

Il ne restait plus que la voie maritime.

En nous faufilant dans les marais jusqu'au lac qui entourait l'hôpital, on pouvait contourner le poste de garde et arriver sur le site par l'arrière, non surveillé.

Ben procédait à des manœuvres délicates, le visage tendu. Pour une bonne raison. Si on s'échouait sur un haut-fond, le *Sewee* pourrait rester coincé pendant des heures.

Ben a jeté un regard à gauche, et s'est raidi aussitôt.

— Pas de panique, a-t-il dit d'une voix calme, mais il y a un alligator monstrueux à dix mètres à bâbord.

Toutes les têtes se sont tournées d'un coup.

Un alligator de deux mètres cinquante se reposait sur un banc de sable, ses écailles gris-vert couvertes de boue séchée. Il a ouvert ses yeux reptiliens, nous a regardés sans émotion, puis les a lentement refermés.

— C'est... c'est ça, a bredouillé Shelton. C'est l'heure du dodo. On vaut pas la peine que tu te déranges.

Ben a découvert une impasse au bout d'un chenal. Il a fait demi-tour et pris un nouvel itinéraire. Il naviguait péniblement dans ce labyrinthe vert étouffant, la sueur dégoulinant de son front.

Hi se donnait des claques dans le cou.

— Ces moustiques me dévorent vivant.

— Moi aussi, a dit Shelton en lui lançant l'antimoustiques. On doit avoir un goût délicieux.

— C'est gagné !

Ben faisait avancer le *Sewee* entre deux talus herbeux.

— L'île des fous, à douze heures.

Cinquante mètres d'océan nous séparaient de l'hôpital et de la terre ferme.

— Là !

Ben montrait un bosquet de saules pleureurs qui sortaient de l'eau.

— Ces arbres devraient nous cacher... Je vais vous laisser sur la rive, puis reculer et dissimuler le *Seewee* dans les ajoncs. Attendez le signal.

— On se glisse jusqu'à la porte derrière le bâtiment, à gauche. Je la déverrouille et je monte la garde, a dit Shelton.

Shelton avait trouvé et téléchargé les plans de l'hôpital en début d'après-midi. Après les avoir étudiés, on avait une bonne idée de notre objectif.

— Il ne devrait pas y avoir d'alarme à la porte.

On comptait là-dessus.

L'hôpital de Marsh Point insistait sur le caractère ouvert et libre de ses locaux. Les résidents n'étaient jamais enfermés dans leur chambre, et pouvaient généralement se promener sur le site à leur aise.

Peu étonnant. Dans cet environnement digne d'Alcatraz, ils n'avaient nulle part où aller.

Si seulement je pouvais envoyer un message à Chance. Il viendrait à notre rencontre.

Impossible. Les patients n'avaient pas droit aux appels téléphoniques sans surveillance. Chance n'avait aucune idée de notre arrivée.

Mais nous ne pouvions pas attendre. Le dimanche, il y avait moins de personnel, moins de risques de se faire prendre. Il ne me restait plus qu'à trouver Chance moi-même.

Hi répétait son rôle :

— Une fois à l'intérieur, Tory et moi, on va au troisième, et là, je monterai la garde dans l'escalier.

À mon tour :

— Je fouille les chambres, je trouve Chance et on rejoint Hiram.

— On redescend, et on retrouve Shelton.

— J'envoie un texto à Ben, a continué Shelton. Et puis on se bouge le cul pour revenir à la zone d'accostage.

— Où je vous attendrai, a complété Ben. On disparaît dans les marais. Terminé.

Un plan solide. Mais tant de choses pouvaient mal tourner...

Et si quelqu'un remarquait le *Sewee* ? Combien y avait-il de gardiens dans le bâtiment ? Et comment est-ce que je trouverai la chambre de Chance ?

J'ai écarté mes doutes. Aucun plan ne pouvait tenir compte des impondérables. On s'adapterait au fur et à mesure.

J'ai pris une profonde inspiration. C'était l'heure.

— Emmène-nous.

— Compris.

Ben a lancé le moteur et on a foncé sur le lac.

En arrivant à couvert sous les saules, Shelton, Hi et moi avons sauté de la proue pour patauger jusqu'à la rive. Ben a fait marche arrière pour battre en retraite vers le marais.

— Maintenant ? m'a demandé Hi.

— Oui. (Je me préparais au choc.) Vas-y.

SNAP.

La force m'a parcourue comme un éclair, une flamme. J'ai fermé les yeux, attendant que les tremblements se calment.

Mes sens se sont éveillés. Le monde m'apparut avec une précision absolue. Je haletais.

— Prêts ?

Les garçons ont fait signe que oui, leurs yeux dorés cachés derrière des lunettes noires. J'ai enfilé les miennes et gravi la colline.

Dans notre dos, le soleil déclinant nous dissimulait. On a filé dans la cour pour se cacher derrière une haie. Coup de chance. Avec la chaleur suffocante, tout le monde restait à l'intérieur.

J'ai évalué notre objectif en silence. Le château semblait tout aussi menaçant vu sous cet angle, mais la porte était bien là.

— On y va.

Shelton s'est glissé vers la porte et l'a tirée ; il a failli tomber quand elle s'est ouverte d'un coup. Elle n'était pas verrouillée. Il l'a entrebâillée.

— Bonne chance.

Là-dessus, Shelton s'est fondu dans les buissons voisins.

À l'intérieur, un grand escalier. Je me suis arrêtée le temps de me repérer.

Des voix étouffées me sont parvenues d'une porte à droite.

Couloir, a articulé Hi.

Tintement de clés, grincement de chaussures. Un rire rauque.

On a foncé dans l'escalier, Hi et moi.

Troisième étage. Une double porte séparait l'escalier d'un long couloir au fond. J'ai tendu l'oreille.

Rien. Même en flambée, le seul bruit que je détectais était celui d'une pendule.

Où est tout le monde ?

— Attends un peu, ai-je chuchoté.

Je me suis glissée dans un corridor de carrelage blanc, bordé de portes d'acier, toutes flanquées d'un présentoir métallique. Tout au bout, une chaise vide.

Je passais d'un présentoir à l'autre, regardant les noms, sûre de me faire prendre, un œil sur l'ascenseur derrière le bureau des infirmiers.

La chambre de Chance Claybourne était la cinquième.

Je n'ai pas hésité.

Le cœur battant la chamade, je suis entrée.

La pièce était confortable, avec un lit pour une personne et un petit bureau de bois. Des murs nus, bleu tendre. La seule fenêtre surplombait un jardin de pierre japonais.

Chance était assis sur son lit, en train de lire un livre. Même avec un jogging miteux, il ressemblait à un mannequin. Comment est-ce que je pouvais le trouver encore séduisant ?

Rappelle-toi ce qu'il a fait. Ce qu'il a essayé de cacher.

Chance a poussé un petit cri qui m'a ramenée sur terre. Il me regardait, les yeux exorbités.

— Tory ? Mais que fais-tu donc ici ?

— Tu as dit que tu avais besoin d'aide. Je n'ai pas encore tué de dragon, mais la journée n'est pas finie.

— Maintenant ?

Chance était trop stupéfait pour se la jouer cool.

— Tu sais comment sortir ? Et pourquoi est-ce que tu portes des lunettes de soleil ?

— Pas de questions. Sauf si tu as un autre plan ?

— Absolument aucun.

Chance a commencé à fourrer des affaires dans un sac à dos.

— Je suppose que tu as un moyen de quitter les lieux ?

— Naturellement.

— Comment est-ce que tu as pu monter ici sans te faire repérer ? (Chance a jeté un œil à son réveil.) L'heure de la sieste ! Mais oui, bien sûr. C'est malin. À cette heure-là, tous les aides-soignants jouent aux cartes dans le hall.

— C'était l'idée.

Tu parles d'une innocente aux mains pleines...

Chance s'est rembruni.

— Mais on ne passera pas devant le parking.

— Pas besoin. Tu veux bien accélérer un peu ?

J'ai entrebâillé la porte et jeté un œil dans le couloir. Vide.

— Viens.

Chance sur les talons, j'ai couru vers l'escalier.

Tout à coup, l'ascenseur s'est arrêté.

Un arrière-train massif s'avançait à reculons dans le couloir, suivi d'un chariot à médicaments brinquebalant.

J'ai ouvert d'un coup la porte la plus proche et poussé Chance à l'intérieur. Le loquet s'est fermé juste au moment où l'aide-soignant se retournait.

— On aurait dû foncer ! siffla Chance. C'est le chariot à médicaments. On sera coincés ici pendant au moins dix minutes. Et, à ce moment-là, le couloir grouillera de gens.

— Laisse-moi réfléchir.

J'ai jeté un œil autour de nous. On était dans un placard à linge, avec des étagères pleines de couvertures et de serviettes le long d'un mur. Sur un autre, à hauteur de poitrine, se trouvait un rectangle métallique, avec une poignée pile au milieu. À côté de la poignée, un bouton noir brillant.

— Qu'est-ce que c'est ? a chuchoté Chance.

— Aucune idée.

J'ai appuyé sur le bouton, déclenchant un bruit sourd dans le mur.

— Tu es folle ? On ne sait pas ce que ça peut faire !

Dans un fort bourdonnement, le rectangle de métal a commencé à vibrer.

Au point où on en est...

J'ai tiré sur la poignée, faisant glisser le couvercle vers le haut et révélant un compartiment de la taille d'un four à pizza géant.

— Un monte-charge ! me suis-je exclamée, sans doute trop fort.

Changement de plan immédiat. J'ai sorti mon portable pour envoyer un texto à Shelton et Hi.

— Monte dedans, ai-je dit à Chance.

— T'es dingue.

— C'est le seul moyen de sortir sans se faire voir. Ils doivent s'en servir pour envoyer le linge sale à la blanchisserie.

Chance n'a pas bougé d'un cheveu.

— C'est un cercueil en métal.

— Tout ira bien.

Impossible de lui montrer ma nervosité.

— Une fois qu'on aura fermé le panneau, ce truc nous descendra droit au rez-de-chaussée.

Chance ne bougeait toujours pas.

— Regarde.

Je me suis glissée dans l'étroit compartiment.

— Les dames d'abord.

Chance avait encore l'air sceptique.

— Si on reste coincés, tu seras mon prochain repas.

Il s'est serré contre moi puis a refermé le panneau.

Rien.

Des images effrayantes m'ont brûlé l'esprit. Moi, prise au piège dans cette boîte. Luttant pour bouger, pour respirer. Mon rythme cardiaque est parti en vrille. Mes paumes étaient inondées de sueur gluante.

Soudain le moteur s'est mis en marche et on a commencé à descendre.

Chance haletait à côté de moi, visiblement mal à l'aise dans cet espace confiné. Je sentais son torse contre mon dos, ses genoux contre l'arrière de mes cuisses.

J'étais très, très consciente de sa proximité.

SNUP.

Ma flambée s'est éteinte, me vidant temporairement de mon énergie. Un frisson m'a parcouru le corps. J'ai ôté mes lunettes noires, je me suis frotté les yeux. Peu à peu, j'ai recouvré mes esprits.

Le monte-charge s'est arrêté d'un coup. Je me suis imaginé de quoi on aurait l'air si quelqu'un nous découvrait.

Par pitié. Pas de public.

La porte s'est soulevée.

Chance s'est quasiment éjecté. J'ai filé derrière lui, en regardant partout autour de moi.

On avait atterri dans l'angle d'une vaste buanderie. Des comptoirs de granit longeaient les murs, entre des éviers, des lave-linge et des séchoirs de taille industrielle. Heureusement, personne dans la pièce.

— On est au sous-sol, a chuchoté Chance, en jetant des coups d'œil furtifs. Et maintenant ?

— Il faut qu'on sorte, par l'arrière.

— Il y a un escalier à l'arrière, pour les livraisons.

— Comment tu sais ça ?

— J'observe. Je pense à m'évader depuis que je suis arrivé.

Chance avait raison. Un escalier étroit menait de la buanderie à une petite zone goudronnée derrière l'hôpital.

— On peut arriver jusqu'à l'eau sans se faire voir ? ai-je demandé.

— Suis-moi.

Chance m'a guidée à l'arrière, passant devant la porte par laquelle j'étais entrée. J'espérais de toutes mes forces que mes textos avaient bien été reçus.

Chance a foncé dans un labyrinthe de haies. J'étais sur ses talons.

— Qu'est-ce que c'est ?

— Le jardin de méditation. On est à couvert jusqu'au bosquet de cornouillers, hors de vue de l'hôpital.

— Tu y as vraiment réfléchi !

Chance a souri pour la première fois.

— Si tu savais…

Quelques minutes plus tard, on était aux saules pleureurs. Ben nous attendait, moteur tournant. Hi et Shelton étaient déjà à bord. Impossible de dire qui était le plus soulagé.

— Allez, allez, allez ! glapissait Hi. On décolle.

— Tu y es arrivée, a dit Ben, l'air légèrement étonné. Est-ce que quelqu'un t'a vue ?

— Je ne crois pas.

On est montés à bord.

— Mais ne tentons pas le sort. Allez, vas-y !

*
* *

Chance s'est mis à rire.

— Il ne faut pas vous sous-estimer, tous les quatre !

— Rappelle-toi. On a passé un marché.

On était sortis du marais depuis dix minutes. Le *Sewee* faisait le tour de Seabrook Island, vers le nord-est et tout près de la côte. Direction la maison. Je n'avais aucune intention de perdre mon temps.

— La croix celtique. Où est-elle ?

Chance a réfléchi un instant.

— La croix se trouve au camp de pêche de mon père. Elle y est depuis qu'il l'a achetée. Hollis et ses copains y allaient pour boire et fuir leurs femmes. (Un sourire jouait sur les lèvres de Chance.) Père disait souvent pour plaisanter que cette bicoque avait besoin d'un peu de sainteté pour compenser leur débauche.

L'adrénaline me parcourait le corps. Je sentais la croix d'Anne Bonny dans mes mains.

— Où est ce camp ? a demandé Ben.

Chance s'est étiré.

— Tut-ttt. Je ne vais pas révéler tous mes secrets d'un coup.

— Attends, quoi, là ? Tu as promis ! ai-je crié en lui pointant le doigt en pleine figure.

— Et je tiendrai parole. (Chance a écarté ma main.) D'abord, j'ai besoin d'un endroit pour me poser en attendant la suite. De manger. Et d'une douche.

Chance m'a jeté un regard plein de sous-entendus.

— Tu ne peux pas habiter chez moi.

Qu'est-ce qu'il croyait ?

— Je n'ai pas trop de choix en ce moment.

Il a durci le ton :

— Tu as besoin de la croix. Et moi, d'un hébergement temporaire. Cela va prolonger un peu notre partenariat.

Il me tenait. Mais comment le cacher à Kit ?

— Demain soir, a promis Chance. Tu as ma parole. D'ici là, tu auras la joie de ma compagnie.

Je n'ai trouvé rien à répondre.

— Alors, qu'est-ce qu'il y a pour dîner ? a-t-il demandé avec un sourire béat.

45.

On est arrivés à la maison cinq minutes avant Kit.

Hi et Shelton ont tracé dès que le *Sewee* est arrivé à quai, prétextant qu'ils devaient s'occuper du dîner. Ils avaient eu leur compte pour la journée.

Ben m'a demandé si j'avais besoin de quelque chose, en fusillant Chance du regard. Je l'ai assuré que je maîtrisais la situation. Un mensonge énorme mais nécessaire.

— Merci de me montrer mes quartiers, a dit Chance nonchalamment.

— Si tu causes le moindre problème, tu dors sur le bateau.

À l'intérieur, Coop tournait autour de notre invité en le reniflant, hésitant. J'installais Chance dans ma chambre quand la porte d'entrée s'est ouverte.

— Reste ici et ne fais pas de bruit. Si tu entends quelqu'un venir, cache-toi.

— J'ai faim. Dis à ton petit papa que tu as invité un ami à dîner.

— Ne joue pas le débile.

Je me recoiffais et rajustais mes vêtements pour calmer mes nerfs en pelote. Est-ce que j'allais vraiment m'en sortir, ce coup-là ?

— Kit te reconnaîtrait. Il ne risque pas d'oublier le soir où vous vous êtes rencontrés. D'ailleurs, tu es un fugitif, à la base.

— Je me suis laissé pousser la barbe, a dit Chance en se caressant le menton. Et je peux prendre un super accent britannique. « Aow, vwèment ! Pouwwè-je avoiw une tâsse de thé ? »

Visiblement, il ne prenait pas la situation au sérieux.

— En plus, je suis punie, je ne suis pas censée sortir... ni recevoir de visiteurs. Ça ne marchera pas.

— Et qu'est-ce que je suis supposé manger ?

— En général, ça nous prend dix minutes pour dîner. Je t'apporterai quelque chose.

— Il ne viendra pas te voir plus tard ?

— Mon père pense que je suis toujours fâchée. Si je m'enferme dans ma chambre, ça n'éveillera pas ses soupçons.

— Tory ! appela Kit. Whitney est arrivée. Tu descends dîner, s'il te plaît ?

— Ah, m... ! Tu rigoles ! (Chance était hilare.)

Le moment était vraiment choisi entre tous.

— Whitney Dubois ? Cette perruche prétentieuse du comité de bal ?

J'ai acquiescé, le cœur gros.

— Pourquoi tu crois que je vais faire mon premier bal ?

— Je me suis en effet posé la question.

Kit pouvait vraiment jouer au con, parfois. Il ne m'avait absolument pas prévenue. C'était ma seule règle, à moi. Me prévenir.

— Assieds-toi et ne bouge pas.

J'ai fait signe à Coop de rester là, lui aussi.

— Au moindre bruit, mon chien-loup te mettra en pièces.

Je suis sortie de la chambre, laissant Chance jeter un regard nerveux à mon toutou.

Kit mettait la table tandis que Whitney s'agitait dans la cuisine. Deux sacs d'un restaurant à barbecue étaient posés sur le plan de travail.

— Whitney ! Quelle surprise, me suis-je exclamée en foudroyant Kit du regard. Je n'avais aucune, mais alors aucune idée que tu passais nous voir.

Kit se concentrait sur les assiettes.

Whitney avait l'air contente.

— Quand ton père a répondu à son téléphone au bureau, j'étais sûre, mais sûre, qu'il n'avait rien prévu à dîner. Il me tendait la perche.

Kit me souriait faiblement.

— C'est sympa, hein, Tor ?

— Hum, mouais.

Whitney sortait des récipients en plastique pleins de porc cuit au barbecue et de haricots blancs sauce tomate.

— Et nous avons tant de choses à discuter.

— Discuter ?

Ça partait mal.

— Tory, tu t'occupes des boissons, a dit Kit. Nous parlerons après manger.

Un signal d'alarme s'est mis en marche dans ma tête.

Kit a chipoté tout son repas, riant trop fort de mes blagues nases. La bonne humeur de Whitney était inébranlable : mes piques les plus acérées semblaient glisser sur sa coiffure soigneusement élaborée.

Le signal d'alarme tintait de plus belle, puis s'est mis à sonner. Ça commençait à ressembler à un piège.

Whitney nous servait du pudding à la banane dans des bols quand Kit a commencé :

— J'ai pris quelques décisions. Concernant notre avenir.

— Vraiment.

J'ai posé ma fourchette.

Kit a commencé à taper du pied nerveusement. Whitney lui a posé une main rassurante sur l'épaule.

Trop bien. Je ne savais pas ce qui allait arriver, mais ça n'allait pas me plaire.

— On m'a proposé un travail. Je... je vais l'accepter.

— Hein ? Comme ça, c'est tout ?

— Ton papa y a réfléchi beaucoup et longtemps, a commencé Whitney. Cela n'a pas été facile de...

— Excuse-moi, ai-je coupé d'un ton glacial. Je suis en train de discuter avec mon père.

Whitney m'a regardée d'un air exaspéré.

Kit a posé sa main sur la sienne.

— Je comprends que tu sois contrariée, a dit Kit. Mais, parfois, on doit prendre des décisions désagréables, quand on est parent. C'est la meilleure proposition que j'ai reçue. L'économie va mal. Franchement, j'ai même de la chance qu'on me fasse une offre.

Je serrais les mains sous la table. Si fort que je sentais les os de mes doigts.

— Et c'est quoi, cette merveilleuse opportunité ?

— Le parc naturel de Seven Mile Island cherche un spécialiste environnemental. Sur un plan professionnel, cela me convient parfaitement. Le salaire est excellent. Je sais que tu préférerais rester à Charleston, mais je ne peux pas laisser passer cette opportunité.

— Où est Seven Mile Island ?

Ma voix était à peine audible.

— En Alabama. Près d'une ville appelée Muscle Shoals.

— Allez l'Alabama ! a glapi Whitney.

Kit se recroquevillait, craignant une nouvelle explosion de ma part. Son instinct ne le trompait pas.

— L'Alabama ? On va habiter à côté de chez Forrest Gump ?

— J'ai le dos au mur, Tory. Avec ce travail, je vais m'en sortir.

— Tu vas adorer l'Alabama, a dit Whitney. Donne-lui une chance, c'est tout.

Je me suis tournée vers elle, furieuse.

— En quoi ça te concerne ? Tu aimerais qu'on s'en aille, pour avoir plus de place ?

Kit s'agitait, mal à l'aise.

— Hum. Whitney a décidé de venir avec nous.

Cette nouvelle m'a ébranlée. Mes yeux commençaient à brûler.

Ne pleure pas. Surtout, ne pleure pas.

— Elle vient avec... (*Du calme. Surtout, du calme.*) Elle viendra nous rendre visite ? Nous aider à nous installer ?

— Ton père est tout pour moi, a lancé Whitney. Je ne supporte pas l'idée de le perdre.

— Whitney déménage, elle aussi.

Kit me regardait fixement.

— Nous espérons qu'elle pourra vivre avec nous, avec ta permission bien sûr. Si cela te met mal à l'aise, elle trouvera un appartement pas loin.

Une migraine apparaissait, martelant mon lobe frontal. J'étais prise de vertiges. La pièce tournait.

L'Alabama ? Avec Whitney ? Kit m'avait décoché un double uppercut.

— Ne t'en fais pas, ma chérie, a ajouté la reine de la gaffe. Tu auras encore le temps de te préparer pour ton premier bal. Avec un peu de chance, nous pourrons t'intégrer au groupe de cette saison.

— Cette... cette saison ?

J'arrivais à peine à articuler.

— Je m'occuperai de tout, a gazouillé l'autre. Je parlerai au comité des mères après le gala de demain. Tu as un brunch demain matin, rappelle-toi.

— De... demain.

J'avais l'esprit engourdi. L'idée de vivre avec Whitney était au-delà de l'horreur.

— Un... un brunch. Oui.

— Bien.

Kit a ajouté, tâchant d'égayer l'atmosphère :

— Tu peux rappeler à tes amis que tu as toujours interdiction de sortir.

— Je n'ai pas d'amis au bal.

— Dis ça à celui qui n'arrête pas d'appeler à la maison.

Je l'ai regardé, étonné :

— Personne ne m'appelle sur le fixe.

— Il y a trois nouveaux appels sur l'écran. Un certain Marlo Bates. Je ne t'ai jamais interdit de te servir du téléphone, mais, rappelle-toi, tu es censée être bouclée à la maison.

En entendant le nom de Marlo, je suis passée en alerte maximale. Il avait trouvé notre numéro. Comment ? Pourquoi ? La rencontre d'hier à la bibliothèque n'avait pas été une coïncidence.

Ces types me suivaient à la trace.

— Je le lui dirai, ai-je répondu en cachant mon trouble.

— Ne t'inquiète pas, trésor, a dit Whitney. (Son visage était un masque de sérieux.) Ce déménagement nous fera du bien à tous. Tu verras, un jour.

Tu n'es pas ma mère !

J'ai reculé ma chaise. Glaciale.

— Puis-je sortir de table ?

Et merde pour la permission. J'ai foncé à l'étage.

46.

— Quel culot, cette conne ! (Je serrais la poignée de la porte de toutes mes forces.) « Tu vas adorer l'Alabama. » Va mourir !

— Elle t'a marché dessus, a commenté Chance d'un ton neutre. Arrête d'être une victime.

— Ferme-la. (J'ai poussé le verrou de ma chambre d'un coup sec.) Qu'est-ce que tu en sais, d'ailleurs ?

— Je m'ennuyais, alors je vous ai écoutés. Le dîner avait l'air merveilleux. Ah, tu ne m'as pas apporté d'assiette, apparemment.

Chance était vautré sur mon lit, feuilletant vaguement un vieux magazine. Coop ronflait à ses pieds. Le traître !

— Il y a des barres de céréales dans mon placard. Vas-y, bouffe-toi les noisettes.

— Mais défends-toi !

Chance continuait avec ses conseils que je n'avais pas demandés.

— C'est pareil avec Madison et toute sa clique.

— Qui tu es pour me donner des conseils ? Tu es un évadé d'un asile de fous.

Chance m'a répondu, le visage crispé :

— Je sais de quoi je parle. En plus, même fou évadé, j'ai toujours plus de succès que toi.

C'était malheureusement vrai. Je l'avais bien vu au yacht-club.

— Mêle-toi de tes affaires.

Là-dessus, je suis allée dans la salle de bains.

— Je me débrouille très bien, merci.

C'était faux. Mon anxiété restait à un niveau stratosphérique.

Tout en me brossant les dents, je me demandais pourquoi Marlo avait appelé. Est-ce que c'était lui qui nous avait suivis en Studebaker ?

Sans oublier mes propres problèmes. L'Alabama. La cohabitation avec Whitney. Et, bien sûr, le Trio des Bimbos. J'avais vraiment besoin que Chance en parle, tiens.

— Tu es inquiète… mais je peux t'aider à gérer ces sales gosses gâtées.

J'avais fini de me brosser les dents.

— Elles ne m'intimident pas.

Encore faux.

En flirtant avec Jason, j'avais ridiculisé Madison devant sa cour. La prochaine fois, elle se jetterait sur moi.

Chance m'observait depuis la chambre.

— Si tu restes une cible facile, elles s'en prendront à toi.

— Peut-être que je vais tout laisser tomber.

Tu parles !

Si j'espérais contrer le projet de déménagement de Kit, ce n'était pas le moment de faire des vagues. Ce serait une mauvaise idée de couper les liens avec Charleston. En plus, il me fallait une excuse pour sortir de la maison, et le bal en fournissait une immanquable.

Beurk.

— Éviter les soirées, ce n'est pas une solution.

Chance me suivait des yeux tandis que j'allais à mon bureau. Il a insisté :

— Ces filles ne vont pas disparaître.

— Peut-être que moi, oui. Tu as entendu Kit.

Saisie d'une impulsion, j'ai cherché sur Google la ville de Muscle Shoals, en Alabama. Les résultats ne m'ont pas remonté le moral.

— Oh, non ! J'y crois pas.

— Quoi ?

Chance est venu lire par-dessus mon épaule.

— Oh, non, c'est de pire en pire. Qu'est-ce qui va encore me tomber dessus ?

— Ah, oui, au secours. Il y avait une usine d'armes chimiques ? Au moins, ils l'ont fermée. Je suis sûr que tous les gaz de combat sont inertes, maintenant. Enfin, presque tous.

L'humour de Chance m'échappait.

Je suis allée à ma penderie, j'ai fermé la porte et pris un T-shirt et un caleçon. Puis j'ai changé d'avis, optant pour un pyjama.

Quand je suis ressortie, Chance a poussé un sifflement.

— Jolie tenue... mais on voit peut-être un peu trop tes chevilles ?

— Dormir sur mon plancher, c'est un privilège, tu sais. Il y a de la place dans le garage.

Chance a levé les mains comme s'il se rendait.

— Tu n'as qu'à me montrer l'endroit.

— Là-bas.

J'ai indiqué une place entre mon lit et le mur du fond.

— Tu ne seras pas visible depuis la porte.

Chance m'a fait un salut. Je lui ai tendu un oreiller.

— Si Kit te voit, ai-je déclaré en souriant, tu es entré en cassant la vitre et tu m'as agressée.

— Parfait. Comme ça, personne ne prendra Ta Grâce en défaut.

Il s'est glissé dans l'espace étroit.

J'ai éteint la lampe et je me suis glissée au lit. Je restais là, allongée, à écouter la nuit.

Chance était à un mètre de moi. Incroyable, la tournure surréaliste que prenait cette affaire. Sans peur du ridicule, j'ai regretté d'avoir mis un pyjama.

Reprends-toi, Tory. Pas le moment de jouer les gamines amoureuses.

Mais ce n'était pas si facile. J'avais craqué pour Chance toute l'année, et c'était dur de lutter contre des sentiments pareils. Ils réapparaissaient à des moments inopportuns. Comme maintenant.

Malgré tous mes efforts, je n'arrêtais pas de penser à Chance, si près. Et comme il serait facile de m'approcher encore bien plus.

Des fantasmes commençaient à tourner dans ma tête, tous plus scandaleux les uns que les autres.

J'avais les joues en feu.

Perturbée par ma superficialité, je me suis rappelé ses nombreuses trahisons. Chance avait joué avec mes émotions, il m'avait manipulée pour me déstabiliser. Il m'avait menti éhontément à plusieurs reprises, il avait même braqué une arme sur ma tête.

Son esprit s'est brisé cette nuit-là. N'oublie pas qu'il est malade.

Pourtant, même abîmé, Chance possédait un magnétisme incomparable. Allongée dans mon lit, je l'écoutais respirer et j'étais attirée vers lui.

La voix de Chance a brisé le silence :

— Tu ne pourras pas éviter Madison éternellement.

— Tu vas voir.

— Intéressant. Je n'avais jamais pensé que tu étais lâche.

Il avait touché une corde sensible.

— Dis-moi ce que je dois faire, puisque tu es un tel expert.

Il a rallumé.

— Il y a une seule façon d'affronter celui qui te persécute.

Chance s'est redressé. Il me regardait droit dans les yeux, la lumière se reflétait dans ses iris sombres.

— N'aie pas peur.

— « N'aie pas peur » ? C'est tout ? C'est ça, ton grand conseil ?

Des moqueries me venaient à l'esprit, mais j'ai tenu ma langue. Une fois encore, je me suis émerveillée de cette situation absurde : Chance Claybourne, l'évadé d'un asile de fou, squattant par terre dans ma chambre, en train de me donner des conseils sur la vie. Quel monde !

— Les persécuteurs manquent par nature de confiance en eux, a repris Chance. Ils attaquent ceux qu'ils perçoivent comme faibles, parce que, en les humiliant, ils se sentent mieux. Mais les persécuteurs fuient toujours un combat d'égal à égal.

— D'accord, monsieur le psy. Alors, qu'est-ce que je dois faire ?

— Tu veux que ces teignes te lâchent ? Rentre-leur dans le chou. Ne fuis pas. Attaque.

Il avait raison. Je ne pourrais pas éternellement éviter le Trio. Et, même dans ce cas, d'autres les remplaceraient un jour.

Il fallait m'endurcir. Me faire respecter.

— « N'aie pas peur », hein ?

— N'aie pas peur.

47.

Le country-club de Charleston occupe la pointe nord de James Island, juste en face du port de la ville.

Élégant et exclusif, ce club offre à ses membres un accès aisé aux courts de tennis, aux piscines et à un golf de dix-huit trous, méticuleusement entretenus.

Le lendemain matin, à dix heures, Kit m'a déposée à l'élégant club-house de bois et de stuc.

Je portais une robe de cocktail Nicole Miller sans bretelles. Couleur moka, moulante et ajustée. Et prêtée, bien sûr.

Par un accord implicite, Kit et moi avions évité de nous parler pendant tout le trajet. Mon explosion de la veille était encore sensible.

— Deux heures ? a demandé Kit en tapotant nerveusement le volant.

— Une.

— Entendu. Amuse-toi bien.

J'ai failli tomber en descendant de voiture. J'avais à peine fermé l'œil. Les nerfs à vif d'avoir dû cacher Chance. Sans parler de la perspective de retrouver le Trio.

J'ai pris un moment pour me ressaisir, me répétant le conseil de Chance.

Fais-toi respecter. Riposte. N'aie pas peur.

Je suis entrée dans le salon d'un pas énergique, le dos bien droit.

Des tapis persans coûteux couvraient le plancher sombre, sous un chandelier de cristal massif. Deux escaliers monumentaux se déployaient en spirale.

Sur une table Régence étaient posés un vase rempli de fleurs et un panneau à cadre d'argent annonçant que la collation serait servie devant le green.

À côté de la table se tenait Rodney Brincefield.

Grand Dieu. Qu'est-ce qu'il faisait ici, celui-là ?

— Tory, a fait Brincefield avec un grand sourire. Quelle agréable surprise.

— Bonjour.

Surprise, je n'ai rien trouvé à ajouter.

— J'ignorais que tu fréquentais le club.

Brincefield portait un costume anthracite et des riche-lieus noirs. Je me suis demandé s'il était employé, invité ou membre.

— Je suis là pour le brunch, ai-je annoncé.

— Merveilleux. Comment va la chasse au trésor ? (Il a baissé la voix.) Des indices ?

Une ampoule de flash a éclaté dans ma tête. Un break rouge d'une autre époque, qui suivait les Viraux jusqu'à Morris Island.

J'ai choisi d'attaquer directement.

— Monsieur Brincefield, est-ce que vous me suivez ?

— Te suivre ?

Il m'a vrillée de son regard bleu.

— Pourquoi te suivrais-je, grands dieux ?

— C'est juste que… je n'arrête pas de tomber sur vous.

Brincefield a eu un petit rire.

— Je parcours les mêmes chemins depuis des décennies. C'est toi qui es récemment apparue dans mon monde.

Il n'avait pas tort. Je n'avais vu Brincefield qu'en des endroits où je n'avais jamais mis les pieds avant.

Peut-être que c'était moi qui le suivais.

Brincefield s'était approché insensiblement. Il a repris la parole. Ses sourcils neigeux frôlaient les miens.

— Vous l'avez trouvé ? a-t-il chuchoté. Vous connaissez l'ouvrage ?

J'ai fait un bond en arrière.

— De quoi parlez-vous ?

Un bruit de pas derrière moi.

— Tory ?

Je me suis retournée. Jason débarquait dans la pièce, une paire de chaises pliantes sous chaque bras.

— Tu viens d'arriver ? Tout le monde est là-bas, sur la pelouse. Je me suis encore retrouvé coincé à transporter des trucs.

— J'y vais. Désolé, monsieur Brincefield, je dois filer !

Je me suis dirigée en hâte vers les portes. J'ai aperçu Brincefield dans la glace. Il me regardait partir.

Une fois dehors, j'ai réprimé un frisson.

Est-ce que Brincefield m'avait attendue ? Il m'avait posé sa dernière question avec une intensité presque démente. Qu'est-ce que cela voulait dire ? Ce vieil homme n'était peut-être pas si inoffensif, après tout.

Concentre-toi. Tout le monde peut te voir.

Je me suis dissimulée derrière un bosquet à l'instant où Jason apparaissait. Après avoir jeté un œil autour de lui, il a déposé son chargement près d'un pavillon blanc.

Cachée, j'ai examiné la scène.

La plupart des participants au bal étaient arrivés. Les aristocrates vaquaient en bavardant, portant leurs plus beaux atours. Des femmes vêtues de robes bain de soleil claires tenaient des assiettes minuscules de tranches de pastèque, de melon, de fraises et de fromage. Des rires affectés flottaient dans l'air.

Décision impulsive : plus de surprises.

Si une attaque était imminente, j'avais besoin de tous mes pouvoirs. Tous.

SNAP.

La transformation a été rapide. Je tremblais et haletais, comme d'habitude. Je n'ai pas bougé, luttant contre la sensation de brûlure qui envahissait mes membres.

Mes capteurs sont passés en haute définition.

J'ai chaussé mes lunettes noires et je suis sortie des arbres pour me joindre au groupe.

Les adultes s'étaient réunis autour du buffet, sous le pavillon. Mes camarades de classe flânaient sur le green, à trente mètres de là.

Jason m'a repérée et m'a fait signe.

Luttant contre mon appréhension, je suis allée le voir.

— Te voilà.

Sa cravate était défaite, son dernier bouton aussi.

— Tu avais disparu.

— J'étais allée me rafraîchir. Toujours de corvée ?

— C'est de l'esclavage par contrat. Ces génies n'ont installé que cinquante chaises.

Derrière mes lunettes noires, je cherchais le Trio. Il n'était nulle part.

Soudain, une voix au fort accent sudiste a appelé Jason. Il s'est mis à gémir.

— Encore ? Elle est vraiment tarée, celle-là. Je reviens de suite.

Jason a suivi une femme âgée à l'intérieur du club-house. J'étais seule.

Décidée à tirer le meilleur parti de la situation, je me suis mêlée aux autres, restant en lisière des groupes. Personne ne m'a adressé la parole, mais personne ne m'a chassée non plus. En progrès.

Soudain, mon oreille sensible a capté le son que je craignais.

Madison. Quelque part derrière moi.

J'ai affûté mes capacités auditives, essayant d'isoler sa voix au milieu des bavardages et des rires.

— … va le regretter, cette fois. Il faut qu'on lui montre…

— Maintenant ! (C'était Ashley.) Jason est parti au club-house.

Des frôlements de tissu, dans ma direction.

J'ai inspiré profondément. *N'aie pas peur.*

— Hé, la *boat girl* !

Je n'ai pas réagi.

— *Boat girl* !

Je me suis retournée lentement.

Madison se tenait à un mètre de moi, bras croisés, entourée de ses larbins lèche-bottes. Elle m'avait interpellée franchement, pour que tout se fasse en public.

Mon cœur s'est mis à cogner. Je ne me sentais pas capable de parler.

Madison a pris une expression étonnée.

— Je croyais t'avoir clairement fait comprendre que tu n'étais pas la bienvenue ici.

Les conversations se sont arrêtées. Un vague cercle se formait. Une excitation animale brillait dans les yeux des spectateurs. La foule attirée par le sang.

— Tu n'es pas la bienvenue ici, a répété Courtney comme un perroquet.

— Eh non ! a ajouté Ashley avec un sourire carnassier. Ce n'est pas pour toi.

— On vit dans un pays libre…

Ma voix tremblait. Madison a ricané :

— Libre, mais pas gratuit. C'est assez coûteux, en fait. Mais j'imagine que tu aimerais que ça te soit accessible, vu que tu ne peux pas te payer des endroits pareils.

Il y a eu quelques rires. Je sentais la foule qui retenait son souffle. Pas une voix ne s'est élevée pour prendre ma défense.

Le silence s'appesantissait, mais j'étais bien décidée à ne pas le briser. C'était à Madison de jouer. Si elle voulait du théâtre, elle devait assumer le rôle.

Soudain, une odeur familière m'est parvenue aux narines.

Sous le parfum Dior et la lotion corporelle *La Mer*, Madison exsudait l'angoisse.

Vue du dehors, elle semblait détendue. Mais, avec ma vision améliorée, j'ai remarqué ses muscles noués, sa mâchoire serrée. La veine dans son cou battait à se rompre.

Sa confiance était simulée. Madison Dunkel était plus tendue qu'une peau de tambour.

— Tu ne joues pas dans ta cour, Tory, a lancé Madison en haussant le ton. Et pas seulement ici. La Bolton Prep est bien, bien trop prestigieuse pour accepter des cas sociaux par pitié déplacée.

— Par pitié ?

J'avais le visage brûlant, mais je restais calme.

Ashley s'est mise à rire :

— Tout le monde sait que tu ne peux pas te payer l'inscription. On a accepté ton groupe pitoyable pour la seule raison qu'un directeur à la noix cherchait à faire une bonne action pour se faire bien voir.

— Mais c'est nous qui en souffrons, a déclaré Madison d'un air solennel. Nous, élèves méritants, forcés de partager nos classes avec des ploucs des îles. C'est un miracle qu'on apprenne quoi que ce soit.

Ça suffisait. Chance avait dit d'attaquer ? C'était parti.

— Moi, je ne suis pas méritante ? La dernière fois que j'ai regardé, j'avais de meilleures notes que toi dans tous les cours qu'on avait ensemble. Tu sais, les cours de deuxième année que j'ai pris en première ?

Madison m'a regardée, les yeux écarquillés, dissimulant sa nervosité derrière un rictus ; mais son odeur trahissait son anxiété.

Je n'ai rien lâché.

— Contrairement à toi, Madison, je me casse le cul au travail tous les jours. C'est pour ça que j'ai eu un prix de Bolton et pas toi. On suivra le programme de prépa-fac toutes les deux l'an prochain. Si tu me le demandes gentiment, j'accepterai peut-être d'être ta tutrice.

Le rictus de Madison faiblissait. Une nouvelle odeur me parvint aux narines.

La gêne.

J'avais touché un point sensible.

J'ai compris.

— Tu as bien été acceptée en programme prépa-fac, pas vrai ? ai-je demandé avec une parfaite innocence. Je sais que tu l'avais demandé.

Madison s'est raidie.

— Tu ne sais rien !

Mais mon nez me disait le contraire.

— Ah, ouais... dur... Ça ne va pas t'aider à aller en fac, cet échec. Mais peut-être qu'avec l'argent de tes parents, tu pourras t'acheter ton inscription.

Il y a eu quelques gloussements, rapidement étouffés. Mais, cette fois, la cible n'était plus la même. Tous les regards se tournaient vers Madison.

Elle ouvrait la bouche, mais je l'ai coupée :

— Franchement, c'est lamentable que tu me suives partout. Tu n'as vraiment rien d'autre à faire ? Trouve-toi une activité, bon Dieu.

Les gloussements devenaient des ricanements. Versatile comme toujours, la foule avait changé de camp. Regarder Madison se tortiller sur place, c'était encore plus drôle.

— Mais on te suit pas ! a lancé Ashley. T'es une nase !

— J'aurais cru. Partout où je vais, vous me suivez comme des chiots perdus. Et, quand je regarde par la fenêtre, je m'attends presque à vous voir fouiller dans mes poubelles.

— Hé ! s'est écriée Courtney, abasourdie. Tu ne peux pas nous parler comme ça !

— Je suis désolée. Ce sont des mots trop longs pour vous ? Je dois faire plus simple ?

Les rires enflaient. J'étais lancée. Pourquoi, grands dieux, avais-je laissé ces gourdasses s'attaquer à moi ?

— Tu es une rien-du-tout ! a crié Madison, le visage cramoisi. Personne ici ne veut revoir ta figure.

— Ne t'inquiète pas pour moi, Maddy. Ça va aller. Si des gens décident qu'ils ne m'aiment pas, sans raison, c'est leur problème.

Jeu, set et match. Ashley a chuchoté à l'oreille de Madison. J'ai tout entendu.

— Elle te ridiculise. En plus, il y a Jason qui revient.

La gêne noyait toutes les autres odeurs de Madison. Elle avait aussi commencé à transpirer. Étonnamment, moi pas.

Je restais là, calmement, attendant qu'elle m'envoie sa prochaine bordée.

Madison cherchait désespérément une réplique fine pour s'en sortir.

— Oui ?... Madison, un commentaire spirituel avant de vaquer à tes occupations ?

— C'est toi qui as besoin de commentaires spirituels. Salope.

— Hum, brillant. Bien joué.

Des rires ont éclaté partout.

Madison s'est frayé un chemin à coups de coude dans le cercle des débutantes et de leurs cavaliers, sans même cacher sa fureur. Ashley et Courtney ont filé derrière elle.

La foule s'est dispersée en petits groupes pour refaire le match. Tout le monde me jetait des coups d'œil, quelques-uns avec respect.

Soudain, je me suis sentie épuisée.

Presque pas dormi, rien eu à manger. Toujours en flambée. J'ai jeté un regard envieux au buffet, mais le Trio s'y était précipité. Pas question de revenir dans leur orbite.

Il fallait que je me retrouve seule un moment. Prenant bien soin de garder mon maintien, je me suis glissée à l'intérieur du club-house et j'ai trouvé les toilettes pour femmes.

Je me passais de l'eau sur le visage quand le Trio est entré.

Ashley et Courtney bloquaient la porte. Madison a foncé sur moi, bouillonnante.

Les yeux baissés, je me suis séché la figure et j'ai remis mes lunettes noires.

— Personne ne me parle comme ça !

Madison rayonnait d'indignation.

— En particulier pas un cas social, une plouc qui fait la maligne !

Je me suis tournée vers elle. Je n'étais plus le moins du monde effrayée.

— Excuse-moi.

Puis, calmement :

— Tu me bloques le passage.

— Et alors ? a ricané Madison. Tu vas faire quoi ?

— Si tu ne bouges pas ?

— Ouais.

Je me suis approchée à la toucher.

— Je te mettrai par terre, sur ton petit cul de gosse pourrie.

J'entendais le cœur de Madison cogner dans sa poitrine, je voyais ses mains trembler. Je sentais la sueur sur sa peau.

— Tu n'oserais pas.

Le tremblement dans sa voix trahissait son inquiétude.

— Essaie.

J'ai levé la main. Elle a sursauté.

Je me suis penchée vers elle, j'ai relevé mes lunettes et je l'ai transpercée de mon regard doré.

— Bouh !

Poussant un glapissement, Madison s'est enfuie, paniquée. Ashley et Courtney m'ont jeté un regard perplexe, puis ont couru après leur reine des abeilles.

— Salut, mesdames ! Et bonne soirée !

Mon triomphe a été de courte durée.

Oh, là, là...

J'ai compris l'énormité de mon erreur. Mon estomac s'est retourné.

Madison avait vu mes yeux.

— Quelle andouille, mais quelle andouille ! ai-je hurlé dans les toilettes désertes.

J'ai fermé les paupières de toutes mes forces. Si seulement j'avais pu revenir en arrière de cinq minutes...

SNUP.

Ma tête tournait. La pièce aussi. J'ai couru vomir.

J'ai baissé la cuvette, me suis effondrée et traitée de tous les noms. J'avais commis une terrible erreur.

Rentre chez toi. Tu t'en soucieras plus tard.

Les jambes en compote, je me suis relevée, j'ai rajusté ma robe, je me suis rincé la bouche et je suis sortie.

Jason m'attendait à la porte.

— Tory, ça...

— Je ne me sens pas très bien. Je vais rentrer.

— J'ai vu ce qui s'est passé, a expliqué Jason avec un sourire stupéfait. Je ne sais pas qui est cette Tory-là, mais c'est une teigneuse !

— Tout ce que j'ai fait, c'est de m'abaisser à leur niveau.

— Pas vrai ! Tu avais totalement le droit de te défendre.

Je ne voulais pas discuter, alors j'ai acquiescé.

— En tout cas, j'ai entendu dire que tu allais intégrer le groupe de cette année.

— Hein ? Qui t'en a parlé ?

Cette fichue Whitney !

— Ma mère, il y a quelques minutes. Si c'est vrai, il va te falloir un cavalier. Il se trouve que je suis disponible.

Tout ce cirque m'écœurait. Tout à coup, c'en était trop. Madison. Whitney. Ma perte de contrôle.

Jason était le plus près, et c'est donc lui qui a pris.

— Pourquoi je devrais te choisir ? Pour que tu puisses disparaître quand quelqu'un m'agresse ?

Étonné, Jason a eu un mouvement de recul.

— Je ne savais pas ! Cette folle m'a fait transporter...

J'ai levé la main pour qu'il se taise.

Trop pour une journée.

Trop de garçons dans ma vie.

— Il faut que j'y aille.

Avant que Jason ait pu réagir, j'ai filé par la sortie.

48.

— Tu es sûre que ça va ?

Kit était dans la cuisine, l'air inquiet.

— Je dois retrouver Whitney pour aller au cinéma, mais je peux annuler.

— Non, ça va.

Secouée ou pas, je n'allais pas gâcher cette chance. Kit parti, j'avais la soirée entière de libre.

Il n'avait pas l'air convaincu.

— Tu veux parler d'hier soir ? Je sais que tu étais contrariée. Je t'ai entendue marmonner dans ta chambre.

— Kit, ça va. Laisse-moi le temps d'assimiler, c'est tout.

— Ça, c'est possible. (Sourire idiot.) Réfléchis bien. Comme ça, tu pourras m'engueuler avec plus de précision.

— Exactement. Je devrais écrire toutes les façons dont tu es nase.

— Excellente idée.

Kit a pris son sac et est parti vers le garage.

La porte n'était même pas fermée que je téléphonais déjà.

*
* *

Mon salon était divisé en deux camps mal à l'aise.

Chance et moi étions d'un côté, Ben, Hi et Shelton, de l'autre.

L'ambiance était clairement glaciale.

Je voulais parler aux Viraux de mon erreur avec Madison, mais c'était impossible à cause de Chance. J'attendrais qu'il ne soit plus là.

— On est censés faire confiance à ce dingue ? a demandé Ben, qui refusait de s'adresser directement à Chance.

— On se répète, là, ai-je dit. Il peut nous emmener à la croix.

— Et je le ferai, a ajouté Chance. Mais dites-moi d'abord ce qui se passe. Pourquoi est-ce que vous avez pris le risque de me faire évader ?

— Ça ne fait pas partie du contrat, a répliqué Hi. On t'a fait sortir en échange de la croix. Mais ça ne te donne pas le droit de connaître nos biographies.

Chance ne s'est pas laissé abattre.

— Pourquoi la voulez-vous ? Vous avez vu le catalogue des ventes. Cette croix n'a pas de valeur particulière.

— Ça, c'est nos affaires, a coupé Shelton. Emmène-nous au camp de pêche de ton père, c'est tout.

— Non, a dit Chance calmement. Si je dois vous emmener dans un lieu où les autorités risquent de me chercher, je veux en savoir plus.

— Ce n'est pas à toi de nous dicter tes conditions, est intervenu Ben. Dis-nous où – et tout de suite.

— Tu crois que tu peux m'y obliger, petit ?

Ben s'est levé d'un bond.

— Arrêtez ! ai-je crié. On se calme tous. Laissez-moi réfléchir.

Quelques secondes d'un silence tendu.

— Et si on faisait ça, ai-je proposé à Chance : tu nous emmènes au camp de ton père, tu nous montres la croix, et alors on te dira ce qui se passe.

Shelton n'avait pas l'air ravi.

— On n'est pas obligés…

— Sinon, il ne nous aidera pas.

Chance réfléchissait.

— C'est bon. Entendu.

Shelton a poussé un gros soupir. Ben est sorti de la pièce, furieux. Seul Hi semblait satisfait.

Pas grave. Vu les circonstances, je ne pouvais pas faire mieux.

— C'est réglé. Bon. En voiture ou en bateau ?

Chance a répondu sans aucune hésitation.

— En bateau.

Ben manœuvrait pour sortir le *Sewee* du quai.

— Alors ?

— Vers le nord. Sullivan's Island.

— Au moins, c'est près, a dit Hi. On pourrait quasiment y aller à la nage.

Sa plaisanterie n'a déridé personne. Ben se maîtrisait à peine, et Chance semblait prendre plaisir à le provoquer. En route pour les problèmes.

Ben a franchi l'embouchure du port, passant devant l'îlot de Fort Sumter, où avaient été tirés les premiers coups de feu de la guerre de Sécession. Le soleil se couchait. Sullivan's Island était droit devant.

— Cap à l'ouest, on passe devant Fort Moultrie, a indiqué Chance. Ensuite, dans la crique. Le camp est à cinq cents mètres en remontant le chenal.

Sullivan's Island est très résidentielle. Pas d'hôtels, de toboggans aquatiques ou de minigolf. De grands terrains, de grandes maisons. Le littoral est étonnamment peu construit, car la municipalité en gère une bonne partie. Tout comme Morris, cette île possède un riche passé militaire, et de nombreuses résidences sont d'anciennes fortifications ou casernes transformées à l'époque moderne.

— Là, a dit Chance en montrant une jetée de bois qui s'avançait dans la baie protégée. La cabane est au milieu des arbres.

— C'est le « camp de pêche » dont tu parlais ? a demandé Hi. La maison vaut un million de dollars, facile.

— Je n'ai jamais prétendu que c'était une tente de camping. Nous autres Claybourne, nous aimons le confort.

Chance a sauté à quai et amarré le bateau.

— Suivez-moi.

Le quai s'étendait au-dessus de vingt à trente mètres d'eau saumâtre avant d'aboutir dans un hangar à bateaux d'un étage. Des petits engins occupaient des alcôves des deux côtés ; certains n'étaient accessibles que par ascenseur hydraulique.

Chance s'est dirigé vers un scooter des mers et a pris une clé sous le siège. Il est allé ouvrir la porte arrière du hangar.

Un sentier de gravier serpentait jusqu'à une grosse cabane en rondins. Chance a ouvert la porte et s'est incliné en nous invitant à entrer.

— Faites comme chez vous.

On a traversé une cuisine dernier cri avant d'arriver dans un salon imposant. Chance a actionné un interrupteur, allumant une série de lampes anciennes.

Une énorme cheminée de brique s'étendait sur la plus grande partie d'un mur ; son linteau était gravé du motif à renards et plantes grimpantes du blason Claybourne. Des animaux empaillés – oiseaux, rongeurs et autres petits mammifères – s'entassaient partout. Face à l'âtre géant, des canapés en cuir, autour d'une table basse rustique en forme de roue de chariot. Des têtes de cerfs nous dévisageaient de tous côtés de leurs yeux vitreux.

— Qui a fait la décoration ? a demandé Hi. Crocodile Dundee ?

— Est-ce qu'une femme a déjà mis les pieds ici ? ai-je demandé.

— Seulement la femme de ménage, a répondu Chance. Mon père voulait que ce lieu reste privé.

Shelton et Hi se sont affaissés dans un canapé pour consulter leurs iPhone.

Ben est allé se planter devant Chance.

— La croix.

Chance a ricané, prêt à marchander pour le plaisir. D'un coup d'œil, je l'ai mis en garde.

— On a un accord.

Chance a poussé un soupir théâtral, puis nous a montré un coffre-fort ancien dans un coin.

Le coffre était un cube de fonte noir de la taille d'un lave-linge, frappé du sceau officiel du service postal des États-Unis. Il devait peser une demi-tonne.

— C'est un objet de collection, a déclaré Chance en le tapotant. Construit en 1880. Les domestiques de mon père y rangeaient les objets de valeur quand ils fermaient la cabane pour la saison.

Chance a reculé, mais Ben l'a arrêté d'un geste.

— La combinaison ?

Chance s'est dégagé.

— Je ne divulgue pas les secrets de famille. Écartez-vous.

On a obéi, Ben et moi. Le dos courbé pour nous cacher la combinaison, Chance a fait tourner la molette. En avant, en arrière, en avant… puis il a tiré la poignée.

La porte n'a pas bougé.

L'air étonné, Chance a réessayé la combinaison. Rien. Sa surprise s'est muée en agacement. Troisième tentative, lentement, en prenant soin de bien aligner les nombres.

La porte refusait de s'ouvrir.

— Mais quoi, bon sang ! s'est écrié Chance en décochant un coup de pied au coffre. Il ne veut pas s'ouvrir.

— Un problème ? a demandé Shelton.

— La combinaison ne marche pas. C'est 8-16-24. Essaie toi-même.

Shelton s'est agenouillé devant le coffre. Trois essais, pour le même résultat.

— Le mécanisme a l'air de fonctionner, a déclaré Shelton, perplexe. Soit la combinaison a été changée, soit tu t'es trompé dans les nombres.

— Impossible. C'est des multiples de huit.

— Alors, on est coincés.

Shelton semblait presque soulagé.

Je me triturais les méninges, mais impossible d'ouvrir ce coffre. Il faudrait essayer autre chose.

Hi a attiré mon attention. Il tournait la tête vers la cuisine.

J'ai saisi l'allusion.

— Il y a quelque chose à boire dans cette maison ?

— Essaie le réfrigérateur, a répondu Chance sans tourner la tête, penché sur le coffre. Mais si j'étais toi, je vérifierais les dates de péremption…

Hi m'a suivie dans la cuisine, pour un tête-à-tête discret.

— Mon grand-père avait un coffre exactement pareil, a-t-il dit.

— Tu pourrais l'ouvrir ?

— Je sais comment ça fonctionne. Le mécanisme de verrouillage consiste en trois disques crantés qui tiennent le verrou en place. La porte s'ouvre quand on aligne les crans avec la combinaison correcte, ce qui libère le verrou.

— En quoi est-ce que c'est utile ?

— Attends ! Si tu fais tourner la molette sur trois cent soixante degrés, tu finiras par arriver au premier nombre correct. À cet instant, le verrou glissera dans le cran du premier disque.

— Et ?

— Ce contact émet un léger cliquetis, généralement inaudible à l'oreille humaine.

— Ah…

J'avais compris où Hi voulait en venir.

Il continuait.

— Tu remets le cadran à zéro, puis tu repars à gauche jusqu'au deuxième clic. Puis encore un peu à gauche, tu refais pareil, et tu trouves le dernier numéro. Et de trois ! Terminé.

— Les cliquetis seront dans le bon ordre ?

— Pas nécessairement. Mais une fois que tu as les trois numéros, tu peux essayer leurs différentes suites jusqu'à trouver la bonne.

— Hi, tu es un génie ! Tu as apporté tes lunettes ?

— Pas moi. Si je flambais devant Chance, je me ferais dessus.

Hi m'a prise par les épaules.

— Mais toi, ma chère, tu as l'expérience de ces aventures.

— Fantastique.

49.

Je suis revenue dans la pièce avec un verre d'eau. Hi me suivait d'un pas raide.

Ben était debout devant la cheminée, Shelton et Chance agenouillés près du coffre.

Chance m'a vue le premier.

— Sympa, les lunettes de soleil. Tu as un entretien avec un vampire ?

Ben et Shelton semblaient nerveux. Ils avaient compris.

— J'ai la migraine.

Je voyais Chance d'un œil aussi affûté qu'un rasoir. Je distinguais la moindre trace de transpiration sur son front.

— Je suis très sensible à la lumière.

— On va fouiller la maison, a annoncé Hi d'une voix trop forte. Si quelqu'un a changé la combinaison, il l'a peut-être écrite quelque part.

— Pour la laisser traîner ? a ricané Chance. Ce serait d'une stupidité incroyable.

— Ça vaut la peine de jeter un coup d'œil, a dit Shelton en se levant d'un bond.

— Bon... j'espère que tu sais ce que tu fais, a grogné Ben en regardant Hi – mais c'était à moi qu'il parlait.

— Oui, oui, tout à fait.

— Mais comment vous êtes trop sérieux, les gars, a dit Chance. Je vais aller voir dans la grande chambre.

— Je vais rester ici...

J'essayais d'avoir l'air désinvolte, mais je suis la pire actrice du monde. Et peut-être tenter ma chance avec le coffre.

— Ne perds pas ton temps, m'a conseillé Chance. Cette saleté ne s'ouvrira pas sans dynamite.

Les garçons se sont dispersés, sous le prétexte de fouiller la maison. Je me suis assise en tailleur devant le coffre. Je me suis concentrée dessus, et j'ai tourné le cadran à trois cent soixante degrés.

Pas un bruit.

Tout à coup, j'ai eu une idée. J'ai vidé mon verre et posé le bord du verre contre la porte. Une oreille plaquée contre le fond, j'ai fermé les yeux et réessayé.

Cette fois-ci, j'ai entendu un très faible cliquetis. J'ai tourné lentement les chiffres, essayant de capter la moindre variation.

Tic. Tic. Tic. Tic...

Ting.

C'était le 24. D'accord. Un point pour Chance.

J'ai remis le cadran à zéro, et j'ai laborieusement repris mon travail.

Tic, tic.

Ting.

12 ! J'avais les deux tiers de la combinaison.

Je remettais le cadran à zéro quand Chance a réapparu.

— Inutile, comme je le pensais... Tu écoutes avec un verre ? Quel âge as-tu, neuf ans ?

— Donne-moi une minute avant de te moquer.

Respirant à peine, je me suis remise au travail.

Mes oreilles aux aguets enregistraient l'air que respirait Chance, mes battements de cœur, les vagues qui léchaient la grève. Mais la serrure restait silencieuse.

Tic. Tic. Tic.

Je sentais les autres Viraux qui revenaient dans la pièce.

J'avais presque fait le tour quand je l'ai entendu.

Ting.

Oui ! 36. Je les avais tous les trois.

Il est temps de plier boutique.

SNUP.

Le pouvoir me vidait. Heureusement, j'étais déjà assise. Après avoir récupéré, j'ai ôté mes lunettes de soleil.

— Je l'ai. C'est 24-12-36.

— Mais 12 et 36 ne sont pas des multiples de huit. Ça ne correspond pas...

Chance réfléchit un instant.

— Zut. Ce sont peut-être des multiples de douze, en fait.

— Quelle blague ! grogna Ben. Merci, de rien.

— Et toi, tu n'oublies jamais rien, sans doute, a répliqué Chance. Je suis sous médicaments !

J'ai essayé les numéros dans l'ordre. La porte s'est ouverte.

Le coffre était divisé en compartiments.

Notre butin était posé en haut, sur du velours rouge.

La croix d'Anne Bonny était fine et délicate, splendidement taillée dans du cerisier massif. La partie principale mesurait soixante centimètres de long et était traversée par une barre horizontale à quinze centimètres de son extrémité. L'anneau central formait un cercle parfait à l'intersection. Une substance cristalline remplissait le vide entre les bras et l'anneau, faisant scintiller le cœur de l'objet à la lumière des lampes.

La branche supérieure s'incurvait légèrement sur la droite, avec une grâce unique et étonnante.

— C'est bien ça, a soufflé Shelton. C'est le symbole de notre carte au trésor.

— Une carte au trésor ?

Chance ne l'avait pas raté.

— Shelton, je te jure, tu ferais le pire agent secret du monde, s'est exclamé Hi en se frappant le front. Tu serais mort au bout de deux heures. Je t'aurais descendu moi-même.

— Parlez-moi de cette carte, a insisté Chance.

Silence.

— Hé ! J'ai fait ma part. Vous avez promis de m'expliquer si je vous montrais la croix. Eh bien, la voilà !

Choisissant soigneusement mes mots, j'ai donné à Chance une version expurgée des événements de ces derniers jours. Les autres m'écoutaient dans un silence gêné. Mais un marché est un marché.

— Eh bien… je ne l'avais pas vu venir, a commenté Chance pour finir. Où est-ce que vous avez eu cette carte ?

— Sur eBay, a répondu Ben. Dans la partie des cartes au trésor. On a payé le tarif « à emporter ».

— Et il n'y avait rien au bout des tunnels ? a demandé Chance sans lui prêter attention.

— Rien qu'un poème nase. Tory est en train de le faire traduire.

J'ai sursauté, et attrapé mon iPhone en jurant.

— Qu'est-ce qu'il y a ?

— Je suis trop bête.

Je regardais mes mails non lus.

— Tante Tempe m'a envoyé ses traductions il y a deux jours. Je me suis endormie et je les ai complètement oubliées.

J'ai trouvé le message et lu à voix haute :

— « Le grand jour de la lune, cherche le Peuple de l'Île.

« Sois au poste de vigie, ferme dans ta foi, et tourne-toi vers la mer.

« Qu'un cœur pur te guide dans le champ d'ossements. »

— Trop fort. Qu'est-ce que ça peut bien vouloir dire, hein ? a demandé Shelton.

— Ça parle bien du « peuple de l'île » ?

Ben, lui, avait l'air excité. Pour Ben.

— Oui, c'est bien ça. Les deux mots ont une majuscule. « Le grand jour de la lune, cherche le Peuple de l'Île. »

— Le grand jour de la lune ! Ça doit encore être une allusion à la pleine lune, comme dans la légende sewee : « Quand le ciel de la nuit brûlait comme le jour. »

— Ça pourrait coller. Mais en quoi ça nous aide ?

— Et qui est le peuple de l'île ? a demandé Hi.

— Je ne pense pas que ce soient des gens.

Trop excité pour rester tranquille, Ben s'est mis à faire les cent pas.

— Quand j'étais petit, mon grand-père m'emmenait pêcher. Chaque fois qu'on s'arrêtait, il m'enseignait l'ancien nom sewee de l'endroit. Il n'a jamais accepté les nouveaux noms européens.

— Un progressiste, a marmonné Chance.

Ben, trop concentré pour l'entendre, a repris :

— Il y a en a un dont je me souviens : une île appelée Oneiscau.

— Splendide, a dit Chance. Organisons une croisière.

Ben s'est arrêté tout à coup.

— Je crois qu'on devrait. En langue sewee, Oneiscau signifie « peuple de l'île ».

On l'a tous regardé, stupéfaits.

J'ai réagi la première.

— Quelle île ?

— Aucune idée. Mon grand-père est mort quand j'avais huit ans. Mais je me rappelle l'avoir vue une fois dans un livre sur les îles barrières de Charleston.

Tout le monde cherchait déjà sur son téléphone.

— Comment tu épelles ça ? a demandé Hi. Il y a pas mal de voyelles, on dirait.

— Je l'ai ! s'est écrié Shelton. C'est Bull Island !

— C'est pas loin ! a dit Ben. À deux îles au nord d'ici.

— Oneiscau a été rebaptisée Bull d'après le nom d'un chef colonial, a lu Shelton sur son écran. Au moment même où Anne Bonny attaquait des navires dans cette région. Elle connaissait sans doute les deux noms.

— Bull Island longe Sewee Bay, a ajouté Ben. Pile au cœur du territoire ancestral des Sewees. Le gros de la tribu vivait non loin de là.

— Si Anne Bonny naviguait près des villages sewees, a dit Shelton, ce serait logique qu'il existe une légende tribale. L'histoire de Ben correspondrait pile.

— Le poème fait allusion à un champ d'ossements, tout comme la légende. Je ne sais pas ce que ça signifie, mais cette correspondance rend les deux textes crédibles.

— Pour info, la pleine lune, c'est demain soir, a dit Hi.

— Alors il faut qu'on y aille, a dit Chance. Ça pourrait être notre seule ouverture.

Pas de réaction.

Chance nous regardait.

— Qu'est-ce qu'il y a ?

— Tu ne viens pas, a dit Ben. Jamais de la vie.

— Bien sûr que si.

Chance a pris la croix dans le coffre.

— Elle est à moi. Si vous en avez besoin pour trouver un trésor enfoui, je viens avec vous.

— On n'a pas besoin de la croix, a dit Shelton. Pas forcément.

— Dès que vous aurez mis le pied dehors, j'appellerai la police, a lancé Chance avec un sourire glacial.

— Ils te ramèneront tout de suite à l'hôtel des dingues. Les flics doivent te chercher, en ce moment.

Moi aussi, ils me cherchent, pensais-je sombrement.

L'hôpital cherchait sans doute Chance frénétiquement. Qui avaient-ils déjà contacté ? La police ? Bolton ? Kit ? J'en avais l'estomac noué rien que d'y penser.

Chance a haussé les épaules.

— De toute façon, cette adorable escapade ne durera pas. Vous croyez que j'ai l'intention d'être en cavale pour le restant de mes jours ? Je suis un Claybourne. Je m'ennuyais… mais je ne suis pas idiot.

— Et surtout, tu te fais des illusions, a crié Ben. Le trésor nous appartient.

— Virez-moi, et je ferai en sorte que vous n'ayez rien.

Soudain, deux rayons jaunes ont illuminé la pièce.

— Des phares. Dans l'allée.

— Éteignez les lampes ! a ordonné Ben.

Shelton et Hi ont obéi. On s'est recroquevillés dans l'obscurité totale.

— Qui vient ici ?

— Personne, a répondu Chance. Mon père est en prison, comme vous le savez fort bien. Et les domestiques ne sont plus là après la tombée de la nuit.

La poignée de la porte a tourné.

Chance s'est levé.

— Si une racaille s'imagine qu'elle peut me cambrioler, elle va recevoir une dure leçon.

Je l'ai pris par le bras.

— On ne t'a pas tout dit ! Il y a quelqu'un qui nous suit. Et quelqu'un nous a tiré dessus dans les souterrains.

Chance est retombé dans le canapé.

— Des armes à feu ? Sérieusement ?

— Oui. Donc, on va sortir en douce par où on est entrés.

— Il y a quelqu'un à l'arrière ! a sifflé Shelton. On est coincés.

Bruit de verre brisé dans la cuisine.

— Il y a une autre sortie ?

— Par la cave.

Chance a passé la croix à sa ceinture.

— Suivez-moi !

On a foncé dans le couloir jusqu'à un escalier raide et étroit qu'on a dévalé. On est arrivés dans une cave sombre, au sol en terre battue.

— Par ici.

Chance a pris une lampe sur une étagère et a filé vers le fond, où j'ai vu une double porte.

— C'est un tunnel.

Chance a ouvert l'un des panneaux.

— À l'origine, cette maison faisait partie du chemin de fer clandestin, le réseau de passeurs pour les esclaves fugitifs.

— Où est-ce qu'il mène ? a demandé Shelton, qui en avait visiblement assez des tunnels.

— Quinze mètres plus loin, au hangar à bateaux.

Un bruit en haut de l'escalier.

— On y va !

On s'est glissés dans le passage, et Chance a fermé la porte. Filant comme des rats, on est rapidement arrivés au bout du tunnel.

Chance a poussé une trappe au-dessus de nos têtes. Le panneau s'est ouvert dans un gémissement de gonds, retombant sur le plancher.

Chance m'a fait la courte échelle.

Tout était calme dans le hangar.

J'ai aidé Shelton et Hi, puis Ben, qui a hissé Chance à son tour.

On a foncé sur le quai et sauté dans le *Sewee*. Ben a allumé le moteur et enclenché sèchement le levier de vitesses.

Derrière nous, des pas faisaient trembler l'embarcadère.

— Trop tard...

Le *Sewee* s'est élancé dans la crique.

50.

On s'est séparés pour dîner.

Chance, très agité, avait plein de questions, mais personne n'avait envie de parler.

Pour les Viraux, se faire courser par des truands devenait une habitude.

Après avoir jeté un œil aux alentours, j'ai fait entrer Chance en douce dans la maison, et j'ai récupéré des macaronis au fromage.

— Ne va pas t'imaginer que je te fais la cuisine.

L'eau mettait des années à bouillir.

— Il se trouve que le plat est juste suffisant pour nous deux.

— Si tu es punie, où est ton père ? On ne peut pas dire que sa maison soit un pénitencier haute sécurité...

— Parti au cinéma avec Whitney, ai-je grogné. Il vient de m'envoyer un texto pour me rappeler d'enregistrer un documentaire sur les pêcheurs de crabes en Alaska. Parfois, j'y crois pas de voir à quel point il est largué...

— Mon père, lui, est en prison à vie. Je te bats.

Sa tentative d'humour est tombée à plat.

On a mangé nos pâtes en silence.

*
* *

— Vous avez quoi, alors ?

Visioconférence. Chance et moi étions assis côte à côte devant mon ordinateur.

— Plein de trucs.

Shelton parcourait les pages de son carnet.

— Bull Island est l'endroit idéal pour cacher quelque chose…

— Oneiscau, a corrigé Ben. C'est le nom exact.

— Je m'en tiens aux mots que j'arrive à prononcer, a répondu Shelton. Tu en parleras à Google Maps.

— Shelton a raison.

C'était Hi, qui mastiquait une pizza. Pas un beau spectacle.

— Historiquement, il n'y a pas eu beaucoup d'habitants ni de bâtiments sur cette île depuis la disparition des Sewees.

— Les pirates l'adoraient, a ajouté Shelton. Bull Island remportait un tel succès auprès des bandits que les autorités coloniales y ont construit une tour de guet.

— Quelle taille fait l'île ?

— Deux mille hectares. Bull est la plus grande île barrière de la réserve nationale de faune sauvage de Cap Romain. Elle est couverte de forêts, de marais, de dunes et de plages.

— Qui y a habité ?

— Les Sewees, jusqu'au début du dix-huitième siècle. Les Anglais y ont débarqué en 1670, alors qu'ils allaient s'installer à Charles Town. L'un d'eux s'appelait Stephen Bull, et il a réussi à donner son nom à l'île, ce gros con.

— Personne n'a vécu là après les Sewees ?

— Très peu de gens. En 1925, un certain sénateur Dominick a acheté l'île et s'y est fait construire une maison de maître. La réserve a été créée en 1932, et Dominick a vendu son bien au Service des pêcheries et de la faune en 1936. Sa maison a servi d'hôtel jusque dans les années soixante, et après toute construction a été interdite.

— Donc, tu dis que Bull Island n'a quasiment pas été occupée depuis la fuite d'Anne Bonny, en 1720 ?

— Oui, a répondu Hi. Bull Island est une zone naturelle et excentrée de première catégorie : elle est vierge, pour ainsi dire. La maison est encore utilisée par les employés de la réserve, mais on n'a jamais rien construit d'autre.

— Ce qui ne veut pas dire qu'on ne la visite pas, a ajouté Shelton. Il y a une liaison quotidienne par ferry. C'est censé être un super endroit pour observer les oiseaux, et l'île est quadrillée de sentiers. Mais elle est fermée au public la nuit.

— Parfait, ai-je décidé. C'est à ce moment-là qu'on ira.

— Demain soir. Pleine lune.

— Deux mille hectares...

Chance se grattait le menton, perplexe.

— Comment savoir où chercher ?

— J'ai une idée là-dessus, a répondu Shelton. Le second vers du poème d'Anne Bonny dit : « Sois au poste de vigie, ferme dans ta foi, et tourne-toi vers la mer. »

— Il faut donc se tourner vers l'est.

— Vous vous rappelez la tour de guet ? En 1707, l'Assemblée générale de Caroline du Sud a autorisé la construction de tours d'observation sur six îles côtières, en haut d'une colline ou d'une grande dune.

— Bull Island en a eu une.

— Exact. C'était une tour Martello ; il devait y avoir un Blanc et deux Sewees, dans le seul but de surveiller les navires pirates. S'ils en voyaient un, ils tiraient trois coups de canon, et prenaient leurs jambes à leur cou.

— Quels héros ! a ironisé Hi. Et qu'est-ce qui est arrivé à ce truc ?

— Les troupes du Nord l'ont fait sauter pendant la guerre de Sécession.

Je voyais où Shelton voulait en venir.

— Tu penses que la tour est la « vigie » dont parle le poème d'Anne Bonny ?

— Ça semble logique, non ?

— Oui. Bien joué. On a un point de départ.

— Des idées sur ce champ d'ossements ? a demandé Ben.

— Non, a avoué Hi.

— Pas encore.

— Continuez à chercher...

J'ai bâillé, épuisée par cette nouvelle journée trop longue.

— On se reparle demain matin.

— Attendez ! s'est écrié Chance, surpris. On ne va pas discuter de ce qui s'est passé au camp de pêche ?

— Quel intérêt ? a répliqué Ben. On ne sait pas qui c'était.

— T'es avec nous maintenant, mon frère, a dit Hi d'un air désinvolte. T'en fais pas.

— C'est vrai, a ajouté Shelton en se cognant la poitrine. On te protégera.

— Bonne nuit, les durs.

Là-dessus, je me suis déconnectée.

— Qu'est-ce qu'on fait, maintenant ? a demandé Chance.

— On fait profil bas jusqu'à demain soir. Et toi, tu te caches ici.

— Mais je m'ennuie. Tu n'as pas une Wii, ou quelque chose du genre ?

Quelqu'un a ouvert la porte d'entrée, laissé tomber ses clés sur la table.

— Tory, je suis là ! a crié Kit. Tu veux regarder *30 Rock* ?

— J'arrive !

J'ai chuchoté à Chance :

— T'as qu'à lire un livre. J'ai *Le Journal de Bridget Jones* dans ma bibliothèque. Tu vas a-do-rer !

Il a poussé un gémissement, mais je lui ai refermé la porte au nez.

51.

La nuit suivante, on est partis juste après minuit.

Chance et moi, on est descendus au rez-de-chaussée sur la pointe des pieds. Kit était allé se coucher de bonne heure et, d'habitude, il avait le sommeil lourd. J'avais quand même le cœur battant à chaque grincement de plancher.

Dans le salon, Coop est venu vers nous dans un petit gémissement.

— Couché, mon chien.

Je l'ai ramené à son panier, en priant pour qu'il coopère. Puis on est sortis et on a foncé au quai.

Ben était déjà à bord du *Sewee*, vérifiant encore le matériel qu'on avait rassemblé dans l'après-midi. Shelton et Hi sont arrivés juste après. On a pris la direction du nord, vers Bull Island.

À l'ouest, la pleine lune pesait sur l'horizon. Brillante. Ponctuelle. Elle luisait comme un œil blanc géant ; les lampes n'étaient pas très utiles.

On avançait en silence, chacun plongé dans ses pensées. On ne parlait que pour se donner des instructions.

Ben a traversé l'embouchure du port, contourné Sullivan's Island, avant de revenir vers The Cove. On avait décidé de prendre un chenal naturel et artificiel qui passait entre les îles barrières et le continent. C'était trop risqué de partir en pleine mer après le coucher du soleil.

On a rapidement atteint le camp Claybourne d'où on s'était enfuis la nuit d'avant. Tout était calme et sombre. Le *Sewee* a remonté vers le nord, longeant les îles sur notre droite. Sullivan's, Palms, Dewees.

Puis le canal s'est rétréci. Les traces de présence humaine disparaissaient à mesure qu'on s'enfonçait dans un marécage à la végétation vierge et dense. On n'entendait que les cris des oiseaux nocturnes et quelques éclaboussements étouffés.

On se serrait les uns contre les autres dans notre petite embarcation, bien conscients que les humains étaient des étrangers dans ce marais primal et sauvage.

Après une éternité, Ben a montré une forme noire sur notre droite.

— C'est la pointe sud de Bull Island. La plupart des dunes sont du côté nord.

— On accoste ici ?

— Il nous faut remonter encore le canal, a dit Ben. Le passage suivant est assez difficile, mais il mène directement dans Sewee Bay. De là, on pourra couper par le marais et tirer le bateau sur une des plages.

— On se dépêche... On se croirait dans *Jurassic Park* sous acide. J'ai pas envie de me faire bouffer par un vélociraptor, a dit Hi en montrant les ténèbres qui nous entouraient.

On est entrés dans un chenal étroit, sous des arbres qui bloquaient la lumière de la lune, noyant notre vaisseau dans les ombres. Plus on avançait, plus j'étais anxieuse.

Enfin, le canal a débouché sur un grand lac de marée. Quelques embarcadères étaient visibles. Ben a longé la côte, puis pris un réseau de petites criques. Assis à côté de lui, Shelton lui donnait les instructions GPS enregistrées sur son iPhone.

Après quelques zigzags, on est arrivés dans le port de Bull. J'entendais les vagues de l'Atlantique non loin de là.

— La voilà !

Ben nous a montré la masse qui se dressait devant nous.

— Oneiscau. Bull Island. Ta carte est prête, Hi ?

— Oui, a dit Hi en montrant son téléphone.

— De quel côté ? a demandé Ben. L'île n'a qu'un seul quai.

— On devrait mouiller du côté de la tour, a proposé Shelton.

— Pourquoi ?

Shelton souriait, ses dents brillant au clair de lune.

— Disons que j'ai une intuition.

— Tu veux bien nous en dire plus ? On est pressés.

— Pas tout de suite. J'ai une idée. Faites-moi plaisir.

— Te faire plaisir, ça veut dire aller à l'eau, a grogné Hi. J'espère que ça en vaut la peine.

Shelton lui a mis une claque sur l'épaule.

— Te voir en T-shirt mouillé, c'est déjà une récompense.

— C'est par où, pour aller au fort ? a demandé Ben.

— À tribord toute.

Le visage de Hi était bleu à la lumière de son écran.

— La tour de guet se trouve près de la pointe nord-est.

Ben frôlait une forêt dense qui poussait jusqu'au bord de l'eau. Des chênes verts et des palmettos se mêlaient aux cèdres, aux pins à encens et aux grands magnolias. Ce sous-bois touffu empêchait de voir l'intérieur de l'île.

Comme à Loggerhead.

À mesure qu'on avançait, les bois cédaient la place aux marais. L'eau devenait moins profonde, parsemée d'ajoncs et de spartines. Des grenouilles coassaient. Des insectes bourdonnaient autour de nous.

— Bull Island a une population gigantesque d'alligators, a chuchoté Ben. Donc, euh… gardez bien l'œil ouvert.

— Les marais, ça craint sa race, a marmonné Shelton. Non mais sérieux.

— Là !

Hi a montré un endroit à l'intérieur des terres, moins de cinq cents mètres plus loin. Une colline s'élevait en pente raide à la lumière de la lune, couronnée à son sommet d'une silhouette déchiquetée.

— C'est trop marécageux pour qu'on accoste ici, a dit Ben.

— Continue un peu au nord, a indiqué Hi en consultant son iPhone. Il y a une plage.

— Je ne nage pas ici, a déclaré Shelton. On dirait une cuisine d'alligator.

Cinq minutes plus tard, on est arrivés à une plage blanche qui bordait l'extrémité nord de l'île. Vingt mètres plus loin, une rangée de petites dunes s'étendait vers une plaine d'herbes. Au clair de lune, la colline se découpait vaguement dans l'obscurité.

Ben avançait au ralenti, aussi près du rivage que possible.

— Il y a une piste qui aboutit sur la plage, a indiqué Hi en rempochant son téléphone. La tour est à moins de cinq cents mètres.

Chance observait la plage.

— Qu'est-ce qui vit ici ?

— Des animaux, a répondu Ben.

— Tu pourrais préciser ?

— Le site de la réserve parle de cerfs, de ratons laveurs, d'alligators et de trucs plus petits comme des écureuils fauves et des lézards.

Shelton défaisait ses chaussures.

— Mais l'intérêt principal de Bull, ce sont les oiseaux. Plus de deux cents espèces.

— Des canards, colverts et pilets.

Ben a coupé le moteur et jeté l'ancre.

— Des bécasseaux, des chevaliers, des parulines, des moineaux, des pics… Mais bon, tu ne verrais pas la différence.

— Continue comme ça, a dit Chance, mais ne joue pas les étonnés si je t'en mets une.

— Ça suffit ! On va à la plage, ai-je coupé.

On s'est réparti le matériel. Puis, mes Nike autour du cou et le sac d'outils sur le dos, je me suis mise à l'eau et j'ai pataugé jusqu'au rivage. Les garçons me suivaient de près.

Une fois sur la terre ferme, j'ai posé mon sac et remis mes chaussures. Les autres faisaient de même. La lune énorme baignait le paysage d'une étrange lueur bleue. Personne n'avait allumé de lampe torche.

— Où est la tour, exactement ? a demandé Ben.

— Dans ces collines, a répondu Hi en montrant le sud, derrière les dunes. Après la plage, il y a un grand champ d'herbes. De là, une piste mène dans les bois. La tour devrait se trouver quelque part par là.

— Je pars en éclaireur, a annoncé Ben en prenant mon sac. Si je ne suis pas de retour dans dix minutes, suivez-moi vers le sud.

Là-dessus, il a disparu derrière la dune la plus proche.

— Il est toujours comme ça ? a demandé Chance.

Personne n'a pris la peine de répondre.

J'avais remis une chaussure quand j'ai entendu un frôlement à ma gauche.

J'ai regardé la plage.

Du sable au clair de lune. Rien d'autre.

J'avais à moitié attaché mon autre chaussure quand du sable a glissé sur une dune. J'ai regardé partout, cherchant la source du bruit.

— Ben ? a appelé Shelton, hésitant.

Deux points jaunes sont apparus dans la nuit, tels des éclairs. Puis ils ont disparu.

— Qu'est-ce que c'était ?

— Chut !

J'essayais de percer l'obscurité.

Deux ombres s'étiraient derrière les herbes des dunes. Quatre points couleur ambre sont apparus, plus près cette fois. Ils sont partis de côté, puis ont disparu.

J'additionnais deux et deux.

Des yeux. En cercle.

J'ai voulu mettre les autres en garde, mais un grondement m'a fait taire.

D'autres grognements se sont joints au premier, en un chœur étrange et intense.

Chance s'est accroupi.

— Je ne sais pas ce que c'est, mais ça n'a pas l'air content.

— J'ai oublié quelque chose, a dit Shelton, ses lunettes brillant au clair de lune. L'année prochaine, la réserve prévoit de réintroduire des loups roux sur Bull Island.

— Apparemment, ils sont en avance sur leur calendrier.

Trois silhouettes parcouraient les dunes au galop. Élégantes. Quadrupèdes.

— Là ! a crié Hi. Sur la droite ! Des loups. Des gros.

— À gauche aussi, a ajouté Chance.

Tandis que je contemplais ce spectacle, terrifiée, une forme s'est matérialisée juste devant moi. Mon esprit enregistrait les détails. Tête forte et triangulaire. Pattes massives. Poitrine puissante et musclée.

Un loup, mâle, énorme.

Je distinguais certaines couleurs à la lueur pâle de la lune. Ventre et pelage brun cannelle, dos et queue anthracite, museau blanc.

J'estimais aussi sa longueur : un mètre cinquante. Et son poids : presque quarante kilos.

Il m'observait de ses yeux en forme d'amande.

— Du calme, mon gros.

J'ai fait un petit pas en avant, les bras tombants.

— On est tous amis, ici.

Un deuxième loup est apparu, puis un troisième ; tous deux ressemblaient à leur chef, mais en plus petit.

J'étais là, face aux loups, entourée de Shelton et de Hi, et Chance juste derrière. Où était Ben ?

— Encore un sur la droite, a chuchoté Hi.

— Et sur la gauche, a ajouté Shelton.

Cinq au total. Une bonne meute.

— On pourrait nager jusqu'au bateau. Ils ont horreur de l'eau, pas vrai ?

— Et Ben ? a demandé Hi d'une voix brisée.

— Tout le monde se calme, ai-je ordonné. Les loups roux n'attaquent pas l'homme.

— Tu es sûre ? a demandé Hi. Celui-là me regarde comme si j'étais un plat préparé.

De fait, les loups semblaient énervés. Museau-Blanc était assis calmement, mais les autres tournaient en rond, grondant et reniflant, levant la tête vers le ciel nocturne.

Soudain, j'ai compris.

— La pleine lune. C'est ça qui les rend dingues.

— Super, a gémi Shelton. On va finir en croquettes pour chien.

Museau-Blanc s'est levé d'un bond, la nuque en bataille, les oreilles aplaties sur le crâne, la queue à l'horizontale.

Oh, oh…

Le reste de la meute ne bougeait plus.

— Pas bon, ça, disait Hi. Où est-ce que je dois taper un loup qui m'attaque ?

Shelton m'a tirée par le bras.

— Parle-leur, toi qui chuchotes à l'oreille des chiens. Calme-les.

— Qu'est-ce que tu racontes ? a demandé Chance, le visage luisant de sueur.

Mais j'ai compris ce que voulait dire Shelton.

Chance était toujours dans mon dos. Je me suis concentrée et j'ai fermé mes capteurs sensoriels.

SNAP.

Mon ADN canin est aussitôt entré en action. La flambée m'a traversée et le monde est soudain devenu plus net.

Mais il y avait quelque chose de différent.

La transformation était toujours difficile, certes, mais cette fois elle était plus sauvage, plus chaotique. Plus brute.

Mon corps vibrait d'une puissance jamais connue. Mon cerveau recevait trop de données. J'ai failli perdre le contrôle.

Museau-Blanc, nerveux, a aboyé deux fois et s'est soudain avancé vers moi.

— Je suis là, a dit Shelton d'une voix étranglée. Mais c'est trop amplifié.

— Il y en a, de la flambée, a bafouillé Hi. C'est trop. Qu'est-ce qui se passe ?

J'ai trouvé tout à coup la réponse en observant les loups agités.

— C'est la pleine lune. Elle doit avoir une influence sur nos flambées. Elle éveille notre ADN de loup.

— Mais de quoi est-ce que tu parles ?

Chance, toujours derrière, ne voyait pas nos yeux.

— On devrait retourner au bateau !

Museau-Blanc a retroussé les babines. Ses canines de prédateur brillaient sous la lune. Il grognait, le poil hérissé.

Fais attention.

Museau-Blanc nous considérait comme une meute rivale envahissant son territoire. C'était un mâle alpha. Moi aussi j'étais alpha. Ce n'était pas Whisper, animal habitué aux humains, mais une créature sauvage qui se sentait menacée et défendait sa famille d'instinct.

Je me suis concentrée pour que le loup comprenne.

Nous ne vous voulons aucun mal.

Mon esprit a tâtonné, cherchant la barrière invisible entre mes pensées et le reste du monde.

Hi et Shelton flottaient non loin de là. J'ai essayé. Raté. Quels que soient mes efforts, le mur qui séparait nos esprits ne cédait pas. Impossible de connecter mon cerveau aux leurs.

Agacée, j'ai projeté un message vers Museau-Blanc.

Sa conscience primitive a effleuré la mienne. Contact.

Un frisson électrique m'a parcouru : nos pensées se mêlaient.

Nous ne vous voulons aucun mal.

Museau-Blanc a sursauté, reculé d'un pas, levé la truffe et hurlé. Le reste de la meute s'est joint à ce cri perçant.

Nous ne vous voulons aucun mal.

SNUP.

Je suis tombée à genoux. Shelton tremblait à côté de moi. Hiram toussait et crachait.

— Qu'est-ce qui se passe ? a demandé Chance, au bord de la panique. Ça va bien, les gars ?

Je me suis relevée péniblement, sans quitter des yeux nos hôtes à quatre pattes.

Museau-Blanc m'a regardée un moment encore, puis il est parti au trot vers les dunes, suivi des autres loups en file indienne.

— Ils sont partis. Comme ça. Ils sont partis…, ricanait nerveusement Chance.

— Ouais. Juste comme ça…

Saisie de vertiges, j'ai tourné la tête et vomi dans le sable.

52.

On venait de passer les dunes. J'ai aperçu Ben sur la piste ; il revenait vers nous à toute allure, le visage déformé par l'inquiétude.

— Qu'est-ce qui s'est passé ? Tout le monde va bien ?

— Tout va bien. On a rencontré une meute de loups, mais ils sont partis en paix. Et j'ai été malade.

Ben m'a jeté un regard interrogateur, mais il n'a pas insisté, à cause de Chance.

— J'ai trouvé la tour de guet.

J'ai remarqué qu'il avait les mains vides.

— Où sont mes outils ?

— Au fort. J'ai soudain eu... la sensation que vous aviez besoin d'aide.

— Tu es voyant ? a lancé Chance. Tu paries sur qui, pour la prochaine finale de foot ?

Ben a serré les mâchoires.

— Laisse tomber. On y va.

On a descendu la piste au clair de lune, arrivant dans un terrain marécageux. Des insectes affamés ont commencé leur banquet, envoyant des invitations à tous leurs amis et parents. On a dû s'arrêter plus d'une fois pour se remettre de l'antimoustique.

Ben sifflait en avançant.

— Tu as oublié le type qui nous suit ? a gémi Shelton.

— Il doit y avoir un millier d'alligators sur cette île, a répliqué Ben. S'il y en a un qui dort sur le chemin, je préférerais ne pas le réveiller en sursaut.

Dix pas plus loin, Shelton poussait aussi la chansonnette...

Un ruisseau se formait le long du sentier, et achevait sa course dans une grande mare. La colline boisée que nous avions vue du bateau s'élevait en pente raide.

— La tour de guet doit être en haut, a indiqué Ben en montrant le sommet. C'est l'endroit le plus élevé à des kilomètres à la ronde.

— Possible, a dit Hi. Je vois des ruines au sommet.

— Il y a un panneau, là.

Shelton a nettoyé la plaque qu'il avait trouvée, puis l'a lue à haute voix.

— « Les premiers colons européens permanents en Caroline du Sud ont fait étape près de ce site le 17 mars 1670, alors qu'ils allaient fonder la colonie de Charles Town. » Eh ben, c'est vieux !

— Par ici.

Ben nous a montré une petite piste sur le côté. Elle se dirigeait vers le bord de l'eau. Shelton a chanté plus fort – et plus faux.

Vingt mètres plus loin, on était au pied de la colline. Ben a récupéré mon sac et s'est lancé sur le sentier à peine visible au clair de lune.

Tout en grimpant, une série de questions se posaient à nous.

Le poème d'Anne Bonny était aussi vague que mystérieux. Est-ce que nous avions la bonne traduction ? L'emplacement exact ? Et que faire ensuite ?

Bull Island est immense. Nous pouvions passer des années à creuser au hasard sans rien trouver. Pour avoir le moindre espoir, il nous fallait résoudre des énigmes.

On s'est arrêtés au sommet pour reprendre haleine. Un cercle de pierre entourait le plateau minuscule. De ce point de vue, je voyais toute l'île.

— Regardez ça !

Shelton s'est agenouillé à côté d'un des rochers.

— Ils ont été taillés et assemblés. Ça doit appartenir aux fondations.

— Bon, a dit Hi. On est censés faire quoi, au juste ?

— Se concentrer sur le poème. Le premier vers dit : « Le grand jour de la lune, cherche le Peuple de l'Île. »

— Pleine lune, sur Bull Island. Ça, c'est fait.

— Ensuite, le deuxième vers : « Sois au poste de vigie, ferme dans ta foi, et tourne-toi vers la mer. »

— J'espère bien qu'on est au poste de vigie, là. Il nous reste donc « ferme dans ta foi, et tourne-toi vers la mer »… si ça veut dire quelque chose.

— La dernière partie est facile, a dit Chance. L'Atlantique est par là.

Tout le monde contemplait l'océan noir iridescent qui s'étendait sans fin vers l'est.

De l'autre côté de la mare, au pied d'une colline basse boisée, je distinguais à peine un tas de débris sur la rive.

On a inspecté le paysage à l'est pendant de longues minutes, cherchant l'inspiration. Rien.

— Heu… ouais, a grommelé Hi.

— On a oublié la partie du milieu. On est censés être « ferme dans sa foi ».

— Ce qui signifie ? a demandé Chance.

— Les indices d'Anne Bonny sont à prendre au sens propre. Qu'est-ce qu'on pourrait tenir fermement ?

Hi a claqué les doigts et fouillé dans mon sac.

— La seconde strophe de la carte au trésor utilisait les mêmes tournures.

Bien sûr ! Quel âne je faisais.

— L'énigme du pont !

— Exactement.

Hi examinait la carte.

— Là ! Anne Bonny a utilisé l'expression « ta fidèle servante » pour indiquer quel levier tirer.

— Le levier en forme de croix celtique !

— Et nous l'avons, cette croix, a conclu Ben. C'est bien un objet tangible. C'est logique.

Chance a sorti la croix de son sac et me l'a tendue.

— Cette croix est la clé, ai-je déclaré. Le symbole d'Anne Bonny. L'expression symbolique de sa foi.

— Mais restez pas plantés là !

Shelton bouillait.

— On fait quoi, exactement ?

Pas de réponse.

— On reprend les instructions une par une, a dit Ben.

Ça vaut la peine d'essayer.

« Sois au poste de vigie… »

Je me suis placée au milieu.

« … ferme dans ta foi… »

J'ai saisi la croix à deux mains et l'ai levée devant moi.

« … et tourne-toi vers la mer. »

Je me suis tournée plein est, face à l'océan Atlantique.

Dans cette position, j'ai scruté l'île au clair de lune. J'ai commencé à fatiguer assez vite.

— Alors quoi ?

— Tu vois quelque chose d'inhabituel ? a demandé Hi. Si le trésor est caché plus bas, il doit y avoir un indice ici.

— Sauf s'il a disparu, a dit Ben. Ce poème a été écrit il y a trois cents ans.

— Mais rien n'a changé ici ! a gémi Shelton. Il n'y a eu aucune construction. Ni maison, ni égout, ni chaîne câblée…

J'étudiais le panorama en contrebas.

— Qu'est-ce que j'ai sous les yeux, Hi ?

— Jack's Creek. C'est une sorte de lac marécageux qui s'étend comme une amibe avec des tentacules. Des hauts-fonds envahis de bancs de sable et d'îlots.

— C'est sans doute là que vivent les alligators…

— Le dernier endroit pour y enterrer des objets de valeur. Impossible de les récupérer.

— Et derrière Jack's Creek, toujours à l'est ?

Hi a consulté son téléphone.

— Une colline, puis une grande plage.

— Attendez ! s'est écrié Shelton. J'ai oublié de vous parler de mon intuition !

— C'est quand tu veux.

— Nous avons suivi le poème d'Anne Bonny, mais il reste un vers.

— Tu as raison. « Qu'un cœur pur te guide dans le champ d'ossements. »

— Cette étendue, là-bas ? a dit Shelton en montrant une plage envahie de débris. Elle s'appelle le Cimetière.

Une décharge électrique m'a parcouru le corps.

— Pourquoi ?

— Les sites de randonnée disent que cette plage est l'endroit le plus intéressant de Bull Island. Le sable est couvert d'arbres et de branches mortes, ce qui lui donne l'aspect d'un cimetière de monstres à demi enfouis.

— Tout correspond ! Ça doit être le bon endroit !

— Mais on ne sait pas où creuser ! s'est exclamé Chance, à bout de nerfs.

— Je n'ai pas l'impression que tu nous aides, a dit Ben. Tout ce que tu fais, c'est te plaindre.

Je les ai laissés se chamailler et me suis trituré les méninges. Une étincelle minuscule… Mais quoi ? Quelque chose que Shelton avait dit ? Sur la randonnée ? Le poème d'Anne Bonny ?

Non, rien. L'idée refusait de sortir.

— Chut !

Les autres Viraux se sont arrêtés. Chance a voulu protester, puis s'est ravisé.

— Laissez Tory faire son truc, a chuchoté Hi. Faites-moi confiance, c'est notre meilleure chance.

Je n'écoutais même pas. Quelque chose me tracassait dans le dernier vers.

— « Qu'un cœur pur te guide dans le champ d'ossements »… Shelton a raison ; ça doit faire allusion au Cimetière. Mais le poème nous a d'abord envoyés à la tour de guet.

Je pensais à voix haute, assemblant les faits comme des Lego, pour faire remonter mon idée souterraine à la surface.

— « Sois ferme dans ta foi, et tourne-toi vers la mer. » Je dois être ici, mais ce que je cherche, c'est sur la plage. Et il me faut la croix pour le trouver.

La croix. Pourquoi était-elle importante ?

Je fis pivoter la création d'Anne Bonny.

— La branche supérieure est tordue… pourquoi ?

Une erreur de conception ? Peu probable. Cette courbe délicate faisait de la croix un objet absolument unique.

Je la fis tourner entre mes mains. Le cristal de l'anneau étincelait à la lueur de la lune.

Tout à coup, tout s'est enclenché, comme les mécaniques du coffre Claybourne.

— Anne…, ai-je chuchoté. Je comprends.

Je me suis avancée vers le bord de la colline. Les garçons m'observaient en silence.

— « Le grand jour de la lune, cherche le Peuple de l'Île, ai-je récité. Sois au poste de vigie, ferme dans ta foi, et tourne-toi vers la mer. »

— On l'a déjà fait.

Le peu de patience de Chance avait disparu depuis long-temps.

Les Viraux lui ont imposé silence.

— La croix, c'est la clé, ai-je dit. Le dernier vers indique : « Qu'un cœur pur te guide dans le champ d'ossements. »

— Splendide. Et en quoi ça nous aide ?

— Regarde la croix, Chance. À l'intérieur de l'anneau. Qu'est-ce que tu vois ?

— Le cristal ? C'est ça, le cœur pur ?

— Ah, bon Dieu ! s'est écrié Shelton. Tu l'as trouvé !

— Je suis perdu..., a dit Hi. Comment est-ce que ça va nous guider ?

— Qu'est-ce qui te frappe dans la forme de cette croix ?

— Elle est tordue.

— Exactement. Pourquoi ?

Levant la croix au niveau de mes yeux, j'ai scruté le paysage en contrebas.

J'ai éprouvé un choc.

Deux tas de pierres se dressaient de part et d'autre de Jack's Creek. Ils ne semblaient pas à leur place dans cette mangrove.

Je les ai alignés avec la branche horizontale de la croix.

Ça collait parfaitement.

— Qu'est-ce que tu fais ? m'a demandé Chance.

— La croix va nous révéler l'emplacement du trésor.

Hi a été le premier à comprendre.

— Tiens la croix bien à la verticale. Si les bras correspondent à des éléments topographiques, cette colline en est la base.

J'ai obéi, mais j'ai perdu l'alignement.

— Je n'y arrive pas comme ça.

Ben s'est frappé le front.

— On est trop bas ! Il y avait un fort, en haut de cette colline.

— La différence ne doit pas être énorme ! s'est exclamé Shelton. Les tours Martello n'étaient que des abris en pierre. Le sol n'était qu'à un ou deux mètres au-dessus de nous.

— Soulève-moi, ai-je demandé à Ben.

— Sérieux ?

— Évidemment que je suis sérieuse !

Chance a mis un genou à terre.

— Vas-y. C'est moi le plus grand.

Je suis montée sur son dos. Il s'est relevé sans problème, en me tenant les chevilles pour me donner un meilleur équilibre.

J'ai levé la croix. Sous cet angle nouveau, les tas de pierres s'ajustaient parfaitement.

Le cœur battant, j'ai fermé un œil, cherchant le dernier élément.

La branche incurvée s'alignait forcément sur quelque chose.

J'ai désigné une tache noire sur la colline située devant le Cimetière.

— C'est de l'eau ?

— L'étang aux Mocassins, a répondu Hi.

— Chance, fais deux pas à gauche. Maintenant, un demi-pas en arrière.

Tout à coup, tout s'est mis en place. La partie incurvée de la croix correspondait au milieu de l'étang.

Je scrutais l'endroit. La pleine lune était juste derrière moi, assez brillante pour faire ressortir certains détails.

— Il y a une île sur l'étang ! ai-je crié. Un troisième tas de pierres !

Trois tas de pierres.

Ces repères grossiers s'adaptaient parfaitement aux trois points de la croix.

Une coïncidence ? Impossible.

— « Qu'un cœur pur... »

J'ai regardé à travers le cristal.

Rien.

— Tory ! m'a lancé Hi. Ta croix n'est plus verticale !

— Compris.

J'ai réajusté la croix.

Un rayon de lune a jailli du cœur cristallin, perçant le ciel.

— Oh, bon Dieu !

— J'y crois pas !

— La pleine lune...

Le disque de cristal éclairait un objet lointain.

Je tendais le cou pour le voir, morte de peur à l'idée de perdre la bonne orientation.

L'objet en question était un arbre massif, blanc comme un os, dont les branches squelettiques s'étendaient tels des doigts sataniques.

— Vu.

La lune tournait, et le rayon faiblissait. Je me concentrais pour saisir le moindre détail, sachant bien que je n'aurais pas une seconde chance.

— Arrête de gigoter ! m'a lancé Chance en me maintenant le dos.

— Ça a marché !

Tout excitée, je me tortillais sur son dos.

— Je sais où creuser !

Patatras !

Ben et Hi ont réussi à amortir ma chute, mais Chance n'a pas eu ce bonheur. Il est tombé sur le dos.

— Merci, les gars. Surtout, ne vous inquiétez pas pour moi.

— Tant pis pour toi, a dit Shelton. Tu as laissé tomber notre chef intrépide…

— Bah ! Elle ne tiendrait pas cinq secondes dans une joute à la piscine, a grogné Chance.

— Je sais où creuser ! Je sais où creuser !

Tous en chœur :

— Où ?

— Amenez-moi à la plage du Cimetière.

53.

Ben a insisté pour qu'on retourne vers le *Sewee* et qu'on longe la plage à pied.

— La nuit, impossible de prendre les sentiers qui mènent vers l'intérieur. Pleine lune ou pas, on n'y voit rien dans ce marécage.

— Pour info, on les appelle les allées des Alligators, a ajouté Hi.

— Non merci, alors, a dit Shelton. On va faire le détour par la plage, ça ira très bien.

On est revenus sur nos pas, puis on a pris une piste le long du littoral. La lune occupait la moitié du ciel à présent. L'océan était plat et lisse comme du verre, l'air lourd et épais. Tous les moustiques du comté cassaient la croûte sur nos peaux dégoulinantes de sueur.

Au bout d'une demi-heure, on a repris vers le sud pour arriver à la plage du Cimetière.

— C'est l'endroit le plus flippant du monde. Je tenais à le dire, a lancé Hi en montrant le paysage spectral qui s'étendait devant nous. Je suis tellement heureux qu'on y arrive au milieu de la nuit.

Des centaines d'arbres morts gisaient sur la plage, tous d'un blanc chirurgical, délavés par le soleil et l'eau salée. L'appellation de cimetière lui convenait parfaitement. Des troncs rongés. Des membres déformés. Le sable était parsemé de coquillages corrodés et de carapaces de crustacés morts depuis bien longtemps. L'endroit ressemblait à un cimetière du paléozoïque.

— On se disperse, ai-je ordonné. Cherchez un arbre gigantesque avec des branches hérissées comme les cheveux de Méduse.

J'avançais pas à pas dans le Cimetière, m'arrêtant tous les deux ou trois mètres pour regarder la colline derrière le lac. Enfin, j'ai vu ma cible.

Un cèdre pétrifié, isolé.

Son tronc ancien et usé faisait trois mètres de diamètre. À deux mètres au-dessus du sol, il se séparait en cinq branches qui retombaient vers le sable comme des serpents, tendues vers l'intérieur de l'île comme si elles fuyaient la mer.

L'arbre formait un V à l'envers, large de dix mètres en son point le plus évasé.

— La main du diable ! s'est exclamé Ben. Bien sûr !

— Pardon ?

— La légende sewee ! Vous vous rappelez ce que mon oncle m'a raconté : « Quand le ciel de la nuit brûlait comme le jour, une torche ardente au-dessus du champ d'ossements était plantée dans la main du Diable. » C'est forcément cet arbre !

Une autre pièce du puzzle venait de s'assembler.

— Anne Bonny avait de longs cheveux roux, comme des flammes. L'histoire doit raconter la nuit où elle a enterré son trésor !

— Et les Sewees ont intégré cet événement dans leur histoire orale.

Ben m'a serré l'épaule.

— C'est ici qu'on creuse.

Chance examinait le cèdre.

— Bon, d'accord, ce bout de bois, c'est la main du diable. Où est-ce qu'on met la torche ?

Ben a rapidement fait le tour de l'arbre, se frayant un chemin parmi les branches mortes et déformées.

— Toutes les branches vont vers l'intérieur. Trois à droite, deux à gauche. Il n'y a rien d'important du côté marin de l'arbre.

Je suis entrée à l'intérieur du V et j'ai appuyé mon dos contre l'arbre. Nichée entre ses bras anciens, je me sentais en sécurité, protégée des vents et des marais.

Si c'était mon trésor, c'est là que je l'enterrerais.

J'ai tracé une ligne dans le sable humide. Puis une autre, formant une croix.

— C'est là qu'on creuse.

— On creuse au mauvais endroit ! Ça ne mène nulle part.

Chance a jeté sa pelle et est sorti du trou.

— Reviens ici ! a lancé Ben. On a avancé d'un mètre à peine.

— Et trouvé que dalle. Ça fait plus d'une heure !

— Je suis à peine chauffé. Ne fais pas la chochotte !

L'espace entre les branches avait été transformé en site de fouilles improvisé. Des seaux, des pelles et d'autres instruments étaient éparpillés sur le sol. Notre lanterne électrique était pendue à un buisson, éclairant l'intérieur du trou à mesure qu'on le creusait.

— On s'est peut-être trompé d'arbre, a grommelé Chance, mais admettons que ce soit celui-là. Si on creuse à côté, même d'un mètre, on le ratera complètement. En admettant qu'il y ait quelque chose à rater...

Hi et Shelton étaient appuyés contre le tronc, des cordes à la main, des seaux devant eux. Mon rôle, quant à moi, était... de superviser.

— C'est le bon endroit. J'en suis sûre.

— Pour quelle raison ? a demandé Chance. Vas-y, démontre.

— Cet arbre possède de grandes racines, mais pas à l'endroit que j'ai marqué. De plus, d'ici, on peut voir directement la tour de guet.

— C'est tout ? a demandé Chance, incrédule. C'est ça, ton brillant raisonnement ? Mais des arbres morts, on peut en voir une centaine depuis cette tour !

— La croix s'est alignée sur celui-ci, et nous creusons au seul endroit raisonnable autour de cet arbre.

— Et eux, pourquoi ils ne peuvent pas creuser ? a demandé Chance en montrant Shelton et Hi.

— Ils tiennent les cordes de sécurité, a dit Ben en projetant une pelletée de terre par-dessus son épaule – que Chance a évitée de justesse. Les trous dans le sable sont dangereux. Si jamais les parois s'effondrent, il nous faudra quelqu'un pour nous tirer de là.

— Moustique et Grosbidon, là ? a ricané Chance.

— On est plus forts qu'on en a l'air, a sifflé Hi furieux.

— Tu peux jacasser, a dit Shelton. On ne t'écoute pas.

— Ça suffit.

J'ai montré le trou à Chance.

— Creuse.

*
* *

Encore une heure. Un mètre de plus.

Affaissés contre l'arbre, Hi et Shelton faisaient la pause entre deux seaux. Ben et Chance avaient nettement ralenti la cadence.

Tout le monde évitait mon regard. Je sentais une rébellion monter.

Et ils avaient raison.

J'aurais dû laisser tomber plus tôt, mais impossible d'affronter la déception. J'en avais été tellement sûre…

Tonc.

— C'était ton pied ? a demandé Ben d'une voix assourdie au fond du trou.

— Non, a répondu Chance. Ma pelle a heurté quelque chose.

Tonc, tonc, tonc.

Tanc.

— Qu'est-ce que c'était ?

La question de Hi a sorti Shelton de son engourdissement.

— Quéqui passe ?

— Oh, merde alors ! a lâché Chance d'une voix bizarre.

— Trouve les coins ! a ordonné Ben.

— Qu'est-ce qu'il y a, les gars ?

J'ai regardé dans le trou. Ben et Chance, à genoux, grattaient le sol à mains nues.

— Recule ! m'a ordonné Ben.

— Des truelles ! a aboyé Chance. Tout de suite !

— OK, OK !

Le cœur battant, j'ai obéi.

— Qu'est-ce que vous avez trouvé ?

Pas de réponse.

Du sable et de la boue ont jailli de la fosse.

— C'est du bois ! a hurlé Ben. C'est une espèce de coffre !

— Les cordes ! s'est écrié Chance. Il faut qu'on le sorte !

Shelton a pris deux longueurs de corde en nylon et les a jetées dans le trou. L'une des boucles lui est aussitôt revenue.

— Gardes-en une pour en haut, abruti !

— Désolé, mon pote !

Shelton sautillait sur place. Hi lui a fait signe de se calmer.

J'ai fait descendre un bout des deux cordes. Ben et Chance travaillaient rapidement, échangeant des propos que je n'entendais pas, la hache de guerre enterrée.

— C'est bon ! a crié Chance. Faites descendre l'ascenseur !

Shelton, Hi et moi avons soulevé un bois flotté long de deux mètres qu'on avait posé près de la fosse.

— Prêts ?

— Prêts.

Croisons les doigts.

On a fait descendre un bout de la branche ensemble. Grimpant sur cette échelle rudimentaire, Ben et Chance sont sortis avec précaution.

Ensuite, on a retiré la branche. La fosse a tenu.

— On a trouvé quelque chose ! s'est exclamé Ben qui maîtrisait mal son enthousiasme. C'est forcément un truc humain !

— On a attaché des cordes aux deux poignées, a expliqué Chance, qui tenait quatre cordes enroulées sur ses avant-bras. Il n'y a plus qu'à tirer pour le faire sortir !

— Aux quatre coins, a indiqué Hi. Si tout le monde tire en même temps, la fosse ne devrait pas s'effondrer.

On s'est tous précipités pour se mettre en position, débordants d'une énergie folle.

— Tournez le dos au trou, mettez la corde sur l'épaule, et avancez lentement...

Hi a rampé jusqu'au bord du trou.

— Si vous bougez bien ensemble, le poids devrait rester équilibré.

— Prêts ? a demandé Ben.

Tout le monde a fait signe que oui.

— On avance ! Un pas ! Un pas ! Un pas ! a scandé Hi.

J'ai senti une résistance au début, puis elle a diminué. Soudain, on a entendu un léger frottement, comme du papier de verre sur du bois.

— Un pas ! Un pas ! Encore !

J'avançais péniblement, tous mes muscles noués.

Quelque chose s'est coincé et ma corde s'est tendue.

— Allez-y, pesez ! a crié Hi. Encore un mètre !

J'ai enfoncé mes talons dans le sable et tiré de toutes mes forces.

Un tintement, puis le bruit du sable qui tombe en cascade.

— Il est là ! a crié Hi.

Ben a attaché sa corde à une branche et foncé vers Hi. Un coffre recouvert de terre était suspendu à quelques centimètres au-dessus du trou.

— Dépêchez-vous ! a gémi Shelton. Je ne tiendrai pas beaucoup plus longtemps.

Ben a attrapé la poignée la plus proche et mis le coffre en équilibre. Hi l'a coincé de l'autre côté.

— Shelton et Tory, à trois, vous lâchez. Chance, tiens bien. Ben et moi, on va tirer le coffre vers nous.

— *Uno ! Dos ! Tres !*

Shelton et moi, on a lâché nos cordes tandis que Ben et Hi tiraient vers l'arrière.

Le coffre a glissé sur le sable.

Et voilà. Le trésor était à nous, juste comme ça.

54.

On s'est attroupés autour du coffre.

Derrière, un trou béant comme une blessure dans la terre. Le cèdre pétrifié nous dominait, enserrant notre petit groupe de son immense main squelettique.

La pleine lune projetait de longues ombres spectrales sur la plage.

On était agglutinés là dans un silence stupéfait, osant à peine croire que c'était bel et bien arrivé.

On avait trouvé le trésor d'Anne Bonny… Pour de bon !

J'ai enfin réalisé, et commencé à gratter des siècles de saleté sur le coffre. Les autres m'ont vite rejointe.

Le coffre, fait de lattes de bois clouées sur un cadre solide, et renforcé sur les coins et les côtés par d'épaisses bandes de métal, était marron foncé, avec un couvercle bombé, comme un petit cercueil.

Des poignées de bois étaient clouées de part et d'autre. Le coffre était fermé par un loquet avec un verrou rouillé. Visiblement très vieux, il semblait résistant et durable, capable de supporter des siècles sous terre.

— Seigneur ! a dit Chance, stupéfait. Un vrai bon coffre au trésor !

— Bien sûr ! s'est écrié Hi en riant. Tu croyais qu'on allait creuser jusqu'en Chine ?

— C'est juste…, a dit Chance. Je viens de réaliser. Enfin, quoi ! On vient de sortir un coffre de pirate du sable, bon Dieu !

— Moi aussi, a dit Shelton. Je n'aurais jamais pensé qu'on trouverait quelque chose. Là, c'est carrément plus pareil…

Ben tapotait le coffre.

— Costaud.

— Regarde la fermeture, ai-je suggéré.

J'étais trop sous le choc pour penser à autre chose.

— À l'époque, on les faisait solides.

Ben a tiré sur le cadenas, qui n'a pas bougé d'un cheveu.

— Il va nous falloir des outils.

— Essaie ça, a dit Hi en lui tendant une pelle.

Ben a fait levier avec le manche.

Soudain, une voix s'est fait entendre dans les dunes, derrière nous.

— Ça suffit !

Ben s'est retourné, la pelle à la main.

J'ai bondi pour éteindre la lanterne, puis je suis retournée à tâtons vers le coffre.

Chance est resté pétrifié, hésitant, clignant des yeux pour recouvrer sa vision nocturne.

Hi et Shelton se sont accroupis, les yeux écarquillés de terreur.

— Qui est là ? ai-je crié.

Il y avait une petite étendue de plage devant nous, avant d'arriver aux dunes. Derrière, les membres tordus du cèdre mort nous encadraient de tous côtés. Un banc de nuages est passé devant la lune, obscurcissant les alentours.

Une ombre s'est avancée vers nous dans l'obscurité. Mon cœur cognait contre mes côtes.

Les nuages se sont dispersés, et la lumière de la lune s'est de nouveau déversée sur nous.

J'ai reconnu une silhouette familière.

— Je dois avouer que je suis impressionné.

Chris Fletcher se trouvait à une dizaine de mètres, vêtu d'un jean délavé et d'un sweat à capuche de l'université, les mains dans les poches.

— Je suis sérieux.

À la lumière pâle du clair de lune, son sourire désinvolte avait l'air sinistre.

— On cherche le trésor d'Anne Bonny depuis des centaines d'années, mais vous, vous l'avez trouvé. Bravo !

— Qu'est-ce que vous faites ici ?

Quelle question idiote. C'était tout ce que j'avais trouvé à dire. L'apparition-surprise de Chris m'avait vraiment fait peur.

— Je suis sorti me balader. Et vous ?

— Tu as l'air de le savoir déjà, a dit Ben d'un ton aussi froid que du marbre.

— Exact, a répondu Chris, son regard bleu tout aussi glacial. On pourrait peut-être arrêter les conneries, alors.

— Qui es-tu ? a demandé Chance, largué. Tu travailles pour la réserve ?

— Il s'appelle Chris Fletcher, a dit Ben qui n'avait pas lâché sa pelle. Il est étudiant de troisième cycle à l'université. Il travaille au Charleston Museum.

— Et n'oubliez pas ma visite mondialement célèbre du Charleston mystérieux !

Étant donné les circonstances, la désinvolture de Chris était inquiétante.

Mon instinct me hurlait : *Alerte.*

J'ai croisé le regard de Hi, et je lui ai fait un geste dans mon dos. Il a hoché la tête et tiré Shelton par la manche. Ils se sont éloignés de la fosse, imperceptiblement.

J'ai bougé d'un cheveu sur la gauche. Chris m'a suivi du regard, mais sans réagir.

— Écoute-moi bien, monsieur l'étudiant de troisième cycle Chris Fletcher, a déclaré Chance d'un ton dégagé. C'est une soirée privée, et tu n'es pas le bienvenu. Tu peux partir.

— Je ne crois pas.

— Ah bon ? Ben, aide-moi à convaincre ce bon vieux Chris qu'il est l'heure de s'en aller.

Les deux garçons se sont avancés vers Chris. Ben tenait toujours sa pelle.

Chris a sorti un Glock 20 semi-automatique de sa poche.

Les garçons se sont arrêtés net. Ben a lâché sa pelle et levé les mains.

Shelton a poussé un petit cri. J'avais les yeux braqués sur l'œil noir du Glock, dont je connaissais la puissance mortelle.

— Vous captez, maintenant ? a demandé Chris d'une voix très douce.

Chance et Ben ont reculé de quelques pas.

— Bien, a dit Chris. Et dites au gros gamin et à son copain l'asticot d'arrêter de magouiller dans mon dos.

J'ai fait un tout petit pas sur la gauche. J'ai senti une branche qui serpentait dans le sable.

Va. Va chercher de l'aide.

J'allais me glisser dans les branchages quand j'ai entendu un cliquetis dans le noir, juste à côté de moi.

L'adrénaline a jailli dans mes veines. Je me suis retournée.

Sallie Fletcher se tenait devant moi, à côté d'une branche morte.

Souriante, elle m'a fait signe de reculer. Arme à la main.

— Ils sont venus seuls.

Sallie est allée retrouver Chris.

— Ils n'ont qu'un bateau, mouillé près de la pointe nord.

— Je n'en attendais pas moins, a répondu Chris. Ces jeunes sont pleins de ressources, c'en est incroyable.

Chance, Ben et moi nous tenions côte à côte devant le coffre au trésor. Hi et Shelton étaient derrière, de l'autre côté du trou.

L'arbre maudit nous prenait au piège. Pour s'enfuir, il fallait passer le barrage des Fletcher.

— Qu'est-ce que vous voulez ? ai-je demandé.

— Commençons par les réponses. Comment avez-vous découvert l'itinéraire qu'a emprunté Anne Bonny pour s'évader ? Qui vous a dit de chercher dans le Provost Dungeon ?

— Personne. On l'a trouvé tout seuls.

— C'était vous dans les souterrains ! a grondé Ben d'une voix menaçante, malgré la situation. Vous avez essayé de nous tuer.

— Vous l'avez trouvé tout seuls ? a répété Chris sans lui prêter attention. Impossible. Sallie et moi avons passé deux bonnes années à effectuer des recherches sur Anne Bonny. Et vous, tout ce que vous avez fait, c'est de chiper une carte sans intérêt.

— Une carte ?

Sallie s'est mise à rire.

— Vous croyiez vraiment que ce serait si facile de voler quelque chose ?

— Au début, je ne m'en suis pas rendu compte, a expliqué Chris d'un air amusé. Mais vous aviez tous l'air… bizarres ; alors j'ai vérifié la vitrine le lendemain. Devinez quoi ? Pas de carte.

— Pourquoi vous ne l'avez pas signalé ?

J'étais sincèrement étonnée.

— On n'arrivait pas à croire que vous l'aviez piquée, a dit Sallie. C'était si audacieux, si téméraire ! Vous saviez forcément quelque chose. On a décidé d'attendre et de voir ce qui allait se passer.

— C'était le plan de Sallie, a précisé Chris en lui prenant la taille. Et ça a marché. Je suis content de l'avoir écoutée.

La situation était irréelle. Notre conversation était agréable, un bavardage entre amis.

Sauf les pistolets pointés sur nous.

— Vous êtes durs à suivre, les gars, a ajouté Chris. Bateau. Voiture. Prêteur sur gages. On était débordés. Heureusement, vous êtes venus droit vers nous.

— La visite du Charleston mystérieux, a dit Ben d'un ton grinçant.

— Vous êtes nuls comme espions, a dit Hi dans mon dos. La prochaine fois que vous filerez quelqu'un, laissez tomber la Studebaker rouge.

— Hein ? On roule en Prius, abruti.

— La visite du Charleston mystérieux, c'est une vitrine, hein ? ai-je demandé. Vous vous en servez comme couverture pour fouiller sous East Bay Street.

— On cherche le perchoir de dame Faucon, a confirmé Sallie. On savait que le tunnel de Bonny devait être près des quais d'East Bay. Mais on a passé le Provost Dungeon au peigne fin une dizaine de fois, sans jamais remarquer de pierre descellée. Comment est-ce que vous saviez ?

— Qu'est-ce qu'il y avait dans la dernière pièce ? a demandé Chris, la voix durcie par l'avidité. Et comment vous avez su, pour Bull Island ?

J'ai levé la main.

— Lâchez vos armes, et on en discutera.

— Vous allez tout nous dire ! a crié Sallie avec une colère soudaine et inquiétante. On a étudié et cherché pendant deux ans, on n'a rien trouvé, et vous, tas de morveux, vous avez résolu l'énigme en une semaine ? Impossible. Quelqu'un vous a aidés. Qui ? On sait qu'il y en a d'autres qui cherchent, aussi.

Silence. Inutile de répondre.

— Mais ça me tue de ne pas savoir ! a dit Chris gaiement. Quand on vous a perdus sous terre, j'étais sûr, mais sûr que vous aviez volé notre trésor. On a failli ne pas prendre la peine de refermer après, mais Sallie m'a convaincu de ne pas perdre la foi.

— Il faut toujours faire confiance à sa moitié ! a lancé Sallie en lui envoyant un baiser. Heureusement, nous avons dissimulé un téléphone portable dans votre bateau. Du coup, ça a été facile de vous suivre à la trace. En bateau, au moins.

— On a même fouillé cette cabane ridicule du sol au plafond. Rien trouvé. C'était très déprimant.

— Vous paierez pour ça, leur a promis Chance. C'est une propriété des Claybourne.

— Imaginez notre surprise ce soir ! a repris Chris. Je ne sais pas comment vous avez appris que le trésor se trouvait ici, mais merci d'avoir fait le travail ingrat.

— Va chier ! a craché Ben.

— Écartez-vous du coffre, a ordonné Sallie, soudain sérieuse. Et donnez-nous cette carte.

— C'est nous qui avons trouvé le coffre, a dit froidement Chance. Il nous appartient de droit. Même si vous le volez ce soir, nous le récupérerons. Il n'y a que nous à savoir comment il a été trouvé. Bonne chance pour vous expliquer quand la police viendra chez vous.

— Tais-toi, Chance, a coupé Hi, qui observait attentivement les Fletcher. Ces deux-là sont dangereux.

— Ton copain est plus malin que toi, jeune richard.

Chris a actionné la culasse de son Glock.

— Ce serait sans doute mieux si vous disparaissiez. Comme ça, il n'y aurait aucune contestation, pas vrai ?

— Mais quelle histoire incroyable ! a lancé Sallie avec un sourire étincelant. Je vous présente les fabuleux Fletcher ! Oyez, oyez comment ils ont déchiffré une carte historique, découvert des souterrains oubliés sous les rues de notre cité, et retrouvé le trésor perdu d'Anne Bonny.

— La fortune et la gloire, a dit Chris. Les Indiana Jones d'aujourd'hui. Nous serons des archéologues renommés avant même d'avoir obtenu nos diplômes. Sans parler de notre fortune colossale.

— Des gens vont nous rechercher, a objecté timidement Shelton. Des centaines de gens.

— Mais pas ici, l'a assuré Chris. Personne ne fera jamais le lien entre Bull Island et Anne Bonny.

— Reconnaissez-le, a insisté Sallie. Ce soir, vous êtes sortis en douce. Personne ne sait que vous êtes ici. Lorsqu'on retrouvera votre bateau à Breach Inlet, tout le monde pensera qu'il s'est renversé et que vous vous êtes noyés. Une croisière nocturne de trop.

— Triste, a ajouté Chris.

— Oh, regarde, chéri ! Les petits ont même eu l'attention délicate de creuser leur propre tombe ! a conclu Sallie en montrant la fosse béante du canon de son arme.

55.

Pas le temps d'élaborer un plan.

Les Fletcher nous avaient coincés contre les branches tordues du cèdre. Dans quelques secondes, tout serait terminé.

Je ne me souviens pas de l'avoir voulu, mais ma double hélice canine a soudain pris les choses en main.

SNAP.

L'énergie brûlait en moi comme un feu de brousse incontrôlable.

Mes sens ont explosé, ébranlant mon cerveau.

Une puissance brute a grésillé dans mon corps, plus forte que jamais. Ce déluge a failli me submerger.

Pleine lune.

Il ne nous restait qu'un instant. J'ai observé nos agresseurs, à la recherche d'une ouverture.

Sallie respirait péniblement. Elle s'humectait les lèvres. Souvent. Trop souvent. J'ai lu « Walther P 99 » sur le canon de son arme.

Les muscles de Chris étaient tendus comme les cordes d'un piano. Il serrait son Glock, les articulations blanchies.

Ils le feraient. Avec plaisir, en plus. Je le savais au plus profond de moi.

Les Fletcher nous assassineraient tous, pour conserver leur chance d'être célèbres.

Comme avant, j'ai fermé les paupières et sondé les profondeurs de mon subconscient.

Je me tenais dans un champ noir, désert. Ben est apparu à mes côtés. Puis Shelton. Puis Hi. J'ai senti Coop au loin, perturbé dans son sommeil, agité.

Des câbles incandescents nous reliaient tous les cinq, comme des marionnettes étincelantes. J'ai tendu la main vers le plus proche.

J'ai aussitôt perçu les pensées de Ben. Un tourbillon furieux. Le même contact que nous avions partagé dans le tunnel sous-marin, en plus clair et plus précis.

Enthousiaste, j'ai saisi les lignes qui me reliaient à Shelton et Hi. Ils m'ont ouvert leur esprit. Leurs pensées ont coulé vers moi.

Puis, pour la première fois, je me suis aperçue. Un halo de lumière dorée entourait mon corps, m'encerclant dans un cercle de feu.

Pourquoi est-ce que je brillais, mais pas les autres Viraux ?

J'ai compris en un éclair. Et je n'ai pas perdu de temps. Mon moi rêvé a réuni les câbles incandescents. Tiré dessus. La lueur s'est répandue vers les autres.

Rassemblant toute ma force, je leur ai envoyé un message. *Chris et Sallie vont tirer ! Il faut se disperser !*

Les garçons se sont crispés quand leur flambée s'est déclenchée. Ben a serré les poings, Hi a mis un genou à terre, et Shelton a gémi, son corps frêle parcouru de tremblements.

En quelques secondes, six yeux dorés ont flamboyé, comme les miens.

— Qu'est-ce que vous faites ? a demandé Sallie en agitant son pistolet. Personne ne bouge.

Chris regardait Ben.

— Qu'est-ce qu'elles ont, tes pupilles ?

Chance s'est tourné vers moi et a croisé mon regard. Il a écarquillé les yeux, puis s'est tourné brusquement vers Shelton et Hi.

— Des yeux dorés ! Incroyable ! Ils brillent !

— Ça suffit.

Sallie a levé son arme et m'a visée à la tête.

Le temps s'est ralenti.

LÀ !

Je m'apprêtais à bondir quand un hurlement à glacer le sang a déchiré la nuit.

Sallie a sursauté.

Chris a jeté un regard nerveux vers les dunes, derrière lui.

Un deuxième hurlement a retenti, puis un troisième. Cela semblait venir de partout.

Une présence étrangère est entrée dans mon esprit. Non connectée. Ce n'était pas un Viral.

L'aura était étrange, mais pourtant connue. J'ai essayé d'établir le contact. Des pensées primales ont frôlé mon esprit.

NOUS ARRIVONS.

Des images ont traversé mon cerveau. Des souvenirs archaïques d'une autre espèce.

Un cerf poursuivi dans les dunes. Des bagarres pour rire avec les autres de la portée, sur une dune d'un blanc crayeux. Le sommeil, niché dans la chaleur de la meute.

Une forme rouge-brun est apparue dans mon esprit. Quadrupède, le museau levé, reniflant la brise.

Museau-Blanc.

J'ai senti le loup roux et sa meute qui arrivaient vers la plage en courant.

NOUS ARRIVONS, FRÈRES.

Inquiets de ces aboiements tout autour d'eux, Sallie et Chris bougeaient avec de petits gestes nerveux.

Je me suis baissée pour attraper la pelle par terre.

Ce qui a attiré l'attention de Sallie.

— C'est fini, petite demoiselle.

Elle a braqué son arme d'une main tremblante.

— Dans ta prochaine vie, rappelle-toi de te mêler de tes affaires.

Le sang cognait à mes oreilles. Nulle part où m'enfuir. Aucune chance d'éviter la balle.

Une forme brune a jailli des ombres, saisissant Sallie aux jambes. Elle est tombée dans un hurlement, tirant au hasard.

Crac ! Crac !

Les balles avaient touché une branche au-dessus de ma tête.

De nouveaux hurlements résonnaient dans la nuit.

Chris a bondi à droite, puis à gauche, hésitant sur la direction à prendre.

Deux formes ont bondi des dunes et l'ont jeté au sol. Il a roulé sur lui-même, cherchant en vain une cible.

J'ai envoyé un nouveau message aux Viraux : *Ben...* *occupe-toi de Chris... Hi, Shelton... il faut distraire Sallie...*

Rapide comme Vif Argent, Ben a plaqué Chris avant qu'il ne se relève. Le Glock s'est envolé et est retombé plus loin. Ils luttaient, griffant le sable pour récupérer l'arme.

— Écarte-toi de lui ! a crié Sallie à son mari en tâchant de braquer son Walther sur Ben.

Deux nouvelles formes sont apparues tout près. Sallie s'est reculée, la peur dans les yeux.

Un caillou de la taille d'un poing lui a sifflé au nez.

Elle a virevolté en jurant.

Shelton s'est caché derrière le coffre.

Un gros coquillage a frappé Sallie à l'épaule. Elle a réagi plus vite et saisi Hi dans son viseur.

— Bouh !

Hi a plongé tête la première dans la fosse.

— Erreur, petit connard !

Sallie a foncé au bord du trou et visé Hi.

— J'espère que ta tombe te plaira.

J'ai décoché un coup de pelle à Sallie. En plein sur la tête, dans un bruit écœurant.

— Bonne nuit, salope.

Sallie a roulé des yeux blancs, titubé un instant, puis elle s'est effondrée. Elle ne bougeait plus.

J'ai entendu la voix de Hi qui remontait des profondeurs :

— Bien joué, championne !

Ben, lui, luttait toujours contre Chris sur le sable.

— Claybourne ! a-t-il haleté. Un coup de main !

À ses mots, Chance est sorti de son état de choc.

Il s'est précipité et a bondi dans le dos de Chris. Momentanément libéré, Ben a donné à Chris un coup de pied au ventre, lui coupant le souffle. Là-dessus, Chance a cogné Fletcher à la tempe. Chris s'est effondré sur le sable.

Shelton a trottiné vers nous et ramassé les deux pistolets.

— Quelqu'un sait comment on met la sécurité ?

Là-dessus, il a vomi sur la plage.

— Tes yeux..., haletait Chance, le regard braqué sur Ben. Pourquoi est-ce qu'ils brillent comme ça ?

Ben lui a tourné le dos.

Chance a fait volte-face, vers moi.

— Les tiens aussi ! Vous tous !

— Chance...

Je n'avais aucune idée de ce que j'allais lui dire.

— Vous êtes quoi, une sorte de secte ?

Chance reculait, regardant un Viral après l'autre.

— J'ai déjà vu ça. Cette nuit-là, dans mon sous-sol ! Ce n'était pas un rêve, alors. Et je ne suis pas fou !

— Si tu voulais bien...

— C'est vous qui avez fait venir ces animaux ici ? a demandé Chance d'une voix frissonnante d'horreur. Comment vous avez fait pour aller si vite ?

— Calme-toi. Il n'y a rien à...

— Ne me touche pas !

Chance s'est enfui sur la plage.

— Attends ! Le bateau est dans l'autre sens !

Mais il était parti.

— Il faut qu'on y aille, a dit Ben. Tout de suite.

— Et on laisse Chance ici ?

— Pas le choix. Des coups de feu ont été tirés. On ne sait pas qui a pu les entendre, ni si ces deux psychopathes sont venus seuls. Il est temps de filer.

J'ai poussé un gémissement de frustration. Mais les garçons avaient raison.

On a rapidement défait le camp, en gardant l'œil sur les deux écroulés sur le sable. Quelques minutes plus tard, on avait tout rangé. Prêts à partir.

— On les laisse là, c'est tout ? a demandé Shelton. Ils ont essayé de nous tuer. Deux fois.

— Tu as une meilleure idée ?

Ben a pris le coffre par une poignée, et Hi est venu l'aider.

— On ne peut pas à la fois s'occuper du butin et de la police. Moi, je choisis le butin. Sinon, quel intérêt ?

— Moi aussi, a dit Hi.

— Entendu. Une fois à l'abri, on pourra réfléchir à notre prochain plan.

— OK, a fait Shelton, qui, avec ses semi-automatiques passés à la ceinture, avait un bon look de gangster.

— Prêt ?

— Prêt !

Ben et Hi ont soulevé le coffre.

Shelton et moi, on s'est chargés des outils, des seaux et du reste du matériel. Avec nos flambées qui brûlaient encore, on avait de la force à revendre.

Les garçons s'avançaient sur la plage.

Je me suis arrêtée et, au prix d'un grand effort, j'ai expédié un dernier message dans l'éther.

MERCI, FRÈRES.

L'instant d'après, des voix canines ont résonné joyeusement dans la nuit.

56.

Ben a coupé le moteur.

Le *Sewee* bondissait au gré du courant. On venait de contourner l'Isle of Palms et on longeait celle de Sullivan's. Devant nous, le port de Charleston, Morris Island, et la maison.

L'aube se lèverait dans moins d'une heure. La lune se couchait, encore reflétée dans l'océan, éclairant la nuit. Ma flambée passée, j'étais épuisée.

— Pourquoi on s'arrête ? ai-je demandé en réprimant un bâillement.

— Tu rigoles.

— T'es un robot ou quoi ?

— Hein ?

Je ne comprenais rien.

— Le tristement célèbre et longtemps englouti trésor des pirates d'Anne Bonny, a déclaré Hi en touchant le coffre. Ici, là, sous nos yeux. Pigé ?

— Il est l'heure d'ouvrir le bébé, a dit Shelton en se frottant les mains. Après ce qu'on a vécu, je veux voir des lingots d'or. Des bagues de diamant !

Je voulais protester, mais je me suis ravisée. Pourquoi ne pas l'ouvrir maintenant ? Il n'y avait aucune raison d'attendre, et les garçons étaient visiblement à bout de patience.

— Chaque chose en son temps, ai-je dit en montrant les deux pistolets. Par-dessus bord.

— Hein ? Pourquoi ?

— Parce qu'il faut qu'on s'en débarrasse.

— Les conservateurs fous doivent être en train de se réveiller, a protesté Ben. Et on ne sait toujours pas qui nous a suivis en Studebaker. Il faut qu'on se protège.

— Qu'est-ce que tu connais aux armes ?

— Des tas de choses, a dit Ben. Mon père en a tout un râtelier.

— Tu es prêt à cacher deux pistolets semi-automatiques chez toi ?

Je me suis tournée vers Hi et Shelton.

— Et vous ? En tout cas, moi, je ne les rapporte pas à la maison.

— On pourrait les mettre dans le bunker, a suggéré Shelton. On les cacherait dans la pièce arrière, près de l'ancien puits de mine.

— On n'en a pas besoin ! Shelton, tu es vraiment prêt à tirer sur quelqu'un ?

Il a détourné les yeux.

— Moi, je suis d'accord avec Tory, est intervenu Hi. Ça me rend nerveux rien que d'en parler. Pour l'instant, on s'est bien débrouillés sans avoir de flingues.

— Ça ne nous ressemble pas, ai-je insisté. On n'a pas besoin de pistolets pour se protéger.

Poussant un soupir, Ben a pris les deux armes et les a jetées par-dessus bord.

— Bon, on peut l'ouvrir, maintenant ? a demandé Hi d'un ton cajolant.

Je lui ai fait un sourire canaille.

— Essaie de m'en empêcher !

— Zut ! s'est exclamé Shelton, furieux. J'ai oublié mes outils de serrurier.

Ben a pris un ciseau à froid.

— Faites-moi un peu de place.

On s'est écartés autant que possible. Ben a attaqué le cadenas. Cinq minutes plus tard...

Crac !

Le loquet a cédé.

— Je vous promets que vous resterez mes potes, même quand je serai pété de tunes, a dit Hi. Cette vie de rêve ne me changera pas. Enfin, pas beaucoup.

— Ouvre, ouvre, ouvre ! couinait Shelton.

Ben s'est écarté.

— C'est grâce à Tory qu'on l'a trouvé. À elle l'honneur.

— Tory ! Tory ! Tory ! répétaient Hi et Shelton en chœur.

J'ai fait une révérence, et j'ai soulevé le couvercle.

Les gonds ont grincé.

J'ai regardé l'intérieur sombre du coffre, les garçons agglutinés autour de moi.

Pas un bruit.

Pas un geste.

Le regard fixe, stupéfaits, bouche bée, on contemplait le spectacle qui s'offrait à nous.

Le coffre était vide.

QUATRIÈME PARTIE

BUTIN

57.

La pleine lune brillait comme un projecteur, éclairant le parking vide.

Ce qui rendait la tâche d'autant plus facile.

Il n'y avait qu'une seule voiture, garée près d'un quai désert.

Plus haut, des yeux observaient la nuit.

C'étaient les petites heures, la période sombre entre minuit et l'aube.

Une mauvaise route gravillonnée descendait vers la plage. Sur le bas-côté, une autre voiture à l'arrêt, dissimulée.

Une allumette s'enflamma à l'intérieur du véhicule, allumant un minuscule cercle rouge. La fumée s'échappa par la vitre entrouverte.

Soudain, un léger bourdonnement se fit entendre sur l'eau.

Enfin.

Une autre bouffée. Le cercle rouge se fit plus vif. Des volutes diaphanes envahirent l'espace confiné de la voiture.

Les secondes passèrent. Le bourdonnement se fit plus fort.

Un bateau apparut dans les ténèbres et s'approcha lentement de la jetée. Deux silhouettes l'amarrèrent. Elles bougeaient lentement, comme si elles étaient sous l'eau ou épuisées.

Les deux silhouettes débarquèrent en silence et remontèrent la jetée d'un pas lourd. Un tintement de clés. Les phares de la voiture s'allumèrent près du quai. Les portières se déverrouillèrent dans un double bip.

Plus loin, une autre portière s'ouvrit sur le bas-côté.

Le cercle embrasé virevolta dans l'air et tomba dans une gerbe d'étincelles menaçantes.

On y va.

Dans un crissement de gravier, les bottes s'avancèrent vers leur cible.

58.

Je m'en serais cogné la tête contre les murs.

Je serais arrivée au même résultat, ça aurait pris moins de temps et ça aurait fait moins mal.

— J'en ai marre de ces délires. Fi-ni ! Terminé ! Je n'existe plus ! s'est écrié Shelton.

Avec son sketch, il a fait sursauter Coop, qui a voulu voir ce qui se passait.

Mercredi après-midi. Encore une réunion au bunker, après une nouvelle aventure nocturne. Et une fois encore, aucun résultat malgré nos efforts.

La seule chance que j'avais eue, c'était que Kit dormait à poings fermés.

— Calme-toi ! ai-je dit à Shelton. On ne va pas foncer...

— Cette histoire est partie en vrille, a lancé Shelton. On a failli se faire tuer. Nos pouvoirs sont passés en mode Berserk. Et, de toute façon, il n'y a aucun trésor. Il est temps de jeter l'éponge.

— Tu l'as refait, Tory, a dit Hi. La télépathie. Tu nous as forcés à flamber. Et, pour Shelton et moi, c'était la seconde fois de la nuit. Tu as appris quelque chose ?

— Non ! Je ne sais pas comment j'y arrive. J'ai essayé de me connecter à Shelton et toi quand on a vu les loups avec Chance, mais ça ne marchait pas. Et puis, plus tard, là où on a trouvé le coffre, le contact est venu facilement.

— Tu as une théorie ?

— Je ne sais pas comment je suis entrée en contact avec vous à l'arrivée des Fletcher. Je l'ai juste fait.

— La terreur ? Le danger ?

— J'étais parfaitement nerveuse quand les loups nous ont encerclés, crois-moi.

— Tory semble avoir les flambées les plus fortes, a dit Hi. Tu peux voir nos esprits, mais ce n'est pas réciproque. Tu es la seule à pouvoir flamber deux fois de suite. Et la seule à forcer les autres Viraux à brûler. Et nous ne savons absolument pas pourquoi.

— C'est toi qui as appelé ces loups ? a demandé Shelton, l'air de craindre ma réponse. Tu as pu leur parler ?

— Oui et non. Ils m'ont peut-être contactée ; je n'en suis pas sûre. Mais j'ai entendu la voix de Museau-Blanc dans ma tête, tout comme j'ai déjà entendu celle de Coop. En tout cas, c'est ce qu'il me semble.

Le silence est tombé brutalement. Les garçons me regardaient, abasourdis.

— Je me rapproche de la solution, ai-je déclaré. Je le sens.

— Tu ne sais même pas ce que tu fais ! a répliqué Shelton. Récapitulons. Nous sommes infectés par un supervirus inconnu. Nous sommes incapables de le contrôler. Nous ne savons pas quels effets secondaires délirants il pourrait avoir ensuite. Nos corps pourraient partir complètement en vrille.

— On ne va pas se cacher sous nos lits, ai-je répliqué sèchement.

— Tu veux continuer la chasse au trésor ? a demandé Shelton, exaspéré. Pour chercher quoi, au juste ? On l'a trouvé, cette saleté de coffre ! Il est vide.

— On devrait appeler les flics, a proposé Hi. Les Fletcher ont essayé de nous tuer. Comme il n'y a pas de trésor à cacher, il n'y a aucune raison de ne pas les faire arrêter.

— Avec quelles preuves ? C'est leur parole contre la nôtre, et nous avons volé la carte au trésor du musée. Les Fletcher peuvent nous accuser quand ils veulent. Personne ne croira notre histoire.

— Et on a lancé nos jokers par-dessus bord, a grogné Ben. Ces armes auraient été utiles, comme preuves.

— Pitié, ai-je gémi. Je ne savais pas que le coffre serait vide.

— On a risqué notre peau à deux reprises, pour que dalle, a insisté Shelton. Et maintenant, un couple de chasseurs de trésor conservateurs de musée est à nos trousses, et ce sont de vrais dingues. On pourrait avoir des bonnes nouvelles ?

— J'ai trouvé le téléphone qu'ils ont utilisé pour suivre le *Sewee*, a répondu Ben. Caché sous les gilets de sauvetage. Il est au fond de l'Atlantique maintenant, avec leurs armes.

— Chris a dit qu'ils ne roulaient pas en Studebaker. Vous pensez qu'il mentait ? a demandé Hi.

— Qui sait ?

— Et n'oubliez pas Chance ! s'est écrié Shelton, déchaîné. Il a vu nos yeux. Il pourrait nous valoir de gros ennuis.

Les paroles de Shelton m'ont rappelé un sujet que j'avais soigneusement oublié.

— Chance n'est pas le seul, ai-je murmuré. Il y a deux jours, j'ai commis une erreur au bal. J'ai montré mes yeux à Madison Dunkel.

— Tu as fait quoi ?

— Tory, non !

— Du calme ! a dit Ben. Dis-nous ce qui s'est passé.

J'ai obéi, jusqu'au plus petit détail. Quand j'ai terminé, les garçons étaient là, silencieux, à réfléchir aux conséquences de mes actes.

— Tu pourrais dire que c'était un jeu de lumière, ou des lentilles de contact bizarres, a suggéré Shelton.

— Mouais…

Je n'étais pas convaincue.

— Tu es bien sûre que Courtney et Ashley ne t'ont pas vue ? a demandé Ben.

— Raisonnablement sûre, oui. Je me suis penchée vers Madison pour obtenir l'effet maximum.

Hi hochait la tête, incrédule. Shelton levait les yeux au ciel.

— D'accord, c'était débile. Je sais.

Les garçons ont vigoureusement opiné.

— Mais seule Madison l'a vu, et il y a peu de chances qu'elle en parle. Tout le monde m'a entendue la jeter, et j'ai été incroyablement malpolie. Si elle se met à raconter des trucs bizarres sur mon compte, plus personne ne la croira. En plus, ce serait une marque de faiblesse de sa part.

— Tu peux sentir les émotions des gens ? a demandé Shelton. Sérieux ? C'est plutôt cool.

— Parfois. J'ai fait des recherches avec Hi, et c'est pas aussi dingue que ça en a l'air. Il faut juste un nez de folie.

Pour vider mon sac, j'ai parlé à Ben et Shelton de ma flambée au yacht-club, et de mon pouvoir olfactif que j'avais utilisé sur Lonnie Bates.

— Mais combien de fois tu as flambé en public ? a grogné Ben. Ça en devient gênant.

— Alors, les chiens sentent la peur... Je le savais, a dit Shelton, en grattant les oreilles de Coop.

— Chance ne doit pas approcher Madison. Ils en ont trop vu, tous les deux. Séparés, personne ne les croira... mais ensemble ? C'est une autre histoire.

— C'est Chance qui en a vu le plus. Il a assisté à deux flambées différentes. La totale. C'est une menace importante, là.

— Peut-être qu'un alligator l'a mangé.

Blague minable de Shelton.

— Chance est un patient évadé de l'asile, a fait remarquer Hi. Il n'est pas exactement au sommet de sa crédibilité.

— Chance n'ira pas à la police. Il croit qu'on a trouvé le trésor.

— On s'occupera de Chance à son retour, ai-je dit. Pour l'instant, il faut qu'on se concentre sur notre prochain plan.

— Laisse tomber ! s'est exclamé Shelton.

— Il n'y a aucun plan, Tory, a dit Hi en montrant le coffre vide posé contre le mur. On a trouvé le trésor, et il n'y a rien à l'intérieur. Rien.

— On ne va pas laisser tomber comme ça, ai-je insisté comme un disque rayé. Sinon, je vais déménager en Alabama, bon Dieu !

Ça, ça a attiré leur attention.

— Eh oui. Kit a accepté une proposition. Je serai partie dans un mois.

— Moi aussi, a murmuré Hi. Mon père a trouvé un boulot dans le Missouri. Une usine chimique. J'attendais le bon moment pour vous en parler.

— Nous aussi, on bouge, a dit Shelton en lançant une balle à Coop. On va à Palo Alto... le mois prochain. Mais, eh, la côte Ouest, c'est la mieux, pas vrai ?

De pire en pire. J'ai interrogé Ben du regard.

— Moi, je serai encore là. Seulement, je serai à Mount Pleasant, avec ma mère. Elle m'a inscrit à la Wando High School.

Ben a conclu, avec un haussement d'épaules désinvolte :

— Ça pourrait bien se passer.

On est tous restés silencieux un long moment, chacun à ruminer ses pensées moroses. Notre réunion ressemblait à une salle d'attente d'hôpital. Notre meute était en soins palliatifs. J'ai tenté un effort désespéré.

— Il faut qu'on continue ! Rien ne doit nous séparer. J'ai peur.

Hi a posé sa main sur la mienne.

— Moi aussi, j'aimerais que les choses soient différentes, a-t-il dit, le regard embrumé. Mais parfois, on ne peut pas gagner. On n'est que des gosses.

Là-dessus, il s'est glissé dehors.

Shelton est parti après, en s'essuyant les yeux. Ben l'a suivi, évitant mon regard. Il restait Coop et moi.

Je lui ai frotté le museau. Coop, ravi, s'est roulé sur le dos.

— Toi, tu ne m'abandonneras pas, pas vrai, mon grand ?

La tension de cette semaine m'a finalement submergée.

Je tremblais d'appréhension.

Je voulais ma mère. La chaleur de ses bras. La caresse familière de ses mains dans mes cheveux, ses bras autour de moi, ses lèvres qui chuchotaient que tout allait bien se passer. Que j'étais en sécurité. Et aimée.

Et cela, je ne l'avais pas. Ni alors ni jamais.

J'ai pleuré, pleuré et pleuré ; avec la compagnie de mon fidèle chien-loup pour seul réconfort. Coop dans mes bras, je pleurais, tandis qu'il léchait les larmes qui coulaient sur mes joues.

Je ne m'étais jamais sentie aussi abattue.

59.

— Reprends-toi, Victoria. Arrête de t'apitoyer sur ton sort.

Coop a tendu l'oreille.

— Pas toi, mon grand. Maman est triste parce que tout le monde a jeté l'éponge.

Peut-être que les garçons avaient raison. Qu'est-ce qu'on pouvait faire d'autre ?

Il n'y avait plus de poèmes, ni d'énigmes. Plus de carte.

Notre tâche était accomplie. On avait suivi la piste des indices laissés par Anne Bonny et on avait réussi à trouver le trésor. À un mètre de moi, un coffre de pirate, posé contre le mur.

Totalement vide.

Pourquoi est-ce que je n'arrivais pas à lâcher l'affaire, alors ? Pourquoi est-ce que j'étais sûre, mais sûre, que le trésor était encore dans la nature ?

L'intuition ? L'instinct ?

Ou quelque chose de moins agréable ? Le refus du réel, de la dure vérité.

Mais non, merde !

Je n'abandonnerais pas tant que je n'aurais pas le dos au mur. Loggerhead comptait sur moi.

Il fallait laisser la psycho à ceux que ça intéressait.

Qui sait ? Anne Bonny pouvait être ma lointaine ancêtre. Son trésor me revenait peut-être de droit.

Impossible de reculer. Pas encore. Pas tant que j'avais des munitions.

Essuyant mes larmes, je me suis dirigée vers le coffre. C'était tout ce qui me restait.

J'ai passé les doigts sur la couche de terre incrustée. Le cadre était toujours solide, même après trois siècles sous terre.

Le couvercle semblait d'une conception et d'une construction parfaites. J'ai observé la jointure de près. Aucune trace. Ni fissure, ni enfoncement, ni rayure.

Conclusion : le coffre n'avait jamais été forcé.

Son contenu n'avait jamais été touché, pas avant qu'on casse le cadenas.

Qu'est-ce que cela voulait dire ?

— Deux possibilités, ai-je dit à haute voix. La première : le coffre a été enterré vide. La seconde : le coffre a été enterré avec le trésor, déterré plus tard, puis réenfoui.

Aucune de ces hypothèses n'était logique. Pourquoi dissimuler un coffre vide ? Pourquoi le protéger par des énigmes et des pièges sophistiqués ? Dans quel but ?

Je ne voyais rien de plus aberrant que de consacrer du temps et de l'énergie à enterrer une malle vide six pieds sous terre.

Sauf si c'est une ruse.

Et si quelqu'un avait fauché le butin au tout dernier moment ?

J'ai serré les dents. Dans ce cas, le trésor d'Anne Bonny s'était envolé depuis longtemps.

Je suis passé à la seconde théorie, qui n'était pas parfaite non plus.

Si quelqu'un déterrait le trésor, pourquoi se fatiguer à enfouir de nouveau le coffre ? Pourquoi ne pas prendre l'argent et filer ?

Peut-être que le trésor a été déplacé pour le mettre encore plus en sécurité.

Anne Bonny était visiblement obsédée par ces mesures de sécurité. Elle avait déjà déplacé son butin une fois.

Mon cœur battait plus vite. Si le trésor avait été déplacé, et le coffre enterré de nouveau dans sa cachette de départ, il n'y avait qu'une seule raison.

— Pour que quelqu'un d'autre puisse le suivre à la trace ! Ce qui impliquait de laisser des indices…

Coop a levé la tête en entendant ma voix, puis il est retourné à sa balle de tennis.

J'ai examiné le coffre d'un œil plus critique, en frottant le moindre centimètre. Toujours rien.

J'ai ouvert le couvercle et commencé à tapoter les lattes de bois qui garnissaient le cadre, en quête d'une réponse. Rien.

Soudain, j'ai remarqué quelque chose.

Un petit tas de débris était resté collé dans un coin du coffre. De la terre, du sable, des débris végétaux. Notre déception était telle qu'on n'avait pas pris la peine de faire une inspection détaillée.

J'ai pris une poignée de débris et l'ai examinée avec soin. Trois petits cailloux sortaient de la terre. Petits, ronds, d'une taille et d'une couleur uniformes, ils semblaient déplacés.

Je les ai mis de côté et j'ai pris une autre poignée. Un mélange contenant d'étranges feuilles sèches. Je n'avais jamais rien vu de tel.

J'ai repensé à la plage autour du cèdre. Le sable était parsemé de coquillages, avec une branche morte çà et là, mais aucune plante ne poussait à proximité. Et on n'avait pas ouvert le coffre avant d'être en sécurité à bord du *Sewee*.

Mon enthousiasme s'est réveillé. Les feuilles et les cailloux n'étaient pas apparus lors de nos fouilles. Ils étaient à l'intérieur du coffre depuis le début.

Le reste n'était que de la terre.

J'étais assise là, à contempler les deux petits tas.

Feuilles. Cailloux.

Est-ce que c'étaient les indices que je recherchais ?

— Je suis dingue, Coop ?

Le chien-loup n'a pas répondu.

J'avais l'intuition bizarre que ce n'était pas fini. Seul un fanatique s'intéresserait à une poignée de détritus comme s'il s'agissait d'un puzzle.

— Alors je suis dingue, c'est tout…

J'ai décoché un coup de coude à Coop. Il m'a mordillé le bras.

— Peut-être que je pète les plombs, Belle-Haleine, mais on n'en a pas fini !

60.

— Mais écoutez-moi, c'est tout ! ai-je crié.

À ma demande, on s'était réunis dans le garage de Shelton. L'atelier de son père était le meilleur endroit pour examiner mes trouvailles.

Les Alliés n'avaient pas rencontré de résistance plus déterminée en Normandie.

— Je ne veux pas ! a gémi Shelton. Tu vas parler, et on va tous dire oui, et l'instant d'après je vais me retrouver suspendu à la tour Eiffel en pleine nuit, poursuivi par des vampires ninja. Non et non !

Ben lui a mis une calotte.

— Il y a un fond de vérité dans ce délire... On a trouvé le coffre, Tory. On est dans l'impasse, a dit Hi.

— Mais réfléchissez ! Pourquoi enterrer un coffre vide, à moins de vouloir envoyer un message à celui qui le trouvera plus tard ?

— Le message a été reçu, a dit Ben en me tendant le majeur. Ha, ha, ha ! Perdu !

— Peut-être, mais le couvercle était intact : celui qui a enlevé le contenu avait accès à la clé. Je pense qu'Anne Bonny a de nouveau déplacé le trésor et laissé des indices pour qu'on la suive.

— Qui ? a demandé Shelton, sceptique.

— Mary Read.

— Mais elle était MORTE !

— Peut-être qu'Anne Bonny NE LE SAVAIT PAS ! ai-je hurlé à mon tour.

— Ça suffit ! a crié Ben en nous foudroyant du regard. C'est grâce à Tory qu'on a trouvé le coffre. Écoutons ce qu'elle a à dire. On lui doit au moins ça.

Shelton a levé les yeux au ciel, retenant sa langue.

Ben a braqué son index sur moi.

— Mais pas de promesses, Brennan. Je ne suis pas fou des chasses au dahu, et en plus on a failli se faire tuer. Deux fois.

— Ça commence toujours comme ça, a marmonné Shelton. On est fichus.

— Merci, ai-je dit, la bouche en cœur.

Intérieurement, je souriais comme un chat bien nourri.

Shelton avait raison, bien sûr. Une fois que j'avais capté leur attention, c'était toujours leur curiosité qui l'emportait. C'était ce que j'adorais le plus chez eux.

— Bien. On a deux choses à examiner…

*

* *

On s'est retrouvés une heure plus tard.

— Commençons par le coffre, ai-je dit. Ben et moi, on a examiné chaque latte, chaque clou, chaque planche. Rien à l'intérieur, ni à la surface. Pas de compartiment secret. Aucun texte.

— Le coffre en lui-même est une impasse, a opiné Ben.

— Ce qui nous laisse le contenu. Hi, parle-nous de la végétation.

— Vous n'allez pas y croire, a commencé Hi d'un air perplexe. Je peux identifier cette plante.

— Sans blague.

Hi avait raison. Je n'y croyais pas.

— Sérieux. C'est un spécimen tellement rare que, franchement, ç'a été facile. Mes livres ne parlent que de ça, et j'ai eu la confirmation sur Internet.

— Trop fort. Vas-y.

Hi a posé les feuilles sur la table de travail.

— Ce sont des feuilles de *Dionaea muscipula*, communément appelée attrape-mouche de Vénus. Je n'arrive pas à croire qu'elles aient tenu aussi longtemps sous terre. Elles ont dû être desséchées, et le coffre devait être étanche. Quel talent d'artisan !

— Comment tu peux en être sûr ? a demandé Ben.

— J'ai vérifié au microscope. La feuille est divisée en deux parties : une tige plate en forme de cœur, terminée par deux lobes articulés au milieu, qui forment le piège. Des protubérances raides, semblables à des poils et appelées *cilia*, se trouvent au bord. C'est tout ce qu'il me fallait. On ne peut pas confondre grand-chose avec un attrape-mouche de Vénus. Un singe aurait pu le trouver.

— J'adore ça, une plante qui mange les insectes, a dit Shelton.

— Les attrape-mouches sont trop forts, a expliqué Hi en faisant un V avec ses mains. Leurs feuilles sont comme de petites bouches qui se ferment d'un coup quand une mouche entre. À l'intérieur, de minuscules capteurs font la différence entre une proie vivante et d'autres choses, comme les gouttes de pluie. Si un insecte actionne deux capteurs d'affilée, ou deux fois le même, *boum !*

Hi a refermé les doigts d'un coup.

— Les mâchoires se referment, emprisonnant l'insecte. Ensuite, la plante le digère tranquillement.

— C'est fou. Comment est-ce que ça a évolué ?

— Les attrape-mouches poussent dans des zones où la terre n'est pas terrible, comme des marais ou des tourbières. L'espèce a développé cette méthode de truand pour compenser le manque de nutriments.

— Très intéressant, a coupé Ben. Mais est-ce que cette riche histoire végétale va nous aider ?

— Beaucoup, a répliqué Hi. Les attrape-mouches de Vénus sont incroyablement rares. De nos jours, ils ne poussent à l'état sauvage que dans une zone de soixante kilomètres autour de Wilmington, en Caroline du Nord. Il est très improbable que deux ou trois spécimens morts aient atterri par hasard dans ce coffre.

— Excellent travail, Hi, médaille d'or. Et vous, mon bon monsieur ?

— Moi aussi, jackpot, a dit Shelton en montrant un caillou. Ces petites cochonneries sont du calcaire.

— Explique.

Shelton s'est mis à lire un papier imprimé.

— Le calcaire est une roche sédimentaire composée de calcite et d'aragonite, qui sont les formes cristallines du carbonate de calcium. À la base, le calcaire se forme à partir des squelettes et des coquilles d'organismes marins morts, comme le corail.

— Tous les calcaires ressemblent à ça ?

— Non. Des impuretés comme l'argile, le sable ou des animalcules marins créent des variations de forme et de couleur. Le calcaire est extrêmement courant, et a été considérablement utilisé en architecture. On a construit les Grandes Pyramides avec.

— Alors, comment tu l'as identifié ? a demandé Ben.

— Facile, a dit Shelton avec un grand sourire. J'ai envoyé une photo par mail à un géologue de l'université de Charleston. Ça lui a pris environ deux secondes.

J'ai opté pour l'humour à froid.

— Bien joué, Shelton. Il arrive quand, ton prof de fac ?

— Qu'est-ce que j'y connais aux roches ? Mais moi, j'ai des résultats. Aussi, il m'a dit de plonger le caillou dans du vinaigre et d'écouter s'il pétille ou fait des bulles. C'est fait. C'est du calcaire. Aucun doute.

— Tu peux dire d'où viennent les cailloux ?

— Non. D'après ce que j'ai lu, le calcaire est trop courant. Mais il est douteux que trois cailloux de calcaire identiques aient roulé au même moment sur la plage du Cimetière.

— Donc, on a deux bizarreries. Des plantes et des cailloux, et ni les uns ni les autres ne se trouvent naturellement sur Bull Island.

— Très bien, a dit Ben. Ces trucs se sont retrouvés dans le coffre. Ça n'en fait pas des indices.

— Fais-moi plaisir. Suppose qu'ils aient été mis là délibérément. Où est-ce que ça nous mène ?

— C'est l'heure de Google, a déclaré Hi en pianotant sur son iPhone. Voyons voir… « attrape-mouche », « calcaire » et « Caroline du Sud »… J'ai une seule réponse valable.

— Je vais tomber de ma chaise, là, Hiram…

Si seulement j'avais été assise.

— T'affole pas. Laisse-moi lire.

Quelques secondes atroces se sont écoulées.

— C'est bon. Dewees Island, a annoncé Hi. D'après ce site sur la nature, les attrape-mouches y poussaient. C'est fini maintenant, mais il aurait pu y en avoir au début du dix-huitième siècle.

— Trop bon !

— Attends, j'ai encore mieux. Il n'y a pas de voitures sur Dewees, donc les routes ne sont pas goudronnées. On a mis du calcaire concassé à la place, tiré d'une carrière locale.

— Ça ne veut rien dire, a ricané Shelton. Le calcaire, on en trouve presque partout. Ta recherche est trop aléatoire.

— Dewees est le seul endroit qui corresponde aux deux.

— Ça vaut au moins la peine d'y jeter un œil, ai-je dit. Anne Bonny a peut-être placé ces éléments pour donner un indice.

Mais Shelton ne me suivait pas.

— Tu veux aller jusqu'à Dewees parce qu'il y a une roche ultracourante, et qu'une plante rare y poussait autrefois ?

— Oui. Je ne crois pas aux coïncidences.

— Et même, qu'est-ce qu'on va en faire ? Une fois sur Dewees, c'est le trésor qui va venir nous chercher ?

— Nous devrions étudier toutes les possibilités, ai-je répondu en faisant un effort pour garder mon calme.

— C'est franchement faible, a dit Ben. Même si tu as raison, on n'a pas la moindre idée de l'endroit où chercher.

— Ça nous fait combien d'îles, maintenant ? a gémi Shelton. Wadmalaw. Bull. Sullivan's. Il y en a encore presque une dizaine. Et maintenant, il te faut Dewees. Ça ne s'arrête jamais !

J'ai refusé de répondre. J'avais clairement exprimé ma position. Aux garçons de prendre leur propre décision.

Hi est venu à mon secours.

— Allez, bon Dieu, on y va ! On va à Dewees et on se balade. On n'a rien d'autre à faire, et il vaut mieux une promenade en bateau que de rester ici à jouer au pendu. J'en suis, à fond.

Ben et Shelton, eux, s'entêtaient.

Hi a donné un coup de coude à Shelton.

— Hé, on garde la foi, hein ?

— OK, a soupiré Ben. Pourquoi pas ? Les Viraux partent en mer à la recherche d'Anne Bonny... une dernière fois.

— Je vous l'avais dit, les gars ! s'est lamenté Shelton. Il ne faut pas la laisser parler. Je vais aller chercher mon delta-plane.

61.

J'ai couru à la maison pour donner à manger à Coop avant de partir.

Un coup d'œil sur le téléphone. Kit n'avait pas appelé, ni envoyé de mail. J'ai remercié le ciel pour la naïveté de mon père. J'avais même un peu de peine pour lui.

Je revenais vers la porte quand Coop a dévalé l'escalier devant moi.

— Coop ! Arrête ! On ne part pas aujourd'hui !

J'ai entrevu sa queue touffue qui disparaissait derrière le bâtiment. Il se dirigeait vers l'allée du fond.

— Ouah !

J'ai trouvé Coop à côté des boîtes aux lettres, concentré sur une présence dans les bois.

— On y va, mon gars.

Je l'ai attrapé par le collier. Coop m'a jeté un regard, puis s'est détourné en aboyant, les pattes arquées, le poil hérissé.

Je me suis soudain sentie mal à l'aise. Est-ce qu'il y avait quelqu'un, là-bas ? Tous mes sens en éveil, j'ai scruté les arbres tout proches.

Chance a émergé des buissons.

Mon cœur s'est emballé, mais je me suis forcée à garder mon calme.

Que lui dire ? Qu'avait-il vu ?

Tandis que ces questions tournaient dans mon esprit, mon traître de chien-loup est venu lécher la main de notre visiteur. Chance s'est agenouillé pour lui caresser le dos.

— Tory ! Bonjour.

Toujours stupéfaite, je n'ai rien dit.

— Comment ? a dit Chance, en faisant semblant d'avoir entendu quelque chose que je n'avais pas dit. Ah ! Je vais très bien, merci de m'avoir posé la question.

— Je suis contente que ça aille. Comment tu es arrivé chez toi ?

— Chez moi ? Des chez-moi, j'en ai plusieurs et aucun, en ce moment. J'ai pu dormir quelques heures chez mon père, si c'est cela que tu veux dire.

— Comment est-ce que tu es parti de Bull Island ?

— J'ai pris le ferry du matin. À neuf heures précises. J'ai pas mal fait peur au capitaine, en sortant des buissons pour demander à embarquer. Je ne suis pas au mieux de ma forme.

C'était vrai. Chance avait le visage pâle et bouffi, avec des cernes violets, et aussi un tic à la joue, qui indiquait une tension nerveuse à peine contrôlée.

Chance avait trouvé des vêtements de rechange – un vieux sweat Citadel et un pantalon de toile démodé –, mais la crasse de la nuit passée dehors lui collait encore à la peau.

Surtout, le plus inquiétant était sa diction... décalée. Il parlait d'une voix tendue et haut perchée, et par rafales comme sur une fréquence de police.

Je suis restée impassible.

— Je suis contente que tu ailles bien.

— Vraiment ?

— Bien sûr. On était tous inquiets quand tu t'es enfui.

— Cela n'a pas d'importance. Où est le trésor d'Anne Bonny ? Qu'est-ce qu'il y avait dans le coffre ?

Je n'ai presque pas eu le cœur de le lui dire.

— Rien, Chance. Il était vide.

Son tic s'est accéléré. À fond.

— Tu mens, a chuchoté Chance.

— Non. Regarde dans le garage. Tu verras le coffre. Vas-y, vérifie. On a échoué.

Chance contemplait le vide derrière moi. Il avait un regard étrange, comme s'il affrontait un démon intérieur.

— C'est... décevant.

— Ça craint. On n'a vraiment pas eu de chance.

Chance s'est frotté lentement les tempes, le visage contracté.

— J'ai subi beaucoup de pression ces derniers temps. Ma crise. L'humiliation en public de père. Le procès. Et tandis que j'étais enfermé dans cet asile, le nom de Claybourne a été traîné dans la boue.

J'écoutais en silence. J'avais joué un rôle clé dans ces événements, et Chance n'avait nul besoin que je le lui rappelle.

— Je crains de ne pas être… bien. Pas encore bien remis.

— Comment cela ?

Comme si je l'ignorais.

— Je crains de voir des choses qui n'existent pas. Comme la nuit dernière, par exemple.

— Il était tard, ai-je dit. Il faisait sombre. On était épuisés. Et tout est arrivé si vite.

— Non ! C'était autre chose !

Chance a serré les poings et m'a transpercée du regard.

— J'ai vu, Tory ! Tes yeux se sont transformés. Ils sont devenus dorés. Comme ceux des loups qui ont attaqué sur la plage.

Je cherchais une réponse. Rien.

— Ce n'était pas la première fois, non plus. Dans ma cave, la nuit où Hannah…

Chance a sursauté comme s'il s'était brûlé. Il lui a fallu un très long moment avant de reprendre :

— Cette nuit-là, j'étais à terre. Il y avait du sang partout, et la douleur était indescriptible. Mais j'ai bel et bien vu. Tu bougeais trop vite !

— Tu étais blessé. Paniqué. Et on se battait pour sauver notre peau.

— Non ! Je sais ce que j'ai vu.

Sa respiration se faisait irrégulière. Une pellicule de sueur luisait sur son front.

— J'avais cru que c'était mon imagination. Après tout, j'avais été blessé. Trahi. Même maintenant, ces souvenirs sont insupportables. Mais, la nuit dernière, c'est la même chose qui s'est produite ! Tes yeux sont devenus dorés. Tu te déplaçais à une vitesse hallucinante. C'était incroyable.

Que répondre ? Chance était au courant. Impossible de le persuader du contraire.

Soudain, il m'a tendu une perche.

— Est-ce que je suis fou ? a-t-il demandé d'une voix désespérée. Tout à coup, je ne peux même plus faire confiance à mes propres sens. Mes rêves sont hantés. J'ai l'impression de perdre la tête.

Il m'a saisi la main.

— Est-ce que c'est vrai, Tory ? Tes yeux changent ? Ou alors, est-ce que mon cas est pire que je ne pensais ?

Un flot de culpabilité m'a envahie.

J'avais horreur de mentir. Pire, d'altérer le rapport de Chance à la réalité.

Mais je devais me protéger. Protéger mes amis.

Au bout du compte, je n'avais pas d'autre choix.

— Mes yeux ne brillent pas, Chance. Ils sont verts, comme toujours.

J'ai soutenu son regard, espérant que le mensonge ne se lirait pas sur mon visage. Il fallait convaincre Chance de ma sincérité. Il devait croire que je ne lui cachais rien. Il fallait qu'il me croie.

— Je pense que tu es souffrant, ai-je dit, écœurée par ma ruse. Tu es tendu. Ton esprit te joue des tours.

— Des tours...

— Tout est dans ta tête, ai-je chuchoté, enfonçant le couteau dans la plaie.

— Bien sûr, a dit Chance, en se recroquevillant.

Coop lui a donné un coup de museau puis a poussé un jappement à mon attention. Le chien-loup semblait comprendre que je manipulais le mental fragile de son nouvel ami. Et ça ne lui plaisait pas.

Je me sentais plus bas que terre.

— Je devrais peut-être retourner un peu à Marsh Point, a dit Chance. Ma... tâche n'y est pas achevée. Je leur manque sans doute.

Personne n'a souri à cette tentative d'humour.

Il fait mieux de revenir à cet hôpital. Il est encore souffrant.

— Laisse-nous t'y emmener. Ben peut conduire.

— Tu crois que je suis venu à pied, Tory ?

Chance m'a montré une moto noire dans l'allée.

— Il y a des tas de jouets dans la cabane de mon père.

— Tu vas avoir des ennuis ?

— Des ennuis ?

Chance m'a fait un petit sourire, rappelant son ancienne arrogance.

— Je suis un Claybourne. Si cela se trouve, ma famille est propriétaire de cet hôpital. Je m'attends à des retrouvailles discrètes.

Je l'ai accompagné à sa moto, une Kawasaki Z1000. Effilé et aérodynamique, l'engin ressemblait à une navette spatiale sous acide. Après avoir mis son casque, Chance a caressé Coop une dernière fois.

Il s'est alors tourné vers moi.

— Je te reverrai, j'en suis sûr.

Résistant de toutes mes forces à la culpabilité, j'ai répondu d'une voix calme :

— Remets-toi, Chance, c'est tout.

Il a hoché la tête, et est parti.

62.

— Le pauvre gars.

Shelton s'est assis près de moi à la poupe.

— Cela dit, tu as fait ce qu'il fallait faire, Tory. La meute d'abord. En plus, Chance a besoin d'être soigné.

— Shelton a raison, a opiné Ben. Tu étais obligée de mentir. Chance ne doit pas apprendre la vérité sur nos pouvoirs.

— Je sais. Je devais le faire.

Je finissais de ranger mon matériel sous mon banc.

Dans ce cas, pourquoi est-ce que je me sentais aussi mal ?

— Ne te flagelle pas, m'a dit Shelton. C'est horrible de manipuler l'esprit de Chance, mais il faut qu'on se protège. C'est notre liberté qui est en jeu. Notre vie, peut-être.

— Je sais. Mais Chance était avec nous. On n'aurait pas trouvé le coffre sans son aide. Et comment je le remercie ? En le convainquant qu'il est à la masse. Trop bien, le karma.

— Quel choix tu avais ? a demandé Ben en haussant les épaules.

— Aucun, a dit fermement Shelton.

J'ai essayé de me concentrer sur la tâche qui nous attendait.

— Allez, on y va, c'est tout.

Un jour, je revaudrais ça à Chance. D'une manière ou d'une autre.

— Où est Gros Burger ? a râlé Ben. On avait dit dans quinze minutes.

— Il arrive. Et il doit y avoir un problème : il court comme un dératé.

C'était vrai. Hi dévalait la colline. Il a failli dégringoler dans l'escalier du quai, descendant aussi vite que ses jambes le lui permettaient. Cinq secondes de sprint plus tard, il était au *Sewee*, haletant et pantelant, le visage écarlate.

— Les gars ! Les gars !

— Calme-toi, lui ai-je ordonné. Respire à fond. Tu vas tourner de l'œil.

— La radio ! a haleté Hi. Mettez... la radio... les nouvelles...

— D'accord, d'accord, a dit Ben en allumant la radio. Nous fais pas une syncope, c'est tout. Une station en particulier ?

— News 12, a glapi Hi en s'effondrant à bord. Vite !

Une voix crachotante a jailli des haut-parleurs.

« Pour en revenir à notre information principale, un porte-parole de la police a révélé les noms des deux victimes de l'accident de la circulation sur le pont Arthur Ravenel Jr. ; un accident qui n'a impliqué qu'un seul véhicule. Les sources policières se refusent à confirmer les détails, mais le porte-parole a identifié les victimes comme étant Chris et Sallie Fletcher, du quartier de Radcliffeborough, dans le centre de Charleston. D'après des sources qui restent à confirmer, une Toyota Prius de 2010, appartenant au couple, a été retrouvée à 5 h 45 environ ce matin, après avoir effectué une sortie de route près de la bretelle de l'autoroute 17. La voiture a heurté une pile du pont et aussitôt pris feu. Lors d'un journal exclusif News 12, nous avons appris que les disparus étaient étudiants de troisième cycle à l'université de Charleston, ainsi que conservateurs au Charleston Museum. Nous vous tiendrons informés des derniers développements de l'enquête. Informations financières. Wall Street a subi une nouvelle baisse aujourd'hui, la valeur des actions... »

Ben a éteint la radio d'une main tremblante.

— Oh, mon Dieu...

— Morts ? a demandé Shelton, les sourcils presque collés aux cheveux. Morts ? Les Fletcher de la nuit dernière ?

— Les nouvelles ne parlent que de ça, a confirmé Hi qui avait repris son souffle. Je mettais mes chaussures quand tout à coup c'est passé à la télé.

— Morts ? a répété Shelton. Pour de bon ?

— Ils ont dû se réveiller sur la plage, puis quitter Bull Island en bateau avant de revenir à leur voiture. En rentrant chez eux, ils devaient être fatigués, peut-être un peu dans les vapes… a expliqué Ben, tout pâle.

— Ce n'est pas notre faute, s'est défendu Shelton. Ils nous ont agressés, et on s'est défendus. Je suis désolé qu'ils aient été tués, mais ce n'est pas notre faute !

Je ne disais rien. Je ne savais pas quoi dire. Je pensais au bavardage aimable de Sallie à l'accueil du musée. À Chris, qui emballait les touristes devant l'ancien marché. Aux deux, qui souriaient en racontant les histoires de fantômes de Charleston, dans la douce lumière des réverbères. Ils étaient si jeunes. Leur mort était terrifiante.

Puis je me suis rappelé la plage du Cimetière. La froideur de Chris. Le pistolet que Sallie pointait sur ma tête. L'absurdité de leur mort me rendait malade, mais, au fond de moi, j'étais aussi… soulagée. Et j'en avais honte.

Ce n'était pas tout. La théorie de Ben était plausible, tout comme sa chronologie des événements. Mais mon instinct me hurlait tout autre chose.

Un coup fourré.

Hi avait la même idée.

— Chris a dit qu'ils roulaient en Prius, c'est bien une Prius qui a eu l'accident. C'était donc quelqu'un d'autre qui nous suivait en Studebaker… Tu ne penses pas que…

— Attendez ! s'est écrié Shelton. Le type des infos a dit que c'était un accident. Aucune raison de penser que ça n'en est pas un.

— Je trouve ça bizarre, c'est tout. Les Fletcher, c'est le genre à tomber d'un pont en voiture ? J'ai du mal à y croire.

— Moi aussi, ai-je ajouté. Je ne dis pas que ce n'était pas un simple accident. Mais il faut être prudent. Hi a raison, pour la Studebaker. C'était forcément quelqu'un d'autre, et peut-être qu'il nous suit encore.

— Il ne faudrait pas qu'il nous arrive un « accident » à nous aussi, a opiné Hi.

— On va toujours à Dewees ? a demandé Ben.

— Oui, ai-je répondu sans hésiter. Shelton a raison aussi. Selon toute probabilité, l'accident n'est qu'un accident : une erreur de conduite tragique. On ne va pas abandonner nos recherches par paranoïa. Trop de choses en dépendent.

Ben a acquiescé, puis Hi, et enfin Shelton.

— D'une manière ou d'une autre, il faut qu'on aille au bout de cette histoire, ai-je déclaré. Voyons si Anne Bonny a encore des tours dans son sac.

63.

Hi et Shelton ont défait les amarres, puis Ben a poussé le *Sewee* pour l'écarter du quai.

— Prochain arrêt, Dewees Island.

J'essayais d'oublier les nouvelles horribles sur les Fletcher. J'étudierais mes émotions plus tard. Dans l'immédiat, il fallait se concentrer, et plus que jamais.

— Bon, qu'est-ce qu'on sait ?

Les garçons ont réagi aussitôt. Ils hésitaient, eux aussi, visiblement.

Hi a consulté son sempiternel iPhone.

— Dewees est au nord, entre Palms et Bull Island.

— C'est un ancien territoire sewee, a ajouté Ben. Mes ancêtres se rendaient sur Dewees comme sur Bull. Son vrai nom est Timicau.

— Je me rappelle qu'on est passés devant, hier soir. Pas vu beaucoup de lumières…

— Dewees est une communauté très soucieuse de l'environnement, a expliqué Hi. Petite, et extrêmement chère. L'île suit un plan unifié, et quatre-vingt-quinze pour cent de son territoire ne sera jamais construit.

— Dewees a une superficie de cinq cents hectares, moins du tiers de Bull. Pas de ponts, pas de voitures. Le seul lien est le ferry *Aggie Gray*, en provenance de l'Isle of Palms.

— C'est la deuxième fois qu'on entend parler de l'absence de voitures, a dit Ben en s'engageant dans le port, prenant la direction du nord vers le canal du littoral. Comment ils se déplacent ?

— En voiturettes de golf, a répondu Hi. Les véhicules particuliers à essence sont interdits. C'est un endroit qui dort. Pas de restaurants. Pas d'épiceries. Pas de station-service.

Dewees ressemble à une réserve naturelle, sauf que des riches y ont leur maison de campagne.

— Trop fort, a dit Shelton, sarcastique. La nature dans sa splendeur virginale. Avec encore des marais, des insectes et des alligators géants. Et on n'a aucune idée de ce qu'on cherche.

Je ne lui ai prêté aucune attention. Surtout parce qu'il avait raison.

La conversation s'est éteinte. Je sentais que les garçons repensaient aux Fletcher. J'ai demandé, pour recouvrer leur attention :

— Qu'est-ce qu'il y a d'autre, sur l'île ?

— En dehors de résidences privées ? Pas grand-chose.

Hi a débité une liste.

— Une petite auberge, un poste de pompiers, deux bâtiments de travaux publics, un hangar à canots, une vieille église et quelques quais de pêche. Les activités commerciales sont presque toutes interdites.

Shelton n'a pu s'empêcher de demander :

— Vous croyez vraiment que quelqu'un les a tués ?

Ben lui a fait son regard « laisse tomber ».

— Alors, où est-ce que je m'amarre ?

— Où tu veux, a répondu Hi. L'île tout entière est une propriété privée, donc on est dans l'illégalité de toute façon.

— Ah, pour ça au moins, on est bons, a dit Ben avec un sourire forcé.

On a fait le tour de Sullivan's Island par le sud avant d'entrer dans The Cove, passant devant le camp Claybourne pour la troisième fois en deux jours. Dewees se trouvait à plusieurs kilomètres en amont, sur le canal.

— Les gars, a dit Shelton d'une voix tendue, ce ne serait pas un bateau qui nous suit ? Il est sorti très vite, juste après le camp de Chance.

On s'est retournés d'un bloc. Cent mètres derrière nous, un bateau suivait notre sillage.

— On dirait qu'ils sont deux, a dit Hi, mais je n'en suis pas sûr.

— C'est l'été et on est à Charleston, a répondu Ben. Il doit y avoir des dizaines de bateaux sur le canal.

Il a tout de même accéléré.

— Doucement, a dit Hi. On est dans une zone « remous interdits ».

— Tu crois que je ne suis pas au courant ? Dis-moi s'ils nous suivent toujours.

Quelques minutes tendues se sont écoulées. L'autre bateau ne nous lâchait pas.

— Merde, a lancé Ben. Je suis à la limite, mais ils nous suivent. Et quand j'ai accéléré, il a fait pareil.

— On ne dirait pas Buffy et son fiancé partis en croisière de plaisance, a dit Hi.

Shelton se grattait le lobe de l'oreille.

On est passés sous un pont et le canal a rétréci. Les deux berges étaient bordées d'herbes hautes.

— Accrochez-vous, a dit Ben.

Le *Sewee* a bondi en avant.

— Il y a moins de bateaux dans le coin, alors je peux risquer une amende.

On a foncé sur le canal. Derrière nous, l'autre embarcation rapetissait, disparaissant peu à peu.

— On peut les semer pour de bon ?

— Oui, a répondu Ben. Si quelqu'un nous suit, il croit sans doute qu'on va retourner à Bull Island, non ?

— Ça paraît logique. On a pris le même itinéraire hier soir.

— Il y a un îlot au sud de Dewees qui s'appelle Big Hill Marsh. Je vais couper par Bowers Creek et cacher le *Sewee* derrière. Si l'autre bateau se dirige vers Bull, il nous passera devant sans nous voir.

On traçait sur le canal en projetant de l'écume derrière nous, malgré l'interdiction. Les yeux grands ouverts, on cherchait nos éventuels poursuivants. Quelques minutes plus tard, on est arrivés à l'extrémité nord de l'Isle of Palms.

— Voilà l'îlot, a dit Ben en montrant un atoll plat verdoyant droit devant nous.

Il a viré sèchement à tribord et pénétré dans une petite crique, fait le tour de l'îlot minuscule, puis coupé le moteur.

— Silence.

Pendant plusieurs minutes, on n'a entendu que le cri des mouettes.

Puis le bourdonnement lointain d'un moteur. Le bruit s'est accentué et, l'espace d'un instant, il a semblé nous engloutir. Puis le bateau est passé et le grondement s'est éloigné.

On a échangé des sourires nerveux.

— Pas de souci, a dit Ben.

— Deux potes qui partent à la pêche, a plaisanté Shelton.

Ben a attendu encore un peu par prudence, puis il a lancé le moteur et fait le tour de Big Hill Marsh. Dewees Island est apparue droit devant, sa jetée à peine visible dans le soleil de l'après-midi.

— Bien joué, capitaine. Allez, on y va.

64.

La jetée principale était presque vide.

— C'est ce qu'ils appellent l'Accostage, a dit Hi. C'est là qu'arrive l'*Aggie Gray*. Il doit être en mer.

— J'y vais ? a demandé Ben.

— Oui. C'est là qu'il y a le plus d'emplacements. Peut-être qu'on ne remarquera pas le *Sewee*.

Ben a choisi un endroit et on a amarré le bateau en vitesse – et avec décontraction, comme si on avait parfaitement le droit d'être là. La jetée de bois menait à un petit abri couvert. Un joli panneau nous souhaitait la bienvenue à Dewees Island.

— Sympa, le coin, a dit Hi.

Il avait raison. Les marais s'étendaient dans toutes les directions. Des pélicans se nichaient sur des pilotis fatigués, ouvrant leurs ailes, se baignant au soleil. Des grues pêchaient dans les roseaux, et des ajoncs émergeaient des eaux calmes.

— C'est joli ici, a dit Ben. Même si on se plante, ça valait la peine.

On est passés devant une flotte de voiturettes de golf bien alignées derrière le quai, attendant de transporter les courses achetées hors de l'île par les propriétaires et loca-taires.

Plusieurs voiturettes avaient leur clé sur le tableau de bord.

Hi m'a interrogée du regard, mais j'ai fait signe que non. C'était une chose d'accoster là dans un lieu interdit, mais piquer une voiture de golf, c'en était une autre.

Hi a poussé un soupir théâtral. Je n'y ai pas prêté attention.

On est arrivés sur une grande voie qui semblait faite de gravier blanc. Elle était bien entretenue, et assez large pour que deux voiturettes se croisent.

— Le calcaire !

J'ai ramassé un gravillon et j'ai sorti l'un des cailloux d'Anne Bonny de ma poche pour le comparer.

Déception.

Le calcaire de la route était blanc, granuleux et très tranchant, alors que le caillou d'Anne Bonny était lisse, massif et gris terne.

— Peut-être que le calcaire se décolore avec l'âge ? a suggéré Hi.

— Peut-être.

Mais ces deux échantillons n'avaient rien à voir.

Juste devant nous se dressait un bâtiment circulaire à deux étages, qui occupait une petite péninsule. Le drapeau des États-Unis flottait au-dessus de celui de la Caroline du Sud.

— C'est le bâtiment administratif, a indiqué Hi. Il y a aussi un centre scolaire, quelques labos scientifiques et un bureau de poste. Et c'est tout pour Dewees.

— Alors, par où on commence ? a demandé Shelton en étudiant les alentours. Je vois deux chemins.

Hi a consulté une carte sur son iPhone.

— Dewees est constituée principalement de deux bandes de terre plus en hauteur, entourant un vaste lagon central. Le reste de l'île, ce sont des marais.

Hi a montré un point à trois heures.

— Ce sentier traverse la mangrove jusqu'aux résidences de bord de mer. Le club-house se trouve également là-bas. Et, à douze heures, ce sont les autres bâtiments publics, le bac à compost, le poste des pompiers et l'ancienne église ; tout cela se trouve au bord du lagon.

— Où auraient poussé ces attrape-mouches ? a demandé Ben.

— Je parierais pour le lagon, a répondu Hi. Pour attirer leurs proies, il leur faut un environnement stagnant, avec un vent faible. Plus c'est marécageux, mieux c'est.

— Alors, on va droit devant, ai-je décidé.

— C'est la chasse au dahu, a grogné Shelton, qui nous a tout de même suivis.

On a pris la route sur trois cents mètres. À notre gauche, des hectares de marécages. À notre droite, la mangrove.

— On l'appelle le lagon de l'Ancienne Maison, a expliqué Hi. C'est le plus grand plan d'eau sur l'île. Il est plein d'alligators.

Une petite crique est apparue juste devant nous, sur la droite, un peu à l'écart du lagon. Sa surface était d'un vert opaque, et parsemée de nénuphars. Un sentier le longeait, menant à un bosquet de chênes verts où l'îlot rejoignait le lagon.

— Qu'est-ce qu'il y a, là-bas ?

Hi a fait défiler sa carte sur l'écran.

— C'est le chemin de la Vieille Église. Il y a une petite chapelle nichée sous les arbres, au bord du lagon. Et un quai pour la pêche, aussi.

J'ai réfléchi un moment.

— Quand est-ce que l'église a été construite ?

Shelton a été plus rapide que Hi.

— Au début du dix-huitième siècle. J'ai vérifié sur Internet. C'est le plus vieux bâtiment de Dewees – d'au moins deux siècles.

— L'église était là quand Anne Bonny s'est évadée ?

— Oui. C'est vraiment étonnant. Il n'y avait rien, mais vraiment rien d'autre ici. C'est un moine irlandais qui l'a construite, avant de passer des décennies à essayer de convertir les Sewees de la région. Soit il a abandonné, soit il est mort, personne ne sait. Mais l'église est toujours là.

— Il faut qu'on la voie.

J'avais cette impression étrange… encore.

— Nous avons un but ! s'est exclamé Hi. En avant, messires, vers l'ancien lieu de culte !

Là-dessus, il a coupé par le sentier.

L'église était plus petite que je ne l'aurais cru. Un clocher carré de cinq mètres de haut se dressait sur le devant, avec une porte en bois au milieu pour seule ouverture. Derrière cette tour se tenait une bâtisse rectangulaire, avec un toit d'ardoises en pente et deux fenêtres rondes de chaque côté.

Toute la construction était faite de blocs de pierre effrités.

Des blocs gris.

Des blocs de calcaire.

— Waouh ! Sors le caillou, Tory. À tous les coups, on gagne !

J'ai obéi et comparé les deux calcaires. Texture et couleur identiques.

— C'est le même. À côté d'un lagon qui, lui, convient parfaitement aux attrape-mouches de Vénus.

— Impossible ! a dit Shelton. Personne ne peut avoir une chance pareille.

— Non mais, sérieux, a ajouté Ben, presque mal à l'aise. On met dans le mille trois fois de suite ? Tu commences à me faire peur.

— Cet édifice était déjà là à l'époque d'Anne Bonny. Construit par un moine irlandais. Anne Bonny était irlandaise elle-même, et visiblement très religieuse. Et le calcaire était largement utilisé par les bâtisseurs d'église.

— C'est officiel, je suis chaud bouillant, a annoncé Hi. Si saint Calcaire ici présent n'a aucun rapport avec le trésor d'Anne Bonny, ça doit être la pire coïncidence de tous les temps.

— Je ne crois pas aux coïncidences, ai-je dit mécaniquement.

— On sait.

Croisons les doigts.

— On va à l'intérieur, j'imagine ?

— Absolument.

Je me suis approchée de la porte. À mon étonnement, elle s'est ouverte facilement.

On est entrés dans une petite antichambre avec des fontaines de pierre ornées fixées au mur. Devant nous, une arche donnait sur la nef.

Deux rangées de bancs entouraient l'allée centrale qui menait à un autel de pierre dépouillé. La chapelle, toute simple, était manifestement toujours entretenue. Le sol était propre, et des bougies éteintes garnissaient des candélabres de bronze le long des murs. Tout au fond à droite, une autre porte ouvrait sur l'extérieur.

— Ils doivent laisser l'endroit ouvert pour les gens qui viennent prier, ai-je supposé. C'est une bonne chose qu'ils soient aussi confiants, par ici.

— Doux Jésus, disait Ben, les yeux écarquillés. Sainte merde…

— Ne blasphème pas dans l'église ! a chuchoté Shelton. J.-C. vit ici. Ça porte malheur.

— Qu'est-ce qu'il y a ?

J'ai suivi le regard de Ben vers le fond de la chapelle. Ça m'a sauté aux yeux.

Mon cœur a manqué un battement. Et trois de plus, pour faire bonne mesure.

— Sainte mère de Dieu, a chuchoté Hi.

Au premier coup d'œil, les pierres du mur semblaient uniformes. Mais un examen attentif montrait que ce n'était pas le cas. Des blocs blancs incrustés dans le calcaire gris formaient un dessin.

D'un mètre cinquante de haut pour un mètre de large.

Une croix celtique.

— Dis-moi que c'est une coïncidence, ça…, a fait Hi.

— Tory, tu es voyante, a ajouté Shelton, stupéfait. Je ne douterai plus jamais de toi sur rien. N'importe où, et n'importe quand.

Ben se contentait de regarder le mur fixement. Shelton s'était déjà ressaisi.

— Allons voir la croix ! Il y a peut-être quelque chose de caché derrière.

On a attaqué le mur. Tapé, palpé, gratté avec les ongles. À un moment, Hi a crié : « Sésame, ouvre-toi ! »

Inutile. Les pierres résistaient à nos tentatives.

J'ai baissé la tête, déçue.

C'est alors que j'ai vu.

Comme les murs, le sol de la chapelle était fait de blocs calcaires. Au pied de la croix, l'une des dalles portait une marque.

Je me suis agenouillée pour mieux voir.

La pierre était rayée de deux petites lignes, l'une courte et horizontale, l'autre longue et verticale, formant une croix grossière.

Dont la partie supérieure s'incurvait à droite, juste un peu.

— Là, là, là ! ai-je crié. La croix personnelle d'Anne Bonny ! Le trésor est caché là-dessous.

— Comment on va la soulever ? a demandé Hi, qui bondissait comme une balle. Qui a apporté les explosifs ?

— Attendez ici ! a crié Ben en filant par la porte d'entrée.

Plusieurs minutes se sont écoulées – des heures ? Je grattais les coins de la pierre, sachant que c'était inutile, mais je ne pouvais pas m'en empêcher. Shelton faisait les cent pas, les mains dans le dos. Hi tambourinait sur sa poitrine, les yeux fixés au sol, chantonnant *I Gotta Feeling*.

— Ouvrez !

C'était Ben, derrière la porte du fond.

Hi a foncé tirer le loquet. Ben est entré, un pied-de-biche à la main.

— En chemin, je suis passé devant un appentis. Je rendrai ce truc quand on aura fini... sauf si on a trop de pierres précieuses à transporter, a-t-il ajouté avec un malin sourire.

— Vas-y ! a crié Shelton.

Ben a inséré le bout de son pied-de-biche sous les dalles et forcé. Une fois, deux fois. Trois fois. Dans un gémissement, le bloc s'est soulevé d'un centimètre, puis est retombé.

— Vas-y, Hercule ! criait Hi. T'es le chef !

Ben a assuré sa position, enfoncé la barre sous le petit espace qui venait d'apparaître, puis a levé. Encore quelques centimètres.

Encore. Encore, encore...

Le bloc a cédé lentement. D'un dernier effort, Ben a levé la dalle au-dessus du sol. On l'a attrapée par en dessous pour la retourner. La pierre est retombée dans un bruit sourd.

— Une cachette ! ai-je crié.

On avait mis au jour un compartiment secret, d'environ un mètre de diamètre.

Avec un objet poussiéreux au milieu.

Ça alors.

65.

J'ai sorti notre trouvaille de sa cachette.

Une boîte en bois. Sculptée à la main.

Un vrai scientifique aurait manipulé avec précaution une relique fraîchement découverte, mais l'excitation était trop grande. Tante Tempe m'aurait pardonné.

La boîte était plus petite que le coffre – de la taille d'un tout petit micro-ondes –, mais tout aussi robuste. Son couvercle, scellé à la cire, était fermé par un simple loquet.

— On y est, les gars, a haleté Hi. Le bout du tunnel ! Jackpot !

Il s'est soudain rembruni.

— Sinon, je vais péter les plombs. Grave. Je ne supporterai pas un nouvel échec.

— Ouvre-la, c'est tout, a dit Shelton. On veut voir l'argent !

— Messieurs, ai-je déclaré d'un ton officiel, puis-je vous présenter le butin d'Anne Bonny ?

Les garçons ont rigolé, les yeux braqués sur la boîte.

J'ai défait le loquet et tenté d'ouvrir le couvercle. La cire tenait bon.

— Ben...

Ben m'a mis son couteau suisse dans la main. D'un geste vif, j'ai fait glisser la lame sur le bord du couvercle. J'ai coupé le sceau ancien, projetant des bouts de cire sur le sol.

J'ai rendu le couteau à Ben et pris une profonde inspiration. J'ai forcé sur le couvercle. La cire a cédé. La boîte s'est ouverte.

Il y avait deux objets à l'intérieur. Le premier était une bourse de velours noir fermée par un cordon de cuir. Je l'ai tendue à Shelton, qui a commencé à défaire le nœud.

Le second objet était plus volumineux et enveloppé dans de la toile.

— Comment ça se fait que ça n'ait pas pourri ? a demandé Ben en montrant le sac de toile. Ce tissu est enterré depuis trois cents ans.

— La cachette est en pierre ajustée, ce qui a protégé la boîte des insectes, des salissures et des éléments. La cire était étanche. Celui qui a fait ça a vraiment pensé à l'avenir. Ces objets auraient pu rester là encore un siècle.

— On y est…, a dit Hi, la voix tremblante d'excitation.

En ôtant le tissu, la taille du paquet a diminué de moitié, révélant un petit paquet ciré étroitement fermé par du fil de fer.

— *Yeah !*

Shelton avait vaincu le nœud et vidait la bourse.

Des pièces d'or sont tombées en cascade dans sa main.

Délire dans la foule.

— De l'or, les gars, de l'or ! chantait Shelton.

Hi a voulu claquer les paumes de Ben, qui a préféré récupérer une pièce.

— D'un côté, il y a des mots en latin autour d'une croix. De l'autre, on voit une couronne et un bouclier, avec « 1714 » et « Philippe V » autour.

— Une seconde.

Shelton interrogeait déjà son iPhone.

— Des doublons espagnols ! On les appelle « doublons de huit écus », ou pièces de huit en or. Probablement frappées au Mexique.

— Combien elles valent ? a demandé Ben, en jouant avec sa pièce.

Shelton a embrassé son iPhone.

— En bon état, des milliers à l'unité !

— On y est arrivés ! a glapi Hi en sautant partout. On est riches à crever ! Total respect pour les gangsters millionnaires, les génies de Morris Island, les chasseurs de trésor aux pouvoirs de meute !

— Ça ne fait pas des millions, a rapidement calculé Ben. On en a quelques dizaines, au maximum.

Tous les yeux se sont tournés vers le paquet.

— D'accord, fini les hors-d'œuvre, a dit Shelton en remettant les pièces dans la bourse. En avant pour le plat de résistance !

— Ouvre-moi le gros ! a crié Hi en se frottant les mains. Je veux des slips en diamant.

— Tiens, a dit Ben en me tendant son canif.

Le cœur battant, j'ai coupé le fil et ouvert le paquet.

Regardé.

Dehors, une mouette a crié. Une autre a répondu. Quelque part, dans le lointain, un chien s'est mis à aboyer.

Hi a réagi le premier.

— Mais c'est quoi, ça ?

— Vraiment ? Vraiment ? balbutiait Shelton, le visage enfoui dans ses mains.

Ben ne disait rien.

J'avais un petit paquet de pages à la main.

— Ça a l'air religieux.

Même moi, je n'arrivais pas à feindre l'enthousiasme.

— On est maudits ! a gémi Hi. Un trésor de pirate, ça doit être cool. Un truc de valeur. Intéressant ! Et voilà qu'on récupère un magazine médiéval religieux à la noix.

— Examinons-le, au moins. On ne sait même pas ce que c'est.

— Vas-y, a dit Shelton. Moi, je vais compter les pièces d'or.

— Je veux en tenir une, a dit Hi. Envoie.

— Je vous surveille, leur a dit Ben. Pas de blagues.

— Monsieur, vous me blessez.

Tandis que les garçons faisaient les guignols avec les doublons, j'ai examiné les pages.

— C'est du vélin. Les feuilles sont pliées en deux puis cousues ensemble pour former un petit paquet. Il doit y avoir une dizaine de pages.

— Hum, hum.

— Sympa.

Voyant leur manque d'intérêt, j'ai continué en silence.

La première feuille était couverte d'une écriture en latin décorée de spirales et de symboles stylisés. Le lettrage était sophistiqué et d'une précision exquise. L'auteur avait transformé ses mots en œuvre d'art, embellissant certains passages.

La deuxième feuille tout entière représentait des anges, entourés d'entrelacs. Un nœud ornemental emplissait le bas de la page.

Les couleurs, quoiqu'un peu fanées, étaient à couper le souffle. Du noir. Du jaune. Du mauve. Du rouge. Le raffinement des détails était sidérant.

Tandis que je feuilletais le reste du manuscrit, un papier est tombé par terre. Je l'ai ramassé.

Une lettre. J'ai reconnu l'écriture.

— Eh bien…

Mon changement de ton a attiré leur attention.

— Qu'est-ce qu'il y a ?

— Rien qui vous intéresse, les gars. Encore un mot de notre chère amie Anne Bonny à sa meilleure copine Mary Read.

Les garçons se sont précipités, oubliant momentanément leur comptabilité financière. On a lu le message en silence.

Très chère Mary,

Puisse ce message te trouver en bonne santé. Je ne sais rien de ton sort depuis que je me suis échappée de ma prison, et je m'inquiète de ta santé et de ton bien-être. Tant de projets ont mal tourné. Si tu lis ceci, tu as trouvé l'endroit, comme je savais que tu le ferais. Nul autre n'aurait trouvé de sens aux indices que j'ai laissés. Je suis assez satisfaite de mon ingéniosité.

Je t'écris car je dois fuir Charles Town en hâte. Quelqu'un pose des questions, et ma liberté est en péril. J'irai au nord, à l'endroit dont nous avons parlé.

Dans cette boîte se trouve assez d'argent pour te mener où tu voudras, et même me retrouver, si tu en décidais ainsi. Je t'ai aussi laissé tes pages préférées en souvenir. J'emporte les miennes. En les contemplant, je penserai à toi et me rappellerai à ton affectueux souvenir.

Ton amie la plus chère,
Anne.

J'ai été la première à réagir.

— Elle ne savait pas que Mary était morte. Comme c'est triste.

— Peut-être qu'elle ne l'était pas, a hasardé Shelton. Personne n'en est vraiment sûr.

— Mary n'a jamais trouvé cette lettre, a dit Ben. Ça, au moins, c'est clair.

— Le célèbre trésor d'Anne Bonny, c'est une poignée de doublons et des trucs bibliques. Quelle déception !

Je leur ai passé les pages pour que tout le monde les voie. Les garçons n'avaient pas l'air emballés. Il nous fallait une fortune pour sauver le LIRI. Avec notre butin, on était misérablement loin du compte.

Notre mission était un échec. Notre meute se séparerait.

— Allez, on nettoie et on s'en va. On ne va pas laisser l'église dans cet état.

Ben s'est approché de la dalle.

— Shelton. Un coup de main.

Ils ont commencé à remettre la pierre en place.

— Où ça va ? a demandé Hi en montrant le pied-de-biche.

— Dans l'appentis. À cinquante mètres sur le chemin qu'on a pris.

Hi s'est dirigé vers la porte du fond, la barre à la main.

Il a fallu quelques instants à Ben et à Shelton pour remettre la pierre.

— Bon Dieu, haletait Shelton, comment c'est lourd, cette saleté.

— C'est pas toi qui as dû la lever...

— Je vais garder ces belles petites choses, a déclaré Shelton en fourrant la bourse dans sa poche. Par sécurité.

— Je les ai déjà comptées, l'a prévenu Ben. S'il s'en perd une seule, t'auras des doigts en moins.

— C'est la seconde fois que tu insultes mon honneur, Blue. Duel au pistolet ou au sabre ?

Je glissais le parchemin d'Anne Bonny dans mon sac quand la porte de devant s'est ouverte en grinçant.

— Hi est de retour. Tout le monde est prêt ?

— Bougez pas, a dit une voix masculine. On a des trucs à discuter.

Le sang s'est figé dans mes veines.

Marlo et Baobab sont entrés dans la chapelle, côte à côte. Ils ne souriaient pas.

Et braquaient tous les deux des armes sur nous.

66.

— Courez ! ai-je crié.

Ben et Shelton ont bondi vers la porte du fond.

Où un autre pistolet nous a arrêtés net.

— Bonjour, a déclaré Nigel Short, souriant sinistrement de ses dents tordues qui partaient dans tous les sens.

Il portait un costume de tweed avec une cravate marron uni, et tenait un Beretta 9 mm de la main gauche.

— Reculez, voulez-vous ?

— Professeur Short ? Qu'est-ce que vous faites ici ?

— Je vais vous mettre une balle dans la tête à tous les trois, si vous ne reculez pas. Compris ?

On a lentement levé les mains, et obéi. Marlo et Baobab se tenaient près du premier rang. Marlo portait son T-shirt blanc avec un jean. Baobab arborait un maillot LeBron James.

Des flingues devant. Un flingue derrière. Pas bon.

— Vous n'avez pas idée de ce que ça a été, de poursuivre votre petite bande aux quatre coins du pays, a déclaré Short en remontant ses petites lunettes sur son nez. Épuisant.

— Le petit con riche, a dit Marlo. Il est pas là. Et le gros non plus.

— Chance et Hi sont partis.

Je mentais à fond. Trop de sensations fortes pour la semaine.

— Ça m'étonnerait, a dit Short. Ils surveillent le trésor d'Anne Bonny, bien sûr.

— Vous allez nous le montrer, a ajouté Marlo en agitant son arme. Ou sinon, ça va tourner… vilain.

Baobab restait immobile comme une statue. Muet et menaçant.

— Il n'y avait pas de trésor, a dit Shelton d'une voix tremblante. Le coffre était vide.

— Allons, a répondu sèchement Short. Vous me prenez pour un imbécile ?

D'un geste, il a fait signe à Marlo de surveiller la porte arrière. Puis, sans se presser, il est allé s'asseoir sur le banc le plus proche.

J'ai évalué la situation. Marlo au fond. Baobab dans l'allée principale, bloquant l'accès à l'entrée. On était de nouveau pris au piège.

— C'est vrai, a dit Ben. On n'a rien trouvé. La légende d'Anne Bonny était fausse.

— Il va falloir faire mieux que ça, a grincé Short. Dites-nous où se trouve le trésor, et Marlo fera vite. Sinon, vous allez découvrir ce que sait faire son frère Duncan.

Duncan a fait un clin d'œil. C'était la première réaction que je voyais sur son visage.

Gagne du temps !

— Alors, vous avez perdu votre langue ?

Marlo a armé la culasse de son flingue.

— Je vais devoir me montrer plus persuasif…

— Attendez ! ai-je crié, le cœur battant. Pourquoi est-ce que vous faites ça ?

Je ne savais pas qui Marlo était vraiment, mais son regard froid me terrifiait.

— Sans blague ? Pour les dollars, petite. Il y a un joli paquet pour mon frère et moi.

— J'ai fait la connaissance de Marlo et Duncan en vous suivant, a dit Short. Imaginez ma surprise de voir autant de gens à vos trousses.

— Les Fletcher, ai-je sifflé. Vous les avez tués, hein ?

— De simples amateurs. Des gamins entêtés. Ils se croyaient si malins, ces deux-là. Un vrai talent d'enquêteurs, a ricané Short. Je cherche le trésor de Bonny depuis trois décennies. Les Fletcher ne savaient rien de rien, même pas ce qu'ils cherchaient. Ils ne méritaient pas cette récompense.

— Vous n'étiez pas obligés de les tuer.

— Ils ne voulaient pas écouter la voix de la raison, a dit Short d'un ton neutre. Mais Duncan ici présent les a fait parler, et ensuite ils ont eu ce malheureux accident. Et maintenant, nous vous tenons, vous. Nous savons que vous avez le coffre, a-t-il ajouté d'un ton froid.

— Vous seriez prêt à nous tuer pour un trésor de pirate ?

J'avais la bouche tellement sèche que j'arrivais à peine à parler.

— À quel jeu croyiez-vous jouer ? Trente ans ! Trente ans à remuer des archives poussiéreuses. À glaner péniblement des indices dans des documents archaïques oubliés depuis longtemps par les vivants. Et puis un jour, vous débarquez tous les quatre, la figure enfarinée, avec une lettre écrite par Anne Bonny en personne. Et vous posez des questions sur Half Moon Battery, sur le gaélique, avec un échantillon d'écriture provenant de la carte au trésor. Vous auriez aussi bien pu l'annoncer avec un porte-voix.

Le ton de Short était glacial, mais la folie brillait dans ses yeux.

— Je suis expert archiviste. Vous vous imaginiez que j'aurais pu ne pas remarquer l'inclinaison de la croix sur les pages de cette lettre ? Ou que je n'aurais pas fait le lien avec la célèbre carte au trésor d'Anne Bonny ?

Réfléchis, Tory ! Il ne reste plus beaucoup de temps !

— Vous nous avez espionnés.

La première pensée que j'arrivais à exprimer.

— Bien sûr. Une fois que vous m'avez apporté la lettre, je me suis douté que vous auriez des renseignements utiles. Quand vous avez demandé à voir les documents personnels d'Anne Bonny, j'ai écouté par l'intercom. J'ai pensé à vous suivre moi-même, mais j'ai compris qu'il me faudrait de l'aide. Je ne suis plus aussi jeune qu'avant, a conclu Short avec un sourire d'autodérision.

Ben a fusillé Marlo du regard.

— Alors, vous avez embauché ces brutes.

— Ces brutes ?

Marlo est venu se planter devant Ben.

— Fais gaffe à ce que tu dis, petit.

— Nous avions des objectifs similaires, mais ces jeunes gens manquaient d'indices. Moi, je manquais de bras. Eux, de matière grise. En travaillant de concert, chacun a résolu ses problèmes. Ils sont tout à fait compétents pour la surveillance et les travaux de force.

— Ouais, c'est moi ça.

Marlo a gonflé ses biceps.

— La force, mon gars !

Duncan restait là à nous regarder.

— La Studebaker, a gémi Shelton. C'était vous, dans cette guimbarde ?

— Une guimbarde ? a grogné Marlo. C'est une caisse de collection. Duncan et moi, on l'a restaurée pièce par pièce.

J'ai enfin assemblé le puzzle. Pourquoi est-ce qu'il m'avait fallu aussi longtemps ?

— Le prêteur sur gages. Lonnie Bates est votre père.

— Mon père, c'est vraiment un gland, a dit Marlo d'un ton grinçant. Cela dit, il a horreur de se faire taxer. Il nous a mis sur le coup dès que vous vous êtes cassés de chez lui. J'ai cru qu'il allait péter un câble. Finalement, il est encore malin, le vieux. Même s'il aura pas un rond.

— Assez de bavardages.

Derrière ses lunettes, les yeux de Short ressemblaient à des éclats de granit.

— C'est l'heure des réponses. Pourquoi est-ce que vous êtes sur Dewees ? Et dans cette église ? Où est le coffre au trésor ?

Il s'est approché de moi.

— Et qu'est-ce qu'il y a dans ton sac ?

J'ai fermé les yeux. Plongé en moi.

SNAP.

Mon pouvoir m'a envahie telle l'eau fracassant un barrage.

Je me suis projetée dans mon subconscient.

Ben et Shelton me sont apparus, bien nets. Je sentais Hi à proximité, mais son image était floue. Bien plus faible, à la limite de ma perception, j'ai vu Coop bondir sur ses pattes.

Comme la fois d'avant, des cordes incandescentes nous reliaient tous les cinq.

Le nuage doré entourait mon image. J'ai essayé de diffuser la lumière comme je l'avais déjà fait.

ÉCOUTEZ, LES VIRAUX !

Mon message a heurté la barrière invisible qui séparait nos pensées. Fragmentées. J'ai essayé, encore et encore. Inutile.

Pourquoi ? Qu'est-ce qui ne va pas ?

J'ai serré les dents, tenté de passer cet obstacle. En vain. Comme pour notre première rencontre avec les loups sur Bull Island, j'étais incapable d'entrer en contact avec leur esprit.

Short m'a regardée, méfiant.

— Qu'est-ce que tu fais ?

L'image mentale de Hi a commencé à changer. Elle s'est faite plus précise, plus solide. Je l'ai senti qui se glissait vers nous, à l'arrière de la chapelle.

La barrière mentale s'est fissurée. J'ai poussé fort, ouvert une brèche. Derrière moi, Ben et Shelton ont tressailli.

Soudain, j'ai eu la réponse.

Pourquoi la télépathie marchait parfois, mais pas toujours.

Les échecs : quand on avait des flambées sur Loggerhead, Shelton était absent. La première fois, face au loup, Ben était parti en éclaireur.

Et quand ça avait marché ?

On était ensemble dans le tunnel englouti, ensemble. On se battait contre les Fletcher sur la plage, ensemble.

Le pouvoir ne marche pas quand il manque un Viral. Quand la meute n'est pas au complet.

Hi se rapprochait et son image se précisait. La barrière mentale s'affaiblissait.

— Tu as des vapeurs ? a ricané Short. Parle, ou sinon tu vas savoir pourquoi.

J'ai atteint les tréfonds de ma conscience, et je me suis projetée de toutes mes forces. Ben et Shelton ont frémi.

— Assez joué, a dit Marlo. Il est temps de passer aux choses sérieuses.

Duncan m'a vrillée du regard.

— Je vais la faire parler.

Ses premiers mots.

Derrière les murs de l'église, Hi a passé une limite.

La barrière s'est effondrée. Mes pensées ont explosé.

J'ai tiré sur les cordes incandescentes et transmis ma flambée aux autres Viraux.

J'ai senti Hi plié en deux sous le choc. Ben et Shelton ont poussé un petit cri. Dans ma tête, leurs silhouettes brûlaient d'une lumière jaune.

— Tu vois ? a dit Marlo. Ils ont peur de Duncan.

Sans dire un mot, j'ai projeté des images droit dans leur esprit.

En quelques secondes, mon plan était prêt.

J'ai senti Hi s'arrêter, puis faire le tour pour arriver devant l'église.

— Encore mieux, a proposé Marlo : je flingue un des mecs, ça va faire parler la meuf.

— Mais oui, bien sûr.

Short a fait un geste en direction de Ben, qui détournait les yeux.

— Celui-là fera l'affaire.

Marlo a levé son arme.

LÀ !

Plus rapide que la pensée, Shelton a lancé la bourse à la tête de Marlo – qui l'a parée avec un rictus méprisant. Soudain, il a écarquillé les yeux à la vue des doublons éparpillés sur les dalles.

Il s'est agenouillé.

— Waouh, de l'or !

— Attention ! a hurlé Short.

Trop tard. Marlo a levé les yeux pile au moment où Ben lui décochait un coup de pied à la tête. Ils ont roulé au sol, en pleine lutte.

Short a braqué son arme sur Shelton, qui a plongé derrière l'autel de pierre.

Pan ! Pan !

Les balles ricochaient, projetant des éclats de pierre.

Pan !

Duncan avait manqué Ben de peu.

Une forme indistincte a foncé à l'intérieur et attaqué Duncan par-derrière, le jetant au sol et lui coupant le souffle.

Avec une agilité étonnante pour son poids, Hi a fait volte-face et poussé Short des deux mains.

L'archiviste a volé vers moi.

J'ai attrapé son Beretta, mais je n'ai pas pu le lui arracher.

— Lâche ça ! ahanait Short, qui essayait désespérément de récupérer son arme pour tirer.

Duncan s'est péniblement remis à genoux. Hi s'est accroché à sa jambe énorme comme un blaireau furieux. Shelton a bondi de derrière l'autel, brandissant un bougeoir en fer. Et a frappé de toutes ses forces.

Du métal sur de l'os.

Clonc.

Le colosse a titubé en se tenant le front.

Dans un coin, Ben et Marlo continuaient à lutter.

— Vous n'avez aucun droit ! a hurlé Short. Vous ne l'avez pas mérité ! Le trésor de Bonny m'appartient !

J'essayais toujours de lui arracher l'arme, grognant sous l'effort. Mais la fureur de Short était aussi intense que ma flambée. Il s'est mis à tirer dans tous les sens.

Pan ! Pan ! Pan !

Les balles ricochaient contre la pierre, projetant des étincelles.

La situation partait en vrille.

67.

Désespérée, je lui ai décoché un méchant coup de boule.

J'ai vu trente-six chandelles, mais Short est resté un instant sous le choc. Profitant de l'opportunité, je lui ai arraché le pistolet et envoyé un coup de genou dans le bide. Le vieil homme s'est effondré, hors d'haleine, les mains serrées sur le ventre.

J'ai fait volte-face, le Beretta à la main.

Mais le combat était terminé.

Ben était debout, braquant une arme sur la tête de Marlo.

— On se comprend ? lui a demandé Ben calmement.

Marlo a fait signe que oui.

Ben lui a montré la première rangée de bancs. Marlo s'est relevé lentement, les mains en l'air, sans quitter des yeux le pistolet braqué sur sa poitrine.

Ben s'est retourné, et j'ai vu que ses yeux ne brillaient plus.

Duncan gisait sur le sol, gémissant. Hi et Shelton s'étaient appuyés contre l'autel grêlé de balles.

Hi, soufflant et haletant, tenait un pistolet d'une main tremblante.

— T'es le roi, Shelton. Le prochain burger est pour moi !

— Oui, c'était mon attaque de judo modifiée, a dit Shelton d'une voix éraillée, en remettant ses lunettes. Merci, maman. Ces leçons valaient vraiment la peine. Le bougeoir m'a aidé, aussi.

Ils se sont claqué les paumes. La lueur dorée disparaissait de leurs yeux.

SNUP.

J'ai frissonné. Moi aussi, mes sens revenaient à la normale. Comme d'habitude, je me sentais affaiblie et vulnérable. J'ai fait de mon mieux pour le cacher.

Short m'a lancé un regard de pure haine.

Je lui ai montré la place à côté de Marlo.

— Sur le banc. Vite.

— Comment oses-tu, petite scélérate !

Sans dire un mot, je lui mis le Beretta sous le nez. Short s'est levé et m'a obéi.

Duncan était toujours à genoux, le regard vide.

— Va t'asseoir à côté de Short et Marlo, lui ai-je ordonné. Vite.

Sans me prêter attention, Duncan s'est relevé et a épousseté son maillot.

— Hé ! ai-je crié en agitant mon arme. C'était pas une question.

Duncan m'a tendu la main.

— Le flingue.

— Ça va pas ?

— Tout de suite.

— Pose ton cul sur le banc. Dernier avertissement.

Duncan s'est avancé vers moi en ricanant.

Pan ! Pan !

Des balles ont frappé la pierre entre ses pieds énormes.

Il s'est figé sur place. Une tache sombre s'épanouissait à son entrejambe.

— Je reprends. C'était ça, ton dernier avertissement. Essaie encore, et tu boiteras pendant un bon moment.

Duncan s'est dirigé vers le banc et affaissé à côté de son frère.

Du coin de l'œil, j'ai aperçu Ben qui me regardait, bouche bée.

— Qu'est-ce qu'il y a ?

— Bon sang, Tory…

— Joli tir, Scarface, a commenté Hi en me tendant l'arme de Duncan. Rappelle-moi de ne jamais te devoir d'argent. Qui t'a appris à tirer ?

— C'est une longue histoire.

Je n'allais pas lui répondre « un grand-père ivre » ; que ce soit vrai ou pas.

— Tory, c'est une bête, a déclaré Shelton, qui avait repris contenance et ramassait les doublons. Vous devriez le savoir maintenant, petits voyous.

Assis sur le banc, nos captifs ne soufflaient mot.

Les garçons ont récupéré nos affaires tandis que je surveillais Short, Duncan et Marlo. Quelques instants plus tard, on était prêts à partir.

— C'est quoi le plan ? a murmuré Shelton. On ne peut pas les laisser là comme ça.

— Allez, soyez cool, quoi, a imploré Marlo. Vous me reverrez jamais. Juré.

— Désolée. Dire à Short de tuer quelqu'un, ça casse la confiance. Hiram ? Un moment.

J'ai chuchoté mes instructions à Hi, qui a pris Ben et Shelton à part.

— Je vais rester avec Tory, a dit Ben. Pas question que nos invités jouent les malins.

Shelton et Hi ont chargé notre matériel et sont sortis en vitesse de l'église.

Ben et moi, on surveillait les prisonniers, pistolet à la main. Le silence s'étirait. La nervosité me gagnait, le stress de braquer une arme chargée sur trois êtres humains.

Une éternité plus tard, Shelton et Hi sont revenus. Hi a fait signe que tout allait bien.

— Maintenant, cours au bureau de poste, lui ai-je dit. Il doit bien y avoir une espèce de sécurité, ici…

Hi est reparti au trot.

— La police ? a demandé Marlo en caressant une cicatrice sur sa joue. Allez, quoi. On peut trouver un accord.

— Tu rêves. C'est fini, là.

— Vous avez volé la carte au musée, a sifflé Short. Vous irez en prison aussi.

— Peut-être, mais vous avez tué les Fletcher. Vous aurez à répondre de ça.

Hi est apparu à la porte.

— Vous n'allez pas croire…

Une voix familière l'a interrompu.

— Mais qu'est-ce qui se passe, ici ?

Le sergent Carmine Corcoran a fait une entrée éléphantesque dans la chapelle, haletant dans son uniforme marron qui semblait sur le point d'éclater.

J'aurais été moins surprise de voir apparaître le yéti.

— Sergent Corcoran ?

— Tory Brennan, a répondu Corcoran, son épaisse moustache noire ployant sous le poids de sa désapprobation. Et les autres maraudeurs de Morris Island. Évidemment. Preuve vivante et parlante que Dieu m'en veut.

Je n'en revenais toujours pas.

— Vous travaillez sur Dewees, maintenant ?

— La police de Folly m'a licencié, oui.

Son visage gras a rougi entre ses favoris.

— Sans doute à cause de l'embarras où vous m'avez mis, sales gosses. C'est « directeur de la sécurité Corcoran », maintenant.

Il a zoomé sur les armes que je tenais. Écarquillant les yeux, il a posé le regard sur le trio assis au premier rang. Puis sur le pistolet de Ben.

— Ce sont de véritables armes à feu ?

— Ces trois-là ont tenté de nous tuer, a dit Ben. Arrêtez-les.

— Qui sont-ils ? a demandé Corcoran, en jetant des regards affolés à la cantonade. Vous les tenez en otages ?

Shelton a ricané.

— Je vais expliquer lentement, ai-je dit. Ces gens nous ont agressés. Nous…

— On ne bouge plus ! On ne bouge plus ! a crié Corcoran en agitant une main tandis que de l'autre, il sortait une bombe de gaz incapacitant. J'arrête tout le monde ! Personne ne bouge !

— Vous ne comprenez pas…, ai-je commencé.

— Tu vas me remettre ces armes tout de suite, pas vrai, Tory ? a demandé Corcoran, visiblement mal à l'aise. Pas de blagues.

J'ai soupiré.

— Menottez ces trois-là, monsieur le directeur de la sécurité. Ensuite, on fera tout ce que vous voudrez.

— Je te prends au mot.

Corcoran a pris son talkie-walkie et crié des ordres à un malheureux sous-fifre. Après avoir fini, il a mis les menottes à nos trois prisonniers.

Satisfait, il s'est tourné vers nous. Ben et moi lui avons passé les trois pistolets.

— Vos poignets, a-t-il ordonné.

— Hein ?

— Vous m'avez entendu. C'est tout le monde que j'arrête.

J'ai tendu les bras en soupirant. Corcoran nous a menottés l'un après l'autre.

Je me suis affaissée sur le banc le plus proche avec les trois autres.

— Quelle journée !

C'était tout ce que j'arrivais à dire. J'étais vidée.

68.

Le reste de l'après-midi s'est passé dans le brouillard.

Interrogatoires. Témoignages. On a raconté notre histoire, encore et encore, avant de la répéter. Quelques heures plus tard, j'en avais assez.

Un directeur du musée de Charleston est arrivé pour récupérer la carte au trésor volée. Ce petit agité a failli fondre un câble quand il a vu mon écriture au dos, et il s'est seulement calmé un peu en apprenant que ça correspondait à un poème énigmatique d'Anne Bonny.

Il a brandi des menaces, mais a finalement décidé de ne pas porter plainte. Avec deux conservateurs assassinés, notre larcin n'était pas une priorité.

Quelqu'un a appelé l'Exchange Building, et un inspecteur a été envoyé au Provost Dungeon. Une fois la cachette d'Anne Bonny découverte, l'ambiance a changé du tout au tout.

Des flics soupçonneux se sont mis à nous écouter, fascinés. Leurs mines sévères devant nos multiples petits délits se sont transformées en sourires devant notre courage.

Et puis Kit est arrivé.

— Tory !

Il m'a serrée dans ses bras de toutes ses forces.

— Qu'est-ce qui se passe ? Tout va bien ?

— Qu'est-ce qu'on t'a dit ? ai-je demandé pour tâter le terrain.

— Rien ! J'ai reçu un message pour me dire que tu étais au poste de police du centre-ville. C'est tout.

— D'accord. Kit, euh… j'ai des choses à te dire. Ça ne va pas te plaire.

Il m'a regardée, abattu.

— Tu as des ennuis ?

— Je ne pense pas, non.

— Alors, qu'est-ce que tu fais ici ? Tu as enfreint la loi ?

— Oui, quelques-unes. Mais pour la bonne cause !

— Mais tu étais interdite de sortie toute la semaine, a dit Kit, abasourdi.

— Ouais. Justement. Il y a quelques jours, les garçons et moi, on a volé une carte au trésor au Charleston Museum. Le plan indiquait des souterrains sous le Provost Dungeon, donc on est sortis en douce vendredi soir, on est entrés et on les a explorés.

— Hein ?

— Les souterrains passaient sous East Bay, jusqu'à Battery. On a trouvé la première cachette d'Anne Bonny, mais le trésor avait été déplacé. Ensuite, quelqu'un qui nous suivait nous a tiré dessus et on s'est échappés en nageant dans la baie.

Kit s'est écroulé sur le banc d'à côté.

— On a pris le petit déjeuner. Tu as dit que tu t'ennuyais.

— Les pirates avaient laissé un poème comme indice, ai-je rapidement poursuivi. J'ai appelé tante Tempe parce qu'elle connaît le gaélique, et ensuite il nous a fallu parler à Chance Claybourne, parce que son père avait acheté la croix d'Anne Bonny. On l'a sorti en douce de son hôpital psychiatrique, et il nous a aidés à trouver le nouvel emplacement du trésor, sur Bull Island.

— Tante Tempe ? Chance Claybourne ? Bull Island ?

— Oui, on y est allés tard la nuit dernière. Kit, les indices étaient exacts ! On a déterré un coffre au trésor ! Mais alors, les tireurs sont revenus – le couple complètement taré du musée, les Fletcher – et on s'est battus. On a réussi à les assommer et à s'échapper, mais le coffre était vide.

Kit s'est pris la tête à deux mains.

— Et puis ?

— Moi, je pensais que le trésor avait pu être déplacé encore, et certains indices faisaient penser à Dewees Island, donc on y est allés ce matin. Avant de partir, on a appris que les Fletcher avaient été tués dans un accident de voiture, ce qui nous a paru suspect. Quand on est arrivés sur Dewees, on a été attaqués par Short. Il est archiviste, et il a fait équipe avec les frères Bates, ces truands qui travaillent pour un prêteur sur gages de North Charleston. On ne s'était pas trompés : ils avaient bien tué les Fletcher ! Enfin, bref, on a réussi à les désarmer tous les trois et à faire venir de l'aide. Le sergent Corcoran a arrêté tout le monde, mais il n'est plus flic.

— Quelqu'un a été blessé ?

— Pas de notre côté. Ah, et j'ai emprunté ton 4 × 4 deux ou trois fois. Désolée.

Kit est allé demander à l'accueil :

— Y a-t-il une raison de retenir ma fille ?

— Non, monsieur.

— Alors, je la ramène à la maison.

Kit a signé les papiers. Sans se retourner, il m'a lancé :

— Dans la voiture, tout de suite. Plus un mot.

J'ai obéi aussi vite et silencieusement que possible, contente que Kit n'ait pas demandé si on avait trouvé quelque chose.

On avait trompé la police. Je ne voulais pas lui mentir à lui aussi.

*
* *

— Je sors la poubelle !

— Essaie de ne pas commettre de délit, a répondu Kit.

— Très drôle.

On était le lendemain matin. J'avais passé toute la nuit à raconter à Kit ce qui s'était passé, dans les moindres détails. Il s'était particulièrement intéressé à la façon dont je l'avais joué. En prenant mentalement des notes ?

La seule chose que j'avais cachée, c'étaient nos pouvoirs.

Et ce qu'on avait trouvé, aussi.

À la fin, Kit a posé une seule question.

— Pourquoi ?

— Parce que je ne veux pas partir, ai-je répondu, les larmes aux yeux. Je ferais n'importe quoi pour garder mes seuls amis.

Après ça, l'ambiance s'est améliorée. Kit a décidé que j'avais fait tellement de bêtises, que je m'étais montrée tellement irresponsable et imprudente, que c'était inutile de me punir.

— Ce que tu as fait est incroyable, Tory. Tu es une jeune fille remarquable.

Il s'est rapproché de moi, le visage inquiet.

— Mais tu as risqué ta vie. Rien ne le justifie. Ni un travail, ni l'endroit où on vit, ni un trésor. J'espère que tu seras plus avisée à l'avenir. Je te fais confiance.

— Je te le promets, Kit.

Je suis allée jeter la poubelle. Je me suis retournée et j'ai vu Rodney Brincefield à moins d'un mètre de moi.

J'ai bondi en arrière, prête à hurler.

— Du calme ! a dit Brincefield. Je viens en paix.

— Comment est-ce que vous m'avez retrouvée ?

J'ai jeté un œil aux alentours. Personne d'autre.

— Je dois avouer que j'ai un peu fouiné, mais je ne vous veux aucun mal. Je vis dans cette ville depuis longtemps, et j'ai quelques amis dans la police. L'un d'eux m'a dit que vous aviez trouvé le corps de mon frère.

Il y avait de la nostalgie dans les yeux de Brincefield. De la souffrance.

— Oui, ai-je murmuré. Nous avons trouvé Jonathan dans un souterrain, sous East Bay. Il avait été tué par un piège. Je suis vraiment désolée.

— Donc, il n'était pas loin du but.

Brincefield souriait, mais son regard était vitreux.

— C'est déjà quelque chose, sans doute.

— Il portait un objet en pierre. On s'en est servi pour atteindre la dernière pièce. Sans votre frère, on aurait échoué.

— Il était là ? Le trésor ?

— Non. Il avait été déplacé. Ensuite, on a trouvé un coffre, mais il était vide. La légende d'Anne Bonny était fausse.

Le visage de Brincefield s'est affaissé. Je pouvais quasiment lire ses pensées. Son frère était mort pour rien.

C'était peut-être imprudent, mais je n'ai pas pu résister. Il fallait une révélation finale à ce vieil homme obsédé par Anne Bonny.

— On a bel et bien trouvé quelque chose, ai-je chuchoté. Ailleurs. Un secret qu'on n'a révélé à personne.

— Dieu merci ! Dis-moi.

— Ce n'est pas grand-chose, juste une bourse de pièces d'or et quelques vieux dessins religieux, ai-je répondu d'un ton déçu. Je pense qu'Anne Bonny a enlevé le gros de son butin quand elle a enterré le coffre sur Dewees.

Brincefield est resté immobile un instant, puis il s'est mis à danser la gigue avec une agilité étonnante chez un pareil fossile.

Je le regardais faire, abasourdie.

— Tory, tu ne comprends pas ! Ces dessins, c'est cela, le trésor !

— Pardon ?

— Jonathan a fait des recherches sur Anne Bonny et Calico Jack pendant des années. Il a réuni des lettres, des rapports, tout ce qu'il trouvait. Il a fait part de ses découvertes à la seule personne prête à l'écouter. Son petit frère. Moi. Jonathan savait, a conclu Brincefield, rayonnant.

— Qu'est-ce qu'il savait ?

— Après la disparition de Jonathan, je suis devenu aussi monomaniaque qu'il l'avait été. J'étais dévoré par cette chasse au trésor. Finalement, j'ai dû choisir entre cette quête et ma santé mentale. Il y a deux ans, j'ai donc vendu la collection de Jonathan. Pour vingt malheureux dollars.

Les lettres ! Voilà comment Bates a mis la main dessus.

— Notre conversation au yacht-club a réveillé ce désir enfoui, a repris Brincefield. J'ai même essayé de racheter les papiers de Jonathan. À ce moment-là, j'ai appris qu'un groupe d'adolescents les avait achetés la veille. J'ai su immédiatement qui les dirigeait.

Il avait l'air embarrassé.

— Après, je vous ai un peu suivis…

— La visite du Charleston mystérieux. Le brunch au country-club.

— Désolé…

— Excuses acceptées. Et donc, qu'est-ce que Jonathan savait de ce trésor ?

Le regard de Brincefield pétillait de nouveau.

— En 1718, Calico Jack a capturé un galion espagnol parti de Cadix. Ce vaisseau transportait un riche Espagnol du nom de Miguel de Fernan Ortega. Ce dernier se rendait au Nouveau Monde pour prendre le gouvernorat de Maracaibo.

— D'accord… Quelle importance cela peut-il avoir ?

— Ce qu'il avait dans ses bagages ! a répondu Brincefield avec un enthousiasme contagieux. Ortega était un célèbre collectionneur d'antiquités. Juste avant de débarquer, il s'était vanté en public de sa récente acquisition.

J'ai vu où il voulait en venir.

— Jack et son équipage l'ont volée.

— Exactement ! Quand les Britanniques ont capturé le vaisseau de Calico Jack…

— Le *Revenge*.

— … ils ont fait l'inventaire de sa cale.

— Mais l'absence d'un objet a été remarquée.

— Les papiers que nous avons trouvés ?

— Oui ! Jonathan a brûlé le rapport royal officiel pour que sa découverte reste secrète, croyant toujours qu'Anne Bonny avait gardé le document pour elle.

— Donc, ces pages ont de la valeur ?

Brincefield me fit un sourire plus large que le Mississippi.

— Bien sûr.

— Et vous allez me dire laquelle ? lui ai-je demandé d'un air enjôleur.

— Oui, a répondu le vieil homme avec solennité. Vous avez retrouvé mon frère. Bientôt, je pourrai le conduire à sa dernière demeure. C'est tout ce que je voulais. Je vous remercie.

J'attendais la suite.

— Faites des recherches sur l'abbaye de Kells, a dit Brincefield avec un clin d'œil. Cela en vaut la peine.

69.

— Pourquoi tout ça ?

Visioconférence. Hi était assis au bureau, vêtu de son jogging Puma préféré.

— Je suis bouclé à la maison pour l'éternité, tu sais. Ma mère a failli confisquer mon modem.

— Si on n'allait pas déménager en Californie, je serais enfermé en permanence, a ajouté Shelton. Encore heureux que mes parents se sentent un peu responsables. Ils pensent que j'ai agi par agression détournée, ou un truc psy de ce genre. Ça me va.

Le visage de Ben emplissait un troisième cadre sur mon écran. Il était assis à sa place habituelle dans le canapé du bureau de son père, jouant machinalement avec une pièce d'or sur la table basse.

— À mon avis, elle veut qu'on parle des doublons.

Avant de livrer Short et les frères Bates à la police, Hi et Shelton avaient caché la bourse et le vélin dans un casier du *Sewee*. Il semblait prudent de garder le secret. Il n'y a pas beaucoup de lois sur les trésors enfouis, et on avait décidé de ne prendre aucun risque.

— En fait, non.

J'étais une boule de nerfs. J'avais des infos monstrueuses.

Me connaissant comme ils me connaissaient, les garçons sentaient qu'il y avait du nouveau.

— Brincefield m'a tendu une embuscade près de la poubelle, ce matin.

Tous les trois se sont mis à parler ensemble.

— Du calme ! On s'est trompés sur son compte. Brincefield était juste obsédé par l'idée de retrouver son frère. Il voulait nous remercier.

— J'y crois pas, a dit Shelton. Ce type met son nez partout. Je pense qu'il lui manque une case.

J'ai soigneusement choisi mes mots.

— Brincefield avait des renseignements intéressants sur les pages qu'on a trouvées.

— Et comment il les connaissait, lui ?

Je leur ai répété notre conversation.

— C'est trop bien ! a crié Hi, enthousiaste. Entre ce document et les pièces d'or, on a encore une chance de rafler une mise correcte. Peut-être que je pourrais corrompre mes parents pour qu'ils me relâchent.

J'essayais de maîtriser mon excitation.

— Cet après-midi, je suis retournée au Karpeles Museum.

— Hein ? Pourquoi ?

— Ils ont un autre archiviste, M. Andrews. Je voulais un avis d'expert.

— Bonne idée. Il a dit combien les pages valaient ? a demandé Hi.

— Comment tu as fait pour aller en ville ? Tu as parlé à Kit de notre découverte ?

— Tu rigoles ! J'ai pris le ferry puis un bus. Kit avait une réunion de travail au LIRI, donc il était parti à Loggerhead. Au point où j'en suis, pourquoi se priver d'une petite virée secrète ?

— Qu'est-ce qu'il a dit, le gars des archives ? a demandé Hi avec impatience.

— Ces pages semblent être un chapitre perdu du Livre de Kells.

— Ça me dit vaguement quelque chose, a commencé Shelton.

— Oh, mon Dieu ! a soufflé Hi, bouche bée.

Lui savait.

— Quoi ? a interrogé Ben, un peu nerveusement.

— Le Livre de Kells est une version illustrée des Évangiles. Il date du neuvième siècle.

— Où est-ce qu'il a été écrit ? a demandé Shelton.

— Les chercheurs pensent qu'il a été rédigé dans une abbaye de Iona, une petite île au large de la côte écossaise.

— Par qui ?

— Les fidèles de saint Colomban. Par la suite, l'abbaye a été attaquée et les moines se sont réfugiés à Kells sur les terres irlandaises, emportant le livre avec eux. Puis les Vikings l'ont volé en 1007. Le manuscrit a été retrouvé après, mais nul ne sait réellement s'il manquait des pages.

— Qu'est-ce qu'il a de si spécial ? a demandé Ben.

Shelton avait l'air transfiguré, et Hi au bord de l'apoplexie.

— D'après les experts, le Livre de Kells contient tous les motifs de l'art celtique. Il est considéré comme le plus beau manuscrit jamais conçu dans le monde anglo-saxon. C'est l'un des plus grands chefs-d'œuvre des débuts de l'art chrétien.

— Andrews pense vraiment que ces pages viennent du Livre de Kells ? s'est exclamé Hi d'une voix étranglée. Sérieux ?

— Oui. Il a failli avoir un infarctus.

Les garçons me regardaient, stupéfaits.

— Je ne rigole pas. Après avoir examiné le manuscrit pendant dix minutes, il s'est levé et il a porté la main à sa poitrine. J'ai cru qu'il allait s'évanouir.

— Donc, ça a de la valeur ? a demandé Shelton en s'approchant à deux centimètres de sa webcam. Vraiment de la valeur ?

— Le Livre de Kells est le trésor national de l'Irlande, Shelton. Il est exposé au Trinity College de Dublin. Des milliers de visiteurs paient pour le voir chaque semaine.

— Qu'est-ce que tu en penses ? a demandé Ben.

— J'en pense qu'on a trouvé un chapitre perdu de l'un des plus célèbres livres de l'histoire ! ai-je crié. C'est comme si on avait trouvé *La Joconde*, ou le *David* de Michel-Ange !

— On en a dix pages ! a dit Hi en se passant une main sur la figure. Combien ça vaut, Tory ? Qu'est-ce qu'il a dit ?

— Une partie perdue du Livre de Kells, ce serait l'un des documents les plus rares du monde. Andrews ne voulait même pas faire d'estimation, il a dit que c'était incalculable... inestimable.

Un silence complet a suivi.

Puis soudain, explosion.

Ben a levé les bras au ciel. Shelton, Hi et moi sautions dans tous les sens en criant comme des bêtes.

Tout à coup, sans crier gare, Hi a disparu. L'instant d'après, il courait sur la pelouse, hurlant comme un fou.

Pas besoin d'invitation. Dix secondes plus tard, on courait avec lui, Coop et moi.

Ben est arrivé ensuite, puis Shelton. On a entamé une ronde comme des gosses de cinq ans, mais sous acide.

Ce moment grotesque a duré une bonne minute.

J'ai été la première à m'effondrer dans l'herbe, transpirant et hors d'haleine. Les garçons sont tombés l'un après l'autre. Alignés par terre, la tête qui tournait, on n'arrivait pas à croire à notre bonne fortune.

— Je vais être comme le type de Facebook, a dit Hi. Ou Justin Timberlake, peut-être. Ça vaut combien, un jet privé ?

— Attendez !

Il fallait étouffer dans l'œuf ce genre de conversation.

— N'oublions pas pourquoi on a fait tout ça. Maintenant, on a l'argent pour sauver Loggerhead.

— Mais on pourrait être riches ! a gémi Hi. Ultrariches ! Riches à en acheter des Ferrari rien que pour les casser ! On pourrait s'acheter une équipe de basket de la NBA, bon Dieu !

— On n'a pas fait ça pour devenir riches.

C'était Ben, la voix de la raison.

— C'est vrai, a reconnu Shelton. Mais tu dois reconnaître que c'est une sacrée tentation, des millions de dollars. C'est comme quand tu rêves de gagner au Loto. Je n'ai pas envie de me réveiller.

— Si on vendait le manuscrit et qu'on partageait l'argent, notre meute serait séparée, ai-je expliqué. Nos parents nous emmèneraient à des centaines de kilomètres les uns des autres. Bien sûr, on aurait des tonnes de fric. Mais on resterait qui on est. Ce qu'on est.

— Des Viraux, a dit Ben. Des monstres.

— Et ce n'est pas seulement nous. Et Whisper, et sa famille ? Et la colonie de singes, et les tortues marines qui pondent sur la plage de Loggerhead ? Si on ne vient pas à leur secours, ils seront tous en danger.

— On a trouvé un truc qui vaut des millions, et tu veux tout laisser tomber ? s'est exclamé Hi. J'ai horreur de ce genre de fin ! Avec une somme pareille, on pourrait s'acheter Loggerhead, tiens !

— Réfléchis, ai-je répondu. C'est trop dangereux d'être un Viral isolé. Qui sait ce qui pourrait arriver à l'avenir ? À nos corps, à nos pouvoirs. N'importe quoi. Les seuls sur qui on peut compter, c'est nous-mêmes.

— Il faut qu'on fasse profil bas. Et qu'on reste ensemble, a ajouté Ben.

— Ils ont raison, a dit Shelton en poussant le plus gros soupir du monde. C'est horrible, mais c'est vrai. Nos familles se disperseraient. On ne serait plus voisins ni camarades de classe, peut-être même plus amis. Cet argent, c'est du poison.

— Il faut la jouer fine. Garder nos secrets.

— Mais je veux être un prince ! a protesté Hi. Faire pleuvoir la tune dans les boîtes !

— Tu préfères l'argent au parc naturel ? ai-je demandé. Parfait. On peut arranger ça. Une partie du trésor t'appartient, c'est donc ton choix. Personne ne peut te forcer.

— Aaaaah ! a hurlé Hi en s'agitant dans tous les sens. Ça craint !

Encore quelques gesticulations, et il s'est calmé.

— Très bien. Brise mes rêves. C'est quoi le plan ?

— On va scotcher le monde.

Tous ensemble, on a élaboré un plan.

— Et que ce soit clair, Hi, ai-je conclu. Nos priorités, c'est de préserver le LIRI et de protéger la meute.

Hi a ouvert la bouche, mais je ne lui ai pas laissé le temps.

— Mais ça ne veut pas dire qu'on doit repartir les mains vides.

70.

— Tory ! Je suis là !

Kit a lancé ses clés sur le meuble de l'entrée.

— Qu'est-ce que tu as fait pendant mon absence ?

Il a pris la télécommande et s'est vautré sur le canapé.

— Renversé le gouvernement ? Découvert le monstre du Loch Ness ?

— Tu peux venir par ici, s'il te plaît ?

J'étais assise à la table de la salle à manger.

— J'aimerais te montrer quelque chose.

— Bien sûr.

Kit s'est extrait du canapé.

— Quoi de neuf ? Un nouveau crime à avouer ? Ta vie secrète d'espionne chinoise ?

Kit a posé les yeux sur le manuscrit.

— Waouh. C'est magnifique.

— C'est un document très rare du neuvième siècle.

— Ça explique la boîte métallique pour le protéger.

Kit a fermé les yeux.

— Tory, dis-moi que tu ne l'as pas volé.

— Pas cette fois. Nous l'avons trouvé, les garçons et moi.

— « Trouvé » ?

— Tu ferais mieux de t'asseoir. Je ne t'ai pas tout dit.

Kit s'est assis.

— Parle.

— Pour finir, on a bel et bien trouvé un trésor. Anne Bonny a laissé ces pages dans une boîte, sous l'église de Dewees.

— Pourquoi tu ne me l'as pas dit ?

— Pendant que tu étais au travail, j'ai fait analyser ce document par un expert, ai-je expliqué sans répondre à sa question.

— Eh oui, évidemment, a soupiré Kit. Où ça ?

— Au Karpeles Museum. Cette fois, c'est M. Andrews qui m'a aidée.

— En ville. C'est là que travaillait ce psychopathe de Nigel Short. Je vais te mettre un bracelet électronique. Qu'est-ce qu'il a dit ?

— Que ces pages appartenaient au Livre de Kells.

Le visage de Kit a viré au rose. J'ai continué avant qu'il ne me coupe.

— Il y aura peut-être des problèmes juridiques, et le gouvernement irlandais le revendiquera fermement, mais M. Andrews estime que ces pages valent des dizaines de millions. Au minimum.

Le rose a viré au cramoisi.

— Tu as trouvé un chapitre perdu du Livre de Kells ? a demandé Kit d'une voix hésitante. Tu l'as déterré ?

— Il était sous une dalle, dans une boîte.

— Tory, un père n'est pas censé avoir peur de sa fille de quatorze ans. Cela dit, tu me terrifies.

— Allons, allons.

— C'est bien tout ? a demandé Kit. Ou il y a encore autre chose que tu m'as caché ?

— Non, monsieur. Vous connaissez toute l'histoire.

Ça me faisait mal au ventre de mentir, mais j'ai refoulé ma culpabilité. Il y a des choses qu'on ne peut pas partager.

— J'ai bien un plan…, ai-je hasardé.

— Évidemment, Tory, a répondu Kit en levant les yeux au ciel. Je t'écoute.

— Les garçons et moi, on est prêts à céder le manuscrit pour sauver Loggerhead.

— Le céder ? Vous feriez ça pour l'institut ?

— Pour les animaux.

Je lui ai posé une main sur la joue.

— Mais d'abord, tu dois me faire une promesse.

— Vas-y, a dit Kit en ébauchant un sourire.

— Promets-moi qu'on ne déménagera pas. Promets-moi qu'on restera ici, sur Morris Island. En famille.

Kit a poussé un soupir de soulagement.

— Ça, je peux. J'y arriverai. Whitney va péter un plomb. Et toi, tu finiras cette saison des bals.

Argh.

— D'accord.

J'ai caressé l'écrin du manuscrit.

— Et dire que dix petites pages peuvent tout changer. On peut remercier mon arrière-arrière-arrière-grand-mère pirate.

— Ta quoi ?

— Rien. Je blague.

Peut-être.

Épilogue

La cérémonie allait commencer.

Hi et moi, on s'est précipités vers les places à nos noms. Shelton, déjà assis, consultait machinalement son nouvel iPad.

— Hé, vous êtes en retard. Ben est parti vous chercher.

— J'ai amené Coop pour qu'il rende visite à sa mère. Il ne l'a pas vue depuis des semaines.

— Je vais envoyer un texto à Ben, a dit Hi. Il s'est sans doute perdu.

Shelton a jeté un coup d'œil à Hi, puis s'est mis à rire.

— Désolé, mon pote, mais t'as vraiment l'air ridicule.

— Non. Le mot que tu cherches, c'est « mortel ». Les bijoux d'oreilles en diamant, c'est de la bombe. Du bling top qualité.

— Pour les femmes, peut-être. Pour toi ? Moins sûr.

— Attends que ta mère voie ton oreille, ai-je ajouté. Tu me passeras un coup de fil quand ça arrivera ?

Une vaste estrade avait été montée dans la cour du LIRI. Tout le personnel était là, sur son trente et un. L'ambiance était optimiste et festive. Tout le monde souriait.

— Dommage que l'école reprenne demain, a dit Hi. Je commençais à m'habituer aux compliments, ça me changeait.

— Qui sait ? a rétorqué Shelton. Peut-être que les jeunes de Bolton vont nous accepter, maintenant. Certains ont dû apprendre notre exploit.

— Ouais, peut-être…

Je n'avais pas envie de parler du lycée.

Je n'avais pas parlé à Jason depuis le country-club, quand je l'avais envoyé paître lorsqu'il m'avait demandé de l'accompagner au bal des débutantes. Depuis, je l'avais complètement oublié, sans doute parce que je ne savais pas quelle réponse donner. Et je ne savais toujours pas quoi faire de Madison. J'avais dû éviter des mines tout ce semestre.

Un autre jour, ces problèmes-là.

Deux semaines s'étaient écoulées depuis que j'avais montré le manuscrit à Kit. Comme on pouvait l'espérer, la suite des événements avait été rapide.

L'équipe d'experts de M. Andrews avait authentifié nos pages comme un chapitre manquant du Livre de Kells. La découverte avait fait la une du journal de CNN. Le monde de l'art en bouillonnait encore d'excitation.

Le gouvernement irlandais avait pété un plomb, exigeant le retour immédiat des pages. Kit avait pris un avocat. Après des journées de négociations, un accord avait été trouvé.

Personne ne parlait argent, mais les rumeurs les plus folles couraient.

J'ai vu Ben qui se hâtait vers nous.

— Comment vous avez fait pour arriver sans que je vous voie ?

Il a décoché un coup de coude à Hi.

— Joli brillant, la star. Tu vas au bal des débutantes toi aussi ?

— Bande de philistins, a déclaré Hi. Vous ne sauriez pas reconnaître la classe, même si elle mourait dans votre baignoire.

— Peut-être que tu as été distrait par tout le nouveau matériel du *Sewee*, ai-je taquiné Ben. Ton bateau a l'air terriblement perfectionné, ces temps-ci.

— Tu peux parler, a répliqué Ben en rajustant sa cravate. J'ai vu une dizaine de paquets devant chez toi. Tu as acheté beaucoup de matériel de camping ?

— Vos yeux vous ont trompé, cher monsieur.

— Shelton, lui, il accumule les catalogues de voitures.

— Mon permis m'attend, a répliqué Shelton. Toujours prêt ! Ce n'est pas ça, la devise des scouts ?

— Euh, j'ai droit à une autre pièce d'or ? Pour cette rentrée, je pensais à du Gucci, a expliqué Hi.

— Tu as dépensé ton argent de poche. Tout ce qui reste, c'est pour équiper le bunker. J'ai de grands projets, ai-je répondu.

On n'avait jamais parlé des pièces d'or. À personne. Le manuscrit était plus que suffisant pour préserver Loggerhead.

Les Viraux avaient droit à une récompense. On avait résolu les énigmes et évité les balles. On méritait quelque chose, pour notre peine.

— Comment ça s'est passé, avec le vieux ? m'a demandé Ben.

— Parfaitement.

Après bien des discussions, on avait donné quelques doublons à Rodney Brincefield. Cela nous semblait juste. Sans le disque de pierre de son frère, on n'aurait pas pu se sortir des souterrains. On avait payé une dette.

— C'était sympa de le voir aussi surpris. Il est vraiment inoffensif.

— Inoffensif dans le genre dingue, a corrigé Shelton.

— Et pourquoi Chance a droit à une part ? a gémi Hi. Il est déjà riche à crever.

— On n'aurait pas trouvé le trésor sans lui. Il faut être juste.

J'aurais aussi pu ajouter « à cause de mon intense culpabilité », mais même ma franchise avait ses limites. Ma dette envers Chance dépassait quelques pièces d'or. Je voulais faire amende honorable pour la manipulation mentale que j'avais exercée sur lui. Comment ? Aucune idée.

Les dignitaires ont commencé à s'asseoir. Kit s'est installé à une longue table au milieu de l'estrade, l'air extrêmement mal à l'aise.

— Rappelez-moi comment ça marche ? a demandé Hi.

— C'est une nouvelle inauguration. Il y aura des discours, des tapes dans le dos, tout ça. Et après, un buffet.

— Non, je veux dire l'accord que ton père a passé pour que le LIRI continue.

— D'abord, Kit a créé une fondation à but non lucratif et lui a donné le manuscrit. Les coadministrateurs sont la nouvelle Fondation de Loggerhead Island – dont Kit est le directeur – et le Trinity College de Dublin – gardien du Livre de Kells. Ensuite, cet organisme nouvellement créé a obtenu un prêt de la Banque d'Irlande. À de très bonnes conditions.

Les trois garçons me regardaient, bouche bée.

— Ne me demandez pas, mais c'est vraiment un paquet de fric. Un énorme paquet.

— Donc, la fondation a acheté Loggerhead Island ?

— Exact. Et pas seulement le terrain. La fondation possède désormais le LIRI et toute Morris Island. L'institut n'est plus soumis aux caprices budgétaires de l'université.

Kit avait insisté pour acheter les deux îles. L'État de Caroline du Sud avait donné son accord, à une condition. Loggerhead et Morris resteraient pour toujours des réserves naturelles. Elles ne feraient jamais l'objet d'un développement commercial. Kit avait accepté bien volontiers.

Tout le monde considérait que c'était gagnant-gagnant.

— Avec le chapitre de Kells comme garantie, le LIRI n'aura plus de problèmes de financement. En fait, Kit dit qu'ils risquent de s'agrandir. Le LIRI devrait devenir le premier site mondial de recherche vétérinaire.

— Pas étonnant qu'ils aient nommé ton père directeur, a dit Hi. C'est le sauveur providentiel.

— Il est tout à fait qualifié. Le poste est vacant depuis Karsten, et Kit fait partie du personnel de haut niveau. C'est logique qu'on le choisisse.

— Du calme, madame la défenseuse. Je te faisais marcher. Je suis ravi que Kit soit directeur. Il a donné des augmentations de salaire à tout le monde. Mon père pourrait accrocher son portrait dans notre salon.

— Vous avez lu les journaux aujourd'hui ? a demandé Shelton. On dirait que les frères Bates ont balancé Short. Ils ont plaidé coupables pour le meurtre des Fletcher.

— Tu crois toujours que Short savait ce qu'était le trésor ? m'a demandé Ben. Des pages du livre de Kells ?

— Oui, ai-je répondu. Short est expert en documents rares. À mon avis, il a vu une copie du rapport qu'a consulté Jonathan Brincefield. Je pense qu'il était prêt à tuer parce qu'il connaissait l'enjeu.

Marlo, Duncan et Short avaient tous les trois été inculpés de deux meurtres et de quatre tentatives de meurtre. Mon avis ? Il fallait enfermer ces ordures et jeter la clé.

412

La générosité de Kit avait aussi profité aux Viraux. Nous étions *persona non grata* dans un nombre stupéfiant de musées, de lieux historiques et de sites naturels, mais nous avions évité toute inculpation.

Comme nous étions mineurs, la police n'avait pas révélé nos noms aux médias. Très peu de gens savaient ce qui s'était vraiment passé, comment et où le manuscrit avait été découvert. Ce qui nous convenait tout à fait. Toute la gloire pouvait revenir à Kit.

L'homme qui avait donné une fortune au LIRI parlait à tous les micros, Kit était devenu un chouchou des médias locaux, et Whitney était aux anges.

— Comment se passent les enchères ? m'a demandé Shelton.

— Les derniers doublons sont partis ce matin, a répondu Hi. À un super prix. J'ai fermé le compte eBay et j'ai transféré l'argent de PayPal. Je pense qu'on est bons.

Un technicien réglait un micro. Kit parcourait nerveusement une pile de fiches.

J'ai perçu un mouvement à la limite de mon champ visuel. Des rayons argentés. Je suis restée aux aguets, sachant que ce n'était pas une coïncidence.

Coop est arrivé, Whisper à ses côtés, Buster et Polo derrière, pour compléter le portrait de famille.

Ils ne devraient pas venir ici. C'est trop risqué.

C'étaient peut-être les ondes positives, ou la tournure heureuse qu'avaient prise les événements.

C'était peut-être mon bonheur de voir Kit recevoir la reconnaissance qu'il méritait.

Ou c'était peut-être la présence de mes meilleurs amis. La meute.

Quoi qu'il en soit, j'ai décidé de m'amuser un peu.

J'ai mis mes lunettes noires.

Plongé.

SNAP.

La flambée m'a parcouru. Les transitions se faisaient plus fluides, les changements moins pénibles physiquement.

Mais mes pouvoirs restaient capricieux. Mystérieux. Et ce virus rôdait toujours dans nos cauchemars.

On s'en souciera plus tard. Concentre-toi.

J'ai fermé les yeux et exploré mon subconscient. Des images ont jailli à la surface. Moi, Ben, Hi, Shelton, Coop qui nous regardait derrière la barrière.

J'ai essayé d'expliquer, mais les autres n'ont pas tout à fait compris. Ils avaient saisi le point principal : notre lien mental n'était possible qu'en présence de toute la meute. On ne savait pas ce que cela signifiait, mais c'était rassurant.

J'ai trouvé les câbles incandescents. Les flammes étaient encore plus vives, avec la proximité de Coop. Le chien-loup était le maillon final.

J'ai ouvert les yeux et envoyé le message le plus court qui soit.

COURS !

Coop a jappé, puis disparu dans la forêt.

À côté de moi, les autres Viraux ont tressailli.

Trois voix ont sifflé à l'unisson.

« Sors de ma tête ! »

Souriante, j'ai obéi. Kit s'est levé et approché du micro.

Je n'allais pas gâcher le jour de gloire de mon père.

Remerciements

La série des Viraux n'existerait pas sans la créativité et les efforts infatigables de mon fils, Brendan Reichs. Merci d'avoir donné vie au monde de Tory Brennan.

Je suis éternellement reconnaissante à Don Weisberg de Penguin et à Susan Sandon de Random House UK, pour avoir cru en cette série dès le début. Un immense merci à Ben Schrank, Jessica Rothenberg et Anne Heltzel de Razorbill pour leur splendide travail éditorial, et pour m'avoir guidée dans le territoire inconnu de la fiction pour jeunes adultes.

Je souhaite aussi remercier ma superagente Jennifer Rudolph Walsh et tout le personnel de William Morris Endeavor Entertainment pour leur soutien illimité.

Et, bien sûr, toute ma reconnaissance va à mes lecteurs pour leur loyauté. Merci à vous. Sans vous, rien de tout cela ne serait possible.

Je vous adore tous !